不管时光流过多久，即追也过一届斗过的，实如事务都会化作，某种信仰的圣事我，念有如一座伟大的，纪念碑

宏甲

卷首诗

与你同行

无论世上已是什么季节
希望总在沃土之中
无论大地呈现什么景象
它依然是我亲爱的故乡

叶落在走来的路上
我理解了所有的艰难
阳光千秋万岁地流淌
追求光明就是信仰

掬一捧,很早以前
就憧憬过的泥土
我们上路我们上路
做一次壮丽的远征
与你同行
永世永生

53集大型电视报告文学片《无极之路》主题歌
歌词:王宏甲

王│宏│甲│作│品

第二部

永不失望

《无极之路》后来的事

王宏甲 著

中国人民大学出版社

·北京·

图书在版编目(CIP)数据

永不失望 / 王宏甲著 .—北京：中国人民大学出版社，2012.4
（王宏甲作品）
ISBN 978-7-300-15549-4

Ⅰ.①永… Ⅱ.①王… Ⅲ.①长篇报告文学—中国—当代 Ⅳ.①I247.5

中国版本图书馆 CIP 数据核字（2012）第 063489 号

本作品中文简体字版由作者授权中国人民大学出版社专有出版。凡盗版或盗印者，皆为违法。中国人民大学出版社保留通过法律途径追诉违法者民事或刑事责任。

朗朗書房

永不失望——《无极之路》后来的事
王宏甲 著
Yongbu Shiwang

出版发行	中国人民大学出版社			
社　　址	北京中关村大街 31 号	邮政编码	100080	
电　　话	发行热线：010－51502011			
	编辑热线：010－51502017			
网　　址	http://www.longlongbook.com（朗朗书房网）			
	http://www.crup.com.cn（人大出版社网）			
	http://www.ttrnet.com（人大教研网）			
经　　销	新华书店			
印　　刷	三河市金泰源印装厂	版　次	2012 年 6 月第 1 版	
规　　格	165 mm×245 mm　16 开本	印　次	2012 年 6 月第 1 次印刷	
印　　张	26　插页 8	印　数	1—20000	
字　　数	270 000	定　价	49.80 元	

版权所有　侵权必究　　印装差错　负责调换

农民与县委书记（1987年） 靳巍 摄

这位农民在县委书记刘日面前毫无自卑。无论农民还是书记，这样的神情，是从内心透射出来的。你可以想象，当这样的基层领导者离去时，农民会多么思念。

大墙内的一种阅读

这是石家庄北郊监狱图书馆里被犯人们广为借阅的《无极之路》。书读破了,读散了,装订起来再读。

20世纪80年代的乡村笑容　　　　　　　　　　　　　　　　张承文 摄

追求自由、平等、美好的生活，并不是从我们这一代开始的。20世纪的百年，中国人在不同的历史时期都投入了艰辛的努力。执政者的重责大任，就在于为此创造并维护良好的环境。20世纪80年代的无极县当然不是只有贫穷，更有改变贫穷的奋斗和笑容。刘日总说，中国老百姓是最好的百姓。这不是他为官的矫揉之辞，而是他的亲身体会。在无极县任职期间，他度过了一生中最为欣慰的10年。这20世纪80年代的乡村笑容，是刘日永恒的记忆。

刘日与王宏甲在田间小憩中交谈

20世纪90年代初,夏收时节,刘日还组织县委机关干部下乡帮助"三缺户"收割麦子,作家王宏甲也到田间劳动。

每一个音符,都闪耀着希望的光芒　　　　　　　　　　　　　　　　　　　　　　　　　张爱国　摄

王宏甲说,这张照片是我请求张承文送给我的。张承文告诉我,这张照片的拍摄者姓名叫张爱国。我非常喜爱这幅作品,常久久凝视。这位20世纪80年代的乡村女孩在指挥着乡村儿童的合唱,那一定是一曲朝气蓬勃的歌。早晨八九点钟的太阳洒在她的头发上,挺拔的身姿透出成长的渴望,舒展而张开的双手宛如迎接未来……这位女孩如今有30多岁了吧,不知她这些年来生活怎样。但可以知道,作品中的女孩呈现着永远的完美。美在其中的每一个音符、每一片色彩、每一缕阳光都闪耀着蓬勃的希望。看到这样的孩子,这样的景象和旋律,就知道"希望总在沃土之中"。

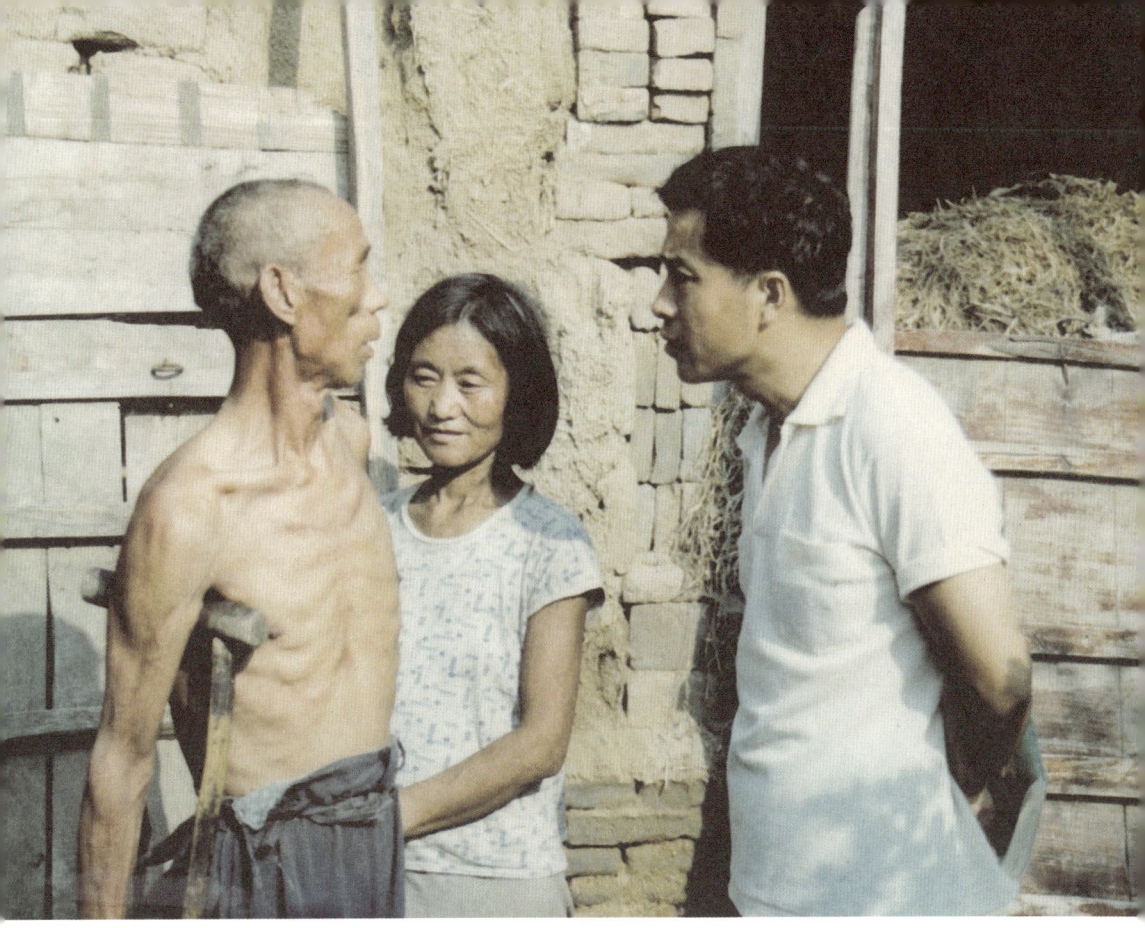

谭天谦访问无极县贫困农民（1991年）

1991年6月起，大型电视报告文学片《无极之路》摄制组到无极县实地拍摄，此后曾五下无极，还专程到正定、石家庄、行唐、获鹿等地采访，行程万里。图为《无极之路》男主持人谭天谦在无极农村访问贫困农民。此时，改革开放已进入20世纪90年代，当看到地处冀中平原的农村还有贫困到令人难以想象的农民，整个摄制组都很震撼，并深深理解了像刘日这样的县委书记每天辛苦工作的伟大意义。

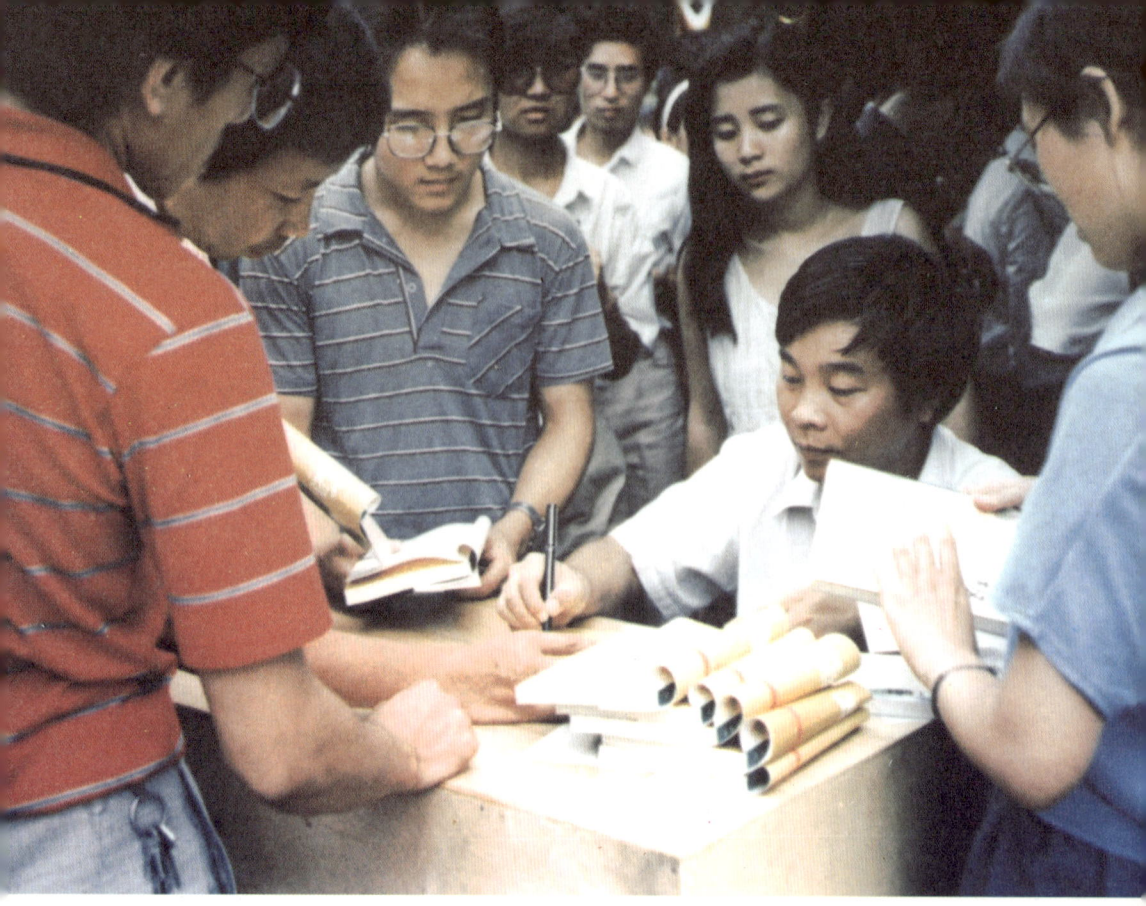

王宏甲在北京劳动人民文化宫为读者签名（1991年9月5日下午）

这是王宏甲第一次为读者签名。早先王宏甲曾以为喜欢《无极之路》的大约是四十岁左右的人们，没想到，首次为读者签名，购书的大部分是年轻人。20多年过去了，宏甲说，那以后他每看到这张照片，总想，这些男女青年是谁，如今在哪儿呢？这些年过得好吗？

文怀沙与刘日　1990年夏　　　　　　　　　　　　　　　　张承文 摄

《无极之路》出版后，有许多前辈让宏甲代向刘日问好，常有一句语重心长的话："请刘日同志保重！"文怀沙先生因"爱之愈深便愈不肯轻信"，而在1990年盛夏亲自去无极县察看一番。到无极后，他以自己的眼睛和阅历认识了刘日，并看到了他仍然很艰难，于是对刘日说："人生的旨趣极要紧的一条，就是胸怀大些，再大些。我相信，只有宽广的胸怀，才能认识这短暂而又充满风险的生命的意义。"文怀沙先生还对刘日说："毁谤和诬蔑也不可怕。先哲讲过，为人类造福者往往生活在毁谤之中。"

长篇报告文学《无极之路》讨论会 解放军文艺出版社 鲁迅文学院

1990年6月13日,《无极之路》首次作品讨论会在北京鲁迅文学院召开。马烽、冯牧等几代著名作家和文学评论家参加了研讨。陈荒煤因身体不适未能出席而书面来书面发言。中央电视台当天的晚间新闻专门予以报道。

目录 Contents

致读者	呼延华	001
出版前言	中国人民大学出版社	005
自　序	王宏甲	010
引　言		014

第1章 / 充满热望的年代

1 1990年6月1日出版	003
2 语重心长的问候	005
3 北京的关心和支持	008
4 广播电台的声音	010
5 心灵中握着信仰的手	013
6 五十三集电视报告文学片	016
7 贫穷不仅是在物质方面	020
8 金钱买不来的报偿	026

第2章 / 一条情感澎湃的江河

1 不能忘记的民情民意	033
2 飞往无极的信	042
3 《无极之路》播出后	046
4 专家的声音	051
5 到无极去	055
6 刘日的回音	058
7 意外，总是意外	059

第3章 / 明月在天
路人喜其皎洁 盗者恶其光辉

1 河北省委省纪委的支持和意外效果	067
2 中央组织部、中央宣传部的肯定	070
3 十四大,河北空缺县委书记代表	072
4 职业理想	074
5 调离无极	078
6 升任副地级干部后	084
7 一篇未发表的纪实作品	087
8 45岁的北大学生	092

第4章 / 毁誉都把人生推到
必须接受严峻考验的前沿

1 当鲜花和掌声远去	101
2 物价局副局长能兼济天下吗	102
3 医药与民生	109
4 无极医药市场调查	115
5 为药降价刻不容缓	124
6 为水提价刻不容缓	130
7 中国阶梯式水价改革的先声	135
8 为什么致力于主编《公文写作》	139

第5章 / 为什么深入研究人口问题

1 奖一放二禁三	145

2 再建议"微调放二" 149
　　3 对未来五十年生育形势的前瞻性建策 153

第6章 / 为什么汲汲于司法改革

　　1 建议少杀慎杀 159
　　2 不在其位而言其政 168
　　3 再论"少杀"的十八字建策 173
　　4 中国司法开启少杀时代 178
　　5 关于平反冤假错案的建议 182
　　6 关于修改我国刑法的建议 191
　　7 为了数不清的上访者回到家乡 197
　　8 人民观与人生观 207

第7章 / 为什么对反腐败依然充满信心

　　1 如何理解这颗心 217
　　2 不应把干部"年轻化"简单化 221
　　3 关于如何提高选人用人公信度 223
　　4 请新提拔干部率先公示财产 225
　　5 制度与人心 234
　　6 对巨额财产来源不明罪的修改建议 239
　　7 关于反腐败重奖和保护举报人的建议 243
　　8 关于规范高管年薪和实现共同富裕的建议 249
　　9 关于解决我国分配不公问题的建议 262

第8章 邱满囤名誉权案

1 邱满囤进京讨说法 281
2 法院有冤向谁诉 287
3 谁来为法官辩护 297
4 半两氟乙酰胺 305
5 人权与科学 307
6 那么多人帮助了一个骗子？ 313

第9章 一个平民的人生价值

1 科学与良知 323
2 尊严难丢 329
3 孤独的邱满囤与非洲鹦鹉 335
4 活出中国农民的气概 341
5 邱满囤再上央视荧屏 347
6 邱满囤的伟大梦想 355
7 董小路重返江湖 362
8 贺刘日退休 363
9 依然关心家乡新农业 370

第10章 再论人民观 373

致 读 者

呼延华

我为什么向你推荐王宏甲？

多年来，王宏甲以《无极之路》《智慧风暴》《新教育风暴》等一卷卷明亮的作品，挺进到一个又一个广阔领域，从农业时代到工业时代再到信息化时代，从攸关亿万家庭的新教育到亿万城乡青年的谋生路，每一部作品都是他步入中国社会深处，跋涉万里关山，呕心沥血而又小心翼翼地奉献出来的。阅读宏甲并不困难，许许多多普通读者都能在他的作品中找到自己生命的价值和尊严。

但是，怎样定义他的作品却很困难。对于经常被称为报告文学家的王宏甲，其写作现象和创作路数，我认为在当下是无法解释的。他的《智慧风暴》被很多人当经济学著作读，《新教育风暴》被很多人当教育学著作读，而且是新经济、新教育。他的每一部作品问世，几乎都会引起广泛关注，宏甲亦由此常被邀请去作相关领域的专场报告。令人匪夷所思的还有，他报告内容的专业度和气场沸腾度，连许多业内专家都自叹弗如。

自从决定出版王宏甲系列作品以来，一年之中，我都困惑不已，找不到合适的词汇来涵括这套作品。我也很怀疑有人能够帮我找到切中肯綮的答案。

我还没有发现哪一个作家像他那样把文学、哲学、历史、政治、经济、科技、教育、宗教等多学科熔为一炉，这里的妙境已不止是融会贯通，而是王宏甲创造出一个崭新的阅读世界。这个"阅读世界"在其他文本中是没有的，在电影电视等媒体中也是没有的，这是只有在阅读中才能得到的心灵体验。人民出版社有位女编辑曾在她的博客中写道：王宏甲用文学联通多学科，"建造了一个通古今、连中外的独特的绚烂世界。这个世界不仅与现世相通，而且从时空上延展了我们心灵中的世界"。

殊为难得的还有，跨度如此之大的创作，丝毫没有伤害宏甲文字的力量和美质。叙述的清澈与简洁，思考的广度与深度，行文的节奏与韵律，饱含在文本中的悲悯情怀，呼之欲出的人物……令你相信，文无定法，具开创意义的作品没有标准的尺度可以衡量。他无疑为文学拓展了新的表现空间，在这个信息时代把文学的功能发挥到前所未见的程度。

中国先秦时期就有诸子造论立说之文和叙事散文之分，发展至今就是议论文与记叙文，王宏甲作品却常将叙事与论述融为一体，或直接把思索与论述写得充满激情。这是把思想与情感的界限也打通了，由此辟出更宽阔的阅读世界。文怀沙先生曾以十六字评说王宏甲"总能让故事充满思想，让思想充满温度"，也有人将其论述为"王宏甲文学审美审智的思想艺术风格"。我以为，有"审美"之说，"审智"也是可以成立的，将"审美"与"审智"熔为一炉，正是宏甲许多文章的大风格。读者细心体会，会发现眼前读见的瑰丽和灿烂，正是融会审美审智才达到的效果。

语言文字是一切文学作品最基本最重要的元素。宏甲展示了自己母语的那种优美，或开阔厚重，或苍莽浩瀚。他使用的汉语，大雅正声，你会感到一个温暖的世界。他的《无极之路》是中国至今唯一被直接搬到电视屏幕上去"读"的长篇文学著作，他有五部文学作品被中央人民广播电台和多省市自治区人民广播电台长篇连播，原因之一便是他作品语言的澄净饱满，准确生动，传神并富有音韵，特别有利于充分发挥专业播音员的朗诵才华。他对中文的驾驭，尤其是情思并臻的清新表述，已有值得研究的贡献。

他视文学为光明正大的大学问。他用文字传达大众的心声，追求人的平等和个体生命的尊严。你仔细凝听，这里面存在着壮烈的搏斗。

你不可能拒绝他的文字所带来的愉悦和智慧的光芒。打开他的作品，你必然面对着一个光明的时刻，黑暗和腐败难以藏匿。

所以也有人诅咒他的作品。

有人说，他用文字唤起过去，预示未来，并统治着所有的情节和角色。在特定的环境，他能将自己访问和触及到的一切，实现到极致。

还有人说，宏甲文字的力量和思想的洞察力所达到的，我们甚至无法用"高度"去评价。因为人们通常说的"高度"，在他看来可能有失平等。"他重视卑微和弱势的世界。"

他曾经出席在韩国首尔举行的首届韩日中文学论坛，参加"东亚文明与文化共同体"讨论，所作演讲题目是《我的中华文明观》。他也曾参加在法国巴黎举行的首届中法文学论坛，所作演讲题目是《世界需要良知——兼论文学的社会作用》。他在作品中对中华民族的文化、生命力和前途所做的充满信心的描述，动人肺腑，让人感到一种很实在的拥有。他甚至开始在文本中融会中国和西方，创造出自己的世界观。

他生在小镇，经历八年插队生活回到故乡时还只有初中一年级的学历。看他的过去，你会觉得他像一个谜。"作为土地，是谁把我耕种。作为庄稼，我情愿被谁收割。"他对乡村和农民有深深的眷恋，青少年时经历的苦难和艰难，被他视为永远的财富。

真正打动人的东西，可能是他作品中所敬重的平凡，是彻底的善良。有人说，对个体生命的关注，一直是宏甲作品中最动人的东西。"他一次又一次把民族生活中最优秀的那些东西，把人性中美好、光亮的部分，开掘出来——这些部分可能是有尘土的，可能被争议掩埋——他开掘出来，拂去尘埃，放在读者面前，这就是对美好的捍卫。"那本"一出生就被视为经典"的《无极之路》，曾经"打动亿万颗心灵"，至今读来仍令人感动不已。我想其中最重要的原因可能是——书中之道，照进了今天有目共睹的社会现实。

有人说，也许不只一代人会感谢宏甲的文字，当不少人谈论着对过去或当下生活的愤怒，感觉着痛苦和不幸的时候，宏甲的文字唤起他们——在困惑、悲伤、痛苦的日子里——对自己青春时代美好的记忆。宏甲的作品总是以很明亮的方式，抚慰受伤的心灵，他甚至企图用自己有限的力量抚慰一个受伤的民族。

在我看来，宏甲作品贯穿历史、现实和未来，以及对本质和趋势的思考，兼具思想性、艺术性、准确性和前瞻性。他用他的亲身踏访和独立思考，描述了一个民族的奋斗、社会的重大变迁，汇聚了我们这个时代的庄严与艰辛、宏伟与渺小、成功与失败、杰出与卑微，以及世间任何一种海阔天空的想象力所能够赋予它的内在深度。

读者朋友们，我意识到我真是无法向你描述一个完整的王宏甲。我只能告诉你，"胸有万古流变，心有天地苍穹"，这大约是他。我还可以告诉你，他的文风朴实而又充满理想与思辨，他的文字简洁而又充满关切与情志，他把凡人的苦难和温暖都写进文学的神圣殿堂，他总有些作品和思想是可以流传下去的。

我还可以告诉你，不要在意这套书有几本，你可以选择其中任何一本，甚至可以从任何一页看进去，那优美的文字"自有一条奇妙的道路，总能亲切地到达读者心中"。你有可能看完一本，就有了一种由自己内心发动的自觉性去找第二本，这是你自己的事情了。

有人说，打开宏甲的书，不获益是不可能的，不感动也是不可能的。一个成长中的青少年学生，如果在阅读他的著作中挺进到他所认识的世界，占有他思想的精华，尤其是他思索的求知的方法，必有大益。

我们从宏甲三十年间写下的著作中选了十余部，陆续出版。我们怀着虔诚和热望做这项工作，祈愿多年后读者能够感受到，我们这样做，是为我们的民族做了一件有价值的事情。

2012年2月2日　北京　写于朗朗书房

出版前言

二十多年前,文艺理论家冯牧先生在《关于〈无极之路〉》一文中写道:"我认为,这部作品的出版,可以被看作是一种新的文学现象正在出现的一个标志。"

随着王宏甲一系列作品问世,不少评论家从不同角度论及宏甲作品出现了新的风格、新的表现方式。雷达说:"王宏甲已经建立了他在中国报告文学领域里的一个独特风格。"张炯说,从宏甲作品中"感到一种新的文体在作家的创造中如何走上文坛"。崔道怡说:"王宏甲是把政治、经济、文化、教育、历史、科技等学科熔于一炉,把叙事、抒情、思考编织在一处,从而形成一种花团锦簇、万紫千红的崭新文体。"梁鸿鹰写道:"王宏甲是当代作家中一个标杆式人物","他的所有作品均具有可反复欣赏的特点。"

我们发现最突出的特点是:王宏甲系统地研究了中国科技、经济、教育在社会中运行的状况和发展趋势,并以文学将其融会贯通,这是具有信息时代典型特征的文学作品,也是这个信息时代特别需要的读本。它对于培养当今文理科学生都需要的通识能力,殊为难得。不仅成年人读之有重大认识价值,而且在"教育"的意义上,对于青少年认识人生和社会,认识中国和世界,均具有独特的启迪和引领意义。

"当世界再一次变成需要重新认识的对象,人生也会成为一个陌生的难题。"这是王宏甲二十多年前写下的一句话。那时他从闽北来到北京上学,"忽感不认识祖国,遑论世界"。日后他写出,当乔布斯推出的苹果机已经为全球的台式电脑"定调"时,比尔·盖茨的软件在不断更新,一个改变世界的新经济时代已经由一批美国青年拉开序幕,而我们对此一无所知。王宏甲渴望认识正在发生重大变化的世界,这几乎是我们解读他一系列作品的一把钥匙。

可以从哪里开始?他想身为中国人首先要认识中国,而中国有占人口80%的农民,若不认识农村,恐难说认识中国。于是决定先去了解农村,三年后写出《无极之路》。

"此后想去认识工业。"王宏甲写下:"二十世纪,机器改变了每个中国人的生活,要认识一个齿轮同市民的关系,却很不容易。"又历七年他写出《现在出发》,这是宏甲作品中又一个可以称之为"重要的起点"的书,初名的含义便是表达一种新的开始。本次修订版易名为《现代社会》,则是更准确地标识出本书的内涵。试想,迄今,一个在校生,可知自己所学的知识怎样才能变成产品,产品要经历怎样的艰辛才能变成社会化的商品?若不知,是很难避免走出校门就茫然的。王宏甲把知识、科研、产业、市场联系起来考察,一个现代社会的运行状态就在我们眼前生动起来。宏甲是在"很多大学生与千百万下岗职工一道寻找饭碗"的时期写的这本书,揭示出一个世界性的新技术新经济时代对中国社会的全面冲击,书中充满着人的命运。一个学生读之,仅因为了解到自己正在学的知识将会以怎样的方式融入社会,则在学时就大不一样了。

他接着写出《智慧风暴》,这是中国第一部报告了世界正从传统工业时代向计算机时代全面转型的文学著作,描述了计算机时代萌起于美国进而风暴般席卷全球的来龙去脉,在这大背景下史诗般地描绘了中国知识经济在中关村的诞生与崛起。对读者而言,更重要的是,揭示了这场世界性的变迁会怎样深刻地影响每一个人。《智慧风暴》更加显示出王宏甲作品具有启迪读者认识社会和认识自己的双重功能。评论家吴秉杰说:"这是一本认识时代与自己的书,一种启示录似的书。"评论家李炳银说:"《智慧风暴》的作用不仅仅是在文学方面,对人们的思想、精神、行为方式都会有重大的影响。"

《新教育风暴》使王宏甲成为中国第一位向国民郑重报告"中国亟需创建信息时代新教育"的人。他把人类有文字记载以来的教育分为青铜时代、铁器时代、蒸汽机时代和计算机时代的教育,指出每当生产力发生革命性进步,引起经济社会迁变,教育必发生重大转型。并指出每次重大教育转型,都是从变革课程开始的;中国从新世纪初开始的课程改革,就是创建信息时代新教育的突破口和发轫工程。这是一千多万教师率领着三亿学生从工业化的教育时代向创建信息化的新教育时代浩浩荡荡的伟大迁徙。没有哪个学生和教师可以游离其外。王宏甲提出的"新教育"概念便筑基于此。

原国家教委副主任、国家总督学柳斌说:"宏甲以一个作家独特的视野,把当前教育改革领域一个非常重大的主题,作如此深刻的表述,我认为是非常成功的。"教育部课程改革专家刘坚说:"据我所知,这一次参与课程改革的很多专家,得到这本书后,这书成为他们的案头之书,他们也表示非常的敬佩。"中国社科院评论家白烨说:"宏甲是通过新教育说到了大教育,对我们有很多观念的撞击,其影响会超出教育。"在中国作协召开的研讨会上,专家们认为这本书"是在时代转型的坐标上,撰写划时代的人才培养工程"。宏甲提供了一个不仅仅值得师生阅读,也值得社会各界和各级领导者阅读的生动读本。这部作品被中央电视台拍摄成三十集同名电视片,对创建中国新世纪的新教育产生着深远影响。

王宏甲接着写出《贫穷致富与执政》,本次修订版易名为《民生大事》。作品描写了一群与贫穷搏斗的平民的生活,并通过城乡调查指出,中国农村人口众多,可是散落在穷乡僻壤的很多"村"却人口太少。没有足够多的人口聚居,就不可能有商场、医院、银行和企业，也不可能有较大的学校，这些村就永远无法走出贫困。村是农业时代的产物，信息时代到来，人类越来越需要通过资源共享创造能够互利互惠的生活。因而组织小村农民迁出山沟，并入较大的村，使人口集聚向小镇发展，这是一项政府应发挥作为的工程。或靠农村青年自己走出来。王宏甲说，去远方打工并不是农村青年的唯一出路，新兴的小镇里百业待兴，青年们可以运用自己的文化创造出新的就业点，你们会成为一个新兴小镇的祖先。王宏甲还指出，中国沿海一批城镇正处在千古难逢的城市升格良机，能不能像历史上的佛罗伦萨、威尼斯那样把自己变成举世闻名的城市，不在于有没有经济实力，而是要有大力发展文化的头脑和激情。我们认为，这部书中坦示着当今很多农村青年的前途。

中科院院士杨叔子买这本书送给他的博士生每人一本，还要他们交读书心得，并在两岸EMBA高峰论坛上把这本书同《论语》《孙子兵法》《商务圣经》一起推荐给大家。文学评论家缪俊杰说："这个作品表现得最突出的是，以史论结合的叙事方式，强烈呼唤提升民族文化。"文学评论家阎纲指出，作品中的相关思索"纵横驰骋，画龙点睛，把文化的震撼力，以及创建新文化与和谐文化的迫切性、严重性提到惊人的历史高度，文采飞扬，十分精当。"

人类经历了农业时代、工业时代、信息时代，王宏甲如此有意识地描述了这三大时代社会生活的运行状态，在纷繁复杂的社会矛盾中揭示出一定时期社会生活的本质特征和发展趋势，帮助读者在万种信息激烈碰撞的时代看清自己的位置，选择前途，有切实的认识价值。更可贵的是，他是通过人物命运去写出时代和社会，无论书中人物的得与失，读者都可以从中得到文学的熏陶，包括理想、情感、励志、精神与人格的熏陶。文学评论家包明德指出，宏甲作品"有一种健全的精神纬度，一种健康的灵魂，一种健康的精神的叙事",并称之"体现着文学的想象和魅力,体现了思想的启迪和震撼,也有一种精神的开掘和引领"。

冯牧先生在评论《无极之路》中还曾写道:"我从来认为,文学作品有一个很重要的功能,这就是提高人的思想素质与精神境界。这可能是这部作品的最大的长处。"冯牧当年只读过《无极之路》。如今我们看到,王宏甲作品还有《灾难时期》《世界需要良知》《教育良心说》等等,其作品都鲜明地体现出冯牧所评价的"最大的长处"。宏甲本人亦认识到:"精神境界,是一种从万千沧桑、无限坎坷中升华起来的可以震撼心灵,也可以抚慰灵魂、启迪心智、激励志向的东西。倘能写出境界,那是一种超越了认识的高妙之境,将不因时代和人物的局限而具有久远的欣赏意义。"文学评论家张守仁说:"王宏甲是用心写作。"这句评价很中肯,因为深刻的真实与高妙的境界都来自于坦诚的心。

世界从哪里来,到哪里去?我从哪里来,到哪里去?一直是哲学追问的命题。我们认为,王宏甲这一系列作品都在做这样的追思,所达到的广度、深度和精神境界,均独到而可贵。这些作品所获奖项包括中国图书奖、"五个一"工程奖、鲁迅文学奖、徐迟报告文学奖、冰心散文奖等等。而且,重要的不仅是宏甲写了什么,而是他的观察和追思方式具有开人心智的功能。所以我们认为,这些作品是很好的课外阅读选本。

借用评论家何西来写在评《新教育风暴》一文中的最后一句话来说:"感谢王宏甲交给了我们一把开启观察和思考之门的钥匙。"这把"钥匙"是超越内容和时代的。

以上就是我们郑重出版这套书的原由。

中国人民大学出版社
2012年5月1日

自　序

王宏甲

《无极之路》出版二十年了。

二十年来，一再有人问我：刘日现在怎么样了？

我在写出《智慧风暴》《新教育风暴》后，应邀去讲课，台下一再有递上来的纸条写着："请告诉我们，刘日现在怎么样了？"

一次，我去首都图书馆讲座，结束后一位中年妇女迎上来说："我今天不是来听您讲座的，孩子他爸看见了报上的消息，知道您今天会来，他本来自己要来问您的，可他今天有事来不了，让我来问您一句话：刘日现在怎么样了，他还好吗？"我发现自己立刻遭到情感的袭击！

我眼前这位北京妇女，不是来听讲座的，她等了两个多小时，就为了问我一句话……她那么郑重地对我说："您一定要告诉我，我要回去告诉孩子他爸。"

她的问题立刻引起了已经散场的许多人的兴趣，他们散而复聚，都问：刘日现在怎么样了？

这不是一个人的发问。这哪里是问题呢？

这是感情，老百姓的感情！

刘日，你听到了吗？即使你杳无音信，百姓仍然想着你，许许多多并未具体得过你帮助的人民群众没有忘记你！

某次参加一个会议，中国新文学学会副会长阎纲先生也问我相同的问题。他说："我一直想问又不敢问。"我们做了交谈。阎纲先生说："人民有权发问，你有责任回答天下。"我差不多是听到了温和的批评。

二十年前就有读者问：这书里写的是真的吗？我不知

今人读之，会不会更觉得像看一个遥远的神话。

譬如刘日为弄清和解决一个农民上访的疑难问题，曾七下王家庄，力行下访。他体恤百姓上访有诸多困难，认为我们应该下访，把问题解决在乡里、村里，才有乡村的稳定和安宁。今天我写着这些文字时临近春节，依然记得十多年前的除夕夜接到一个电话，对方说："我是刘日，给你拜年！"我心里一热，不禁也问："你现在怎么样？"他说："我还是一个纯洁的共产党员。"我忽然非常感动！我不明白为什么会那么感动。

我没想到，《无极之路》出版后，广播电台、电视台、出版社，以及我和书中人物刘日、邱满囤等，收到的来信可以用麻袋装。一封有不少错别字的信给我印象极深，是一位妇女写的，她告诉我，电台播《无极之路》时她正在地里干活，于是买了个小收音机带在身上……读她的信，我知道她能驾驭的文字不多，但她仍努力给我写信，信写得很简单，我感觉到了她有一种多么强烈的心愿和情感需要表达。

那几年，全国有25个省市自治区人民广播电台连播《无极之路》，刘日所在的河北省广播电台没有播。北京台、天津台广播时能覆盖到河北的一部分地区。无极县收听效果不好。邱满囤不识字，总抱个收音机到屋外去收听。时值隆冬，邱满囤或站在雪地里，或蹲在阳光下，每当这时他身边都会聚来一群老百姓。一群百姓在雪地阳光中围着一个"话匣子"听播讲的情景，我一辈子都不会忘记。

读着那么多读者来信，有的说她本来想自杀，现在听了广播，决定不死。有的说他组织了一个走私团伙，现在决定解散，好好做人……此时，是这些来信令我想：这是真的吗？读那些信我常泪流满面，并促使我反省自己。

写《无极之路》前，我已出版过长篇小说，还记得自己的短篇被《小说选刊》选载时心里真的挺激动。我专注于小说创作和自己的个性，几乎像捍卫生命一样保卫独立思考在心灵中的位置，并渴望被人赞扬有写作才华……我确实没想到，忽然，我写的文字作品会让那些在雪地里听播讲的不识字的农民也感到对他们有用。是这雪地景观，这读者来信，令我重新审视文学的意义，令我反躬自问：我写作究竟是为了什么？正是从这时开始，读者改变了我此后的创作。

多年来，记不清有多少人期望我将《无极之路》再版，或动员我写续篇，我一直没有再动这个题材。二十年过去，我想我今天可以这么说了，人们关心的刘日，是一个经受住改革开放严峻考验并依然优秀的人。这次再版，增加了若干历史照片及照片说明文字，对《无极之路》原版本没有修改。那是我青年时期的文字，带着我那时的眼光和激情，还有幼稚。

《无极之路》出版后，刘日历尽坎坷，付出的劳动和对社会的贡献有甚于从前，只是鲜为人知。就像《无极之路》出版之前，刘日做过什么也鲜为人知。我将在这本书中对此有所描述。我感觉我已无法找回自己青年时期的叙述语境，谨把它作为一种历史性的记述。

此序言写于《无极之路》第四版和《永不失望》初版问世之时，是这两部不可分割的著述共同的序言。还有，我的好友官魁斌、师学军，以及我的夫人李白俐为本书的完成所贡献的劳动，给予的支持，是我应该在此序言中记下的。

二十年前，中国作协党组书记、作家马烽曾撰文建议把《无极之路》推荐给全国县、乡领导干部阅读"，曾任文化部副部长、中国作协副主席的文艺评论家陈荒煤也发表文章说:"我认为这部作品完全可以作为一个干部必读的教材。"那时我并未这样想,我更在意的是作品本身的文学意义。但现在我这样想了,我期望如马烽和陈荒煤曾期望的,能有领导干部阅读它。哪怕只有一位县委书记认真阅读,也能造福一方百姓。

多年过去,我越发认识到任何社会或部门都需要公正的英明的领导者。政治,是涉及最广大人群利益的大学问。不能因具体的从政者令你失望而蔑视政治。

我还想起,我们少年时谈理想,有想当科学家、教师、医生、火车司机的,几乎没有说想当县长、省长的。我期望今日能有少年敢立志于长大当个优秀领导者。这非常不容易。因为这不仅需要综合性的大学问,更需要有为众人服务的大胸怀和公正之心,尤其是关怀弱者的同情心。这样的领导者,社会各领域都殷切需要。我期望这本书能对有志者有点儿熏陶意义,期望中国能有少年立志于长大了当好一个村长、一个乡长、一个县长、一个省长,乃至国家领导人。

2012年1月1日星期日 北京

引 言

《无极之路》出版二十年了,留在我心中最持久的体会,恐怕还是:感激!无论是那以后我的创作和我的生活,还是刘日所经历的坎坷以及这经历对刘日的人生塑造,都令我心怀感激。

坎坷赐予了我们智慧,这是我们的幸运。因为坎坷也可能无声无息地磨蚀了人生,就像人们常说失败是成功之母,可是大部分的失败不会怀孕。智慧,其实是照耀人生的。单那个"智"字,在我看来是从"知"从"日"(非从"曰"),所谓智者就是知阳光的好处者。所以我曾在电视报告文学片《无极之路》的主题歌中写道:"阳光千秋万岁地流淌,追求光明就是信仰。"

再次拿起这个题材,我还感到,应该记述的已不只是"刘日现在怎么样了",这里有一个民族澎湃的情感和热望。

第1章 充满热望的年代

那时无论党政部门、国家媒体赞扬《无极之路》,还是冰心、文怀沙、马烽、冯牧、陈荒煤、秦兆阳等一批文学前辈以个人名义撰文评介《无极之路》,都不只是对刘日个人的关心,也不只是对一部文学作品的关心。

1 1990年6月1日出版

1990年6月1日凌晨1点，这部作品在北京密云县刚装订出第一批书，就在夜色中向北京市区运来。6月13日，《无极之路》的第一个作品研讨会在北京鲁迅文学院召开，中央电视台在当天的晚间新闻做了报道。

诸多文学前辈，我几乎都是在这个研讨会上得以初见，并受到他们的鼎力支持。此后随着岁月延伸，我越发感到，我在那时遇到宫魁斌和袁厚春，是我多么大的幸运！那时，我采写的刘日已经"搁浅"。如果不是宫魁斌感到不能让这个故事"搁浅"，去向袁厚春推荐；如果不是袁厚春推动这个"搁浅"的故事重新启程，《无极之路》肯定不可能在1990年问世……我写下这些是想说明，《无极之路》的问世和影响，凝聚着许多人的心血、智识、情感和力量。许多人心甘情愿地投入，因其中有万万众的期望与心声。

7月1日，《光明日报》以整版篇幅，套红标题加"编者按"，选载了《无极之路》。这一版"选载"就像一根火柴，首先点燃了全国科教文化界和党政机关许多读者寻找这本书的兴趣。《光明日报》接着又用一个月时间连载缩写的《无极之路》。我至今不知那是谁的建议，谁的决定。

此后，《无极之路》在许多我不知道的地方、许多我不认识的人们那儿，以我不知道的方式，开始了它自身的影响。

《文艺报》连续发表了马烽、文怀沙、冯牧、秦兆阳评《无极之

1990年7月14日，关于"刘日事迹"的第一个报告会由中国文联和中国作协联合召开

起初邀请刘日来作报告，刘日再三辞谢，不肯来。于是动员作者王宏甲作报告，他也不愿去说，就推荐《无极之路》里写到的"灭鼠大王"邱满囤。在首都剧院的讲台上，不识字的邱满囤向在京的500多名中国文艺界的作家、艺术家们开说了："现在有人骂共产党，有些共产党员也骂共产党，过去我也骂过，现在我不骂了，为什么？因为我从刘日身上重新认识了真正的共产党。"他的开场白有些让人心惊，但他讲的是真话，大家就为他鼓掌。

路》的文章，《北京日报》发表陈荒煤的文章。今天回想，秦兆阳、冯牧、陈荒煤、马烽先生都已谢世多年，而重读他们的文章，我比当年更加感到，他们那时已深切忧虑：有许多美好的东西在丧失……他们以高龄来参加研讨会，或带病为一个从未见过面的青年的作品写评论，图什么？他们含义深远的文章，其实凝聚着他们为建设一个新的中国已经奋斗一生的情感和期望。

关于"刘日事迹"的第一个报告会是中国文联和中国作协联合召开的。起初邀请刘日来作报告，刘日再三辞谢，不肯来。于是动员我作报告，我也不愿去说，就推荐邱满囤。

"邱满囤行吗？卖耗子药的，给这么多艺术家作报告？"

我说，别小看了邱满囤，他现在是河北省政协委员、无极县政协副主席，何况他有一张好嘴。最后果真决定邀请邱满囤。

邱满囤很惊讶，也问我："我能行吗？"

我说："行。你平常不是很能说吗？"邱满囤也回答说："那是卖耗子药。"我说大家都爱听真话，你如实说就行。

今天想来，那也真是个不多见的报告会。1990年7月14日，昔日卖耗子药的邱满囤出现在首都剧院的讲台上，为在京约500名中国文艺界的作家、艺术家们作报告。

邱满囤开说了："现在有人骂共产党，有些共产党员也骂共产党，过去我也骂过，现在我不骂了，为什么？因为我从刘日身上重新认识了真正的共产党。"他的开场白有些让人心惊，但他讲的是真话，大家就为他鼓掌。

这以后，《无极之路》成了中国文联和中国作协发给直属机关人员的学习材料。京、津、沪地区不少部门也这么做。我心中不无忐忑，其一我是个有许多缺点的人，其二我写的是文学作品，从未想过它会成为一种学习材料。

暑假我回到故乡，收到一封"北京中央民族学院谢寄"的信，心想是哪位大学生写的吧。拆信一看，是冰心的亲笔信！

冰心已90高龄，用圆珠笔首句就写道："宏甲小友：你写的《无极之路》早已拜读，极好！"最后一句是："如再来北京，请给我电话，8317601。"我读着信，心中的温暖无法描绘。

2　语重心长的问候

那时，有许多前辈让我代向刘日问好，常有一句语重心长的话："请刘日同志保重！"

一天，张锲老师对我说："秦兆阳先生是我的老师，他想见见你，我带你去吧！"我于是第一次见到了秦老。

秦兆阳先生是《当代》主编。秦老说自己已有十多年不写文章了,但这次一定要写一篇评论。今天重温秦兆阳先生评《无极之路》的文章,那文章不只是"喜",更隐含"忧"。他写下了他相信《无极之路》"将不光在现时广为流传,而且将来的读者也不会忘记……退一万步说,至少至少,无极县的几十万人民和他们的子孙后代,将永远不会忘记……"

2004年的一天,邱满囤打电话告诉我:"无极县的地摊上卖开《无极之路》了。"我说:"瞎说。"他说:"盗版的,我都买了10本,还送了5本给刘日。"我打电话问刘日。答说:"是。"

我无意于赞扬盗版,我新出的一本写教育的书不到一个月就出现盗版,出版社为此苦恼。但《无极之路》出版十四年后,在无极县地摊上出现来历不明的《无极之路》,说明什么?或如秦兆阳先生预言的:至少至少,无极人民不会忘记刘日。

二十年前的盛夏,文怀沙先生要我与他一起去无极。文怀沙为什么要去无极?他后来说,因"爱之愈深便愈不肯轻信",所以要亲自去察看一番。

我陪文老冒酷暑上路。乘火车到石家庄,改乘汽车,时值夏收,宽敞的公路上有半边路面被农民用来晒粮食。那粮食就晒在柏油路面上,高温会把有害物质渗透到粮食里去,那粮食是要卖给城里人吃的,怎么能这么晒粮食?文老见了很生气。但是,车一进无极县地界,我和文老都眼前一亮,只见无极县路面干干净净的,完全没有利用公路晒粮食的现象。怎么能让无极农民都做到这样呢?文老马上就激动了。真可谓,未见刘日,先见民风。

到了无极,文老还听到了这样的民声:

"群众需要焦裕禄,干部不要。"

"拥护刘日的都是老百姓，反对刘日的都是当官的。"

刘日曾做过"大学梦"而未能上大学，现在这位著名老教授自己送上门来给刘日上课了。当有人谈到干部不尽如人意时，文老对刘日说："我不怎么相信世界上有什么不存在阴影的东西，我只相信有不断战胜阴影的愿望。"这大约在说，刘日也会有"阴影"。对一个领导者来说，知道自己也是有缺点、有阴影的，这很重要。真知道了，就可以减少一些拿腔拿调地教训别人的毛病。

文怀沙先生开始给刘日讲《离骚》，讲屈原。他说屈原对国家的爱，只讲一往情深，不讲等价交换。不是国家爱我，我才爱国家；国家要是不爱我了，我也不爱国了。屈原不是这样，屈原的爱国，"虽九死其犹未悔"。

文老还说，"毁谤和诬蔑也不可怕。先哲讲过，为人类造福者往往生活在毁谤之中。"接着，又铿锵言道："以亡楚的代价换来一个屈原，也是值得的！"

说这话时，文老就在无极县招待所的会客室里，在场的人都被他打动。好长一阵子没人说话，没人敢打破这个令人荡气回肠的氛围。随后，还是文老轻轻地说："人生的旨趣极要紧的一条，就是胸怀大些，再大些。我相信，只有宽广的胸怀，才能认识这短暂而又充满风险的生命的意义。"

那天晚上，我躺在无极县招待所的床上，同屋另一张床上就是文老。我望着他雪白的长须，心想，文老此行恐怕是来给刘日上课的，他大约预感到刘日后面的路将不会平坦……

3 北京的关心和支持

但是，我们心有担忧的局面尚未出现。

1991年到来。3月15日，新华社《国内动态清样》报告了《无极之路》出版后各界的反应。这是一种向中央领导人反映重要信息的内参，分送至各省省委书记。这份"动态"内文写道：

> **新华社北京讯** 看过报告文学《无极之路》一书的众多读者，都为县委书记刘日的事迹所感动。人们强烈希望有关部门向全国介绍和宣传刘日这位优秀共产党员。
>
> ……
>
> 一本书引起这样强烈反响是多年来较为少见的。无论知识分子、普通工人、农民，还是党员干部或大学生和青年，只要见到这本书，读上几页便被紧紧吸引。在无极县，得到这本书的人如获至宝。外地的一些个体户从书中得知党内竟有这样好的县委书记，纷纷抢着购买，准备给每个县委书记寄上一本……

文中还报告，"中国作家协会机关党委把这本书推荐给干部阅读"，辽宁"省委已建议全省县一级以上领导干部人手一册，作为必读书籍"。还写了文怀沙的一句话："描写历史上一个坏女人（指慈禧太后）为什么可以那么大规模？我们是社会主义国家，歌颂一个受人民群众爱戴的共产党的好干部还做不到吗？"

1991年4月5日，中共中央政策研究室第202期《简报》用5000字编发了《〈无极之路〉一书梗概》并加按语，其中写道："这部约 26 万字的报告文学记述了无极县委书记刘日的事迹,读者众口一词,认为刘日可与焦裕禄媲美。"

5 月初,北京市委宣传部派人找到我,告诉我:"我们书记看了你的书,很受感动。"

"哪个书记?"我问。

"李锡铭呀,北京市委书记,中央政治局委员。"他接着说,"我们买了书,市委大楼里人手一册。"

"是吗?"我问。

"是呀,你看!"

我被领着见了市委宣传部常务副部长刘述礼,又见了市委常委宣传部长李志坚。他们对正义的充沛热情给我留下深刻印象。那天中午,只有刘述礼一人陪我吃饭。刘述礼是回族人,他吃的和我吃的是有民族区别的食品,都极其简单。他比我更简单,只有一菜一汤。说来令人难以置信,可那是真的。

他说:"我们想请你做一个大报告。"

我问多大?他说计划 1600 人。

"就我自己说?"

他说是呀。我感到胆怯,"说不好怎么办?"

"你不会说不好。"他说,"我也被你这本书征服了。"

1991 年 5 月 8 日下午,北京市召开了"刘日事迹报告会", 1600 多名干部坐满了首都剧院。由于作报告的只有我一人,大家没看到刘日,许多人以为刘日是一位已经"牺牲"了的县委书记。当天的《北京日报》发表"本报评论员"文章《向刘日学习什么》,并开始用大篇幅分两天登载缩写的《无极之路》。

接着,北京市委宣传部又安排我在市委大楼内为北京市的 500 名宣传部长、副部长作了一场同题报告。我当时约略一惊："北京怎么有这么多宣传部长？"刘述礼笑了，他说北京市有 18 个区县，还有几百所大学，有很多大型企业，每个大单位都有宣传部……这次在市委大楼内的报告会，刘述礼亲自主持。

此后，北京电视台奉命拍摄大型电视报告文学片《无极之路》，电视台文艺部主任苏厚汾任导演，6 月率队赴河北拍摄。北京人民广播电台加班录制《无极之路》，于 7 月 1 日开始长篇连播。至此，北京市几乎不遗余力地调动了各层次的宣传力量。

4　广播电台的声音

当北京人民广播电台开播《无极之路》时，没有人知道中央人民广播电台的叶咏梅老师是个心有"独特感慨"的听众，我一直怀着感激不已的心情珍藏着她的这个故事。

多年来，叶咏梅也不知道，我在心中是多么感激她！

叶咏梅是我国深为众多作家和广大听众尊敬的广播连播编辑，她在《无极之路》出版的当月就赴河北去察访，先后访问了河北省委领导和石家庄地委领导，征求意见。最后也见了刘日，还细心访问了刘日的妻子，回京后充满感动地写了一篇长文，题为《一次洗涤灵魂的采访》。

那时，叶咏梅满怀信心地成为录制《无极之路》长篇连播的第一人，她已经迫不及待地先编录了一些"片段"在中央台播出。接着加班连续录制，当录到第七讲时，两位播音员正播讲得热泪盈眶，叶咏梅突然接到通知，要她："停下。"

什么意思，不录这个节目了？

中央人民广播电台编辑叶咏梅 她是读了《无极之路》后,第一个深入河北省地县三级党政部门和基层去调查核实的记者,在调查中感动不已,回京后成为第一个录制《无极之路》片段向全国播出的人。随后却在录制连播节目时被通知"停录"。此后她以中国广播长篇连播学会秘书长身份,积极推动了全国25个以上省市自治区人民广播电台连播《无极之路》。

不录了。

叶咏梅简直不能相信。

为什么?

河北方面有争议。

有什么争议?叶咏梅刚从河北回来。她知道河北省委书记邢崇智就刘日被诬告事件亲自写出《党组织就是要支持"百姓官"》,发表在中宣部的《党建》杂志上。刘日曾经被县里13名科局级干部联名诬告,幕后的县级领导已被党纪处分,石家庄地委被省委责成做出检讨,检讨登载在省委办公厅的文件上。刘日被一些人"争议",有什么奇怪呢?河北《共产党员》杂志1989年第四期还发表了长篇通讯《公生明 廉生威——记"百姓官"刘日》,封面就是刘日的大照片。这不是河北省委肯定的吗!

但是,"有争议"的意见来自河北。叶咏梅被告知要慎重,被告知停机不录……这天,接到通知已经是傍晚5点钟,电台的同事下班回家了,叶咏梅呆呆地坐在办公室里没走,她仍然不能相信让她停机是真的。天一点一点地暗下来,她没有开灯。她在黑暗中坐着。她坐了两个小时,也不知这两小时是怎么过去的,她说她几乎什么都没想,脑子里一片黑暗。

那以后的一个多月,叶咏梅都没有缓过劲来,她说她很累很累,要生病了。丈夫一次又一次陪她去公园散步。女儿说:"妈妈,你为什么不爱我了?"

叶咏梅无法回答。

女儿又问:"妈妈,你为什么哭啦?"

这年的年终总结,叶咏梅最后一个发言,她说自己今年什么工作也没做。领导知道她有情绪,说:"你不能这么说。"然后列举了她做的不少工作。叶咏梅忍不住站起来说:"那也叫工作吗?我应该做的,没做,我永远都会遗憾!"

叶咏梅没有罢休。她说我向刘日学习,只要对老百姓有利的事,曲折着做也要去做。她是中国广播长篇连播学会的秘书长,她积极推荐给其他省市台,到1991年全国已有22家省市自治区人民广播电台连播了《无极之路》,省以下的地方台、军队营区广播连播的无法计算。1992年连播此书的省市继续增加。据叶咏梅说,这是新中国成立以来各地录播同一部长篇作品"撞车"最多的一部。《无极之路》成了各地广播电台使用的"公共用品"。

5 心灵中握着信仰的手

电视比广播更直观,更敏感,更容易被挑出毛病。若出了问题,责任也更大。能把《无极之路》以纪实的方式搬上屏幕吗?谁能拍板做这个决定?

这部片子播出后,新华社记者师学军采访过刘述礼,一开始就问:"刘日是河北的,为什么北京市掀起这么大一个高潮?"

刘述礼说:"当然不是为了刘日一个人和无极一个县。"

那是为什么呢?

刘述礼是令我久久思念、深为敬佩的又一位领导者。

不记得谁说过:谁都看得见你的外表,只有少数人才了解你。通常,这话几乎是真理性的。但面对刘述礼,我感觉这话似乎失效了。在我看来,与刘述礼相处过的人,不仅能看见他的外表,也能看见他的心。他宽广的平易,他思维的敏捷和孜孜的责任心,都像是透明的。

他曾对我说,有人建议把《无极之路》改编成电视连续剧,他感觉,好是好,只怕会削弱了这个作品本来的真实性。

我说,如果电视台扛着摄像机,对书里写的人和场景去一一拍下来,这无异于对书中所有的内容去一一"验收",就像过筛子那样,把全书26万字都放到现场、放到实地去筛一遍,看看我所写的一切人和事,一切环境,是不是真的,有没有欺骗天下,还有比这更细致更严格的审查吗?如果这么拍,可以把这部片子叫做"电视报告文学片"。

刘述礼当时没说这么拍行不行,只说他去和志坚部长商量一下。

后来他说，我的"验收说"对他很有启发，促使他想到，这么拍的好处不光是拍一部电视片，而且是可以通过实地检验，来印证这些事迹的真实性。

当然，这毕竟是河北的事，北京市去拍，合适不合适？刘述礼说，北京市委宣传部长李志坚给河北省委宣传部长打了电话，征求意见，得到了河北方面的正式答复，河北省委表示支持。

于是苏厚汾被通知到北京市委宣传部，刘述礼第一次与他谈这个片子，强调的就是："按照书里讲的故事、人物去拍一遍，照实拍，不要搞什么花样儿。"

有人担心，《无极之路》播出后，将来刘日变了怎么办？

刘述礼说："变化是肯定的，或者更好，或者不如现在了，但不管他往哪个方向发展，书里写的这一段还是这一段。"

刘述礼还说："宣传《无极之路》，宣传刘日，其实是需要有点勇气的。你自己要是不廉洁，你是个贪官污吏，决不会宣传这个。自己是个混饭吃的干部，他也不会鼓动大家去学刘日，去读这本书。那些一心只想着自己升官发财的人，也不会干这种事。你宣传这样一个勤政、廉政的人，你自己也得学着这样做。"

1992年3月18日，刘述礼在《北京日报》发表《〈无极之路〉为何牵动人心》，他的文字朴素得似乎不需任何修饰就能抵达人心。我知道他这篇文章是在一天夜里加班写出来的，这给我的深刻印象是，一个北京市委宣传部的常务副部长自己动手写文章，竟也加夜班，而且干的好像是文艺评论家的活……刘述礼则认为，那就是他的工作。

那时，如果不是别人告诉我，我丝毫都感觉不到他是一位身患癌症做过手术的人。与他相处，我始终感觉有一种受到保护的温暖。刘述礼逝世于 2004 年，我不知该用怎样的语言来表达我对他的敬佩和思念。

他也是一位领导干部，刘日和无极县究竟与他有什么关系，他在为传播《无极之路》做着那些工作时，我似乎觉得那就像花儿会开、树木会生长那样自然，他自己也认为是应该的。只在与他分别后，尤其是他去世后，我才越来越感到，曾经遇到刘述礼，是多么难得。

1993 年中共中央正式把反腐败作为重大任务，此后不管出现怎样严重的腐败现象，刘述礼在我心中的意义是：他让我看到了，卓有才华的乃至能鞠躬尽瘁的优秀领导者，确实不止是刘日，也不止是刘述礼。这对我的心灵是非常重要的支持。他也让我加深了对秦兆阳先生这些话的理解：

> ……一颗老鼠屎坏了一锅粥，如果没有许多老鼠屎，就不会有许多不正之风的现象存在。问题不在于孰多孰少比例如何，问题在于要经常为许多灯盏添油点亮，经常努力清除自己的和现实中的污秽。

我越来越体会到，刘述礼在癌症的阴影威胁着他的那些日子里孜孜工作，秦兆阳在疾病缠身的日子里写下的这些话，都是饱含着他们青年时代以来奋斗过的理想和追求的，那里有那一代人乃至几代人确实体验过的美好，那是超越了人生只为自己奔忙的一种境界……我也越来越明白，无论哪个世代，哪个民族，哪种国度，美好都会遭到践踏乃至沦丧。重要的是，美好沦丧时，不要认为美好从来就不存在。美好的再生，则需后人承继再造。所谓信仰，那是不论世上有多少腐败多少黑暗，都坚持着善与美好，终生不渝的。冰心、陈荒煤、秦兆

王宏甲与刘述礼

时任北京市委宣传部常务副部长的刘述礼,是当年拍摄53集大型电视报告文学片《无极之路》的关键协调人和领导者。新华社记者师学军曾采访刘述礼:"刘日是河北的,为什么北京市掀起这么大一个高潮?"刘述礼回答:"当然不是为了刘日一个人和无极一个县。"

阳、冯牧、马烽、刘述礼都是这样的人。他们都已谢世。我还活着。我不敢说能有多少创新,倘能继承,已是心灵握着了信仰的手。

6 五十三集电视报告文学片

我与苏厚汾初次见面,就在北京市委宣传部的一间办公室里。那是刘述礼给他谈了拍摄任务之后。那时刻就我们两个人,房门关着,我们相对而坐。老苏拿出一包"红塔山"请我抽。

"我很久都不抽烟了。"他说。

可是那天他一个劲地抽烟,他说电视电视,最基本的特征是"视",面对你这本书,我哪里去找那些画面呢,总不能把发生过的让刘日演一遍吧。

我说此前也有人跟我谈过拍纪实片,他们请我看过一批当今国际上获大奖的纪实片,我认真看了,由此相信西方国家对纪实片重"记录",重"现在进行时",用意都在于强调真实。电视剧才用"倒叙"表现"过去时",甚至电影故事片、电视剧都很少采用倒叙了。他们说，既然要拍，就要拍出跟国际潮流接轨的。他们期望我能接受这种拍摄方式，用镜头跟着刘日的日常工作，他做他的，我们用镜头如实记录下来，就会是最真实最好的。

"那么刘日过去那些事呢？比如童年，比如他为被错判死刑的农民平反冤狱，这些怎么表现，不要啦？"我问。

"那不是纪录片，那是另一个东西。"他们说。

可现实情况是，用镜头追踪着刘日拍，刘日不会同意。

我对苏导说，我知道，要你把"过去时"和"现在时"融为一体是很大的难题，我也知道当今西方的纪实片重记录，但我仍然要重视我们的民族生活，重视内容。文学史上，每一次文学形式的发展都为承载更丰富的生活内容创造了条件，如果一种新的形式反而限制了内容的表达，是我难以接受的。我可以放弃让西方潮流来赞扬我，但不能放弃更充分地表现中国生活。

那天，苏导细心地听我说，然后告诉我，他已经把书看了两遍。"说实话，我非常感动。"他说，"有这么些故事也不容易，就完全照着真实的走吧。"

那天分手时，他又说："书里写的那些形形色色的人，那么多事，都是真的？我现在心里没底儿，也没人这么拍过。"

我说："摄像机有巨大的优势，我用语言难以描述的，你们拍出来一目了然。把机子扛到现实中去，你就知道怎么做了。"

不久我就发现，苏厚汾是个非常谦逊和善于汲取他人意见的人。1991年6月15日，《无极之路》在无极县开拍，几乎是一开始，我们就"遭遇感动"，最意外的大约是一段"天上的经历"，我想我应该写下来。

《无极之路》开篇写道："冀中平原犹如这片土地辽阔的胸膛。天高悬日月，地阔载群生……"苏厚汾说这部片子怎么也需要有个"航拍"。实拍那天，上飞机前，苏厚汾让我带着无极县的大地图："上天后，你负责给飞行员导航，指出哪儿是无极县的范围。"

我说："我也指不清楚呀！"

他说："废话，你总比我清楚。"

就这样我们上了天。无极人，或者在无极县任过领导职务的人，无极县的每个乡不一定都到过，但我，一位外地作家，在采访的日子里，无极县的每个乡我都到过，对无极县的"方圆四至"还是有些印象的。尽管这么说，那天起飞后，我双手拿着打开的地图，就在飞行员身边聚精会神地望着前方的土地向我们飞来，我还是生怕无极县飞过去了……忽然，我叫出来："无极，前面就是无极！"

这时，飞行员、导演、摄像师……飞机上所有的人，都感动了，因为河北有荒滩的并非无极一个县，荒滩多在县与县交界的地方，此时出现在我们眼前的景象是：由于无极县的荒滩已经开发利用，已经绿树成荫，那些成荫的"绿树带"就构成了无极县的方圆边界，用不着我做导航了，绿树就是导航。

"真漂亮！"

飞行员说着开始绕"绿树带"盘旋……片子播出后，人们可以从电视上看到：那绿树环绕以内的地方就是无极。如果当年我在电视片中用语言指出这个"情况"，河北版图以外人们会赞扬刘日，石家庄地区版图之内，声音恐怕就不会一致。我们担心"木秀于林，风必摧之"，所以在电视片中对此只出图像，没有另加解说。

苏厚汾在片子播出后曾发表《大型电视报告文学片〈无极之路〉创作浅谈》，他在文中写道：

《无极之路》航拍上飞机之前,参与航拍的部分人员合影

我们把摄像机当成眼睛,瞄准书中写的所有人物和事件,进行严格检验。镜头第一个对准的是刘日,可是他拒绝拍摄。我们只得改变战略,打外围,先拍书里写到的其他人物。我们跑遍了无极全境,还专程到正定、石家庄、行唐、获鹿等地采访。从县委办公室到乡村党支部,从最底层农民的土屋到省委高大的办公楼,从富裕起来的农民居住的敞亮客厅到监禁犯人的监狱,先后五下无极,行程万里,经过检验证明,书中写的完全属实。我们信服了,感动了,震惊了!

苏厚汾是北京电视台文艺部主任,拍摄过许多文艺晚会。记得苏厚汾首次从无极拍摄回京的第三天,来摄制组说的头一句话就是:"回来,看到一些事就来气。我对他们说,你们这里灯光亮得跟着火一样,还这不满足那不满足,你们去无极看看!"

我不止一次想过,认识苏导,也是可遇而不可求的。苏厚汾曾是一位语文教师,有深厚的文学功底,是这文学功底使他有可能用"意象"把诸多"声像不对位"的场景连接起来,从而把历史和现实融会

在航拍的飞机上,《无极之路》导演苏厚汾(左一)与王宏甲(右一)

贯通。他在执导的过程中,一直很夸奖这本书在描绘真实的同时于文字中蕴蓄的文学力量,这使我至今都感到非常温暖。他写道"我们决定和文学做一次最亲密的联姻",他对这部报告文学作品原汁原味的"保护",甚至连每一章的标题都原原本本地打出字幕,搬到屏幕上去,这是我没有想过的。媒体报道这是中国第一部大型电视报告文学片,其实,世上也没有其他国家这么拍过。这么拍,还使这本书成为世上第一部被直接搬上屏幕去"读"的长篇文学著作。

7 贫穷不仅是在物质方面

1992年1月30日下午,在全国政协礼堂召开《无极之路》电视报告文学片研讨会。此时,摄制组里唯一没参加这个研讨会的人员就是男主持人谭天谦,他正躺在医院的病床上治疗。摄制组在现场拍摄和回京录制的日月里都在持续加班,谭天谦突发心肌梗阻,几乎"壮烈"了。

在拍这个片子的年月,反腐败始终是大家最为关心的主题。谭天谦痛恨官僚腐败,曾说:"巴不得语似长枪直刺腐败分子的黑心。"然而他在屏幕上的播讲，却将"进攻型"变成了"倾诉型"，以含辛的微笑，用他真诚的而不是深沉的声音塑造形象。

世上最有力量的东西，恐怕真的不是来自物质世界的金钱和权力，而是来自心灵世界的真情。没有如此的投入，没有从心灵深处捧出来的充满温度的播讲，是不足以打动天下的。

谭天谦在片子录制后期突发心肌梗阻，送到医院抢救。最后几集由女主持人霍秀独立播完。

霍秀曾对我说："你说说吧，我在屏幕上有些什么毛病？"

我说："你在片子里最令我感动的形象是你有点'驼背'，而且两个肩膀不一样高的形象。"

"驼背？"她问。

我说是呀，那含胸拔背的形象，是超越了慷慨激昂巴不得把心都要掏给观众，当观众全神贯注于你讲述的世界而忽略了对你芳容的观察，艺术就在那时刻产生。

后来，霍秀写了一篇《我与〈无极之路〉》。我读了她的文章，惊觉她的文字如此生动。当即给我两大印象：其一，这是受感动后从内心流出来的文字；其二，她播讲时心中已不是只有《无极之路》，更有她到乡村拍摄后获得的她自己的内心语言和内心视像。我引她的文章，你可一读，感受一下她曾有的感受。

前些日子，适逢北京电视台播放《无极之路》，我家电话铃整日响个不停。拿起来，听到大都突兀地问："哎，霍秀，刘日死了吗？"

"没有啊！"……

我的朋友们，乃至众多的观众们不相信我们会宣传一个活着的人。关于刘日还活着,还是县委书记,还在无极,还没有升官这个问题,我已向许许多多的朋友们不厌其烦地说了,解释了,但大家似乎仍不满意仍要知道个结果——如果没死,为什么宣传?——如果宣传,为什么不升官?一些惯于大胆怀疑言辞激烈的朋友则单刀直入:"刘日是否上头有人,他是不是某某的亲戚?……"我沉默了,在沉默中,心阵阵作疼——那是一种难以言喻的隐痛。我知道刘日没后台,他这个人也很有魅力,直到现在他都很难……

你看,谁要是经历了介绍刘日,谁就会遭遇被问个不停,是不是真的?他还活着吗?他还能活吗?霍秀此文竟写了约3万字,《中国企业报》割舍不下,只好分上、中、下连载了3大版,又被其他报刊转载。

霍秀还写道,她接触这个片子之初,"心里盘算的小九九"是:50多集……干完后能买个空调吧!但是……

来接我的是一辆破得不能再破的"天津大发"小面包。乳白色的外壳几乎变成浅灰色,上面的漆皮掉了不少,剩下的在那龇牙咧嘴。两扇窗户和一个门的摇把都失踪了,只能从一个门鱼贯出入。司机小吴头发乱蓬蓬,眼睛熬得红通通,他热情地把我让到贵宾席——司机旁边一个脏兮兮的座位,另外两位小伙子——副导演小姜和美工主动蜷缩着坐到后面和一堆不知什么货物挤在一起。久经沙场的我一望便知,这个组没钱,起码经费严重不足,否则决不会如此窘迫。

美梦破了一半。一个经费紧张的摄制组,待遇不得而知,拍摄为了省钱肯定还要赶任务,累个半死,但我绝不能从车上跳下去说自己变卦了，真想变卦也得见了导演之后，编些自己如何如何忙，或身体不太舒服之类的话，婉转地不露痕迹地……

但她后来不仅拍了，而且很认真很动情。她写道："到无极，晚上7点，全摄制组开会。苏导演讲了些准备吃苦之类的话，我们要走访许多村子，寻找那些书中写到的人物，向他们了解是否属实。每日清晨6点30分就出发，早饭、午饭都在村里找地方吃，晚上再回招待所住。我的任务是采访和体验生活，自己又增加了几个内容：挑剔，摸底，证实。同时不免嗟叹。"

霍秀说她是去"体验生活"。那片土地，只要你走进去，你可能立刻就有"思想"了，她写道："当我从车里走出来，微笑着走向有些惊慌失措的老乡，向他们解释来意，然后拐弯抹角地问些我们需要知道的问题——人家也和我聊天儿，也请我上炕，说到动情处也泪流满面，我却知道，在他们眼里看我们，看县干部，看刘日，就像当年我看县干部一样，坐得很近很近，隔得很远很远。"

她继续写："我接着想我的，为什么，人一旦当了官，老百姓自然而然地对你产生一种对抗情绪？反之，当官后，真的办点实事，办点好事，百姓竟会感激涕零，下跪叩首。"

她记述了去拍摄苏村父子三人的情形，那是《无极之路》第二章写到的故事，现在她看到了书中没有的新情况。

我们寻到村中，同样找到村干部，请他们领着找到老汉家。三位老汉中，已过世了老父亲，70岁的大儿子没见着，只见到唯一有家的二儿子和呆傻的老三。这次，他家正在盖新房，一溜齐刷刷大北房已施工了一半。村长说村里资助了些钱，他们自己又借了些。

我问这位唯一不绝户的老汉："老大爷，听说刘日来给你们送过被褥？"

老汉睁着混沌沌的双眼："谁？"他有些聋。

"刘日，县委书记！"

"啊，县里的？来过。头一年送过一回，去年烧炕的时候，把被子都烧了，今年又送来了。"

霍秀看到了那大红大绿的新棉被，"房子里除了这几条被褥再没有任何东西了"。老汉问："你们是县里的？"霍秀说我们从北京来。老汉问："到俺这干啥？"霍秀说来看看您的新家！老汉说："俺家穷，啥也没有。"

穷！无论是我，还是整个摄制组，当我们从首都出发去拍这个"先进事迹"时，看到了穷困中试图改变穷的努力，也仍然看到许多"穷"，触目惊心的穷！

生产队散伙后，缺乏经营能力的农户成为"三缺户"的，无极同样存在。把摄像机扛到他们家里去，假如想找有"亮色"的东西，几乎没什么可上镜头。黑乎乎的屋子沉重地堵到镜头前，屋子里只有一处较亮的墙壁，是由于光线正好从门外进来，落在门边墙上的一张图上，图上是一个穿超短裙的姑娘，背景是一片碧绿的草地……这是某天我们看到的场景，拍不拍呢？

这屋的主人有一个十五六岁的女儿，早先连小学也没有读完就辍学了，那张图上穿超短裙的姑娘，仍然是这位乡下女孩在清贫生活中美的向往。图上的女孩，你在何方？你脸上的笑容那么甜，是否笑过之后也曾愁眉不展，是否知道你是不少乡下女孩永难企及的羡慕对象……这些，拍不拍呢？

拍！

即使去拍"富起来"的老乡家，有新房新家具，甚至遥控彩电，但只要把镜头往上一抬，就能看到彩电上方的墙上挂着一个大镜框，框内照片大大小小，有彩色的有黑白的，还有从影视画报上剪下来的明星照，排列毫无规则，排满了就是……当这彩电和相框一块组成的风景同时呈现，你作何感想？

再把镜头对准某台样式新颖呼呼转动的风扇，那特写可能使你疑为是在哪个宾馆，然而镜头拉开朝上一摇，就看到了崭新的房梁上一个与电风扇一样圆而且墨迹崭新的"八卦图"。

再把镜头对准主人，他们身上也穿起了新布料新款式的衣服，却遮不住过去岁月刻在他们脸上的痕迹，那么深的皱纹里，有富起来的"物质文明"难以抚平的沟沟壑壑。

炎热的夏季，冀中平原上还有成群的赤身露体的快乐孩子……这些都拍不拍呢？拍！我们都拍了。

但是，能不能播出去呢？

在北京市委宣传部审片的时候，苏导"心惊胆战"，生怕辛苦拍来的不少镜头被枪毙了。但是，所有的领导者都在看片的过程中被打动了……假如拍电视剧，你会认为那是导演、美工布置的，但出现在报告文学片里的不是，无论是可喜的还是可忧的，这就是我们的家乡，我们真真切切的家乡。正因为看到了这些，包括贫穷不仅仅是在物质方面。一个民族的强盛，需要全民族文化素质的提高，而拥有最多人口的广大乡村任务最为艰巨。所有这些，都使我们更能理解，像刘日这样的共产党人努力工作的意义。

8　金钱买不来的报偿

霍秀还写下：我们在北京住，北京的大官儿太多了，从前"从一品直排下来，县太爷只是七品芝麻官，没有绿豆大。要是谁为我介绍：这位是县委书记，我会眼皮儿都不眨地和他握手，官太小，让人无法紧张。"但是刘日所辖的无极县，"便有四十万个性命"。一个县官还被称为芝麻官，"看来，一个百姓的性命只等于一粒芝麻的几十万分之一"。

可是，"刘日，这个刘日！"霍秀写道，"他珍惜每个生命，从枪口下救出了坐以待毙的无辜草民，每一位性命他都视如骨肉，去为他们奔走、呼号、谋生……"所以她感动了。

离开无极前夕，大家都与刘日合影留念，轮到霍秀，刘日突然畏缩起来："这……合适吗？"霍秀说："怎么不合适？为什么我不能与您有个合影？"刘日勉强站到标有《无极之路》摄制组字样的吉普车前。可是，当霍秀站到车头，刘日就绕到车窗。霍秀再走过去，刘日又绕到车头。

"一下子就伤了我的自尊心。"霍秀写道。

霍秀觉得"人格受到侮辱"，觉得刘日也不过如此，缺少大度，觉得"他已经被一张网套住了"。但后来，她在文章的末尾写道：

他身上压着三山五岳……他只能成功不能失败，只能正确不能失误，只准前进不准停步！如果他犯错误了，有人会说："瞎说，他不会犯错误！"有人会说："啊哈！刘日犯错

1991年的霍秀在无极农村 她是电视报告文学片《无极之路》的女主持人。电视片拍摄完成后，霍秀以《我与〈无极之路〉》一文讲述了一个电视主持人对无极、对刘日那种抑制不住的感动。文章涌动着她本人深入农村调查体验后丰富的内心语言和内心视像。

误喽！"他也要求自己不犯错误，中国人不容忍的错误更不能犯——不贪污，不近女色。于是和我照一张照片都不敢……突然我明白，我也错了。我也不允许他像人一样地工作，生活。人焉能无过？只要活着，就会犯错误，三七开，四六开都成，这才是人。

如果我们爱惜刘日——让他干，让他摔！成功是要有代价的——历史为证。人血总是热的，这是万古不变的永恒。天下英雄豪杰无数，谁与宽些尺度？

我还记得摄制组离开无极的前一天，制片人对苏导演说，你去跟无极方面说一说，能不能少收点我们的住宿费。苏厚汾说："这我可说不出口。我们在北京就定好一个原则，到无极拍片，不取无极分

在无极农村拍摄《无极之路》的日子里
左起：霍秀 邱满囤 谭天谦 王宏甲 白俐

文，吃、住，我们都交钱。"

制片说："没说不交呀，是说能不能少交点。"

苏导说："我还是说不出口。要不，你找宏甲去说。"

于是制片来对我说："组里特别困难，你是知道的。这事你也不要去跟刘书记说，就跟招待所的领导说说，我们也不是不交钱，请他们收我们一半的住宿费，行不？"

我于是去说，一说，招待所的领导就讲："行。我们这地方穷，不通火车，平常房间空着也空着。你写了《无极之路》，我们招待所现在都住满了。赶明儿片子一播，指不定会热闹成啥样呢！"

在河北，反对刘日者一再传言刘日花县里的钱请作家为他树碑立传，又花钱请电视台来拍他。我感到解释都没劲。可是那些传言在不少"官员"中却很有市场。

不少人以为拍了53集电视片，我必是发了财了。我不是刘日，文学影视作品一经使用，要给作者付酬，这有国家出版法规定，我即使得了40万元也不怕告诉天下。我想党的宣传机关也会以此为例说：你们看看，写主旋律的作品也很受欢迎，作者也可以先富起来嘛！但是，我总共从北京电视台得了4000元稿酬。

拍这部片子，北京市没有拨拍片经费，北京市电视台给的"政

上图为《无极之路》副导演兼制作编辑杨小秋，下图为副导演姜峰 当时拍摄《无极之路》缺少经费，摄制组每个人似乎都为了某种感情和感动在工作着。这些当年愿意走基层拍摄农民的影视界人士，在此后的岁月里拍摄了很多作品，这部《无极之路》的拍摄体验和感受则一直被他们视作宝贵的精神财富。

策"是可以去征集广告放在播片的时候播，所得广告费可以作为拍片经费。负责去征集广告的人员跑了许多企业，一次次空手而回。有一次回来说，有人说，你们要是拍慈禧太后的片子有人看，拍一个共产党的县委书记，谁看呀？"那话说得气死你！"最后只征集到一条打字机广告，拍片经费都在其中，这就是摄制组极其困难的原因。苏导演说："没办法，台里也给政策了，我拉不到广告是我没本事，对不起大家。"

我也曾对苏导演抱怨："你们给的稿酬也太少了吧！"可是，苏厚汾奔忙了8个多月，他得了1000元导演酬劳。如今请一个官员吃一餐饭，十倍于这个数，不算是最高的。

霍秀文章中讲到的副导演小姜，叫姜峰。摄制组最初选主持人那些天，我们的茶几上排满了各方面推荐来的男女主持人的照片，多是姜峰去找来的，尚不够满意，姜峰又到处去跑，去打听，去看照片，去听声音……最后确定的主持人就是谭天谦和霍秀。摄制组的另一位副导兼制作编辑是杨小秋，他是制作的主力。至今，我们都是好朋友。

苏导说："我们这些人，平常也一般般，观众对我们也有意见，但我们在拍《无极之路》时，确实也在穷困中干成了一件事。"

当这部片子播出后，当那么多观众来信、来电话时，当我们读着那些信件那些电话记录，都深深体会到了，这就是报偿，金钱买不来的报偿。

第2章 一条情感澎湃的江河

这些平凡而又平凡的来信,奔腾着饱满的民族性格,自由自在的声音,带着乡间的泥土气息,带着百姓的体温,带着知识分子的良知,带着党员干部的良心,来了,来了,如雷贯耳,如春风拂面……我一直以为,这是我们这个民族的财富。

1　不能忘记的民情民意

　　早在这部电视片播出之前，读者和听众就给作者、出版者、报社、广播电台，以及刘日，甚至党政机关，写来许多信，这些信已如一条情感澎湃的江河……

　　我仅看到其中一部分，每读之，不是用"感动"二字可形容。反观自己写《无极之路》，我一直小心谨慎地不敢写一句刘日是党的优秀领导干部这样的话，你可以到26万字中去找，我没有写过一句直接赞扬刘日"优秀"或"焦裕禄式的"这样的话，只怕刺激了一些人的神经。但是我的老师们写出来了，许多党政机关的领导干部也写出来了，党报党刊公开发表出来了，人民群众更没有顾忌地慷慨地写出来了。

　　我对自己的畏畏缩缩感到惭愧！这使我想起柴可夫斯基曾经称赞"莫扎特是音乐的基督"，还有人说贝多芬是"音乐的普罗米修斯"，是"扼住那不曾向任何人或神低头的命运之咽喉的人"，还说"没有一个政府首脑比贝多芬更致力于个人的尊严和平等"。这些评价准确不准确呢？可是，这些慷慨的评价是那么激励人心，成为塑造一个民族性格、培育人的尊严的宝贵的民族财富，也使我们对他们的伟大民族满怀敬意。

　　对巴赫，西方人也评价说，他的音乐让世人看到："音乐既可以十分个性化，又对整个世界深具意义。"面对刘日这个中国共产党的县级领导人，我可不可以评价说：他全神贯注，试图使他辖区的人民过上好日子的工作，既可以十分个性化，又对中国乃至世界深具意义。

大量的来信，有的文字虽不那么通顺，甚至可能不乏"溢美之词"，那些"溢美之词"可能是那些反对刘日的领导干部最反感的。但是，那些被人们唾骂的贪官污吏，老百姓对他们一句赞扬的话也没有，更别说"溢美之词"。我却从这些百姓来信中看到中国社会内部同样饱满的民族性格，那些自由自在的声音，带着乡间的泥土气息，带着百姓的体温，带着知识分子的良知，带着党员干部的良心，来了，来了，如雷贯耳，如春风拂面……这是我们这个民族的财富。

我有责任记下来！二十年了，二十年前从大学宿舍里写来信的大学生们，今天也四十岁左右了。在这书里，北京、天津、上海乃至全国各地不少写过信的人们，可能读到你自己二十年前的声音。你们还好吗？假如看到你自己二十年前写的话，会觉得恍若隔世吗？你今天还会这样说话，还会这样期望吗？我真想说，不要放弃自己曾经的热望，不要以为美好消失了不会再生，不要背弃自己曾经的感动！如果你曾经流泪，那是你自己内在的素质在澎湃……任何时候，你相信美好在你心中，美好就在，没有谁能拿走。什么时候认为美好不复存在，美好就在你心中消失。

现在，我要开始引用这些来信了，请你准备好凝听，包括那些滚烫的溢美之词。

天津的声音

天津人民广播电台是全国首批长篇连播这个作品的电台之一。以下摘录几封听众来信。

天津第二医学院副教授李崇芳在信中说：

今晚我再一次流着激动的热泪听完了最后一次《无极之路》的播讲，顿时一个念头涌上心来，请问：我市的刘日在哪里？能否通过电台的帮助让我见上一面？十分钟就心满意足。请务必有回音，我在盼望着！

天津也有个"河北区"，李教授误以为无极县是天津市下辖的县。天津市河北区北站外中山东里一位名叫孙连茹的听众则写道：

你们播的那个县是吴极县吗？地图上根本找不到这个县，可见这个县太小了吧。我去了火车站的售票处都找不到这个县名，甚至在百货大楼岗楼后的长途汽车站地图上也找不到这个县的名字。请告诉我这个县的县名该怎么写。

这部报告文学大概是近几年来报告文学的感人之最吧，在我眼前呈现出一位先天下之忧而忧、后天下之乐而乐的好干部——刘日。我不知道此书何时问世，只觉得晓得刘日这个人晚了一些似的。真不知天底下还有刘青天、刘伯乐这样的好人。不愧为众乡亲有口皆碑。如果把刘日的思想方法和工作方法称为"刘日精神"，那么"刘日精神"就是一心一意地为国家利益情愿找苦吃，就是全心全意地为人民利益情愿找累受。"刘日精神"贯穿这人世间一种真挚的感情。这种感情，是多少金钱也买不到的，是任何说教也达不到的，是什么力量都打不垮的。

天津市红桥区南运河北路 80 号的杨学良写道：

我年近七十的老母也被刘日书记的事迹所激动，每天同我一起厮守在收音机旁，一字不落地收听到全文结束，随着故事的发展，或激动流泪，或亢奋不已，或沉痛激愤。

天津市和平区民园街办事处的胡广元来信说：

我也是一名共产党的（小）干部，我决心向刘日学习。这些日子只要晚上没事，我总是抱着收音机听《无极之路》，听得我如痴如醉，听得我热血沸腾，听得我思绪万千！我有两点恳请：一是告知我去哪儿买这部书？二是这本书播出后能否向全市广大党员干部推荐一下，让大家都读读这本书，知道如何才能做好人民的公仆。

一个没有写明地址的天津听众曹荣起写道：

从芝麻官刘日身上，人们看到了地地道道的真正的共产党员的形象。他的言行感人至深催人泪下。虽为长篇报告文学，却不觉其长，而嫌其短。希望你们能尽快印成册就更好了，我盼望着。

天津市马场区144号的张俭华写道：

炎黄子孙有这样胆识超群、忠于人民的杰出干部，值得民族自豪。如能有成百上千这样的县委书记，社会主义中国就会变成天堂。

天津市河北区一位名叫汝毅的小学生给刘日写信：

敬爱的刘日叔叔您好！我在收音机里，听到了您的许多事迹。我很受教育。您的事迹是那么的感动人心，我以后一定要学习您的那种精神，把我们的祖国建设得更加美丽富强。我不打扰您更多的时间了，您的时间是很宝贵的。在这里，我代表我们全班的同学祝您身体健康，万事如意。

天津市武清县高村乡人民政府的贾邵勇在北京人民广播电台开始连播时接着听，并给北京台写信：

我每天坚持收听你台播出的《无极之路》，12:00、18:00、20:30，连续3次收听，仍不满足，太感动人了！我已快60岁的人了，多想有数以百万计的刘日式的干部出现在我们的干部队伍当中！不过这样的干部不是多而是太少了！

以上只是许多信中的一部分，多是这些信中的片语只言，如果一一引用就会重复而又重复，但这些"重复而又重复"反映的正是共同的心声。由于天津台播出的时间正是春节前,不少听众在信中比较集中的一个问候是:春节快到了,如能转告刘日同志,请代我向刘日拜个早年!

北京的声音

北京人民广播电台播出后,鉴于大量来信,总编室专门编发了一期简报,题曰《〈无极之路〉的回声》。1991年9月10日出版的《北京广播电视》报在头版头条选登了部分来信。报纸选登的信,很多北京读者都已看过,我以下摘选的侧重于北京人民广播电台总编室那份简报上的信。端着这期简报,首页就听到一位老太太的声音:

我是一个农村的老太婆,自从《无极之路》开播以后,我就每天准时坐下来收听,有时外出办事,也要把收音机带在身边,只怕漏听了。我们村不是先进村,所以特别盼望它能先进起来。另外,在我的印象中,过去一些好人好事都是死后才报道,叫人很遗憾!听到刘日因病住院,我也曾担心:他可能不在人间了。当听到刘日病好了,出院了,我太高兴了!听了报道活着的好人好事,使人觉得他就在身边了。

这位老太太是房山县石柚乡的,没有写明是哪个村的,叫王会敏。一位无极籍离休干部蒲记格也是一位老人,他写道:

自7月1日开始到8月3日,我是一天不落,每天至少听两遍《无极之路》。我是无极县高陵村人,离开无极已有40余年,今年7月份回老家一趟,亲眼看到了家乡的巨变。

记得村西北有片大沙窝地,那是埋死孩子的地方,而且埋得很浅很浅,为的是让狗吃掉,说让狗吃了再托生就成人了。那时,我们小孩子谁也不敢到那儿去玩。这次回去一看,变化太大了,那些沙窝地已变成良田和一排排高大的新房,村南那片寸草不长的大沙窝,正像书上所说，已变成果园，有桃树、杏树、李树、苹果树、葡萄架。我的同乡同学，就是书里写到的贾崇惠、梁计德，他们劝我说："叶落归根吧，回来吧！"

电台都有监听员，北京台的监听员刘立宁来信：

我不仅以电台监听员的身份，而且代表我的收听这个节目的亲戚、同事、同学和朋友们，表示我们对选择这篇报告文学的编辑同志的最真诚的感谢！是你们使我们认识了刘日同志，从刘日身上，我们坚定了走中国特色的社会主义道路的信念和决心。

北京冶炼厂一位署名"多言"的人来信：

我怀着无比激动的心情听完了这部震撼人心的报告文学，千言万语并一句：祝刘日同志健康平安，愿宏甲同志继续报道像刘日这样的共产党员的事迹，望编辑同志继续为这样的作品开绿灯，让他们的事迹传遍祖国大地。一切正义的人们感谢你们，让那些贪官污吏发抖去吧！

一位署名"北京尹邦宪"的老干部来信，他在表达了自己的"心情久久不能平静"之后写道：

当前社会有三害：说得好做得少，拜金主义泛滥，滥用权力。《无极之路》的主人公已超越了某些见诸书报、影片中的模范人物。如能广为印发《无极之路》，让各级领导干部都能阅读它，那将比空洞的说教更有益。我已是70多岁参加革命工作54年的人了，我期望有生之年看到《无极之路》有更广阔的延伸。

北京二十二中的学生邓朝辉写道：

我是一个高三的学生，即将面临高考，已投入到紧张的复习阶段，尽管如此，我还是坚持收听《无极之路》，它已深深地扎根在我心底。在改革开放的今天，不少干部经不住金钱的诱惑，贪污受贿，刘日却保持共产党人的本色，实在可贵。

解放军总参管理局的方旭来信：

刘日的出现无疑在人们久渴的心田注入了玉液琼浆，真解渴啊！说实话，开始我并不相信你们在播讲之前的故事介绍，不相信当今中国会有其人其事，怀疑你们说的是天方夜谭。然而，随着欣赏的不断深入，我激动，流泪了，这的确不是天方夜谭，而是一部看得见、摸得着的现实童话。中国的四化建设需要他那样的智慧、幻想和假说，社会风气需要他那样的事迹来净化！

方旭讲到了刘日的"幻想和假说"，这是注意到了这个人的"个性化"吧，或者说注意到了个性化的领导干部，那富有责任感的积极思索，其实是与大众生活密切联系的。《无极之路》的最后一章写到了刘日关于开发大西北的设想，20世纪90年代，开发大西北已是党中央的重大决策。河北霸州的杨吉增先生在读到《无极之路》中刘日对开发大西北的设想后，致信刘日：

你的事迹感动了我。虽然我的4个儿女都已成家过上了好日子，对我也极孝顺，但是，假如你到大东北、大西北生活条件差的地方去工作，请你千万给我来封信，我同你一起去。我发挥我的水利测量特长，一切费用由我儿子供应，不要国家开资。

北京的彭燕平给电台写信说："我想买一本《无极之路》，寄给在国外学习的孩子，让他记住刘日所做的一切。"

在美国留学的阎丽娟将《人民日报》海外版上缩写的《无极之路》剪下来寄回国，期望亲人："给我们寄十本《无极之路》来，以满足同学们的要求。"

外文版《人民中国》杂志于1991年第7期刊出《一个县党委书记的奋斗》，以10个页码9帧照片向海外介绍刘日。新华社驻莫斯科分社记者俱孟军给刘日来信说："为无极骄傲，更为你自豪。"

一位署名张平的听众写了一篇题为《无极之路路无极》的散文诗，寄给电台，《北京广播电视》报全文登载，编者附言称之"稚拙，但流动着热烈"，以下是全文：

记不清寻了多久，信心又回到了心头。听报告？开会？参观？都没有，是《无极之路》，帮我找到了一个朋友。刘日，一位从坎坷中走来的书记，使多少人热泪横流，青春再生，精神抖擞；使美和丑又黑白分明，让人自问，褒贬春秋。如果你正执著地追求，请认识一下"无极"，苍天有眼，群众有嘴；狱中有歌，青山有喉。

刘日，多好的名字！饱经忧患的民族，总把优秀儿女养育得山一般的伟岸，土一般的浑厚。当你知道了滹沱河滩是怎样一改旧貌，谁不想让家乡的干河套同样果树满滩，绿水重流？当你知道了拍完《红楼梦》，留下荣国府，谁不想同样让一分钱办两件事，为国分忧？读一读《无极之路》吧，那里面有涤荡灵魂的药、升华精神的酒；有平反沉冤的泪、百姓磕下的头；还有退了再退的分房钥匙，排在医院外老乡们的问候……为了给老百姓治眼，刘日能把享誉世界的名医，请到无极的"炕头"；为了把温暖送给最渴望鼓励的人，他匆匆的身影在多少个除夕夜奔走。致了富、成了家的光棍汉们，怎忘得了那苦口婆心的好人，两袖清风的朋友？一幅幅的匾额，怎说得尽三生难报的感恩和祝寿？刘日同志，您凭什么唤醒了万千的能工巧匠、让千万人竖起了指头？无极之路，是否有着玄妙莫测的源头？

无极——多好的名字。博大恢宏的太极文化,总是让尽忠黄河的儿女把精神领会透!"得道者昌,失道者亡",悠悠千古的真理,真理千古悠悠。"道"就是民心,就是和谐;"道"就是大智若愚、无私无垢。想一想吧,一个敢自己在腿肚子上烧洞钻眼的惯偷,居然在三次坐牢后改邪归正,而且成了治安的能手。是什么使这废钢除尽了斑锈?高墙之内的犯人,爆发出震撼铁窗的掌声,掀起学习一技之长的热潮。是什么使理想驱走了腐朽?是人民的需要,赤诚的关心,真诚的大手!十三个人联名诬告,为什么反使更多的人发现了一颗瑰宝?是一身正气、两袖清风、三山压顶、四德不动的敦厚!善良、坚毅、自信、机敏——统一于一点:历史的需要,崇高的追求!

无极之路,一条克己制胜的路,令人崇敬的路,无限光明的路。无极,那古老文明的代号,将铸成新纪元的宇宙!

我读完这篇散文诗,想着编者附言称之"稚拙",心想这是很高的评价吧,因为稚拙的便是世上最纯美的。

北京台于同年10月1日开始重播《无极之路》。负责录制这个节目的责任编辑洪虹综合来信,写道:

听众在来信中还普遍提出三点要求:

一、希望《无极之路》的电影、电视剧早日与观众见面。

二、要求再次重播此节目并关心刘日近况。

三、建议上级提拔刘日,给他更多的权,他会为百姓谋更多的福。

许多听众要求电台代向刘日问好,洪虹给刘日写去了一封信,代表广大听众"向刘日致敬",然后期待着刘日的回音。

这期间，随着全国越来越多的省、市、自治区人民广播电台的连播，更多的信从北国冰城、南国羊城，以及云南、新疆，甚至从海外飞往无极……

2　飞往无极的信

飞往无极的信，大都有一种特别想对刘日倾诉的特点。

有些信是你无论如何也想不到的。河北任丘一位青年在给刘日的信中写道："我曾想过建立一个强有力的走私集团和做其他能获暴利的生意，可是自从看了您的事迹后，佩服得五体投地，愿跟您一起俯首甘为孺子牛，不再想取不义之财。"

辽宁省抚顺市农民张逢君，因家境贫困，42岁尚未成家，对生活失去信心。在他"正准备到深山过隐居生活之际"，听到了辽宁台连播的《无极之路》，写信给刘日："你的事迹，使我久已冷漠的心，又燃起了希望的火花。"

这些信，刘日都一一亲自回复。他一直认为："没有比一个人的'人生'或'生命'更重要的事。"夜深了，他在回这些信，他的秘书王计合对他说："休息吧，别工作了！"他并不认为他是在工作，而认为"这是一个生命与另一个生命的交流"。

北京军区政治部作家陈惠方给刘日写信说："我觉得我的笔笨拙到找不到一句歌颂你的合适的词句。"他同时把自己的作品寄给刘日，在扉页上慷慨地写道："献给伟大的县委书记！"

湖南农学院"三〇二号宿舍全体同学"致信刘日："我们怀着一颗激动的心，读完了您的事迹，眼泪几次夺眶而出，沸腾的热血在全身高速地周转着，手不停地拍打着桌面，太伟大了！太平凡了！"

昆明铁路一中学生江涓在给刘日的信中说:"每天必听《无极之路》是我生活中不可缺少的一部分。您的事迹牵动着我的心。如果我考上北京的大学,头一天报到,第二天就去看您。学成之后,立即去无极效劳。"

湖北省监利县检察院的刘铁军在信中说:"恨远隔千里,不能到你身边接受教诲,接受熏陶。这该是多大的遗憾!"

曾给毛泽东主席、胡志明主席治过眼疾的张晓楼,中国社会科学院的张振鹤老人,都是在病中给刘日写来长信。张振鹤的手已经难以握笔,写出2400字,其中颇有颤抖难以辨认的字,但令人一眼就看见老人的心情。张晓楼逝世之时,医院遵照他的嘱咐,将他的"眼睛"留给了两位素不相识的年轻人。这位终身为人"创造光明"的科学家在人生最后一段日子里给刘日写信说:"你重新增强了党的威信!特别是当今,'官倒、腐败'令人担忧,看了你的事迹,看到了光明。"

上海供电公司教育处贾胜、山东省政府办公厅崔天晓等30多位读者,在信中不约而同地写道:刘日的事迹与党内存在的腐败现象形成了鲜明对照,使人们"在看到腐败的同时,也看到了希望"。

天津市委信访办的王良佐则给无极县委写信说:"希望县委的同志把刘日同志的身体当作一项工作管起来,必要时采取强制措施。刘日同志不容易,过去,由于河北省委的慧眼和无极广大干部群众的保护和支持,才没有被搞下去。希望无极的干部和群众,继续支持和保护刘日。如果他有了失误,也应该及时给他指出来,帮助他。"

铁道部科学研究院退休工程师张桂芝看到老百姓要给刘日发"奖金",全被刘日谢绝,她给无极县委寄去了1000元人民币,"希望设立'刘日奖励基金',用于奖励那些清正廉明,一心为民造福,自己至今却还很贫穷的领导干部,以真正实现——人民为这些领导干部发奖金。"

最让人感到惊奇的也许要算黑龙江省萝北县一位19岁的姑娘写信请刘日作"红娘",希望介绍她嫁给《无极之路》中的人物——"流浪汉"王新元。

刘日让秘书给这位姑娘回信,请她慎重考虑,不要一时冲动。姑娘却很有决心,直接给王新元写了来信,请刘日转。我读到她的信,看到信中有不少错别字,不会写的字就空着,但有些句子还写得挺美,不知是不是从哪里看来,加以模仿。不管怎么说,那东北的乡村生活,一个农村姑娘的文化和心情,立刻就呈现在眼前。若以"纪实"看,按原样引用她的信,大约是最原汁原味的了。但我还是对"错字"或只写了半边的字订正了,因计算机里没有那些错字,我保留了"别字",请你自己甄别。

新元:你好!

　　近来生活过得很舒心吧!历经了沧□磨难,有一个归宿,这其中不乏你的远见,修养好,有作为,自强不息地对生活有执着的追求。

　　更不能否认的是你的思想境界。我还能说什么,在饥饿寒冷之日,具有诱惑力的金钱没让你屈服,跪倒。十几年贫困交加的日子,从不长歪门斜道,不以不劳而□去占有别人的成果。我已被深深地震撼着。你是我所遇到的最有骨气的人。

　　你说:我怎么会对你这种人如此敬慕呢。还是让我讲一个真实的有血有肉的故事吧。

我的家乡遗老们是1955年响应国家号召，一批体健的男儿，携妻带小，从贫乏的山东迁到东北此地的。既为了活命，也略带革命。来到了空旷、荒野的平原上，野兽成群，狼群出没，放眼环顾四周，除了野草野花，还有不知哪只可爱的小鸟不慎将衔到嘴里的树籽跌到地上。偶有几棵生命力强的树，也有天然形成的河或池塘……好一派凄凉的景象，征服自然的还是人类。这里是最原始的时代，以劳动人民的智慧是能够征服的，首先建起了宿舍，食堂，开垦荒地。在寒冷的冬天，冒着严寒，用那笨拙的□头刨下小鸡蛋那么大的一土块。一要加劲干，只要春天来临之前接通水闸，那么明年就可以种田了……三十五年过去了，他们中的已经老了，有的过早地离开了人间以青春为代价，现在这里成为重要的农业基地。大豆，水稻、苞米……五谷杂粮，由其突出的是，一排排整齐的房子。房前，房后是二排参天耸立的白杨。纤□大道，我因那时年幼，不知哪个领导带领的，但我却对他肃慕起敬。

此处有一段讲述她的父亲，恕我不引。

　　在这种逆境中，最不幸却又有耐力的就是我那可怜的母亲，在这儿四周非人间的气氛里，母亲毅然出外地收□子，她身材高大，每天要骑车二三十里路，有时寄存在他人家里，还喂养着猪，写到这时，我的眼前仿佛又浮现，我都睡一觉醒来，母亲还在干活呢。即使在那种艰难的岁月，我们仍能吃上糕点、水果、糖之类的。母亲的这种任劳任怨，长久的耐力，在我幼小的心灵打上了烙印。我常常问自己，为什么而活，奉献是人生的价值，豁达是你的财富，正直是砝码，狡猾也得藏着几手，不要重演东郭先生和狼的故事，不断学习，完善自己，尽量避免损失，用热情去灌溉。

最后自我介绍一下

1.58M，初中，19岁，美丽，纯情，热情，有远见，是"新人"不是"老朽"。

你的意思如何？

祝

身体健康

迟翠兰

此地，有喂牛的吗？花生黄豆有吗，价格多少。

刘日感到特别遗憾的是，王新元在赚钱还清贷款并盖了小楼后，一次与人喝酒过量竟发病死了。姑娘不相信，再次来信："王同志：你好！你不用再三回避……你是明白人，讲理，有正直做法码，厚道做后盾，我没有后顾之忧……我一个弱女子，没有三头六臂，也骗不了你。"

这就是人间故事，一个县委书记经常会遭遇这样的人间故事。如果没有忘记自己的来历，刘日就会经常受到这样的民间故事的哺育，会感到自己有做不完的工作，会在其中深感自己工作的意义。

3 《无极之路》播出后

坦率地说，播出之初，我和苏厚汾都很紧张，最担心的是这种形式究竟能不能被大家接受。我看了四个晚上都不敢出声，到第五个晚上，我自己被感动了……我走出住所，看到一个走廊里有一群人围着一台电视机在看，电视反射出来的亮光中我看到有几个面容热泪盈眶，我知道成了。

我给仍在机房里加班的苏厚汾打电话，我说："祝贺你！"

苏厚汾停了半晌，告诉我，台里接到的电话已经记录了一摞……就像霍秀后来写道的："当时谁也想不到，播出之后……观众的来信这样多，观众的泪水这样热。"

首钢工人来电话，门头沟矿区宣传处来电话，"我们工人天天看，很关心刘日"。最初的电话大都不约而同地急切询问刘日是死是活。国棉二厂党委宣传部、石油大学党委宣传部、石景山百货公司、西城区百货公司等几十个电话都要求购买录像带，"对干部职工进行教育"。

电视播出后，观众表达的感动心情似乎有更高的温度。中科院老干部处张艳敏来信，首句就写道："我恨北京电视台，每天晚上我想看个结果时，20分钟的时间到了，只能且听明天分解。"

有一批信直接写给电视台台长，称赞"北京电视台正气凛然"，说此片"对目前电视荧屏花枝招展的节目是一大挑战"，"是近年来除了重大革命历史题材的影片之外，最富有革命思想的一部"。

铁道部老干部活动中心张纯来信说："我们全家都和我一样，大约还欠几分钟开播时，互相说：快点来，马上就放'无极'了。通过对《无极之路》的收看，知道了什么是代表人民利益的共产党人。"最后附言："我的女儿说，这次她去美国探亲，要把《无极之路》带到美国去，给她的爱人看。"

北京市北三环中路36号二楼的张顶山来信写道："《无》片使我

兴奋，使我激动，使我着迷，使我彻夜难眠，使我想起了解放前人民群众跟党闹革命时期和五六十年代人民群众跟党大干社会主义的劲头，我越看越离不开它。看了《无》片，使我觉得电影、电视剧似乎都平淡了许多。我看了以后，不能自控地向许多人推荐、介绍，总希望大家都看一看，因为该片的确能使人振奋，能唤起群众对党的信心，能唤起干部的觉悟。"

北京市朝阳区将台乡小井70号的苏景荣来信写道："我年近古稀之人，饭可以少吃一顿，《无极之路》不能少看一次。近几年来社会风气不太好，现在少数有职有权的干部，明目张胆地以权谋私，我的心情沉重抑郁。看完'无极'之后，我的抑郁心情有所缓解。翘首盼望，全国上下领导干部都应成为刘日那样德才兼备的干部，中国就变成了世界上最强大的国家了，我高呼伟大的中国共产党万岁！伟大的中国人民万岁！"苏景荣老人在信的最后还写上"我是个大老粗，没有知识的人，信写得难免有很多错误"。

中共中央党校教授刘炳英写道："《无极之路》颂扬了马克思主义普遍真理与中国具体实践相结合，在无极建设有中国特色社会主义经济的威力和活力，揭示了自然经济的狭隘性，阐明了商品经济的开拓性。"

有不少观众说自己"本不关心政治"，但"发现"这个片子后就"每天都看了"，说"这才是有血有肉的政治"。也有不少信盛赞"平凡"。如北京电碳厂赵万宇致信刘日："您一件件事那么平凡，但正像大厦由无数块砖组成一样，是那件件平凡之事，才使我觉得您崇高。一两件好事做起来容易，难得持之以恒。"

北京中日友好医院医生何柏荣来信说："我患视网膜病，不宜看书写字，可每天对《无极之路》必看不舍。"他为了给刘日写一封信，

"拖拖拉拉写了一个月,终于发出去了"。

北京体育学院出版社的编辑杨再春说,他的父亲患眼疾不能看电视,"但是每天一定要听《无极之路》,53集一集不落都听完了。"随后他父亲和他一起写下了一首诗《观〈无极之路〉感怀》,给电视台寄来:

无极本佛语,有情在人间。不是大道理,字字是格言。人民要真话,鄙视空洞篇。无极希望路,大道正朝天。

如果说看书多是"个人看",看电视常有一家人在一起看,许多信也带来浓浓的家庭气息。

北京广播通讯电源厂沈怀庆来信说:"为了一次不落地把这部片子看完,我从一开始就和孩子争晚上7点半以后这段时间。孩子说没意思,我建议他们看几集。终于,我们全家4口在20分钟的播出时间里不说一句话。赶上吃饭,就全都放下筷子。"

朝阳区西坝河公用局教育中心的马爱乡、张福田来信:"连日来我们这两位在祖国大西南国防科研战线奋斗了近30年的中年人,竟像孩子般每天一到7点36分就老老实实地静坐在电视机前等候着《无极之路》的播出。看片唯恐漏掉一个字,在不知不觉中片子就完了,又盼着另一天来临。"

崇文区清华街3号刘文英来信说:"我们全家集集都注意收看,如果因有事没有看到,回到家中第一件事就要问:今天《无极之路》讲了什么?就连我9岁的儿子,今年上三年级,不论在做什么事,还是在街上玩,到钟点准回来收看《无极之路》。片子里面的刘日,确实感动了千千万万人,不论是干部,还是一般群众,更重要的是孩子。"

一些家长来信说，他们有心同孩子一起看，孩子不懂的地方就给他们讲，目的是抓住这个机会"培养孩子的正义感和关心他人的品德"。他们说这一代孩子多是独生子，"如果不懂得关心他人，将来是会孤独的"。宣武区白纸坊小学四年级学生吴文昊托转刘日的信，就让我们隐约看到孩子父母用心的"痕迹"。信文如下：

刘日伯伯：您好！
　　数不清的电视连续剧从没有像电视报告文学片《无极之路》这样吸引着我，我虽然是小学生，知道的道理很少，但是您的形象是那样让人尊敬和佩服。我只知道您是个好人，是一名全心全意为人民服务的人，是一个特别能理解人的人。正像我爸爸妈妈说的那样：您是一名优秀的共产党员。正因为这样，我每天只要在家，就一定放弃做任何事情，坚持收看《无极之路》。也请您放心，我一定不辜负您和老一辈人的期望，好好学习，天天向上，完成党和国家交给我们的神圣任务——学知识、学科学，用它们来建设我们伟大的祖国。像您一样为人民做一辈子好事，并将一生献给党和人民。

电视片播到最后两集时，电视台由于某节目的需要将《无极之路》提前了播放时间，立刻有不少观众把电话打到电视台责问。北京159中学冯之伟、张纯同学因无法直接与电视台台长通话，就寄了快件，信文写道："尊敬的台长同志：《无极之路》从来就是在中央新闻后7：36—7：55播出，这时间我们已牢牢记住了，收看前做好准备，收看时谁也不说话不去动，大家都集中精力看。但是就到尾声的52、53集突然改变了播出时间，我们可能猜到一点，是不是有不同意见？

不要怕，人民群众说北京电视台有坚定性（加一句革命性），敏感性和高度的政治责任心！台长同志：接着重播，满足广大观众要求！不要怕，有人民群众为你们这些革命者、伟大的马列主义者作后台，播、大播、特播吧！真正的共产党人是支持你们的！"

两位中学生写的信带着稚气，也带着热情。更有成年人甚至把电话打到市委宣传部。北京电视台尊重了观众的意见，将这两集放在原时间重播。

大量来信，有一个相当集中的目的：要求重播。说起初不知道是这样一个片子，一开始没看或没看全。有的信还写得有点悲伤，说原先每天盼着看，"现在播完了，无盼头了"。

北京台很快决定重播，重播的日子是1992年3月初全国两会人员进京报到那一天，播出时间仍安排在中央电视台《新闻联播》后，每天两集。此后全国有20多家省、市、自治区电视台播出了这个节目。最早写信给北京台询问"县级电视台能否购买录像带播放"的，是"安徽省杨山县政府办公室全体同志"。

4 专家的声音

我一直保存着北京电视台文艺部1992年2月根据录音整理的一份《首都文艺宣传界人士谈大型电视报告文学片〈无极之路〉》，距今已有二十年，这是一份历史性的会议记录了。

前面讲过，这个研讨会是1月30日下午在全国政协礼堂召开的。参加会议的有首都文学界、影视界的专家学者共50余人，探讨了这部片子不同于已有的专题片，也不同于系列片，是一个新片种，并探讨了这种创新的形式在当前的意义。我仅摘录其中若干发言，从中可见这些专家学者们在那个时期的期望。

这次陈荒煤来了,他说现在电视机在全国已达到2亿台,电视、电影,再加上录像,可以说是整个文化建设最庞大最广阔的阵地。去年他在陕西作了20天的农村文化调查,"讲得严重一点:目不忍睹。一个县城一个电影院,放一个中国影片,还不是什么很好的影片,但同时在它周围有8个放映厅在放外国和香港的录像片。电影放映员讲:我们的电影是在被围剿之中。"

"电视报告文学片《无极之路》获得这么多观众,不也说明了并不像有些人想象的群众只是看那些'打、杀、抢'的东西。"陈荒煤说,"我感谢北京电视台做了这么一件工作,开辟了这么一条道路。这对新时期的文学艺术是一个重要的开拓。"

冯牧也说:"我非常赞赏北京电视台的胆识和魄力,把这部篇幅很长的报告文学搬上屏幕,创造出电视报告文学的形式,以使这部作品以及作品中的人物事实和经验,为不能读书或看不到、看不懂书的广大群众所接受。"

秦兆阳因身体欠佳仍未能前来,但给会议写来了一封信,其中写道:"把这样近在眼前的真人真事而又政论性、情感性、新闻性很强的文学作品,如何搬上电视屏幕,一定有不言而喻的困难。所以我认为,电视报告文学片《无极之路》是一个非常有意义的创造性的尝试。是不是从此就开辟了一条报告文学与电视结合的新路呢?至少我个人希望出现这样一条新路。"

北京电视艺术家协会副主席蔡骧先生是这部片子的顾问,他说:"这样长的文学作品能够基本上按照原书搬上屏幕,这在电视文化建设上是一个开创。它在忠实于原作的文学性和纪实性的同时,强调原作的思想内涵,并使画面产生了相对独立的作用,给观众以实感,总体上的和谐感出来了。这就充分看出了这样一种追求：他们下了很大的力量，希望在电视上把文学的气质保存下来。"蔡骧还说，"现在看来，文学与电视联姻恐怕是大势所趋。电视界应开大口子，主动把文学引入到电视里来。"

文怀沙先生的发言谈到"庸俗"的危害，我以为这是一个警世性的见解。

文怀沙说："有一种东西是可怕的，它没有罪，但很庸俗。庸俗不犯法，不触犯任何律条，但它侵害人们的精神。"这是文老发言的精髓。他接着赞扬《无极之路》的播出"一清视听"，这是他从正面举的一个例子。他说："在改革开放的年代，商品经济相当活跃的年代，看录像成风的年代，回到家里，为什么不可以看一点严肃的东西？有没有人看呢？实践证明：有很多人在看这个《无极之路》。但不满足，嫌时间太短。"

文怀沙还说："我们都是些年纪大了的人，唯一的愿望，就是中国人民过上好日子。不管是党内的同志也好，党外的人士也好，稍微有一点正义感的人，都需要有一个民族的自尊心。一万年以后，我们也应该站在白毛女一边，不能站在黄世仁那一边。总而言之，出版社、电视台做了好事。他们这些行动会得到越来越多人的承认，他们的功绩将记在中国的历史上。"

刘述礼最后发言，代表北京市委宣传部"感谢积极宣传、积极倡导和积极推荐这部作品的人们"。他认同文怀沙讲的庸俗不犯法，但作为文化现象侵害人的精神一说，认为这部片子的播出"对提高首都人民的审美情趣、欣赏能力都起到了好的作用"。他特别强调最打动人心的是"刘日身上体现出来的精神"。他说："我们党的领导同志多次强调'执政党的党风问题，是关系党的生死存亡的问题'。"他认为

大型电视报告文学片《无极之路》新闻发布会 这个发布会召开于1991年底,一个月后还召开了此片的研讨会。1992年,腐败与反腐败的力量已处在交锋时期。文怀沙先生在研讨会上说出另一种正在侵蚀人们精神的现象:"有一种东西是可怕的,它没有罪,但很庸俗。庸俗不犯法,不触犯任何律条,但它侵害人们的精神。"他赞扬《无极之路》的播出一清视听。20多年过去,文怀沙当年指出应当警惕的"庸俗",至今发展为庸俗、低俗和媚俗,引起了全社会的忧虑。

我们今天有没有刘日同志这些精神,关乎"改革成败"。

二十年过去了,我重读这份会议记录,能感觉到刘述礼那时为什么说——北京市这么传播《无极之路》,"当然不是为了刘日一个人和无极一个县"。能感觉到,1992年,腐败与反腐败的力量已处在交锋的时期。电视作为一种新兴的正在普及的力量,正传播着大量的外来文化,具有中国风格的影视处于弱势。大众的审美情趣、欣赏能力在多样的选择中经历着某种分野。精神与物质,贫与富,也在经历着快速的分化。庸俗与高雅,谁将主宰着更多人的灵魂?期望文学的高雅气质和意境,语言的丰富性和思想的深刻性进入电视,提升电视节目的品质,也成为电视艺术家的期望。他们呼唤文学与电视联姻,并非专指这部报告文学,而是具普遍意义。后来的发展,则多有他们曾经担忧的状况。譬如腐败的严重性更严峻。譬如今日电视频道之多,举凡新闻、经济、科教、体育、综艺、电影、电视剧、音乐、戏曲、少儿、旅游等等几乎应有尽有，唯独没有文学频道。为什么？谁能回答？

5　到无极去

　　他们中有艺术家、教授、大学生，也有领导干部；有自发去的，更多是单位或团体组织去的。我们在无极拍片期间就遇到了许多去无极的人，他们不只是来自北京。去无极的许多人也都带着一个相同的疑问："这都是真的吗？"

　　上海艺术剧院院长沙叶新是较早去无极的人士之一，他悄悄到无极"微服私访"，回去后创作出话剧《太阳·雪·人》，在上海公演。一批影视界的导演、编剧也是较早去无极的人士，回去后拍出了电影《国魂》、电视连续剧《擎天柱》《誓言》。著名的《社员都是向阳花》的曲作者、河北省音协主席王玉西率省音协培训班到无极体验生活，创作出《廉政歌》等歌曲。

　　中共中央党校理论研究班的20多名同志去了无极，他们说："我们是来上社会实践课的。"我们摄制组曾与他们相遇，他们说："真是大开眼界！"

　　湖北省、地、县委研究室的15名干部去了无极，称："心灵受到很大震动。"宜昌县委研究室的袁国新回去后，给无极县委办公室来信说："我把刘书记的情况介绍给了我县县委书记高秉琰同志，他用两个晚上细读了全书，并要求乡镇党委书记，县直委、部、办、局负责同志，人手一册。"

　　年逾花甲的华中农业大学从事政策研究的刘佑庭、吴美铄夫妇来到无极，他们说："我们想通过对几个有典型意义的社会主义农村的调查，进一步研究中国农村改革的思路。"

1991年7月，北师大31名研究生到无极做"社会考察"，一开始就向县委办公室的人员提出许多尖锐的问题。县委办公室的人员说，明天就是无极的大集，你们可以到集市上去问问老百姓。第二天，31名研究生化整为零，散向集市。他们回去后，《师大周报》以一大版篇幅发表了他们的《无极之行》。

文章说，这群研究生在"酷暑七月，走工厂，下田头，访学校。五日一聚的贸易集市上，也见他们拉住老乡聊天"。去无极之前，"不少同学对书中的描写是抱怀疑态度的，甚至担心无极之行会令人失望。然而，无可辩驳的事实使大家从半信半疑转为叹服不已。"文章还写道，"在北苏村，偶遇刘书记现场办公，被一位老大娘拉去'评个理'，直到下午一点还没吃上饭……"

3名女生步行到县城附近的农村搞调查，在回城的路上，遇到一赶马车的农民。

她们说：老大爷，我们搭一下车行吗？

老农说：行，上车吧。

她们问：知不知道你县的书记呀？

"咋不知道，不就是刘日吗。"听说她们是来无极参观的，老农绕道两公里把她们送到招待所。

领队彭林说："我们这些同学，有许多是第一次来农村。他们原来听到对县级干部的传闻是：'土皇帝'、'地头蛇'，形象极不好。但这几天的所见所闻，使大家深受感动。"

生物系27岁的女教师彭卫民说："前几年，高校学生中也有一些党员，大家不知如何发挥作用，被同学们戏称为学校中的'地下党'。这次从无极看到了党的作用，加深了对党的理解。"

在无极，这些研究生们还冒雨参加了整理花圃的劳动。离开无极的前一天，部分同学应邀为部分中小学领导介绍了有关教育、教育心理学方面的信息。

河北财经学院（驻天津）的学生们要求院党委、团委请刘日来作报告，刘日照例辞谢了。这个学院的3名教师和5名学生去了无极，他们说："现在天津有两热，一是看《渴望》热，一是听《无极之路》热。《渴望》是编的。《无极之路》是不是真的，我们还吃不准，所以一放假就来了。"考察后说，"真的倒是真的，但刘书记也活得很艰难。"临走时，他们竟然也像河北老乡那样，给无极县委送了一块匾，匾曰："祝无极县委吉祥如意！"

有些大学生是结伴骑自行车去的。还有不少师生不满足于看看，想为无极做点贡献。北京经济学院26名中青年教师赴无极作社会调查后，经济学院主动提出：每年优先优惠为无极代培30—50名各类专门人才。北京师范大学20名中青年教师去无极后，生物系讲师时宇与本系张启元教授联系，随后与无极联系，商讨将该系与青海轻工业研究所联合研制开发的"大黄酒"生产项目提供给无极。北京市宣武区、贵州省黄平县以及许多单位和部门派团到无极考察后，与无极展开了经济合作。

首都医学院53名师生去无极考察后，与无极县卫生系统建立了医疗技术、信息协作交流关系。北京55中50名师生把夏令营活动移到无极。

这些莘莘学子无极之行的收获，也许远不是一时能说得清的。一位同学在座谈中谈道："我们现在更理解了《无极之路》中的一句话：'现实的民情世事，看似平凡，那却是一门比课本还要丰富许多复杂许多的学问。'"

6 刘日的回音

北京人民广播电台责任编辑洪弘代表听众给刘日去信后，刘日很快写出回信。1991年10月15日出版的《北京广播电视》报发表了这封信的全文：

洪弘同志：

您好！大札收悉，捧读再三，为您真诚的勉励所感动。在此，向您表示由衷的感谢！并请向贵台的领导、编辑人员及全体同志转达我们诚挚的问候！

贵台连播《无极之路》，对我，对无极县的广大干部群众是最有力的鞭策，我们也因之收到许多听众来信。其中有热情的鼓励，也有真诚的批评指导，对于我进一步改进工作，和无极人民一道继往开来，饶有鼓舞和促进作用。

《无极之路》之所以反响强烈，并不是我的事迹本身怎么生动感人，比我更优秀的干部何止千万人，更多的原因是：广大人民关心着我们党的事业，是寄振兴中华之希望于我们党的生动体现。

无极的发展离不开方方面面的支持，您帮助无极发展广播事业的打算，难能可贵，我深为感动，具体事宜，容后再谈！

欢迎您和同志们来无极帮助、指导工作，我和无极人民将扫径以迎！

专颂

秋安！

刘日于无极

7　意外，总是意外

那些日子里，我总在经历着各种各样的"意外"，但仔细想，从四面八方表达出来的情感，确实已很难说只是对刘日个人的关心。一个饱经沧桑的民族，众多体验着人生坎坷的人们……这其实是在为我们自己生活的质量投以深切的关注和热情！我们这个民族，是因有这样大江大海般的民众情感才源远流长吧！若论主流，这是真正的主流。

我没想到，还有一些读者把他们的上访信、申诉信寄给我。随即得知，还有很多上访信寄给刘日。实际上，无论我或刘日都没有能力解决这些问题。还有一些北京和外省的读者直接找到我，向我哭诉……主要是一些40岁左右的女性。我知道自己没有能力帮助她们，但她们打听又打听，总算找到我了，而且远道而来，我总该耐心听一听吧！

我每每惊讶于坐在我对面的女子能不停地哭诉上四五个小时……我一边听，一边惊讶于对方经历的悲惨和曲折。同时也盘算着，当她希望我能帮助她做什么时，我如何委婉地告诉她，我实在无此权力也无此能力……可是，这些女子在哭诉过之后，几乎无一例外地没有要求我帮助她们做什么。

"我没想要你帮我做什么。"对方说。

"我现在谁都不找了。找也没用。"对方说。

"我感谢你能耐心地听我哭。"对方抹去眼泪。

"我现在好多了，没事了。"对方竟有笑容了。

这时，我惊讶于这些女子跑这么远，就为了来哭诉一番？也惊讶于自己竟有这样的作用，就坐在这儿，像一个盛眼泪的盆，供她们哭诉一番，然后她们心里就好多了、没事了？

我想起自己平日颇斤斤计较于自己的时间，写的作品也在意于能否发表，不要做"无用功"，可是这些女子坐了汽车坐火车，跑这么远就为了来找我哭诉一番，然后就没事了？

我不能不被触动，不能不想这是为什么呀？为什么她们付出很多很多，所需很少很少……拍电视片那时，摄制组设在北京和平门的一个饭店里，我就住在那儿，对方哭诉了四五个小时后，我请她吃饭。我说不是我请你，是摄制组请你。这时她也觉得饿了，有胃口了。

她们走后，我回顾她们的哭诉，发现她们有一点很相似：都让我想起了祥林嫂，或者说她们都在哭诉中不知不觉地把自己"塑造"成祥林嫂。

我渐渐感到，我们在过去的几十年间，为了证明"旧中国的黑暗"，对鲁迅先生的作品在评论和导读方面是存在误差的，以致培养了读者这样一种倾向：把自身痛苦和不幸的根源都推给社会，而忽略自己是解决自身问题最根本最可靠的力量。实际上，鲁迅先生写祥林嫂、孔乙己，都生动地描绘了他们自身的缺陷。世界上最优秀的文学作品并不是致力于社会批判，而是致力于人的批判和人的建设。

她们走后，我仍在想，她们不约而同地把自己"塑造"成祥林嫂，这里面是有损失的，但她们也意识到不再找谁了，抹去眼泪后且有笑容，这不是进步吗！

我还想，她们为什么要来找我哭诉？蒲松龄曾在大树下备有茶水，请行人歇歇脚讲民间的不幸故事……这些女子主动前来讲述人间故事，并促使我打开思路，这不是她们的奉献吗？我不禁从心中生出对她们的感谢和敬意来。

真的，我深深地感谢你们！

天下那么多人赞誉刘日为官清正，执政为民，但我们不能忘记，刘日这个官也是上级任命的，如果某天他被调走，他卸任……如果上级再调一个官来是个贪官，老百姓怎么办呢？所以，我们既期望一个领导者清正而且应该有领导能力，但我们更要在自己的精神内部建立解决自身问题的意识，培养相应的能力。民众中缺乏这种意识和能力，社会就不会有真正的民主，因为民主是不可能由一个政权来赐予的。

但是，我也确实目睹了经历了社会行政力量所做的很大好事。譬如我体会到，《无极之路》之所以在那时产生了很大影响，因有解放军文艺出版社对这个"地方题材"给予了极大支持，文学界、新闻界给予了极大支持，广播、电视给予了极大支持，是许多机构许许多多人一棒接一棒的努力，才汇成了大江大海般澎湃的大众情感的激流。

北京市妇联有个"大众读书会"，首都妇联通过"大众读书会"开展读《无极之路》《红岩》和《钢铁是怎样炼成的》三本书的征文评奖活动，这也是我完全没有想到的事。

1991年9月5日下午，北京市妇联及大众读书会还在天安门左侧的劳动人民文化宫举行了一场《无极之路》报告会，我被邀请到现场作报告时还完全不知他们已征集了来自北京18个区县的数百篇《无极之路》读后感，我真的从未想过自己写的一本书会有首都许多企事业单位的人们、胡同里的少年、青年学生写出这么多"读后"……这一切都是他们组织了这样一个辽阔的舞台，其中涌动着许许多多我不认识的人们的情思。

在我作报告的时候，他们又在会场外贴出了"签名售书"的广告，出版社也被邀请来在一张书桌前备好了书。报告结束，我被领着出来一看，等着签名的读者已经排出了长队。这时天空中落起毛毛细

北京市大众读书会关于开展"庆七一、读书征文"活动的通知

　　为纪念建党七十周年，北京市大众读书会从7月1日起在全市57000会员中，开展读《无极之路》、《红岩》、《钢铁是怎样炼成的》3本书的读书征文活动，具体要求如下：

　　一、活动目的：

　　《无极之路》是一部25万字的长篇报告文学。集中反映了河北省无极县县委书记刘日在改革开放中真心实意为人民谋利益的事迹。该书可读性很强，自去年6月出版以后，在社会各界引起了强烈反响，普遍认为，刘日是继焦裕禄之后，又一位感人至深、具有时代意义的县委书记的光辉形象。学习宣传《无极之路》对推动廉政建设弘扬正气、增强党组织的战斗力，有着现实的意义。

　　《红岩》是一部反映解放前夕，一批革命前辈为中国解放事业，英勇战斗、前仆后继、直至献出宝贵生命的英雄诗篇，五六十年代曾是一部深受读者喜爱的好书。在改革开放的今天，忆往抚今，激励奋进，是一部进行革命传统教育的宝贵教材。

　　《钢铁是怎样炼成的》是苏联的"吴运铎"、奥斯特洛夫斯基的传记性小说。法国作家雨果曾说过，"没有理想，就没有人的生活。"本书作者以自己参加伟大卫国战争，伤残以后仍奋斗不息，成为伟大作家的亲身实践，实现了自己的名言："当回首往事的时

1991年，北京市大众读书会在全市57000名会员中，开展阅读《无极之路》《红岩》《钢铁是怎样炼成的》3本书的读书征文活动。接着，北京市妇联及大众读书会还在北京市18个区县开展阅读《无极之路》的征文评奖活动，并邀请作者王宏甲为征文获奖者颁奖。

雨，排在第一位的是个女青年，会议组织者告诉我，她提前一小时在这里耐心等待，就为了让你签上她是"第一位"。这一切，都像这雨露，是天上掉下来的。

这天，也许出版社估计不足，只带了300册书，很快就签完了。那还是我第一次为读者签名。那时电视片还没播出，早先我曾经认为喜欢这部书的大约是四十岁左右的人们。那天我只顾埋头签名，也不大注意周围多是些什么年龄的人，有人拍了照片送给我，我才看到这张照片上的还基本上都是年轻人。那以后，我每看到这张照片就想，这些男女青年都是谁，他们如今在哪儿呢？这些年过得好吗？这次我把这张照片发表出来，你们能看到吗？事隔二十年了，如果认出了那就是你，能告诉我吗？还有曾经写来那些信件的人们，你们要是看到了，能在我的博客上给我一个回音吗？进我的博客，只需搜索"王宏甲新浪博客"即可。我想念你们，我欢迎你们！

坦率地说，当人们把《无极之路》称为教材之时，我没有想到自己会受到来自读者的深刻教育。面对人间许多不公平的事，我也有灰心的时候，而每当看着读者来信，就能看到这个社会的内部还是有许许多多善良、正直的人们，有许许多多渴求美好的愿望！我知道自己生命中一天接一天的写作，是因读者觉得有用才获得意义。我感谢你们，请接受我的鞠躬！

第3章

明月在天
路人喜其皎洁　盗者恶其光辉

人的一生究竟该怎样发挥作为，能怎样发挥作为？难道一个权力机构重用你，你就有作为；不重用你，你就没有作为？那么人生的自主精神在哪里？自身的价值和意义在哪里？普通老百姓的人生意义又在哪里？

1 河北省委省纪委的支持和意外效果

我在《无极之路》出版后还体会到，虽然古有"见贤思齐"说，但赞扬正义也是会遭遇反对甚至猛烈反对的。无极县文化局原副局长张承文说过这样一句话："明月在天，路人喜其皎洁，盗者恶其光辉。你难道觉得奇怪吗？"

无极有人曾批评我没把那些诬陷、反对刘日的干部充分写出来"亮相"。我的同学也批评我："你的作品因此而缺乏批判的深度。"改编电视剧的编导则说我，你作品中没有提供具体的反面形象，可是电视剧要有人物的矛盾冲突才有"戏剧冲突"……但我始终没有那样做，并至今不悔。

有人说，刘日是"墙里开花墙外香"。

这话不太准确。刘日在无极县的老百姓中口碑极好，在河北省也受到省委、省纪委的充分肯定。

早在1990年8月，中共河北省委召开第四届党代会，会议结束时就给每个代表发了一本《无极之路》。但立刻有人传言：这是刘日用无极县的钱买书发的，目的是为自己拉选票。

拉什么选票？党代会结束的第二天上午，35位省纪委委员将在8个候选人中进行差额选举，选7位省纪委常委，刚刚当选为省纪委委员的刘日被列为常委候选人之一。

很多参会者相信"刘日用无极县的钱买《无极之路》在党代会上分发"的传言，有人甚至气愤地告到邢崇智那里："刘日怎么能这么干呢!"

邢崇智说:"你们告刘日其他问题,我可能不清楚,这件事我清楚。在党代会上发《无极之路》,是省委作的决定,我拍的板,跟刘日无关。"

但是,"刘日在党代会上发《无极之路》"的谣传很有市场,即使省委书记十分明白这是谣传,亲自辟谣,也挡不住谣言迅速流传。第二天上午,选举省纪委常委的会议如期举行,八位候选人的排名,没有按姓氏笔画,刘日排在第八。

选举结果:刘日落选。

"刘日落选!"这消息在河北迅速传开,并迅速传到北京。

有人就问我:"刘日怎么落选了呢?"

从这时起,我就开始不断遭遇类似的问题,这些问题中有对刘日的关心,也让我感觉好像在问我:你写的刘日是不是假的啊?同时,有个问题也开始困扰着我,即我写的是一部文学作品,为什么许多人都关注刘日是不是升官了,如果他没有被提拔,是不是就意味着刘日有问题,《无极之路》有假呢?

中共河北省委继续充分肯定刘日。

1991年6月3日,河北省委"冀字(1991)12号"文件,以《中共河北省委常委会议讨论关于进一步学习宣传刘日同志事迹的纪要》为题,把省委对刘日的评价、我们应该怎样"对待先进人物",以及对《无极之路》的看法,都写得清清楚楚。

> 5月21日上午,省委召开常委会议,听取了省委宣传部关于我省对无极县委书记刘日的宣传报道情况的汇报,研究

了在全省进一步开展学习宣传刘日活动的意见。

一、会议对刘日同志的工作给予了高度评价和充分肯定。认为刘日同志任无极县委书记几年来，同县委一班人一起，带领全县广大干部群众扎实工作，艰苦奋斗，使全县的面貌发生了很大变化，为无极的建设和发展做出了贡献。刘日同志工作作风深入扎实，密切联系群众，不仅经常教育全县各级干部要时刻想到老百姓，而且以身作则，率先垂范，把自己的一言一行同群众的利益紧密联系起来，真正同群众打成了一片，成了群众的贴心人；刘日同志严于律己，清正廉洁，不仅自己一身正气，两袖清风，而且对不正之风敢抓敢管，敢于碰硬，在经受执政和改革开放两个考验上作出了榜样；刘日同志爱惜人才，广招贤才，充分发挥知识分子的作用，调动了知识分子的积极性；刘日同志具有强烈的革命事业心和创新务实精神，他决心为无极的繁荣和发展奉献一切。他以自己的实际行动赢得了广大干部群众的赞扬和爱戴，群众称他为焦裕禄式的干部，这不仅是他的光荣，也是河北人民的光荣。

二、会议指出，对待任何事物，都应该用马克思主义的观点和方法加以分析认识，对待先进人物也同样如此。先进人物不是生活在真空中供人观赏的典型，而是生活中的实实在在的人。金无足赤，人无完人。我们要全面地科学地看待先进人物，不能求全责备。对刘日同志要满腔热情地去支持，对他的工作成绩要充分肯定和鼓励，对他的缺点和不足，要及时提醒，并耐心地进行帮助。省委同时希望刘日同志虚心听取和接受别人的批评意见，更严格地要求自己，特别要注意做好班子内部和各方面的协调工作，齐心协力把无极的工作搞得更好。

石家庄地委对刘日是有不同看法的。这个文件，是省委常委会议在了解、讨论了不同意见之后，再一次对刘日做出的充分肯定。尤其文件中的第二部分，已是省委高瞻远瞩，希望大家团结共进的表述。文件最后明确写道：

> 会议指出，反映刘日同志先进事迹的报告文学《无极之路》，是一部在全国引起很大反响的好书，在省第四届党代会期间已向全体与会代表赠送了这本书。省委要求，全省的党员干部特别是县区委书记，都要认真读一读这本书，都要真心实意地向刘日同志学习。

同年6月15日，石家庄地委以"石发（1991）26号"文件发出《中共石家庄地委关于在全区开展向刘日同志学习的通知》，号召全区党员干部广泛开展向刘日同志学习的活动。

2　中央组织部、中央宣传部的肯定

1991年6月上旬，中共中央组织部派员赴河北考察刘日，写出了长篇通讯。在建党七十周年之际，刘日被中共中央组织部授予"全国优秀领导干部"称号，并作为河北省唯一的代表，出席中央召开的全国党的优秀领导干部座谈会。

会议结束后，中组部邀请刘日留下来，在中组部礼堂给中组部机关全体干部做一场报告,这是刘日无法推辞的在北京做过的唯一一场汇报报告。

就在这个"七一",《无极之路》被中宣部等部门评为"建党七十周年优秀党史党建图书"。《新闻出版报》报道评选揭晓的消息这样写道:

> 由中共中央党史研究室编著、人民出版社出版的《中国共产党历史》(上卷);薄一波著、中共中央党校出版社出版的《若干重大决策与事件的回顾》(上卷);王宏甲著、解放军文艺出版社出版的《无极之路》等优秀图书名列前茅。

中央电视台为纪念建党七十周年拍摄《数风流人物》专题片,摄制组到无极县去拍了刘日。这部片子共拍了从1921年到1991年七十年间三十名杰出的中国共产党人,其中有李大钊、毛泽东、周恩来等老一辈革命家,刘日作为新时期的共产党人,是片子里的三十人之一。

一天,鲁迅文学院有位女教师对我说:"你写的《无极之路》,我看了,我非常感动,完全相信这是真的。但是,刘日这个人不会做官,他怎么能得罪顶头上司'地委'呢?你等着看吧,刘日不会有好结果的。"

还有人说得更极端:"谁反腐败,谁就可能被腐败反倒。"

那时候,我和宫魁斌都不相信,袁厚春也不相信。

1991年11月《无极之路》获"中国图书奖"一等奖,是本次一等奖中唯一的文学作品，颁奖仪式在人民大会堂举行，"李瑞环、李铁映等为获奖者颁奖"。这期间，《无极之路》还获得1990—1991年度全国优秀报告文学奖，名列榜首。还入选第五届全国"中学生最喜欢的十本书"和首届中国青年读书节"青年最喜爱的书"。

那时我们都相信，有各级党组织如此的支持，有如此广大的社会公众支持，刘日总不至于有什么坏结果吧！

3 十四大，河北空缺县委书记代表

1992年，刘日被中华全国总工会授予"五一劳动奖章"。同年的《中国百科年鉴》还记载刘日被评为1992年全球17位新闻人物之一。

这年中共中央将召开第十四届党的代表大会。石家庄地区有两个代表候选人名额。地委书记是当然的代表。上级要求还需要选出一位"在全国有影响的县委书记代表"。在石家庄13个县和地直各单位一选，就选出了刘日。

这时，中央组织部派员到河北考察刘日，全省只考察刘日一个人，连石家庄地区反对刘日的干部也感到了中央对刘日的关怀和重视。

但在中央组织部派员来考察刘日时，石家庄地区干部中流传出一句对刘日的评价："刘日同志是个好党员，但不是好干部。"

乍一听，颇矛盾，是个好党员，怎么又不是好干部呢？

这句精心构思的评价奥妙在于：说他是个好党员，号召大家向他学习是可以的；说他不是个好干部，那是讲他不是个称职的领导干部，理由是他"团结不住人"。

这其实并非"新评价"。1988年无极县13名科局级干部联名告刘日，地委要把刘日调走，理由就是他"团结不住人"。这句话早在《无极之路》第一章第七节中就写着。一个领导干部团结不住班子里的人，要提拔到更重要的领导岗位，能行吗？这是为刘日打造的一个"致命的缺点"。这大约是中国政治史上一个前无古人的发明。

这个"发明"，在中央组织部前来考察的人员那儿未必奏效。但是，刘日在全国的名气实在是太大了，此时流传起那句精心锤炼的对刘日的"一句话评价"，不胫而走，具有微妙的影响力。

刘日是石家庄地区的候选人，能不能成为"十四大代表"，还需要参加省里的选举。

选举开始了。

选举结果：刘日落选。

这次选举，河北省的十四大代表候选人中一共有三位县委书记。刘日是三位县委书记中得票最多的，得票已过半数，但三位县委书记候选人全部落选。

这意味着，在这次"十四大党代表"选举中，河北省的村级、乡级、地市级、省级都有代表候选人当选，唯独县一级——河北全省139个县、42个县级区的领导干部代表候选人，没有一个选上。换句话说，这年，河北省出席中共十四大的代表中，有省委书记、地市委书记、乡镇党委书记、村支书等各级代表，唯独没有县委书记代表。

多年后，刘日在北京偶遇邢崇智，那时邢崇智已经从河北省委书记的岗位上退了下来，职务是全国政协常委。多年未见，刘日见邢书记就像军人遇到久别的首长那样高兴，向他问安，感谢他多年来对自己的支持。邢崇智说："也没有支持好。"

这是邢崇智对刘日讲的最后一句话，这也是刘日最后一次见到邢崇智。邢书记于2000年3月3日辞世。

4 职业理想

尽管有省委的支持,但刘日的工作处境一直很困难。

县里的副县级领导干部被调离无极,或新调来补充班子的成员,事前地委没有人征求他这个县委书记的意见,也没有人事先通知他。县级班子里的领导干部调进调出,他这个"班长"还不知道,其他干部先知道了。他向上级推荐本县优秀干部请地委考察任用的意见完全无效。无极干部和民间开始流传着一句话:"谁反对刘日,谁就可以升官。谁拥护刘日,谁就没有出头之日。"

这句流言,不是预言,而是对当时无极县干部任用情况的客观反映。新调进无极班子里的成员不同程度地与刘日不能同心协力,有的公开在常委会上与刘日叫板,唱反调。地委一些领导者真的在制造"刘日团结不住人"的局面了。谁曾当过这样的县委书记?此时,我仍然相信,这在我国当代政治史上是罕见的极少数特例,其他地方不会如此吧!

石家庄地委一面发文号召"向刘日同志学习",一面继续以十分严峻的环境对刘日进行空前的考验。刘日该怎么办?

1993年初邢崇智从省委书记的岗位上退下来,接任邢崇智职务的是河北省省长程维高。有人建议刘日去向新任省委书记汇报工作。刘日没去。他觉得这一去就无异于告状,他最不愿意的就是自己成为一个告状者。他一直信奉"君子坦荡荡"。1988年他被告时不得不去找省委,也不是去说别人怎么不好,而是坦荡荡地说"我是个廉洁的干部"。

论缺点,这也许是刘日一个不小的缺点:只懂得联系群众,不善于联系领导。他认为自己在基层工作中的困难，应该自己解决。但一个基层领导，在必要的时候他是应该去与上级领导谈谈心与反映情况的。包括早几年，他也应该善于去与地委领导沟通。他只顾埋头干，就给其他没有业绩又心术不正的人以可乘之机。

1993年，已是刘日任无极县委书记的第八个年头。这期间，石家庄地区13个县中，与刘日同期或晚于他任县委书记的，有17人被提拔为正、副地级干部，刘日原地不动。无极的老百姓仍希望刘书记别调走，邱满囤则说他们"没眼光"。

"刘日被提拔了，那才好呢！"邱满囤说。

邱满囤又对我说："宏甲，你等着看吧，哪天刘日真的被提拔了，老百姓还不知会怎么送他呢！"

那时我望着邱满囤的眼睛，我看到他眼里一定看到了那个场面，我相信那一定是个有很多泪水的让人感动万分的场面。

但是刘日有自己的盘算。

他常说："无极相当于0.9个新加坡那么大，新加坡能搞成那样，我们就不行？"从前无极想方设法招人才，没人来，刘日才破天荒地到监狱里去物色将要刑满释放的人才。现在情况不同了，《无极之路》问世后，写信为无极经济发展献计献策者，对无极提供帮助者，以及要求到无极效力的来信都络绎不绝。

中央农村体改所的王冲，七次给刘日写信，推荐了大量国内外经济发展的经验。北京市宣武区提出：愿协助无极在京成立办事处，愿成为无极农副产品的销售基地。江苏四名工程师联名给刘日写信，愿把他们开发的节能灯技术拿到无极办厂。河南洛阳空气分离设备公司安锁良来信推荐该公司的空气分离设备。山西省一位女青年发明者寄来发明鉴定书等资料，希望来无极发挥才华。澳门一位厂商在当地报纸上读到有关《无极之路》的文章，干脆找到无极，来谈能否在无极投资。

北京、天津、江苏、浙江、山东、山西、内蒙、河南、河北……以不同形式表示愿为无极建设出力的各类"人才"，在校大学生、研究生的自荐信，来自全国二十多个省、市、自治区。

无极发展正出现一个前所未有的良机。党中央在深圳搞了南方经济特区的改革试点，成就非常鼓舞人心。无极能不能在中国北方闯出一条从贫困县走向富强的道路来？这是他蓄势多年的理想和奋斗。中共十四大号召发展社会主义市场经济，无极正拥有与全国各地相沟通的巨大的可利用资源，"无极"已经是一个有巨大经济价值的"品牌"，这是一个确实存在的"国势县势俱隆"的时期。

无极县南俱佑农民殷志章在大连经商，1989年赔了几万元，《无极之路》在《大连日报》连载后，大连客户对殷志章增强了信任感，购物从要现钱到肯赊欠给他，说："如果你骗了我们，我们就找你们县委书记刘日去。"殷志章春节回家乡就找到县委办公室来，非常高兴地说："俺无极这名出大了，俺生意也好做了。"问他赚了多少钱，答说"一年有个十几万"。他给刘日送了一支钢笔和一个笔记本："俺知道你啥也不要，就送你一支笔吧，愿你批文时想到俺老百姓的心愿。"

无极县某局一辆旧吉普车进北京办事，按北京市的交通管理规定，这种吉普车早就不允许在长安街行驶，可是这位无极县驾驶员从一个胡同里把车开上了长安街大道，而且竟行驶到接近天安门的路段，警察非常愤怒地把车拦下："把执照拿出来！"接着就该处罚了，可是警察看了驾照，愣了一下，问："你是哪儿的？"

答："无极的。"

警察又问:"是不是刘日那个无极?"

答:"是。"

警察突然一个敬礼,把驾照还给他:"记住,以后这车不能跑到长安街来了。"

就这样,警察放行了。

像这样绝无仅有的事就发生在北京长安街。车上的干部回来一说,大家都非常感动。刘日在会上给大家讲了这事,说,现在北京人民都非常关心我们,大家出去一定要遵守规矩,要注意自己的形象,要加强方方面面的学习。

小小无极县确实受到全国各界方方面面的关怀。上北京看病的普通百姓,医生护士听说是无极来的,也给予特别关照。一个无极县没有什么了不起,可有许许多多人都想帮助无极县就了不得。许多平凡小事都让人感动不已。无极发展确实遇到了一个千载难逢的良机。

古人曾说男儿当有"心雄万夫之志",刘日认定,今生要想真正做点大事,再没有比无极更好的地方了。无极,我们无极,如果不能在中国北方创造出贫困县走向富强的奇迹,如果不能使无极县响亮地、像样地耸立在冀中平原,也对不起全国人民啊!

作为县委书记,刘日把这个志向称为"职业理想"。

他认为这绝不是不可能,但大约得再有十年时间,为此刘日对他的干部们说过,你们别讲提拔的事,我愿在无极再干十年。他不是在无极说说而已,他认认真真地去与地委书记、地委管干部的副书记、地委组织部长,郑重要求让自己"在无极县再干十年,干出个样子来"。

他还怕不保险,又上省委组织部去要求,甚至在邢崇智还在任时就请求邢书记不拘一格用人,"只要我不犯错误,不是免职,让我在无极县再干十年，一直干到退休都可以。"

所以，刘日当到第八个年头的无极县委书记还没动，不能全怪上级，与刘日自己要求留在无极也有关系。

所以，当刘日作为党的十四大代表候选人落选时，有人认为他错过这样一个人生难得的良机，"该心灰意冷了"，实则他的干劲毫不减退，而且更加发奋。

5 调离无极

1993年他忙得不亦乐乎。全国各地献计献策的来信，提供的各种科技开发项目，需要鉴别和做可行性研究。县委办公室和科委等部门组织了一个专门的工作小组，工作量非常大。

无极人开始在北京承包了宾馆，建立联络处，建立与多部门的合作关系。一些重要洽谈，常常需要刘日亲自出面，刘日出面每有极好效果。刘日不抽烟、不喝酒，出差在外，吃饭多是找那些小饭馆，图简单、图快，最喜欢的菜是豆腐。司机不能喝酒可喝饮料，刘日有糖尿病连饮料也不能喝，常常就要一碗饺子汤，说："原汤化原食。"要是夏天，驾驶员和秘书吃西瓜解渴，刘日也不能吃西瓜，就喝白水……1993年4月的一天，刘日在北京洽谈引进科技开发项目，突然一个来自无极的电话，十分紧急地找到刘书记，告诉他：地委领导今天带着新来的无极县委书记到任，地委书记、地区行署专员、地委组织部长都来了，已经在无极召开了乡局级以上干部会……地委领导们在会上一致肯定了刘日的工作，赞扬他做出了很大成绩，所以应该提拔。正式宣布刘日被提拔为石家庄地区行政公署副专员。

地委事前没有征求过刘日的意见，没有人跟他谈话……就这样，刘日还在北京为无极县谋项目,他突然就不是无极的县委书记了,无极的新书记已经到任。

这是刘日所受到的最令他痛心疾首的打击。他期望在无极继续干下去,干出个样子来,这是他的职业理想,即使要把他提拔为副专员,他也希望还让他兼任无极县委书记。现在把他调离无极,他接完电话后就被突然而至的心绞痛击倒,被送进了解放军305医院。

我赶到305医院去看他。

很少人能理解他对"县委书记"这个岗位的"职业理想"投入得有多深。我也只是在这时才发现,他就像早年渴望当一个科学家那样在当县委书记,他的追求,他的奋斗,他的痛苦都极具个性又分明和大众密切联系着,这一切仍有许多宏大的和细微的东西值得我们悉心体会。

他对我说:"如果把美国的非农业人口与中国的非农业人口比,数量相当。中国人多,最大量的还是农业人口。农村上不去,就要拖全国的后腿。农村人口最多,文化最弱,教育也差,经济条件比城市人落后得多,当好一个县委书记,不容易啊!"

我们的好友宫魁斌也从东北赶到北京305医院来看他。

刘日对我们讲:"一个科学家要完成一项科学成果,可能要一二十年,甚至一辈子,才能出成就。中国应该有人有志气把县一级的工作当作一个大项目来做,坚持不懈地做下去,真正做出成就来。这是一个值得为之奋斗一辈子的事业,我就是想做这件事。我们才刚刚有一个好的开端,才只是把大家的信心调动起来,经济上刚刚有一点积累,生产力构成还没有发生根本的改变,如果没有大踏步地吸收新的生产力因素,没有持续、稳定地朝这个方向发展下去,也很容易夭折。这其实也是我当时不希望你们把我们刚刚开的一个头就写出去

解放军文艺出版社1990年的历史照片 当时的背景是:《无极之路》排出清样后,出版社副社长袁厚春与作者王宏甲已经去过河北省委向省委书记邢崇智和省纪委书记白石汇报并请审阅。邢书记与白书记都亲自审阅了《无极之路》的主体部分,并提出几处中肯的意见,作者一一作了订正。送别时,邢书记还握着王宏甲的手说:"感谢你们为河北人民做了件好事。"然后,作者一行从石家庄再去无极,把消息告诉刘日,请他放心。可是刘日(中)仍然忧心忡忡,还期望不要出版。王宏甲当时的表情似乎有点生气,袁厚春(左)也感苦恼。没想到在1993年,刘日担心的情况出现了。

的原因。"

我不禁想起当初对他说"就是叫你牺牲,你也要去了"……现在发现,付出牺牲的远不止是刘日自己……这里有他和贫困的无极人民的一大片事业,这个事业可能对中国内地贫困县人民的脱贫致富,甚至可能对非贫困地区和城市的改革发展、精神建设都带来重要启示……也是在这时,我对什么是县委书记,有了更深入的理解。包括能理解,刘日没有成为十四大代表,并不是对他多大的打击,拿走了他的县委书记职务,无异于拿走了他真正全身心投入的事业,这是一个真正的打击!

袁厚春、苏厚汾也赶到305医院来看他。

看到他躺在病床上,一夜之间憔悴了。

我们这些都是无极故事的热情宣传者,没有人为他的"升官"祝贺,我们都能理解他的"县委书记"的事业被拿走了,给他封一个更大的官有什么用?可我们能如何来安慰他呢?

宣布刘日调离的当天,无极立刻不平静。

第二天,就有人举出"人民书记爱人民,人民书记人民爱"、"刘书记,无极人民需要您"等巨幅红布标语上街,向县委大院走去,沿途不断有群众加入队伍,走到县委大院,就有了数千名群众,其中也有不少党员干部。

他们来到县委大院请愿,把标语悬挂在县委大门、办公楼和树上,期望能留住刘书记。许多人挥泪,有人痛哭。在这同时,乡下的老百姓以为刘日还在县城,生怕他走了就看不见他了,纷纷赶来县城送他,郝庄乡来的农民就坐满了7台拖拉机……地区下令出动警力抓人,抓首要分子,同时到各大路口拦堵百姓进城。

友谊 1993年春,官魁斌(左)得知刘日生病住进解放军305医院,当天就从东北赶到北京看望刘日。看看这张照片,官魁斌从内到外都坦陈着对刘日的关怀爱护,即使亲兄弟也难与相比。王宏甲说,只有我自己知道,如果没有官魁斌,也没有《永不失望》这部作品。

我在北京听到这个消息,哭了。1989年夏天,北京发生"政治风波"后,我去无极县,无极干部群众问我:"北京人怎么啦,共产党这么好,北京人干吗上街?"他们在无极,体会的就是改革开放好,共产党好,刘书记好,乡镇干部们也好多了……现在北京稳定了,无极人却上街了。

有几名被列为抓拿对象的年轻人跑到了北京,找到一个律师事务所,请人给他们写上诉。律师告诉他们,没到那一步,你们得赶紧向国家有关部门反映。几位年轻人不知该上哪儿。律师说,上人民日报社去看看?于是他们找到了人民日报社。

人民日报社群众工作部接待了他们,并立刻了解、核实情况,写出内参报告中央。同时给河北石家庄方面挂电话,希望要慎重,不要激发矛盾,并希望反馈处理意见。无极县被抓的人随后被放出来,几位外逃的年轻人也平安回到家乡。

刘日是在北京305医院的病床上听到这个消息的。他从那次出差离开无极,再也没有回去过,至今一次也没有回去过。我总觉得在他的潜意识中,他似乎一直不愿意接受这个事实,就像他还没有被调走,他只是出差在外,他出了一个好长好长的差……没有人能够理解,这个县委书记,对他的无极县感情有多深;也没有人能知道,他今生今世,还有没有可能再去无极。

许多年过去了,我重返无极,几杯酒,一壶茶,听人们话说当年那个日子——那个日子,刘日已不在县委大楼,数千人打着横幅标语,道不清是去挽留他还是去送他。人们说:那是无极1500年来县官离任从未有过的景象,老百姓的感情到那样,那是共产党的光荣啊!

前面说过,石家庄地委曾以"石发(1991)26号"文件发出《中共石家庄地委关于在全区开展向刘日同志学习的通知》,号召全区党员干部广泛开展向刘日同志学习的活动,文件中还有这样的文字:"全区党员领导干部特别是乡以上党员领导干部,要认真地读一读《无极之路》一书,从刘日同志的先进事迹中汲取营养,真心实意、虚心诚恳地向刘日同志学习。"但是,1993年4月,地委任命一位新的县委书记接替刘日到无极任职时,地委主要领导嘱咐新任无极县委书记说:你到无极后的任务就是拨乱反正,"无极之路"要倒过来走!

可是,这位新任无极县委书记到无极后,发现自己没有办法"倒过来走"。因为干部群众都普遍拥护刘日。何谓"倒过来走"?就是"倒行逆施"。如果他倒行逆施,他在无极就会干不下去。

他陷入两难。他在无极县任上的工作,地委主要领导也不满意。他在无极县仅任了一年的县委书记就被调走了。

6　升任副地级干部后

刘日住院一个月零七天时，地委派组织部长李东瑞和行署副专员李清到北京305医院送委任状，刘日此时才正式接到被提拔为石家庄地区行署副专员的任命。他与医生商量出院，医生说，不行，你还不能出院。曾经给毛泽东主席当过保健医生的徐涛老院长亲自给刘日看病，还专门抽出半天时间来与刘日谈心。

刘日又住了一个多星期，出院了。

他径直来到石家庄上班。地区行署为他腾好了房子，有两间，他就住下了。不久，河北省进行地市合并，省委、省政府关于地市合并的实施方案明确规定："市党政领导班子中，注意保留45岁以下的干部。"当时石家庄地委行署领导班子里45岁以下的干部只有两人，刘日是其中之一。大家都说这是"文件给打了保票"的。

当时刘日分管的是乡镇企业等工作，他在住院期间经历了痛苦的思索之后，决心要在新的环境下做出新的工作来。1993年，中共十四届三中全会已指出股份制是建立现代企业制度的有益探索，刘日到任后就到赵县等几个县去搞调研。临走前，行署秘书长告诉他，地市合并你任石家庄市副市长已经定了。

刘日去了一个星期回来，行署办公室好几个工作人员告诉他：新班子里，副市长本来有你，都定了，但现在又没有你了。你被某某人顶替了。

有人说他：都这个时候了，你还有心思搞调研？你也该去跑呀，送呀，即使你不愿意送，也该去说呀！那个顶了你的人，他一天县委书记都没当过，凭什么呀！赶紧去找人，把他弄下来！

刘日说："听从组织安排吧。"

结果，石家庄地区行署八名正副专员，只有一人没有安排在石家庄市新的领导班子中，这一人就是刘日。

奇怪吗？这就是现实，千真万确的现实。

那么，刘日到何处去？

刘日被安排到河北省农业开发办公室。

我并不确切知道刘日心里是怎么想的，只知刘日接受了这个决定，当天就到省委组织部报到。组织部的同志说，负责办手续的同志去张家口出差了，一周后才能回来，你先回去休息吧，等回来了，让他通知你。

刘日想，要等一周？不等了，自己与农办主任也熟悉，还是先去报到吧，回头再补手续。这样想着，他就去了省农办。

省农办主任见刘日来，连忙握手、让座，问他有什么事？

刘日说省里安排我来这里工作，我是来报到的。

主任吓一跳，刘日来，是来接任他位子的吧？可是没人跟他谈过话呀……他打电话问主管农业的副省长，副省长说：我也不知道这事。再拨电话打听，终于得知确有此事。不过，刘日是来当副主任，排位"第五把手"。

迄今，有媒体谈到刘日时常说，曾经家喻户晓的刘日突然无声无息地消失在大众视野之外……这就是刘日的经历。此后，一些知道刘日去向的人总不免问，怎么会把刘日安排到那里呢？

然而，给刘日安排个什么职务，也不容易。

能左右这种安排的人并非不了解刘日，他们知道，如果仍让刘日处在党政领导部门的"中轴线"上，即使不提拔刘日，即使他是个副职，刘日也会做出很大业绩，这几乎是不可阻挡的。也不是没有爱惜刘日的领导者，也有人提出，刘日当过县政法委书记，清廉公正，有办案才华，把他安排在公检法部门也是合适的。但这个建议缺少足够的支持者。有人感到，如果把刘日放到公检法部门，则主席台上就颇有人不安全了。所以，把刘日安排到省农业开发办任"第五把手"，是最合适的了。

一天，刘日在石家庄大街上看到一辆面包车，那车左面一横幅写道："党在哪里？"右面一横幅写道："法在哪里？"后面一幅更大的黄布用红字写着诉状。刘日看了第一反应是：怎么可以让这部车在省城大街这样开着找党找法！

可是，他如果去把那车拦下来，他能做什么？

不在其位，怎么谋其政！他感到自己与百姓，就像牛郎织女被一条天河隔开……他下泪了。

前面说到石家庄地市合并时，行署里45岁以下的干部只有两人，刘日和另一位副专员，那位副专员进了石家庄市新领导班子，后被提拔为石家庄市市长，再后因受贿被判10年徒刑。

程维高是1993年任河北省委书记的，此后受提拔重用的首推李真。李真曾任程维高的秘书、省委办公厅副主任，35岁任河北省国税局局长，正厅级。37岁成了国家税务总局和省政府双料后备干部。

当今有句话说："不跑不送，原地不动。"刘日就是个不跑不送的典型。李真则是完全相反的典型，李真于2003年11月13日因贪贿甚巨被执行死刑。在河北，被判刑的贪官还有省委常委、常务副省长丛福奎（死缓），省人大副主任姜殿武（10年徒刑），省外经贸厅副厅长李友灿（死刑），省政府办公厅副主任吴庆五（死缓），省建委副主任李山林（15年徒刑），省委督查室主任杨益铭（15年徒刑），邢台市副市长段钢（无期徒刑）等等。最后，连省委书记程维高也因严重违纪，被中纪委审查，于2003年8月9日被开除党籍。以此看，这个社会还是有公道存在的。

7　一篇未发表的纪实作品

刘日调离无极县后，无极发生过两件在全国有影响的事。一是无极县医药市场被取缔，二是邱氏鼠药名誉权官司以邱满囤败诉结案。虽然媒体报道时没有提及这两件事跟刘日有何关系，但很多人感觉刘日遇到麻烦了，或"刘日犯错误了"，还有人认为刘日这个"好干部"原来也是假的……刘日究竟有没有遇到麻烦，这两件事究竟是怎么回事，容后叙述。现在我想先介绍一位作家未发表的一篇纪实作品。

他笔名一合，本名赵义和，曾获过鲁迅文学奖。李真案发后，一合采写了《灵与肉》，用文学之笔审视腐败与犯罪心态。此时，他注意到河北存在这样一种现象：一边是李真等一批在干部群众中名声都很不好的干部接连被提拔重用，又因犯罪而一个个入狱，一边是刘日这样清正廉洁广受群众赞誉的干部被压制着用不起来，这是为什么？

一合更重视后者。他认为任用清正廉洁的领导干部是反腐败的治本之策。在河北，像刘日这样的干部，放到省农业开发办任副主任持续七年，仍然是副主任，这叫用人才吗？在一合看来，重用李真和抑制刘日是两个极端，二者都在河北，够典型的。一合这个作品是作为报告文学采写的，起初取名《沉默的人》，后易名《刘日现象》。作品已经发排，出了清样，但在终审时因某编辑部主要领导人担心发表了有风险而没有发表，继有另一个编辑部得知后热切地想发表，却受阻于刘日——刘日得知后,坚持表示应该沉默。

我是赞同一合这个作品的。不仅因为他写得好,充满正气,还因为他本人是河北省纪律检查委员会副厅级纪检员、监察专员,他从反腐倡廉的视角关注这个题材,并有在省委机关和纪检监察部门调研采访的有利条件。他站出来写这文章,本身是要有勇气的,也是有力量的。一合此作确实有不少真诚的思索是独到的精彩的,我想择其某个局部介绍给大家。譬如一合调研了"有争议"这个隐藏着官场奥秘的问题,他写道:

因为这个"有争议",在研究使用干部时,刘日很容易就被挂了起来。在省农业开发办公室一把手空缺的情况下,干部职工们联名上书要求上级让刘日当一把手,但不管用。省委主要领导让省直工委了解一下,谁任省农开办一把手合适。省直工委了解后向省委汇报:"刘日最合适。"但也不管用。

就这样,许多国人和广大群众对刘日没有争议,地委、省委、中央组织部、中央纪委都有文件和有关调查报告肯定刘日,对他没有争议;只有少数人对刘日"有争议"。说穿了,就是少数人与众人有争议,少数人与组织有争议。

两边孰轻孰重,应该是很好判断的。

但是,刘日就是在"有争议"中用不起来。

有没有一个实际而具体的错误或罪过呢?比如贪污受贿,哪项工作搞糟了,或是工作不积极,没有明显政绩,或是作风有什么问题?没有,刘日没有这些问题,一项也没有。

今天有相当一批领导干部是经不起纪委调查的。刘日却经得起。如果说刘日贪污受贿,弄来调查组一查,发现没有这回事，刘日就清白了，说刘日贪污受贿就是诬告了，就失败了，所以，万万不可以说刘日贪污受贿。那么，应该给他安排一个什么致命的错误或者缺点呢？

那就是"有争议"！

很公允的样子，很爱护同志的样子，很替组织着想的样子。刘日的反对者们知道，越是这样，越能够影响上级的决心。

"有争议"，表面上不太邪乎，影响作用却是持久而有效的。"有争议"，是一顶非常具有魔力的帽子，不软不硬。人无完人，金无足赤，谁能没有缺点错误，谁能没有争议？没什么大不了的嘛！但是，到使用干部的时候就不这样讲了。有争议的先放一放。"有争议"就是一票否决，"有争议"就是让你靠边站！

平时看起来好像没这么厉害，因为"有争议"本来就是并不确定，所以谁也不一定很把它当回事。就像"紧箍咒"，不念时没什么感觉，只要一念，就会被它掀翻在地。这是四两拨千斤的武器，这是"官场文化垃圾"！

"有争议"，这是对付清官的好办法，因为他不贪不占，没有把柄被你抓。老百姓早就说过，谁告刘日，谁输。所以，刘日的反对者便发明了"有争议"，模棱两可，似是而非，抓不住，摸不着，肆无忌惮地发挥着威力，让美好的事物夭折，使清正的官员受挫，自己却可以不留任何痕迹。这真是一个无所不在，无时不有，无往不胜，致人死地，却又来无影去无踪的超级法宝。只有这个"有争议"，才能够损毁清官，乃至毁灭他。这是一把性能卓越的软刀子，一个毁灭好干部不留痕迹的利器！

一合还探讨了"潜规则"。他说不少人对刘日的遭遇也在反思,他是不是做错了什么,违反了什么,结论是:"他违反了潜规则。"

"这潜规则不见诸文字,却人人知道,知道的程度和深浅虽不一样,但都万分小心,不敢轻易违反……可是,刘日却全部违反了。"一合还写道,有人"居然把潜规则当成了政治!"遵循者可以"左右逢源,不断进步"。

走进刘日的家,会发现什么都很简单。他没有一分钱的额外收入。买新房时贷了5万元的款,还找亲戚、同学借了几万。

朋友说:"十年县委书记啊!好歹搂达搂达,也不是这个样子。乡长都比你富。你这官是怎么当的?"

刘日说:"按共产党的要求当的。"

一合感慨地写道:"在今天,要真正当一个党的好干部是很难的,甚至是要付出代价的。刘日就是这样一个按照党的教导、党的宗旨、党的原则去工作去办事的好干部。然而,他为此付出了沉重的代价。"

"刘日虽然没有私利,也没有私敌,但他为了公利,有了公敌。"这也是一合写在这篇作品中的话,我在这句话前停了好久,以为此说是应该传世的。

一合接着写下:"诸多媒体热情赞扬的人物,各级党组织充分肯定的人物,百姓欢迎的好官,就这样在官场中难以立足。这是多么典型的一个事例啊!"

一合还写下:"王宏甲也开始反思:他的《无极之路》到底是起

了好的作用，还是起了坏的作用？这本书向世人介绍了一个党的好干部，应该说对党和人民的事业是起到好的作用的。但是这个好干部却身陷困境，这又向世人证明了什么呢？"

一合写道："一些人因此而失望了。他们说，想当官不跑不送行吗？你再廉洁清正、开拓创新，比得上刘日吗？刘日就是前车之鉴！这真是非常的尴尬！"

那几年，还陆续有人建议刘日辞职从商，劝他好好想想，在以经济建设为中心的时代，直接去做发展经济的工作，同样是意义很大的。也有大公司来请刘日任总裁或副总裁，说完全可以让他堂堂正正地富起来。我记得，有一次，动员者说了很多话后，似乎感觉刘日有些松动了……可是，待刘日说话时，他说：

"我们坝上，还有一家五六口盖一床破棉絮的。"

我于是知道，刘日的头脑根本没有在劝说者描述的地方，劝刘日经商，怎么说都是没用的。

刘日知道自己不可能再回到无极去任职后，心里对去某个县任职仍然没有放弃。一合也在作品中这样写道："刘日曾要求还让他到县里去工作，到全省最穷最落后最难干的县去干也行，并表示可以立下'军令状'，如果三年不改变面貌，几项指标达不到一定的要求，就地免职！"

可是，没有人回复他。

刘日是否也有过反思？我知道，有。他必须再次思考这样一个青年时就思考过的问题：人的一生究竟该怎样发挥作为，能怎样发挥作为？难道一个权力机构重用你，你就有作为；不重用你，你就没有作为？那么人生的自主精神在哪里，自身的价值和意义在哪里？普通老百姓的人生意义又在哪里？这其实是很多有领导职务的人都需要思考的问题。刘日还能怎样作为呢？

8 45岁的北大学生

1994年，北京大学接纳45岁的刘日为全脱产在校研究生。

这也是刘日的渴望。

这个时期，有一句孟子的话反复出现在刘日的头脑里："穷则独善其身，达则兼善天下。"此句被后人改作"达则兼济天下，穷则独善其身"，含义是：得志便造福天下，不得志便洁身自好。这意思也很不错的，但与孟子原义已有差别。

改过的话是站在士人的角度说的，并相信自己有济助天下的能力，所以先讲发达则如何，再讲落寞则如何。孟子不只是针对士人说的，而是上承着西周倡导德治乃以礼乐去造化万民的治国思想，也就是孔子推崇的崇善的价值观，讲的是：穷，无力济助他人，但可以做到独善其身；如果有了发达的实力，则还可以兼有造福天下的善举。

刘日此时的处境，似乎颇适合取"不得志则独善其身"的含义，但刘日汲取了孟子的原义。面对发展变化很快的世界，他感觉自己在学识方面是个穷者，有太多需要补的课。若不学以补缺，自己都很难解决自己的问题，谈何兼济天下？

他青年时是有大学梦的，后来打算退了休去圆这个梦，现在感到不能等到退休，而是应该尽快去学习。他得到了北大支持，并得到省委批准，脱产上学，成为北大法律系年龄最大的学生。

自此，他在学三年吃住都在北大，专心致志地读书，即使放寒假也要到春节前一两天才回家。只是，这个新来的学生不叫刘日，叫刘计良。

这也是为了专心读书,不受干扰,刘日经组织同意改的名,北大方面也为他保守着这个秘密。一个副厅级干部,突然没了小车,没了秘书,排队买饭,打开水,洗衣服……如今有些女大学生的衣服也雇人洗了,刘日在北大三年始终是自己洗衣服。

他不是在党校读书,他在北大青年大学生丛中读书。总有人对这个大龄学生投来奇异的目光。有几次他被人认出来了,"你是刘日书记吧?"他们在《无极之路》的电视片上看到过刘日。

"不是。"刘日否认。

"那你是刘书记的兄弟?"

"也不是。"

"太像了!"

刘日提着开水瓶,或者骑着自行车匆匆走了。在北大校园,必须有辆自行车,他才能赶得上去上课。这还因为他自己把课程安排得非常满。虽然,他入学是攻读法学硕士学位,但他所学的远远超越规定的课程。经济、哲学、历史、文学等其他系的课程他也去听。从周一到周日,从早上7点半到晚上9点,排得满满的。他每学期都制定一张如此排得满满的课程表,并严格执行。三年来,他都是如此骑着自行车从一个教室奔去另一个教室,风雨无阻。

夏日,刘日身上一件棕色的衬衫在烈日下骑车上课都褪色了,像一件民工衣。我送他一件衬衫,他坚辞不要。这令我想:我们平日所称的"廉洁",对刘日来说,似乎不是一种"坚持",而是一种"追求"。我甚至觉得,他坚决不要他人的一针一线,达到不近人情的程度,就像一个有"洁癖"的人。

夏日,他在北大住的宿舍里也没弄个电风扇,更没空调,写论文时汗流浃背，便赤膊上阵，只穿短裤，用一盆凉水、两条毛巾，弄湿了，轮换着敷在身上解暑。

一个副厅级干部，在北大读书三年来，他是骑自行车满校园去听课，听了最多课的学生，这恐无二例。

不算他听了多少法律系以外的课，光他参加考试的学科有38门：行政法、行政诉讼法、刑法、民法、法理学研究、中国法学史、马克思主义经典著作选读、国际经济法、票据法、海商法……这38门功课总平均85.96分。

不光听课，他还为自己定了每天读100—150页书的指标，不读完100页不睡觉，时间有宽裕可多读些，但不超过150页。这有点像他自己跟自己订的读书合同。谁来监督呢？

他很看重"慎独"。慎独，出自《礼记》中讲的"君子必慎其独也"。《宋史·蔡元定传》有"独行不愧影，独卧不愧衾"之句，大约是对慎独最生动的解释。潜在的含义是，一个人，在独处时也不要干坏事，否则，虽然没别人知道，但自己知道。要如何无愧于自己呢？独自行走无愧于身影，独自睡觉无愧于被子。刘日信守"慎独"，不仅坚持没人知道也绝不干坏事，还包括自己定的目标无人督促也一定要自己督促自己。

2006年8月18日，刘日在《人民日报》发表了《"慎独"是一种境界》一文，其中讲到康熙将"慎独"概括为"暗室不欺"，林则徐在居室悬挂"慎独"二字以自警，曾国藩在遗嘱中第一条说的就是"慎独"……刘日则说当今领导干部"慎独"应做到十慎：慎始、慎终、慎权、慎欲、慎内、慎友、慎微、慎言、慎断、慎威。他讲的十慎，每一慎都是展开说的，如慎内，讲管好自己的亲属子女，防止"一人得道，鸡犬升天"；慎欲，不光讲不为私欲俘虏，还要"体民之情，遂民之欲"；慎威，讲不滥施权威，不压制民主，不压制人才等等。

人们多不知刘日在《人民日报》上发表过这篇文章，虽然此文署名就是"刘日"。注意到这个署名的，也不能肯定就是无极那个刘日。然而，出自《礼记》的慎独古训已传承了两千多年，刘日在当今道出"十慎"，且由《人民日报》发表，也是个可以为历史记住的睿见了。这"十慎"无一不是针对当今领导干部存在的问题有的放矢地予以警策，即使不把这"十慎"看作当今官员之弊不亚于古代，也够振聋发聩的。当然，刘日能如此睿智地论述慎独之境界，却是基于广读博览。

1996年6月28日是个星期六，这天上午，刘日在北大未名湖南面的树林中看书，突然一阵眼黑，右眼出血……在北大，可说刘日是珍惜良机"疯狂地读书"。是不是感到很辛苦？不是。如此上课、读书，去食堂排队买饭，仿佛回到青年时代，一种时光可以倒流的感觉，那是幸福！

刘日要写硕士论文了。硕士论文3万字即可，刘日写了6万字，题为《论卖官鬻爵》。他仔细研究了中国历史上卖官鬻爵的源起和历朝历代卖官鬻爵的危害，还研究了西方古今卖官鬻爵及其不同的表现形式。没有研读那么多书，不可能写出这么深广的文章。这6万字，其实已很精炼。在研读大量史籍的日日夜夜，刘日不仅看到了卖官鬻爵的黑暗，也看到历史上那些照彻人心的光辉事迹和思想，如《左传》中记载的"子罕弗受玉"故事。

故事说宋国有人得了块玉石，拿去献给大官子罕。子罕不受。献玉者说："已经给做玉器的师傅看过了，说是件宝，我才敢贡献。"子罕说："我以不贪为宝，你以玉为宝。我要是收下你这块玉，你我都失去了自己的宝，不如留着各自的宝。"

后人多引用子罕这段话，感佩他"以不贪为宝"。子罕这话也令刘日非常感动，他每每说起，都敬佩不已。

然而《左传》记载的这个故事还没有结束，在我看来，更令人感佩的是后面的事，故事继续讲——

那献宝者听了子罕的话，当即跪下说："我是个小民，怀里藏着这么贵重的宝物，没办法回乡了，送给你才是安全的。"

子罕于是把那小民安置在自己的住所，请玉器师傅把那玉石琢磨成玉器，使献宝者由穷变富，让他安全地回到家乡。

故事至此，可见子罕不仅清廉，还是个不能心安于自己清廉的官员，看到贫民得获财宝却深感不安全，乃至把这个难题交到政府来，则自己是有责任解这难题的。所以，《左传》中这个故事，不仅是个为官不贪的故事，那献玉石者也不是行贿，而是把一个穷人的难题上交给政府处理。子罕处理这件事，不只是坚守了为官清廉，更重要的是帮助百姓致富。子罕的故事也让我想到，刘日也不止是个坚守着清正廉洁的领导者，他任县委书记，始终都在孜孜不倦地致力于使一个贫困县的人民由穷变富。

不管怎么说，刘日现在写出《论卖官鬻爵》了。这不是一个从学校到学校的研究生写的，这是一个坚持反腐败的官员，在具有担任过县政法委书记、县委书记的亲身实践后，针对社会时弊写出来的，每一个部分都令你感到，它不光是历史的更是现实的。

特别是论文的第四部分《我国目前干部选拔任用中的腐败现象及其具体表现》，第五部分《根治干部选拔任用中的腐败现象的现实对策》，均有鲜明的现实意义和可操作性。北大法律系主任魏振瀛教授和导师姜明安教授因此建议他把论文题目改为《论人事管理中的腐败现象——卖官鬻爵及根治对策》。

导师姜明安是闻名中外的法学家，刘日的论文深得姜明安导师重视。当然，仍需答辩。答辩委员会主席是中国人民大学法律系教授皮纯协，成员有朱启超、蒲坚、魏定仁、郭自力、刘守芬、姜明安。答辩这天，七位教授都在提问席就座。

提问开始了。几乎是一开始，教授们就对写出此文的刘计良感兴趣。接连向他提出问题。渐渐，教授们似乎忘记了这是对他的考核，而是跟他讨论起来，而且非常热烈。

通常，一个上午可进行两到三个硕士研究生答辩，这天上午只进行了刘计良一个人的答辩，就没时间了。最后的时间里教授们热烈鼓掌，一致通过，并建议送中央领导参阅。

皮纯协教授亲笔写下评语："选题新颖，切中时弊，抓住了廉政建设的关键，有重大的政治意义。"

在北大三年，到填写刘日的法学硕士学位证书的时候，人们才知道，刘计良就是刘日。

告别北大后，刘日接着做什么？

第4章
毁誉都把人生推到必须接受严峻考验的前沿

我一再问自己,为什么要写刘日这些事?无论他汲汲于给药品降价还是给水提价,无论他做得怎样,算不算他的一点点贡献,这都不重要。我只是感动于这个人的那颗心,那颗总在为人民大众着想的心。

1 当鲜花和掌声远去

很多年，我没有再写关于刘日的文章，但并非没有想过。

只想，若再写，关注他什么？

当鲜花和掌声热烈地向他开放的时候，因有很多人确实为之感动。当鲜花和掌声远去，并遭致冷遇的时候，刘日是什么样的？他那颗心，在哪儿？这大约是我应该关注的。

二十多年前我写刘日，并没想过要写一个"典型"。但今天，现实生活在为我们提供这样一种"典型"，即一个曾经被党组织充分肯定过的优秀领导干部遭到冷遇，并渐渐为很多人不理解的时候，他还能不能有作为，他的忠诚在何方？

其实，这也是个千古话题。千秋以来颇有知识分子或官员认为，不得志时可选择独善其身，这个刘日能否不仅独善其身，他还能不能"兼济天下"？我这么说的时候，已把刘日放到千古以来的知识分子大背景上去考量了。

还应该说，虽然一合的纪实作品没有发表，但还是有记者的文章见诸报刊。2009年8月21日《经济观察报》发表了《刘日之路》，作者是该报高级记者马国川。其中写道：

> 读书归来，刘日仍然在省农办上班。
>
> 根据中央领导批示，这一年中纪委派员到河北对刘日的情况进行了调查了解。结论肯定他是廉政勤政、德才兼备的

优秀领导干部，以良好的政绩赢得了广大群众的真心拥护和组织上的好评，建议异地交流安排使用，不要再争论了。

上文讲的"这一年"，是1997年。在一合的未发表作品中，有更为详细的记述，其中写道：由于新闻界的关注，"内参"、"党内通讯"不断反映刘日现象，引起了中央领导重视。1996年9月，中央领导做了批示。1997年2月，中纪委派调查组到河北对刘日的情况进行了广泛深入的调查。

因这次调查，才有了中纪委调查组对刘日的充分肯定和有关建议。刘日的境遇似乎有了转机。

但是，刘日仍在河北省农业开发办工作。一合继续写道：

1998年9月，中组部让河北省委组织部上报了刘日的情况。

2000年3月，中组部又让河北省委组织部上报刘日的情况。

就在2000年3月，刘日的工作动了，被任命为河北省物价局副书记、副局长。按干部们的说法：这是平调。

2　物价局副局长能兼济天下吗

改革开放以来，物价便是最牵系千家万户利益的东西之一。担任省物价局副局长的刘日，决心要用物价杠杆来给药品降价了。为什么瞄准药品价格？因他深知药价存在虚高，这虚高正每天侵害着大众的利益。

他能肯定药价存在虚高，则因无极县曾经有一个全国最大的医药市场。是的，现在可以来追述无极医药市场的情况，以及跟刘日有什么关系了。

先看一份新华社《国内动态清样》。1992年10月17日（第2471期），标题明确写道：《中央有关部门主张取缔无极医药市场 省地县领导坚决主张继续试办》。开篇如下：

> **新华社石家庄讯** 9月中旬，由国务院7个部、局派员组成的联合调查组，受国务院"打假办"委托，赴河北无极县调查无极医药专业市场。调查结果，调查组内部意见不一致：卫生部、医药管理局、中医药管理局的同志主张取缔无极医药市场；其他几个部门的同志不同意取缔，有的表示应允许继续试办，有的主张看一段时间再下结论。而河北省政府、石家庄地区行署、无极县政府坚持认为，这个医药专业市场应继续试办。
>
> 据了解，无极医药市场出现于1983年，是由农民自发办起来的。9年间，这个市场屡经取缔，不仅禁而不止，而且越来越兴旺……

这是不同意见正在交锋的情况下产生的高级内参，其真实性受到各方监督，是比较可靠的。只是写得简略，一般读者难窥其详，以下我补充叙述。

"无极医药市场是一个农民用自行车推出来的。"这是我早先听到的一句话。还有人把这个农民称为无极医药市场的"开山鼻祖"，他是无极泗水乡泗水村人，名叫王傻偏。

"他是不是傻子？"王傻偏出名后，不少人问过。

"不傻。"知道他的人都说。其实，无极农民给孩子取名叫狗叫牛叫破锅的很多，与望子成龙的人家给孩子取名完全相反，穷人只望孩子命贱好长大。此种情形在一个县邑里多见，是这地方已贫穷得相当悠久的一种表现。

这泗水农民的孩子在山西当兵，他去部队看孩子，得知那儿的部队有个制药厂需要推销药品，就带回两箱，放在自行车后面去推销。很快，卖出去了。他又去进药，又卖出去了。

生产队散伙后，村里的合作医疗站也渐渐没了。乡下缺医少药，农民到城里去看病，吃了药，那药盒子也留着。王傻偏卖的药，那药盒子或药名跟医院开的药长一个模样，价格却便宜多了，吃了也管用，乡亲们就买。不光有病时买，没病也买了放在家里，农民称之"看家"。

所以，王傻偏卖药，最初是卖给乡里乡亲。如果让这农民在本乡本土卖假药给乡亲，他是不会干的。而他从部队制药厂进来的药，不假，这卖药生意就做开了。不久，村里就有人效仿他。乡下农民买药"看家"的，越偏僻的地方越普遍，这乡下就能卖出不少药。

你可以批评农民，这药品可不是白菜萝卜，没有医生开处方，怎么能自己随便买来吃？你批评得对。可是，1983年了，乡下缺医少药，而且很穷，是这里的真实情形。正是这"三等小邑"的贫穷农民，培育了无极乡下最初的药品买卖。如果你深入那乡土去凝听，你会听到，无极医药市场的起源，是有令人感伤的乡村旋律的。

1983年，刘日还在正定县担任县委副书记兼政法委书记，还不知无极乡村里的药品买卖故事。无极泗水村周边各村有些农民也开始效仿泗水村人卖药了，他们各显神通，进的药来自远近不同的制药厂……一个有门店聚集的医药市场以泗水村为中心，在无极农村出现。

1985年，《药品管理法》颁布施行。同年，刘日任无极县委书记。

无极县依法取缔了泗水村无证经营的"光华"、"兴华"、"利民"三个药站。泗水村医药市场创始人王傻偏的家，已从两间土屋变成了9间砖房。王傻偏生怕自己新盖的砖房被政府扒了，从此洗手不干，他的"发财故事"结束了。但是，其他农民的卖药梦想并没有结束，只是收敛并开始转入地下。

两年后，松散型的无极农村医药市场再度兴起，经药户竟超过600家，从业人员逾2万。1987年无极县再行取缔整顿，逮捕1人，收审9人，砍掉了大部分无证药站，不可谓不严厉。

本次取缔，仍然是遵循1985年颁布的《药品管理法》的规定："开办药品经营企业必须具备以下条件：一、具有与所经营药品相适应的药学技术人员。二、具有与所经营药品相适应的营业场所、设备、仓储设施和卫生环境。"

请留意，《药品管理法》的核心是"管理"。不是说禁止办药品经营企业，而是规定必须具备怎样的条件才算合法。依据这个法规，无极县给符合条件的28家经药单位发了证照，另有73家基本符合条件的领到了副本。以此看，这是在取缔不符合与不完全符合法规的药站的过程中，培育合法经营企业。

但是，大部分被取缔的药站开始转入周边县市农村经营。如此又过两年，这种延伸得更为广阔的医药交易渐渐再度浮出无极市场，规模更加巨大。大量涌现的药民似乎在说：法不责众，看政府怎么办？无极县于1989年对无证经营、一证多点和异地经营者，强行取缔。

可是，1990年春节过后，无极农村医药市场开始陆续迁进县城。这是因为全国各地与无极医药市场联系的药厂越来越多，各地医院来此进药的也越来越多。无极县没铁路，更没机场，交通本不是很便利，经药单位的人员来到无极县城，还要到乡下去，多方都很不方便，乡下药站便搬迁进城，一个集中经营的医药市场以更大的规模在城区东北角日渐延伸。

1990年5月，国务院下发29号文件，批转国家医药管理局《关于进一步治理整顿医药市场的意见》，该《意见》规定："药品批发业务必须由国营医药商业专业批发企业统一经营。"还规定："集体、私营企业和个体工商户不得经营药品批发业务……否则，由有关部门按有关规定取消其经营资格，并依法查处。"

国家医药管理局还把无极县列为全国三个整顿重点之一（另两个重点分别在北京和沈阳）。无极县遵照执行，采取了一系列行动：查封门市，罚款，没收药品，帮助处理库存，对不合法单位强行取缔，并在《中国医药报》《河北日报》发表声明："无极县医药药材公司以外的药品经营单位的证照、公章，自1991年1月1日起全部作废。"要求各药厂和医院"必须与无极县无证药贩断绝业务来往"。1991年1月，无极县长又在全国整顿医药市场会议上，当面向各地药厂、医院呼吁：

不要去无极卖药！

不要去无极买药！

可是，即便在查处最紧的日子，这里的医药交易也没有停止过。县城不能卖，就潜回农村；药送不到无极，就在外县交货。前门被锁，后门营业。你查我收，你搜我跑，你扣我闹，你下班我上班。经药者与政府查封队展开"游击战"。

令人始料不及的还有，此时不希望政府查封的已经不仅仅是药品经营者，还有围绕着医药市场的出现而涌现的运输业、饭店、小吃店、烟酒店等等，他们是与这个药市的兴亡共命运的。

就在无极县查封药市门店之时，药品买卖就在这里的饭店、小吃店，甚至出租车里交易。此类交易甚至促进了为经药服务的各类行业发展，譬如不通铁路的无极县，铁路托运站竟涌现出20多家，大量药品并未到达无极就从铁路上托运走了。交易者就是在无极药市的酒店、饭店里谈好生意，然后在附近找铁路托运站，谁也没见着药品，把事情就办完了。

彼此为什么能达成信任？因萌起于无极农村的医药市场至此已有八九年，不少"老客户"和"老主顾"已达到一定程度的"知根知底"。但是，不可否认，当交易不在门店堂堂正正地进行，交易者更加复杂，彼此不受互相监督，更未受到政府监管部门监督，假劣药品也在此时乘虚乘乱而入。而且，转入地下经营的药品交易，全都漏税逃税。

到1991年底，据无极县调查，在无极县城东37米宽的大马路两侧，聚集的大大小小药店有259个，与之伴生的大小旅馆50多家，饭店、小吃店、烟酒店、小食品店80多家，直接为医药行业服务的运输和出租车辆135部，另有电信、服装、小百货、金融信贷等等，也很发达。它们与药店共同组成的大市场，绵延三华里……跟这个药市有固定业务联系的单位，包括800多家药厂和600多家医院，遍及全国内地每一个省区和直辖市。

为什么屡禁不止？为什么边打击边发展？

经营者的积极性为什么这么大？

这都是必须去深入了解的问题。

这里，还需要首先弄清一个概念，即此时的无极医药市场，与王傻偏和他的老乡们推着自行车推销药品的"农村松散型市场"已有很大不同，与城乡摆地摊的集贸市场也不同，现在是会聚县城集中经营的药品批发专业市场。

刘日正是在这个时期了解到，无极药品批发市场的批发价，与国营批发站的批发价，差价很大。比如哈尔滨药厂生产的药，哈尔滨的医院从无极县医药市场进货，加上来去的运费，还比从哈尔滨国营批发站进货更便宜。这是怎么回事？

更有甚者，在无极县查封药市门店的时期，哈尔滨的医院可以不必来无极进药，无极经药商送货上门，药价还可以更便宜。为什么？因为厂家生产的药根本就没有来无极，无极经药商直接从哈尔滨药厂取货，直送哈尔滨的医院。

还有一种情况：药品出厂价并不高，但终端用户（患者）支付的价格很高。即药品出厂价，与国营药店和医院的药价之间，差价很大。

假如没有无极这个医药市场，刘日也会认为，从国营批发站出来的药品价格，不论多高都是合理的。问题是，在改革开放中出现了无极这样的医药市场，无极药市的药品批发价为什么低？一个很容易看到的事实是：无极药市批发价与厂家的出厂价，是最接近的。二者之间的差价，为什么很小？

无极是个穷县，始于1983年的医药买卖是贫困农民最早搞起来的，由于穷，经销药有点薄利就干，而且起初是卖给本乡本土的穷乡亲，所以一开始就把价格搞得很低。后来很多人干这行，互相竞争着价格也高不起来。由于国营医药批发站的批发价很高，这是全国性的情况，全国就有很多采购药品的单位来无极药市进货，无极药民靠的是批发销量非常大，薄利多销赚到钱。还有一个因素，我不应该忽略，即贫困的无极农民大部分还保持着纯朴的民风，讲信用。历史便在这个时期，在1992年中共十四大即将宣布发展社会主义市场经济的前夜，造就了无极县这个全国药价最便宜的医药市场。

由于无极农民无意中打开了生产者与用户之间的一条简便通道,营造出了一个药价最便宜的市场,使无极人自己都没有料到——竟弄出一个全国最大的医药市场。

药品差价中究竟埋伏着怎样的奥秘?

1991年底,刘日已经看到,在生产单位、国营批发一级站、二级站、三级站、药店和医院之间,分利的环节很多,多环节存在"回扣经营"。那以后,"回扣经营"甚至延伸到开处方的医生……由此叠加而飙升的药价,最后都落到患者身上。

这是1991年底,中国媒体上讲经济,常见语还是"商品经济",还要再过一年,中共十四大才正式决定发展"社会主义市场经济"。1991年,无极医药市场正面临着被取缔的命运。刘日此时还是无极县委书记,刘日该如何对待?

3 医药与民生

上一节曾讲到,新华社以《中央有关部门主张取缔无极医药市场 省地县领导坚决主张继续试办》为题写内参,可见1992年仍存的无极医药市场,是省地县政府一致认为应该继续试办的医药市场。

1992年初邓小平在南方谈话中说,改革允许先行先试,不允许不改革,错了可以纠正……河北省地县三级政府重新审视医药市场问题,选取了"继续试办"。

一个医药市场,何以会惊动上上下下这么多机构?

国家医药管理部门为什么坚持主张取缔?

河北省地县三级政府的努力能有效吗?

我在这段时间也关注着无极医药市场,在想,关于取缔和要求试办的争论，为什么会突出地发生在这个时期？或者说，为什么会是医药市场成为争论的焦点？此后，我有点儿惊讶地发现，从远古开始，医药同中国帝王、中国民生，以及中国经济的发展，都有异乎寻常的关系。

你瞧，中国文化讲"药食同源"，世界上恐怕没有其他民族像中国人这样，将药与民生、药与一个民族的历史，联系得如此密切。远古，植物本草是食物也是药物。中国人传统的崇拜是祖先崇拜，对医药的祖先称药王。我们祖先中的领袖人物，伏羲氏、炎帝神农氏、黄帝轩辕氏，是传说中的帝王，也是炎黄子孙心中最早的药王。伏羲制九针，神农尝百草，都是对远古领袖突出事迹世代相传的口碑。似乎谁能懂医懂药，谁就会被推举为领袖。中医称"岐黄之术"，这"黄"指黄帝，《黄帝内经》则是托黄帝之名传世的中国最早的医学经典。

在男耕女织自给自足的自然经济形态下，医药是不可能自耕自食的，因之，药材自古就是物物交换的最早商品。中药曾长期在庙宇前交易。佛教是汉代才传入中国的。中国先民崇拜祖先的庙宇和庙宇前的药材交易，在佛教传入之前早已存在。

世界上最早的货币出现在中国商代，但中国社会自秦汉以后也曾长期重农抑商。中药交易则从未中断，并凭借庙会发展出专业性的中药市场来，在这样的庙会药市交易中，"间有百货"的记载，点染出中药贸易对百货贸易的促进意义，中药贸易在中国古代商品经济发展中是有先锋之功的。

早期较有规模的药材交易会，出现在唐代四川的梓州。梓州在今天四川省的三台县，历史上有"川北重镇、剑南名都"之誉。这里北通京都长安，南接成都，居水陆要冲，得地利之便。唐朝已经比较看重贸易了，才会开辟丝绸之路。然而耐人寻思的是，据记载，天下药商聚集梓州，是在九月初八夜里，在易元庙旁集市贸易，"递明而散"。

这九月初八，是有月牙但月光不大亮的夜晚，药材商人为什么不选个十五月光最亮的夜晚开夜市？不是商人不聪明，恐怕是有所不能罢。

为什么选择在月牙不大亮的夜里贸易？

为什么天一明就散了？

似乎透露出，买药卖药，即使在比较开明的唐代也不容易啊！

中国人为什么把医者叫医生，把做买卖叫做生意？

医生医生，那是救人生命的事业。

生意生意，医药买卖就是治病救生的行当！

医药生意，在中国古代的买卖中具有突出的意义。

梓州药市走到了黎明，成都加以效仿。接着，成都药市大着胆子在白天开市，是时九月初九，并大胆走离庙宇，成为中国最早独立于庙会之外的纯粹的药材交易会，规模大大超过梓州，对培育出享誉全国的大批四川地道药材产生了极大的促进作用。

朱元璋在明朝开国之初（洪武元年）就诏令全国药商到中原禹州集结交易，禹州成为明政府倡导下的全国药材交易中心。不管朱元璋是怎么想的，首先组织出全国性的药材贸易集市，堪称抓住了促进百货贸易的龙头。

明朝的经济要不同凡响了，以至几百年后，有后世研究者认为，明朝是中国资本主义经济的萌芽时期。

洪武八年，再定百泉庙会，也极有意味。百泉，地处中原（今河南辉县），因泉出无数汇为巨池而蔚为壮观。太行山的药材及南北药材汇集而来，这庙叫百泉卫源庙。百泉庙会是因医药集市而繁荣的典型例证，卫源庙也因此香火格外旺盛，百泉日益发展为"中原药都"。禹州和百泉成为全国药材交流中心，有力地促进了全国各地药市的发展，更大意义是促进了明代商业发展。到清代，中国南北又涌现两大药都。江西赣水流域的樟树镇发展为"南方药都"，河北祁州发展成"北方药都"。

20世纪的"文化大革命"时期，中国商品经济萎缩到无法再萎缩的地步。1978年开始改革开放，十四年后，中共十四大决定发展"社会主义市场经济"。就在这前夜，关于"医药市场"的争论发生了激烈交锋……这是偶然现象吗？

想到医药在中国历史上的一系列往事，我已很难把这番"医药市场之争"看成是单纯的关于医药市场的争论。我再一次看到，医药市场这东西，又是比别的市场更加突出地先行发展起来，而我们在当今这个科学程度已很不低的时代，要认识它竟然不容易。这又是何故？

基于同样的原因，我在追思这个药市的时候，所关心的已不只是无极医药市场本身对或错，是与非。在这场围绕着医药市场到底该不该存在的争论中，有值得我们追思的观念问题，有值得我们珍惜的人民的实践……这个经济不发达，世代只知"面朝黄土背朝天"地耕种的穷地方，为什么会涌现出这么大的医药市场？共产党的事业是人民的事业，在共和国时代，恐怕不能不承认这一点。各方奔来这个市场的人们，恐怕不能视之为愚民、刁民，他们会聚到这儿，最根本的动力在哪里？

写出上述第2471期《国内动态清样》的是新华社记者师学军，他还写了一组更为详细的内参，总题目为《无极医药市场调查》，其中写道：来自医院的业务员反映，无极药价全国最低，比国营批发站普遍低10%，而且品种全，发货快。"我们为什么不来？"

民能各奔其利，大家就来了。

这是市场能够做大的根本原因。

生产者、经营者、用户，乃至地方政府，都懂这个并不复杂的道理。国家医药管理部门担心什么呢？

师学军的调查文章摘引了1992年7月20日《中国医药报》一篇关于整顿医药市场的报道中的一段话：

> 卫生部药政局副局长栗福良说，制售假劣药的目的是为了赚钱，有法而不执行，为发财而害百姓。有的省里领导公开支持县里办大型医药市场，人人搞药品批发，像无极县这样干的不止一家。

师学军在引用这段话时一定考虑到了——有的记者写文章发表"领导说"，措辞不够严密，或歪曲了领导原话的情况并不罕见。所以师学军接着写道："不知道栗福良副局长原话是怎样讲的，但这篇报道容易给人造成一种印象——无极制售假劣药品情况严重。记者在无极采访期间提及此事，许多人说，这是一种想当然的说法。"

那么，无极市场究竟有没有假劣药品？

如果有，严重到什么程度？

1992年夏，陆续有记者到无极医药市场调查。

无极医药市场究竟有多大？有人说它日成交额120万元，年营业额3.5亿元。有人说这是相当保守的数字，日成交额有300万元左右，年营业额不少于 8 个亿。还有一个医药行业的媒体报道说，年营业额 15—18 个亿。面对这个夏日阳光下的医药市场，不少记者仿佛面对一个巨大的谜。

上述估算可能有计算范围的不同。如同古代医药市场"兼有百货"，无极医药市场内外，酒店、面馆、旅店、糖果烟酒店、烙饼摊、搬运站、托运站等等，从业者甚众，是无极县最集中的第三产业大军。

1992 年 5 月，《中国中医药报》记者聂忠华在南方参加一个以"打击假劣药品"为主的会议，在会上听说无极假劣药品问题严重，而且受到当地政府保护。他在会议结束后就来无极，不接触官方人员，坚持独立调查。他自己走进药市，跟店主、营业员、药厂业务员混在一起。他帮他们装卸药品，同他们山南海北地聊天，打探药品价格、市场行情，曾被误认为是个刚刚涉足药业的生意人。

一次闲聊中，他问他们："无极到底有没有假药？"

有人回答："有过。今年上半年有两起，一起是河南安阳来的，一起是河北定州来的。"

怎么发现的？这里的药品经营者发现的。只要发现，这里众多经营者就会一拥而上，将卖假药的一顿乱揍。

记者由此发现：这里卖假药的一旦被发现，就会如同"老鼠过街人人喊打"，人们边打边骂："混蛋，你想害死我们啊！"

聂忠华原本想写一篇《假劣药品在无极》，经历一番调查后，写了一组连续报道，较客观地反映了无极医药市场的经营状况和存在的问题，并认为这个市场很有前途。国家中医药管理局主办的《中国中医药报》发表这组报道时很慎重，配发了编者按：

本报从今日起推出系列报道《无极医药市场调查》。应该说明，这不是传奇，不是赞歌，更不是结论。只是一个记者在十三天内作的一个极不完整、极不精密的调查。无极医药市场，无论从社会经济角度看，还是从医药经营角度看，都是一个新生事物。直至今日，它仍处在争论的漩涡之中。解剖这只"麻雀"，不光是某一个人的事，也不光是无极县的事。解剖这只"麻雀"，需要谨慎，需要勇气，需要对市场的了解和对医药的熟悉；解剖这只"麻雀"，在目前特别迫切，特别棘手，因而也就特别有意义。

请留意，聂忠华的《无极医药市场调查》和师学军的《无极医药市场调查》同名，是两篇东西。当时记者写的报道不少。其中新华社记者师学军的调查，涉及的社会面也许是最广的。

4 无极医药市场调查

师学军在调查文章中探讨了这个市场为什么屡禁不止。

"生产者、经营者、用户，有此三方才能构成市场。三方都踊跃，这个市场才可能繁荣。无极医药市场就具有这三大基本要素。"他说有这三大要素在运转，便有堵不住的货源。

那么，是什么促成这三大要素的会聚和运转？

师学军的调查文章分析了至少有五大原因：

一是国家不再包销药厂的产品，厂家必须自找销路。这是最现实的一点。来无极做生意的多是中小型药厂，许多厂家的三分之一，甚至三分之二的产值，靠无极医药市场来实现。一位青年业务员对记者讲："无极市场一旦被取缔，我们这些厂子有一半得关门儿。"

二是随着走向市场的趋势日益明朗，国家答应包销的部分厂家的产品也"包"不起来，这些大厂也跑到无极搞"婚外恋"来了。连一些国营批发站也移情别恋，自愿向无极市场提供货源，其中包括全国医药行业最大的五个二级企业之一——南方某医药站。

三是有助于纠正不正之风。记者问，这话怎么说？许多药厂业务员竟说了不少对国营二级站、三级站不满的话。一个不愿披露厂家和本人姓名的中年业务员对记者说："按规定，我们药厂应该跟国营二级站、三级站打交道。可是，记者同志，你不知道跟这些老爷打交道有多难！你得给他磕头，给他送礼，给他回扣，他才进你的药。我们做业务员的，整天为这种事提心吊胆——万一查出来怎么办？这叫行贿！可是，你不给他回扣，他就不进你的药。"在场的另三位业务员同意他的说法，并各自列举了亲身经历的若干事例。"有80%的国营批发站吃回扣。"最后，他们说了这样一个估计数字。

四是无极医药市场货款回笼快，这一点对药厂有很大的吸引力。说到这一点，许多药厂的营业员对国营批发站意见很大。一个业务员说："论利弊，弊病，无极市场有的，国营二级站、三级站同样存在。说到优点，无极有的，二级站、三级站没有！"

另一个业务员补充说："比如拖欠货款吧，无极也有，是极个别的。可是在二级站、三级站，这是家常便饭。三角债，多半是他们欠的。欠你的款，一欠两三年，而且没有正当理由，就是不给你。"第三个业务员说："尤其是领导一换人，糟了！石沉大海！"第四个说："就这，你还不敢得罪。"

五是无极市场信誉好，药厂在这里做生意有安全感。何以见得？多数药厂常常把大批药品赊欠给药店，颇放心。有几个药厂的业务员同记者座谈，他们说，无极的药品经营单位90%以上的都讲信誉。一个业务员说："事情是明摆着的，如果这个市场信誉不好，管理混乱，就不会有这么多药厂、这么多医院到无极来。厂家敢于投入，医院敢来买药，这就说明问题。"记者在采访中，还见到不少厂家送给经销单位的镜匾。深圳南粤药业有限公司送给无极一家药栈的匾上写道："深圳南粤作贸易，为寻伙伴遍千里。高山流水知音在，信誉最佳在此地。"

1992年5月19日至22日，无极县召开整顿医药市场研讨会。闻知此讯，国家医药管理部门，自国家医药管理局开始，再是各省、地区医药公司，层层发出电传或文件，严令各药厂各批发站：不准去无极开会！不准向无极提供药源！违者追究单位领导的责任！

但是，来参加会议的人员多得令无极县始料不及。无极发出请柬200份，到会单位185家，与会代表400多人。有一家药厂还带一个剧团来，义务演出，为会议助兴。某医药批发站华北地区销售负责人在发言中说，自1988年以来该站每年从无极回笼货款百万元，今年1—4月大幅度增长，已回笼货款217万元。他代表医药站："向无极人民表示崇高敬意！""祝愿无极医药市场繁荣昌盛！"

此情形反映，努力于保护这个市场的不仅是药厂、用药单位，连一些国营医药批发站也在其中。此情形也反映，无极医药市场被取缔的危机依然明显。河北省对整顿无极医药市场继续付出努力。新华社第2471期《国内动态清样》这样写道：

> 省政府于9月两次召开省长办公会专题研究这个市场的问题，提出了明确的整顿意见，同时决定将无极以外其他各县的医药市场一律取缔。省政府两次派工作组去无极，帮助整顿。

河北省取缔了省内其他医药市场，仅留无极"一市"，并将从各地药市查出的假劣药品拉到无极县河滩上，召开现场会，一把火把假劣药品烧了。此举可见河北省"打假"的决心是大的。但国家医药管理部门仍主张包括无极医药市场应一律取缔。

师学军在调查文章中说，双方争论的焦点主要有二：

其一，无极医药市场合法不合法？

其二，无极医药市场是否假劣药品严重？

国家医药管理部门认为，无极医药市场不符合国家有关法律和文件的规定，就该取缔，以维护法律的尊严。

依据的法律和文件，前面已有叙述，这里重复引用以备参考。

依据的法律是1985年颁布的《药品管理法》，其中规定："开办药品经营企业必须具备以下条件：一、具有与所经营药品相适应的药学技术人员。二、具有与所经营药品相适应的营业场所、设备、仓储设施和卫生环境。"

依据的文件是1990年国务院29号文批转国家医药管理局《关于进一步治理整顿医药市场的意见》，其中规定："药品批发业务必须由国营医药商业专业批发企业统一经营。""集体、私营企业和个体工商户不得经营药品批发业务。"

省地县三级政府依据的也是上述法律和文件。新华社第2471期《国内动态清样》是这样表述的：

> 经过整顿，无极县在严格考察的基础上，把符合条件的118个个体经营药品单位收归县医药公司，将184名懂业务、会管理、有政治觉悟的个体经营人员招为医药公司合同制工

人，统一门匾，统一发票，统一着装，同时将不符合条件的个体经营药品单位取缔。这样，无极医药市场上已经没有个体户或私营企业。他们认为，尽管这个市场还存在这样那样的问题，但有了上述两条，基本上可以说是个合法市场了。

关于无极医药市场是否假劣药品严重？这要用事实说话。

1992年6月，河北省、地联合调查组检查这个市场，未查出假药。9月，国务院七个部局派员组成的联合调查组在无极一连查了四天，分组行动，不打招呼，突然抽查，前店后库，翻箱开柜，解包开盒，也没有查出假药。为慎重表述这一段，我再次摘录新华社第2471期《国内动态清样》的原文：

> 今年6月，省地计量、药检、工商部门和省"质量千里行"记者检查这个市场，未查出假药。国务院调查组9月中旬的调查，也没有查出假药。无极县委、县政府认为，没有查出假药，不一定说明完全没有假药，要彻底取缔市场外非法经营和彻底根治假劣药品，仍需付出很大努力。

这么大一个市场，这么有力量的联合突击检查，怎么会没有查出一点儿假药来呢？这几乎是出乎所有人预料的。

师学军在调查文章中记述无极医药市场内有"三支队伍"，一是医药市场管理委员会，二是药检队伍，三是"打假"队伍。

药管会有17名成员，分别由医药、卫生、工商、公安、税务等部门的人员组成，负责市场日常事务管理，宣传法律法规，培训从业人员，设立举报电话，奖励举报人，并及时调解由经营引起的各种纠纷。施行经营信誉卡制度，对好的门店，挂牌表彰；差的，给予批评或经济与行政处罚，直至停业。其中培训人员一项，每周对从药人员培训两个半天，然后在一定时间内举行考试，连续4次考试不合格的门店，停业整顿。培训内容包括卫生医药知识、药检技术、市场管理、经济合同、职业道德等。

药检队伍由专业人员组成，并配备具有国内先进水平的检测仪器，对进入医药市场的所有药品进行监督检测。同时将医药市场搞成一个全封闭式的市场，所有货车必须在经过药检后，才能进出市场。

"打假"队伍在市场内设有办公室，为常设机构，聘请了50名侦查员，负责监查。

配合这"三支队伍"工作的还有贴在各大路口、各乡镇和贴在市场上的无极县委、县政府《关于严厉打击制售假劣药品违法行为的若干规定》的大布告，其中写道：

……凡制售假药被查实的，给予以下处罚：

（1）一律没收其假药和违法所得，并处以违法金额5倍以下的罚款；案情重大或情节恶劣的，要从重处罚；该追究刑事责任的一定要依法追究，决不能以罚代刑。

（2）吊销或报请上级有关部门吊销生产企业的《药品生产企业合格证》《药品生产企业许可证》《企业法人营业执照》或《营业执照》吊销或报请上级有关部门吊销经营企业的《药品经营企业合格证》《药品经营企业许可证》《企业法人营业执照》或《营业执照》。

（3）是党（团）员的一律开除党（团）籍；是国家干部职工（含合同制干部、工人）的一律开除公职；是城镇户口的一律注销其城镇户口。

这些处罚，不可谓不重。请你留意上述第二条的前半部分，这是为打击造假药而设的。无极县认为，打假，不仅要打击市场上的假药，更应据此顺藤摸瓜，打掉制造假药的窝点。关于奖励举报人，无极县的布告写道：

> 动员全县干部群众，检举揭发制售假劣药品的违法分子，并对举报人实行重奖（秘密奖励），罚款在万元以下（含1万元）的案件，奖励举报人罚款总额的60%，罚款在万元以上的案件，先奖举报人1万元，万元以上部分，再按10%给举报人提奖。要保护举报人，对暴露和打击举报人的，要严肃处理。
> 各职能部门和有关乡（镇）、村干部要坚持党性、坚持原则，恪尽职守，站在打击假、劣药品违法行为斗争的前列。凡是支持、包庇、纵容制售假劣药品违法分子的，要追究责任，严加惩处。

产生这些举措的还有无极县的领导力量。在上述"三支队伍"上面有一个"整顿医药市场领导小组"，由县长任组长，主管财贸、卫生的两名副县长任副组长，吸收医药、卫生、工商、税务、物价、标准计量、公安、计经委、体改办等部门主要领导为成员。

他们还把无极医药市场划为五段，每段成立一个党支部，在这基础上，成立县医药公司党委，由县委书记刘日兼任党委书记，两位主管副县长、医药公司经理等4人兼任副书记，加强党对医药市场的领导。

在这一系列举措中，不仅有专职"打假"队伍每天在市场内外侦查监督，"退休干部背着手在市场上查找假药"，还有在职干部、学生、城镇居民、村民，以及想发财的各种人到市场上去找假药。在这种几乎是全民性地围剿假药的氛围下，药品经营者生怕有自己不知的假劣药品混进来，还翻仓倒柜地自查，请专业人员帮助查。可以这么说，这个时期，整个中国，再也没有其他任何地方像无极医药市场这样，处在人民群众检查和打击假劣药品的汪洋大海之中。国家七部局联合调查组在无极医药市场竟然连一片假药都没有查到，应该说当地党政部门和人民群众响应国务院"打假"的号召，工作是有效的。

我再次原文照录新华社1992年10月17日（第2471期）《国内动态清样》的几段文字，以为有"读史可以鉴往知来"的价值。

省地县三级领导认为，在决定是取缔还是继续试办这个市场时，应考虑到改革开放的大背景和如下因素：

第一，我国现行的医药流通体制确有不少弊端，搞独家经营，事实上已无可能。目前，社会主义的市场经济新体制正在逐步形成，药品虽属特殊商品，也必然要进入市场。在这种情况下，医药市场作为一种特种专业市场，应允许试办。这有利于探索和建立一种适应新形势的医药流通新体制。

第二，假劣药品的源头是制造厂家，打假的关键是打这个造假的源头，同时打击市场上销售的假药劣药。在市场上打假是打击假劣产品，而不是打市场。假劣药品既不是医药市场的必然产物，更不是医药市场的独有现象，从目前暴露出来的问题看，国营药店甚至一些省医药公司的下属厂家，制售假劣药品的违法活动同样十分严重。从长远看，只有培育合法市场,才能够有效地消灭非法市场;只有鼓励公平的市场竞争,才能够有效地抵制假药劣药。治理整顿好医药专业市场,不仅有利于打击市场上的假劣药品,而且便于追查假劣药品的源头。

……

省地县三级领导希望中央有关部门客观、全面、实事求是地看待无极医药专业市场的历史和现状,希望上级领导批准试办这个市场,并希望得到国家有关部门的指导和支持。

但是,无极医药市场最终还是被取缔了。

人们常有这样一种批评,说我们的媒体报喜不报忧,常常掩盖政府部门的错误,或灾难事故……人们一旦从媒体上看到公开的批评、揭露,百姓都是相信的,而且多数人还认为这是"压缩"了的报道,情况一定更严重。

我在这件事上,却目睹了我们的媒体对政府行为的批评也会不顾事实地扩大,甚至不惜歪曲事实。当时媒体对取缔无极医药市场的报道,就不顾省地调查组和国家七部局联合调查组等多次对无极实施检查未见假劣药品的事实,而报道无极医药市场假劣药品严重,甚至说它是个"假药市场"。

要知道,十年间,全国有 600 多家医院从无极医药市场进药,已有数不清的患者用了这里的药。假如无极医药市场是个"假药市场",这不是一个足以震惊全世界的巨大罪恶吗?

好在国际上不会相信,因为国际市场上私营的药店比比皆是,信誉度不是由"私营"或"国营"决定的,是由经营者的素质决定的。古今中外那些信誉度高的著名老店,绝大多数是私营的。我们需要建立良好的社会管理制度、法律制度，还需要强调个体良好素质的建设。

作家一合在未发表的报告文学作品中，对这件事的叙述是："无极医药市场是在小平南方谈话后，由省政府确定的一个省地试点。后来国家大政策认为，药品是特殊商品，不宜进入一般的市场，不能由个体户经营，要由国家的专业公司专营，需要取消全国所有的医药市场，而无极的医药市场规模很大，自然也在取缔之列。"

我想补充一点，无极医药市场是最后被取缔的一个医药市场。至此，全国所有的医药市场，取缔完毕。

5　为药降价刻不容缓

无极医药市场最终被取缔，刘日是悲伤的。

他的悲伤，不仅因为受打击的除了药品经营者，还有大量围绕着医药市场发展起来的其他服务业……这个没铁路，没高速公路，更没有机场的"三等小邑"，这个抗日战争时期"藏八路"的贫穷老区，直到20世纪90年代工业仍然非常薄弱，围绕着医药市场发展起来的第三产业，是无极县十分珍贵的实践。凭借这些实践，可以进一步开发出其他产业和市场。但是，医药市场一夜之间被一律取缔，无极第三产业的半壁江山倒塌下来……

改革开放后，曾有很多无极青年外出打工。1985年秋刘日来无极县上任后，发动百姓开发荒滩种果树，种大棚菜等，无极人体验到好处，曾有许多外出打工的青年返回家乡。现在，无极县再一次出现了大规模的人员外流，外流的大部分是药品经营者。他们明白，药品出厂价、国营批发站的药价、医药公司门市部的药价，以及医院的药价……只要这些药价之间"很大的差价"存在,就有他们经营的空间,这空间就是市场。他们握有很多药厂和用药单位的电话。从前无极县自行取缔医药市场时,他们就干过从药厂取货,直接发往用药单位的经营,那期间药品根本就没有来到无极。所以,在不在无极,他们都是可以从事药品经营的。现在,他们带上电话本,离开无极,走了……往日热闹非凡的无极医药市场立刻荒凉,还有盖到一半的门市部、仓库弃在那儿,废墟上长出青草……可今天,全国各地经营药品的,多有无极籍人。"无极药民"撒向了全国许多地方,他们的药品经营从未停止过。刘日始终认为,他在无极任上那段时间为整顿医药市场付出的努力,是在全力以赴地帮助国家医药管理部门工作。因为中国如此之大,处在高层的国家医药管理部门单凭行业的力量,要管好十几亿人民的药品安全问题,力量太单薄了。你看,我们调动了公安、工商、税务、物价、标准计量、计经委、体改办,包括县医药、卫生部门,还有县里四套班子、各乡镇领导部门,我们调动了这么多力量来实施整顿,来追查打击假劣药品,才有了上级部门一次次来检查也没查出假药的情况。中国这么大,有这么多人口,行业部门的工作要善于依靠当地党政机关的支持,还要善于依靠广大群众,把我们为人民办事的工作同人民的利益结合起来,就一定能搞好工作。否则,是一定会出反效果的。

  刘日的悲伤,不仅仅是因为无极第三产业受损,更重要的是,刘日清清楚楚地知道,无极医药市场的存在,具有平抑全国医药价格的作用,这个药市不存在后,从国营各级医药批发站,到药店,到医院,药品的价格必将持续居高不下,这高高的药价,一定会降临到全国老百姓身上!

  这是千真万确毫无疑义的。

而且不知要到何时，用什么办法，才能把虚高的药价抑制住，才能把被层层升高的药价降下来。不错，药品是特殊商品，这也需要当地政府多种职能部门的监督。你是否想过，任何患者，个人是没有办法抵制虚高的药价的，这同你到商场去买任何商品都不同。买其他商品你可以选择，可以还价，不合适你还可以不买。药品不行，医生确定你必须用某种药，不论那药什么价，你无法讲价，你还不能不买，除非你没钱。药品差价中有很大的空间！如果不能把虚高的药价降下来，全国无数人都是无辜的权益受侵害者。你不知这些情况时，会为"卖假药的医药市场"被取缔而兴高采烈。像刘日这样的知情者，就会心生悲伤。

　　那以后的许多年，你没有体会到"看病难、看病贵"越来越严重吗？那"看病贵"中，就有药品价格虚高的因素。你没有见过不少医院在医生诊室的门口贴着"医药代表禁止入内"吗？医药市场消失后，冒出了个新行当叫"医药代表"。这医药代表就是代表药厂去"公关"的特殊推销员，从业者多为大学医药专业的毕业生，医院的医生成为医药代表"公关"的重要对象。在这样的交易中，医生是可以根据开出某些药的多少从厂家获利的。渐渐地，我们也听到了一个从前很少听到的医学术语："过度治疗"。

　　这"过度治疗"就包括"不必要吃那么多药，但你吃了"。那么，"看病贵"就不仅仅是药品超贵，还有"吃多了药"的因素。这是令人恐怖的。但也不是没有抵制这些恐怖事情的力量。当你在医院看到贴有"医药代表禁止入内"字样，那就是医院为了防止医生受到来自药厂的"医药代表"的腐蚀而采取的举措。

　　中国有句古话说："你这葫芦里卖的什么药？"

　　可见药自古就隐藏着秘密。如今，那"药"里运营着多少秘密，百姓如何能够洞悉？这一切都是以"科学"的方式，在国营的机构里做出来的，但它在使医生原本就有的医学水平受损，使良心受到侵蚀，患者更是不知原因地付出高昂代价。百姓说是"看病难、看病贵"，以至怨声载道，影响着社会的形象……2000年3月，刘日被任命为河北省物价局副书记、副局长。虽然是个副职，但他感到，应该可以来做一点给药品降价的事情了。省物价局副局长，毕竟是在其位，该谋其事吧！

不管能不能做到，刘日感到：该努力去做，已刻不容缓。

现在的问题是：怎么做？

药品的种类成千上万，每一种都有很多成分，怎么核算其成本？不懂这些，凭什么去降价？看起来千头万绪很复杂的问题，在刘日的"数学头脑"里，常常就用很简单的方法去求解。他主管工价处，工价处只有七八个人，他把他们都调动起来。

"社会就是老师，我们先做调查。"他说。

"从哪里做起？"

"从调查常用药，销售量大的药做起。"

他们开始分工，分别对全国各省区的药品在当地的卖价进行调查、统计、汇总、制表……很快就发现，同一种药，不仅在不同省份价格不同，即使在同一个省、同一个城市，价格也有不同，有不少药品的差价还很大。这样一一调查，工作量之大，几乎是不可思议的。但这就是在做建设性的工作，有了这些数据，才有降价的依据。工价处的人员，突然就工作极其繁忙了。

把这些数据拿来比较、研究，能清楚地看到，同一种药的差价呈阶梯状，差价大的能相差一半以上，那么药品价格虚高的状况，在这些调查统计中几乎是一目了然。然后基本是按最便宜的药价进行定价，大部分药品价格都降下20%以上，最多的降到50%。

这件事可以让我们看到这样三点：

其一，如果刘日不在省物价局副局长任上，没有职权，即使想干，是干不了的。

其二，有这权力的何止刘日，仅有权力，缺少去做这件事的责任心，甚至无此想法，是不可能去做的。

其三，即使有权力有责任心，如果没有属下人员齐心合力，用科学方法搞出详细调查，就不可能得到上上下下的支持，也会做不成。

刘日主抓的这项调查，得到物价局党组的支持，局里大家都觉得这是在做一件深得人心的事。刘日与河北省药品监督管理局联系，双方也很快达成共识，于是两家共同发文给药品降价。

2000年，由河北省物价局和药品监督管理局两家共同发文，先后分五批共降低了402个品种713个规格药品的零售价格，平均降幅25.6%，年降价金额4.3亿元人民币。

2000年，"看病贵"的问题已是怨声载道了。给药品降价的文件下发后，全省都执行，一直到小门市部。对不执行的，当地有关监督部门就予以重罚。

此后，分批次，每月砍一刀。每次降价后的药品名录和价格表，都上报国家发改委价格司、国家药品监督管理局，下发各市物价局、市药品监督管理局。并送省政府办公厅、省政府纠风办、省卫生厅、省劳动和社会保障厅、省直属医院等，同时还寄给全国各省市自治区有关部门。这相当于告诉天下：我们这儿这些药品，现在是卖这个价，这个价基本是全国最低价。

上级和各省市看到河北连续砍下的价格力度很大，药店照常营业，可见这差价的空间确实大，这对全国各地药品的价格都产生了影响。我们也开始听到媒体报道各地给药品降价的消息。

给药品降价，就有人来送东西了，送卡、送物、送钱的，可以用"络绎不绝"来形容。刘日不收。物价局其他人员也不收。在刘日任省物价局副局长期间，国家发改委价格司曾通报说，河北省药品降价幅度在全国是最大的。

这件事，我并非特别想赞扬刘日，而是特别想说，这件事可能让我们看到，世上那些积弊积怨都颇大的事，毕竟是需要有人去做的。比如这事，如果没人去做，有多少人知道药品价格中有许多埋伏呢？直到今天，也很少人说"药价贵"，都说"看病贵"。在刘日本人看来，去弄清这件事，把药价降下来，降到尽可能公平，这就是他上班应该去干的事。要不，他上班干什么呢？

为什么刘日会这样去做？我不能不说，因为他心中确实没有忘记共产党"为人民服务"的宗旨。心里想着老百姓，他就会运用党和人民给他的工作机会，去做这些事。否则，我怎么解释？

如果刘日心里总是想着为自己谋利益，那就是另一种表现。上世纪末，学者们喜欢说一个词叫"集体无意识"。我想说，像刘日这样的官员，受到同他不一样的官员的"集体性嫉恨"，也算是上世纪末的新鲜事。

反腐败的斗争的确是严峻的。如果读读上世纪90年代初不少干部、知识分子看了《无极之路》后写给刘日的信，我们几乎可以认为大部分干部、大部分知识分子，都有一颗充满热望的心、正直的心。从何时开始，不正直、贪婪、为名利而不择手段，也开始侵蚀到不少知识人士。不分城乡，不分职业，在很多人的意识中，只觉得世上只有两件事是最重要的：一是升官，再升官！二是赚钱，再赚钱！许许多多的"活动"都围绕着这两件事运作。刘日倒显得不合时宜。

刘日所做的这些往事，我记叙它，无意于说这是什么政绩。也很少有什么政绩是可以永恒的。刘日曾试图改变无极县的贫困，有过一个可喜的开端，但今天的无极乡村仍然呈现着令人悲伤的贫困。再如药价，今天的药价中依然埋伏着山重水复，有不少原已被降下价格的药，改头换面，价格又上来了……我国一年批1万多种药，比全世界各国一年所批药的总和还多。药品换个包装、改个剂量、起个新名就算是新药了。一经有关部门审批，身价就可能翻十倍、二十倍。国家药监局原局长郑筱萸在审批八家药厂的药品和医疗器械过程中，直接或者通过妻子和儿子，受贿649万元。这受贿的巨款，其实都是出在患者身上的。

这件事还让我们看到，很多对人民大众有益的事，是需要有人持续地去做的，缺少人热心地忘我地去做，就会如同逆水行舟，不进则退。因而，我以为比贪污受贿等腐败现象更可怕的，是在其位该作为而不作为的颓败现象。

能够那么去做，最重要的不在于刘日有怎样的才华，而是因为他有一颗"为人民服务"的心，他的才华是从这颗心所钟情的为大众服务的实践中长出来的。因而具永恒意义的，只是"为人民服务"的心灵。

因而我以为，比反腐败更重要的，是捍卫正直，捍卫正义，捍卫美好的心灵和事物。这是我再次记叙刘日的原因，我深信这是我们民族生活中的宝贵财富。

6 为水提价刻不容缓

就在为药品降价的同时，刘日还干了一件给水提价的事。

刘日为此写出的调研文章，尤其是拿出的对策和解决方案，恐怕是单凭学识或单凭资历都难以达至的。因为作这样的文章，丰富的学识和丰富的实践经验，还有极端的责任心，三者缺一不可。以下我将摘引刘日 2000 年 10 月 30 日写成的调研文章《河北省水资源状况分析及节水对策》，他开篇即说：

> 我国是一个严重缺水的国家，已被列为全世界人均水资源 13 个贫水国家之一。河北省属严重缺水省份，全省水资源总量 203 亿立方米，人均占有量 311 立方米，为全国人均值的八分之一，居全国第 28 位，比联合国规定的极端缺水地区人均占有量 500 立方米的标准少 189 立方米，大大低于国际公认的维持一个地区社会、经济、环境发展所必需的人均 1000 立方米的临界值。河北省人均水资源比以干旱著称的以色列（人均 320 立方米）还少，是全国乃至全世界缺水最严重的地区之一。

接着，他以《水资源状况分析》为一级标题，首先揭示了河北省因河流普遍消失，地表严重缺水，只能靠大量开采地下水补充，造成地下水超采的严峻形势——

> ……地下水严重超采，已形成漏斗区 20 个（全国 56 个），面积 3.6 万平方公里，引起地面沉降面积 4 万平方公里。沧州漏斗深 92.45 米，冀枣衡漏斗深 75.68 米，是世界上最大的两个漏斗。沧州市 50 米深的漏斗面积已达 4860 平方公里，30 年间地面下沉 1.70 米；已引发海水入侵，咸水扩散，地

下水水质变坏，土壤板结，地面及建筑物沉降裂缝，树草枯萎死亡，人畜中毒和农作物减产绝收等地质自然灾害。

因水位不断下降和水质变坏，全省84.3万眼机井每年有4万多眼报废，一半以上的机井只能出半管或少半管水。石家庄市地下水水位以每年2～4米的速度持续下降，唐山市地下水位最大下降速度达到年5米，邢台市葛庄地下水位1998年下降7.50米，1999年下降22.40米，今年1～4月下降10米。

我想我不必这样摘引了，改为简述吧。

刘日接着揭示了河北缺水并造成水资源进一步破坏，以及由此形成的种种困境。他写道，水资源日益恶化，著名的白洋淀频繁干淀，保定一亩泉、邢台百泉早已绝涌，沟通南北的大运河在河北断航。避暑山庄内6个湖泊全部干涸。廊坊市可开采的地下水源仅剩最后一处。沧州市目前吃的是黄河水，近几年黄河断流……水消失，土地沙化速度惊人。河北省怀来县有个叫"飞来沙"的沙漠，离北京不到200公里。而距离北京最近的沙漠只有70公里。沙尘暴殃及200多万平方公里国土。20世纪60年代华北平原河道清流荡漾、草长莺飞的秀丽景象已变成有河皆干，风沙漫野，处处缺水，年年干旱。

从全国看，全国668个建制市，有近400个缺水。

一方面是缺水十分严重。

一方面又水资源污染十分严重。

全国80%左右的污水未经处理就直接排入水域，造成七大水系一半以上的河段水质受到污染。

全国35个重点湖泊中，17个被严重污染。

全国——

1/3 的水体不适于鱼类生存。

1/4 的水体不适于灌溉。

90% 的城市水域严重污染。

50% 的城镇水源不符合饮水标准。

40% 的水源不能饮用。全国 12 亿多人（2000 年），只有两亿多人能喝上符合卫生标准的水。海河、滦河流域，大部分河段水体受到严重污染，并危及地下水资源，使匮乏的水资源状况进一步恶化。

河北全省有 2000 多万人饮水不符合国家饮用水标准，570 多万人出现氟中毒症状。由于饮水中有机物含量、致病微生物数量和重金属的增加，造成人的致癌、致畸、致残和早亡，对人民生活的危害是全国罕见的。河北水资源危机，不但威胁着本省，还威胁着整个国家。

联合国水事会议向全世界发出警告："下个世纪的战争，将是由于水而不是由于石油或政治引起。"

美国《财富》周刊指出："估计到 21 世纪，水资源对于人类的重要性将同石油在 20 世纪对人类的重要性一样，它将成为一种决定国家富裕程度的重要商品。一个国家如何对待它的水资源，将决定这个国家是继续发展还是衰落。"

上述都是刘日文章中的内容。他还写下，我国并非没有推行节水工作，河北省早于 1981 年就开始推行节水工作，这无疑是值得赞扬和肯定的。然而还需要持续深入地做下去。我们有不少工作，"以说代做"，甚至可以说到全世界最好的程度，可是说的是一套，做的是另一套。只要把眼睛看向现实，就不能否认我们在缺水严重，水污染严重，水资源又被持续严重破坏的同时，我们的水浪费也举世无双。

刘日写道，我国工业用水重复率为 30%～40%，发达国家为 90%

以上，德国达到98%，有的国家甚至能重复利用几十次。河北省许多企业还没有实现循环用水。1998年全国万元工业产值用水量为59.40立方米，河北为88立方米（1999年），高过全国平均水平，是发达国家的3～4倍。

在农业用水方面，河北农业用水占全省用水总量的70.4%，是用水大户，也是浪费大户。土渠输水损失、不合理用水造成的深层渗漏、土地不平整产生的田间流失等等，损失水量大约为农业用水量的50%～60%。虽然土地承包了，农民有耕种的自主权，但在刘日眼里，农村、农业、农民，实在仍有很多很多——县委、县政府——应该去做的工作。如果县一级领导的心思没有用在这里，就必然有很多"三农问题"。学者们写文章，两会代表们写提案，国务院总理操心，都是十分需要十分重要的，却也会鞭长莫及。这些年，岂止是水浪费更加严重，还有很多方面无人管。科学的力量，目前尚能把几百米以下的水抽上来救燃眉之急，但科学的力量已经表现为在加速地下水枯竭，加速家乡的沙漠化……河北已是全国、全世界缺水最严重的地区之一，但石家庄却是全国开办了最多"洗浴中心"的省会城市。这个地方怎么会是这样呢？

有这样不留情面地批评自己家乡的吗？

是的，河北是刘日的家乡。他爱家乡！

巨大的浪费，意味着巨大的潜力。群体性的巨大浪费，就像群体去抢劫正在日益减少的稀有资源。只有大家能够知道，我们一方面缺水非常严重，一方面又浪费水非常严重，才可能唤起人们的节水意识，才可能有效利用那巨大的节水潜力。

他的调研报告不仅将作为给用水重新定价的依据，还从2000年

12月11日开始,以《天下缺水,匹夫有责》为题,公开发表在新华社河北分社主办的《信息大观报》上,署名刘日。该报分三期连载,共发了三个版再加半版。

为了让大众对地球上的水究竟有多少有个整体了解,刘日还写下:"世界淡水资源极其有限,在整个水体中约97.5%的水是咸水,其余2.5%的淡水中大部分是人类难以利用的两级冰盖、高山冰川和冰冻地带,仅南极就占了70%以上。人类真正能够利用的淡水资源约占地球总水量的0.26%。"

接着,刘日就指出:我国水资源人均占有量只相当于世界人均水资源的四分之一,而河北人均占有量仅有全国人均占有量的八分之一。

对刘日来说,这并不是发表文章,这是做群众工作。身为省物价局副局长,这里有他不能轻忽、不能看不见的职责:利用价格杠杆促进节水,已刻不容缓。

7 中国阶梯式水价改革的先声

用水和缺水,是一对矛盾。利用价格杠杆去调节供需平衡,这是基本思路。提高水价涉及千家万户利益,不能单凭权力行事。解决水浪费的问题,用法律手段不行,行政命令也不行,只能通过宣传教育和运用价格杠杆。

刘日注意到发达国家早已利用提高水价来防止水资源浪费。根据对15个国家水价的了解,德国、荷兰、以色列、新加坡等国主要是利用"高水价"或"阶梯式水价"促进节水。所谓"阶梯式水价",是对用水定额,超过定额的部分,分别收不同的高价。

德国水价全球最高，1994年全国平均水价每立方米6.35马克，其中包括生活用水费和污水处理费。1997年德国的水价再次提高到每立方米7马克，折合人民币32元/立方米。其余国家水价在35~143美分/立方米之间。西班牙水价最低，水费支出仅占家庭支出的1%，而人均用水量最高。以色列、新加坡等国对超定额用水实行严厉的经济惩罚。

那时，我国36个大中城市居民生活用水（含污水处理费）水价，最高2元/立方米（长春、厦门、舟山3市），最低0.65元/立方米（兰州市），平均1.29元/立方米。石家庄市为1元/立方米，居第26位。从这些数据可见，并不是缺水的城市水价就高，甘肃是严重缺水的，兰州水费却全国最低，石家庄水费也低于全国平均水平，如此便加剧了缺水。这里就存在着观念问题和社会管理问题。

在调研了利用价格杠杆促进节水的极端重要性后，仍有许多具体事项需要调研落实。譬如"定额"定多少合适，"阶梯式水价"定几个阶梯合适，每个阶梯定多少价位合适？城市用水与农村用水如何分别定额定价，工业用水如何根据不同的企业定额定价？特种行业，如高档洗浴、水上娱乐、酿酒业等如何实行高价水费？农业用水在定额内目前不宜提价，超过部分应大幅度提价。还有，如何征收自备水井的水资源费，才能使自备井用户感到不合算，从而达到限制开采地下水的目的……他还指出，我国目前水资源管理体制不顺，条块分割，职权交叉，政出多门，因而效率低下，不能应对日益严峻的水资源危机，务必改革水资源管理体制，建立统一的水务管理体制，实施统一取水许可，统一规划，统一调度，统一管理等等。

在较充分的调研后，曾任县级主官多年的刘日，在制定具体措施方面是有其所长的，他认为问题虽然复杂，但政策应是简单明了最好。从事这项调研后,他知道国内外早就有人研究这个命题,而如何使它容易做,容易受到大众支持是关键。他也看到有的调查建议将阶梯式水价定出十多级或七八级,刘日认为分三级即可,用通俗的说法,可以将这三级分别称作"平价、高价、惩罚价",老百姓都能记住,好对照执行。

在他的调研中,看到多数人正常情况下人均每月 3 吨水够用,三口之家每月 9 吨水略有节余,那么定额在人均每月 3 吨水是合适的,定额内的水价就是平价。如果用 4 吨水,超出的一吨,价格是平价的 10 倍,就是高价。如果用 5 吨水,这第五吨水的价格是平价的 100 倍,这是惩罚价。

我审视了"刘日方案"后,看到他主张的不只是"平价、高价、惩罚价"三级,还有一级"奖励价"。即水价提高后,对各类特困户要视其用水情况给予减免水费。如果一家人均月用水 2 吨的,应减半收费,这就是奖励价。人均月用水 1.2 吨以内的应完全免费。所减免的水费由政府负责。

刘日还提出,应该开展节约用水的爱国运动,大力宣传节水和水价改革的意义,争取全社会的理解和支持。最后,他写道:

> 缺水已不仅仅是经济问题和环境问题,而是正在成为影响社会稳定的重大政治问题。我们应重新审视水,认识水,善待水。

他这篇调研报告 2000 年秋天写完,寄给了中央和本省有关部门。《河北日报》编辑部于 2001 年 2 月 17 日摘要发表在《内部参考》上,还发表在同年第 5 期的《河北省情研究》。接着又发表在 2001 年 6 月

6日的《河北日报》和6月28日的《河北经济日报》上，在全省产生广泛影响。2002年，《中国物价》在第1期也发表了刘日的这篇调研报告。

刘日的建策受到河北省政府的重视，开始逐步推广。只是在实施中，"阶梯式水价"的差价没有刘日主张的那么大。河北省任丘市处于沧州漏斗区域，率先进行了"阶梯式水价"改革试点。因水价提高，人们也普遍在意杜绝"自流水"的"跑冒滴漏"，乘此机会各方出资对水管网络进行了更新改造，并采用先进的计量设施，节水显著。改革前，任丘市年供水量423万吨，改革后年供水量270万吨，节水率高达36%。阶梯式水价提高了市民的节水意识，市民们普遍注意拧紧水龙头，使用节水器具、废水回收利用、集雨水等新型节水措施在任丘悄然兴起。

刘日关于推行阶梯式水价的建策，也受到国家有关部委的重视，基本思路被采纳。任丘市的经验是推行这一改革思路的实践，在省内外都引起重视。

河北省直机关把2002年定为"调查研究年"，刘日的节约用水和水价改革的建议在这年被评为全省优秀调研成果一等奖。

2002年5月上旬，时任国务院副总理的温家宝视察南水北调河北段，刘日作为河北省物价局副局长陪同视察。在这期间，刘日把自己写的这个节水建议亲手递给温家宝副总理的秘书丘小雄，请他转呈温副总理参阅。

2003年春，河北全省正要推行"阶梯式水价"改革，刘日被调往河北行政学院任党委书记、常务副院长，他去向主管农业的副省长宋恩华说明自己工作调动的情况。

"我要去行政学院报到了。"刘日说。

"你怎么愿意去那儿?"

"不是我愿意的。你以为是我'跑'出来的?我根本就不知道这件事。"

"你不去不行吗?"

"行呀,你去找书记说吧!"

副省长迟疑了一下说,"那么这么着吧,'阶梯式水价'这事,你熟悉。你以省政府的名义起草两个文件,然后再走。"

刘日用了十天,调研,开座谈会,代拟了两个文件,一是《关于加快供水价格改革,建立节水机制的意见》,二是《我省水价改革的成果及今后设想》。2003年3月20日上午一上班,刘日把起草好的两个文件交给副省长,然后直奔河北行政学院上任。

写到这儿还应该说明,"定额用水"和"阶梯式水价"在发达国家早已有之,极其缺水的任丘市此时才做,实在不算是早的。然而,刘日的声音和任丘市的实践相结合,已是我们这个缺水国系统地运用"阶梯式水价"改革水资源管理体制的先声。

2004年4月19日,国务院办公厅下发了《国务院办公厅关于推进水价改革促进节约用水保护水资源的通知》。河北省政府随即召开专门的会议讨论节水问题,省物价局的节水方案和试点做法,受到大家赞扬。

8 为什么致力于主编《公文写作》

"刘日后来怎么样了?"总有人这样问我。

不论刘日这些年做了什么,几乎都是没有人知道的。

好吧,我告诉你。2003年3月,刘日调任河北行政学院党委书记、常务副院长。或许可以说,此时刘日回归到教育领域来了。他青年时毕业于正定师范,第一个职业是教师。如今,他要来当全省行政官员的教师了。

这年,他做的一项本职工作是主持编写了一本《公文写作》,由河北科学技术出版社出版。看起来这件事不算什么,这本书也就是阐述公文写作的基本原理和方法。但是,就这"基本"的水平中,是潜藏着某种忧伤的。

刘日用心做这件事,是看到各级机关里公文的行文水平低,即使那公文几乎都是秘书的作品,领导们也常常要求秘书提高写作水平,但很多情况下,仍是领导水平限制着秘书的水平。公文写作是行政工作最重要的内容之一,开会讨论,调查研究,向上报告,向下部署,都需要以公文的形式为载体。套话、废话、空话连篇,这样的公文可以代表一个政府的执政水平吗?不感到羞愧吗?所以,河北行政学院要有《公文写作》这样一本教材。这不仅可供来进修的干部学习,还可以提供给没来进修的干部学习。

我一再问自己,为什么要写刘日这些事?

我说过,无论刘日汲汲于给药品降价,还是汲汲于给水提价;无论他做得怎样,算不算他的一点点贡献,这都不重要。我只是感动于这个人的那颗心,那颗总在为人民大众着想、为国家着想的心。

人们可以批评他:"你操什么心啊!"

还可以说他杞人忧天。刘日不是杞人,是冀人,说他"冀人忧天"也是可以的。他就是会担忧,像这样不节水,水很快就会没有了,或者公文水平差,势必影响政府声誉,而且影响执政为民……他会为此食卧不安,会努力去试图补天补地。因他的努力,我回头一想,公文在一个民族历史和现实中的地位与价值,都是很了不起的啊!

中国现存最早的书《尚书》，几乎全是政府公文的汇集。再看贾谊的《过秦论》《治安策》，晁错的《论贵粟疏》，司马相如的《上书谏猎》，诸葛亮的前后《出师表》等，都是政府官员写的讲国家大事的文书，那都是容不得废话、套话、空话的。我们处在21世纪，若写个公文不能扫除掉废话，总该谦虚好学吧！

我记得曾有个热爱学习的领导者，手里拿着一篇公文稿怒道："这是什么？拿起来是废纸，扔下去是垃圾！"

于是，我看懂了刘日主持编写《公文写作》的意义。

2003年11月，刘日完成了《关于在河北省进行直接选举县长试点工作的建议》。光看这个题目，有人可能觉得刘日冒失。可贵的是，河北省委书记白克明在此建议上作了批示。对刘日此文，恕不展开介绍。

2004年，刘日主持编写了《依法行政简明读本》，由河北人民出版社出版。从实用性看，这是旨在为公务员培训提供一个理论同实践相结合的通俗易懂的简明教材，而凝聚在这个读本里的内在情思，是刘日试图提升行政干部的法治意识，减少无视法治以权行政的积弊（学者们多有将此积弊称为"人治"）。

2005年，刘日主编了《宪法学简明读本》，本书系统介绍了宪法基本理论、宪法与宪政的关系、公民的基本权利和义务、国家的性质和国家的基本制度、宪法的实施与保障等内容，由国家行政学院出版社出版。

2006年，刘日主编了《公务员法解读》，本书着重介绍公务员管理的基本制度，兼顾公务员法知识的全面性和系统性，由国家行政学院出版社出版。

2007年，刘日主编了一本书名就叫《校训》的书。这是在制订本校校训"平安健康博学为民"的基础上，将这八字阐述开来，同时还收集了许多国内外大学的校训，一并编入本书。刘日很看重这件事。他说，我们在收集国内外许多大学的校训时，还没发现有其他大学把"平安"和"健康"纳入校训。

"我们感觉这是个遗憾。无论对于一个人、一个家庭，还是对于一个学校、一个地区，甚至更大的范围，平安和健康，都应该是第一位的。"他还说，为民，这是对公务员修身理政的最本质也是最基本的要求。服务人民的意识，也应该是每位大学生必须具备的意识，这是教育的最终目的，也是最高境界。

在行政学院任党委书记，刘日也上讲台讲课，直到离开领导岗位后，刘日还上台讲课，并认认真真做出课件。他讲的课程主要有两大内容，一是公务员职业道德，二是反腐倡廉。公务员培训班的学员有副厅长、副市长、正副县长、正副处长、正副乡长、正副科长和普通公务员等。他讲的内容中，总是不忘说，你们要珍惜职务和权力，不要搞腐败。讲现在公务员，特别是领导者手里握有一定的职权，是"高危职业"，每天都有人想腐蚀你，拉你下水。我们的校训，最前面两个字就是"平安"，你们行政，也要首先重视平安，要廉洁自律，要抵制腐败，要勤学博学为民。

主持编写上述几部书，均属于为行政学院公务员培训提供适用教材，且大部分读本与"法"有关，其基本思路即培养公务员依法行政的素质。如果说以上这几件事尚属刘日职内的事，以下恐怕是他职外之事了。

第5章 为什么深入研究人口问题

他个人的力量无疑是微薄的,唯一颗心依然如青年时代那样热爱祖国,放眼世界,热爱学习,向着美好的社会飞翔……我常为之感动的就是:这个人活着的每一天都是如此,没有人能阻止他。

1 奖一放二禁三

以上这六个字，就是他这项建议的题目。

计划生育，在县一级被称为"天下第一难的工作"。曾长期担任县委书记的刘日，对这难，深有体会。

"1985年，我任县委书记的时候，在调研中发现一个奇怪的现象。"刘日把这个现象用数字写作 2＜1。

"什么意思？"我问。

"如果允许这个村子生二胎，比实行一胎政策生的人口还少。你相信吗？"

我问为什么？

他说，允许生二胎，能得到多数人认可，禁三胎就容易做到。"养儿防老"，现在还是我国农村家庭主要的养老方式，只许生一胎，农民感到老了没有保障。干不动了，谁管他们？生产队散伙后，这个担忧更突出。结果是，你强令只许生一个，事实上生二胎的，在农村非常普遍。为了生个男孩，超生到三胎、四胎甚至七八胎的，也缺乏民间舆论的指责。与其由他违反政策偷偷摸摸地生，不如让他合法生育二胎。允许生二胎，才有利于禁住三胎。有效控制人口的关键，并不是只生一胎，而是禁住三胎。要有效禁住三胎，就必须放开二胎，才会获得最广大人民群众支持，从而依靠群众舆论的力量、观念的力量，禁住三胎。

"所以，让生两个会少生，只许生一个，反而会多生。"刘日此说可信吗？

我没有在意他此说可信否。在他的此项观察中，我得到的一个印象是：一项政策，得到大多数人拥护，才会在民间有大量的维护者，才可能得到有效实行。否则，是难以达到此项政策所希望实现的效果的。

刘日离任县委书记又过了十余年，现在觉得不能不写这个建议。因为现行计划生育政策带来的社会问题，是迫切需要采取措施去谋求解决了。他阐述了四大社会问题。

一是人口老龄化进程加快。

他引国际流行的标准来做参照：一个国家65岁以上人口占总人口比重7%以上，或60岁以上人口占总人口比重10%以上，就可以认为是老龄型人口社会。我国目前60岁以上老人共有1.4亿左右，已超过10%。按此发展，到2040年则增加到3.97亿左右，占总人口的28%，这是极严重的超老龄化了。发达国家在进入老年型社会时，人均国内生产总值一般在一万美元左右，而我国目前还不足一千美元就进入了老龄化社会，成了典型的"未富先老"国家。

这就是我们的国情。这个国情的负面作用，显然不能用提高思想觉悟、增强拼搏精神来解决。人口老龄化的直接结果就是劳动人口数量下降，而劳动人口是创造社会财富的动力，这种动力快速衰老，势必影响国家的经济发展。他国老龄化是逐渐形成的，我国老龄化在短时期形成。我国在社保体制不健全、社会财富尚不能应对老龄化问题的情况下，老龄化进程加快，社会总体养老负担迅速加重，必然带来一系列重大社会矛盾。

二是男女性别比例失调。

按照国际标准，正常的男女性别比为103～107∶100。我国现行计划生育政策长期实施，出生人口性别比持续升高，即男性人口数三普 108，四普 111，五普已达 117。据某省的最新统计，出生人口性别比最高的县竟达 165。人口性别比是有其自然规律的，以五普男女性别比 117∶100 看，并非自然地多生出这些男孩，而是有出生的女婴消失了。

每一百个人口中就有这些数量的超常规性别比，曾经有多少女婴还没有哭出来就消失了？为人父母要亲手干这种不让人知的事情，这里是有非常之悲伤的。

再说，2004 年全国 0—9 岁人群中男性比女性多 1277 万，这意味着未来 20 年会出现严重的新娘匮乏。我国是实行一夫一妻制的社会，性是人类的基本欲望，如果一千多万男子找不到配偶，性的欲望得不到正常解决，那会发生什么？

三是独生子女家庭问题多。

我国城镇独生子女家庭已达 80% 以上，早期实行计划生育的独生子女父母相继进入老年，这些人多是当年的知青、下岗工人，经济困难的居多，生活陷入困境。独生子女因天灾人祸伤残死亡，其父母之凄凉谁与安慰！"四二一"家庭结构令第二代独生子女承担赡养和抚养的双重压力，导致一系列难以解决的家庭和社会问题。独生子女中易于存在的性格孤僻、娇生惯养、缺乏亲情等，远不止是他们的个人问题，而会对民族心理、民族能力、民族吃苦耐劳精神，产生深远的负面影响。

四是生育权利不平等。

在现行政策中，城镇居民普遍实行一孩政策，农村实行"一胎半"政策。所谓"一胎半"，指农村妇女生第一胎是男孩，便不能生第二胎；若头胎是女孩，可生第二孩。少数民族可生两个孩子，新疆少数民族还有生四个孩子的政策。西藏农民和牧民是自由生育，没有数量限制。刘日认为这是现行政策造成的生育权利三个不平等：城镇居民和乡村居民不平等，男女不平等，民族之间不平等。生育是人的基本权利，在基本权利上存在如此大范围的不平等，与宪法原则相冲突，有违社会公平。这种生育政策在一定阶段推行可以，但长期继续推行不平等的生育政策就难以获得民意支持。

刘日建言中指出存在的问题，一般是比较温和的，但要害处他也并不讳言地指出：

> 上述问题是由现行计划生育政策本身造成的，属于制度的风险，现在这种风险越来越大，对国家经济、政治、文化的全面发展带来十分不利的影响。而政策实施的过程中也出现了许多问题，比如方法简单、过激，以罚代管，片面强调数字，搞虚假政绩等。这些问题的发生造成干群关系紧张，影响了党和政府的威望，成为严重的社会不和谐因素。上述种种社会问题，迫切要求我们对现行计划生育政策作必要的调整。

针对这些问题，刘日提出六字建议，仍用邮寄的方式奉上，"供党和政府决策参考之用"。

刘日所提的"奖一"，含义并不是"只生一个最好"所以奖励之，也不是说你实施奖励他们就会踊跃"只生一个"，而是"只生一个"的家庭已经出现了不少难以克服的困难和问题。"只生一个"的家庭是为国家大局作出奉献和牺牲的，执政者应该体恤到他们的困难，不能不顾事实地高喊"只生一个最好"，应该尽最大可能给予补偿和救助，包括住养老院的费用和医疗费用，使其老有所养，安度晚年。

因为他们是作出奉献和牺牲的,所以这样的救助均可称之为"奖"。日后对自愿生一个孩子的家庭,亦需给予奖励。国家应当把"奖一"政策纳入法制轨道,法制不单是针对民间要求群众遵守的,也在于监督政府执行。这"奖一"里是有关心民瘼的深刻内涵的。

所谓"放二",刘日特别阐述,"放二"不会导致人口激增。

这里有个人们通常未必留意的常识:即使允许所有的夫妻都生二孩,全国人口并不会增多,只会减少,因为总有一部分人不会生育和不愿生育。事实上,我国经过三十年计划生育,人们的生活、生育观念已经发生了很大转变,许多城里人已不愿生二胎,还有一部分"独身主义者"完全放弃生育,所以即使准许所有家庭都生二孩,总和生育率也在更替水平以下。

我国人口更替水平的"总和生育率"是2.1,据国家公布的数字,2001年我国"总和生育率"已下降到1.8。所以刘日认为可以"放二"了。

"放开二胎,生育水平会不会反弹?"

"关键不在于放二,而在于禁三。"

刘日特别阐述:奖一放二禁三是一个整体,一个系统,不能人为割裂,单独实施,它们缺一不可。其基本政策取向意在改善人口结构。并指出:奖一是导向,放二是实质,禁三是关键。刘日写出这项建议的时间是2004年9月27日,随即上呈中央。

2 再建议"微调放二"

对我国人口生育提出建策的当然不止是刘日。写到这里,我想该对20世纪中国生育政策有个简略回顾。

在我的记忆中，对少年时从课外书中看到的苏联"英雄母亲"尚有印象，那时感到奇怪，那"英雄母亲"不是指战场上的英雄，是指生了五六个孩子的母亲。后来才知道，第二次世界大战中苏联人口锐减，国家鼓励多生子女。中国在20世纪50年代学苏联，也称生了一群孩子的母亲为"英雄母亲"。

1957年7月5日，《人民日报》发表北京大学校长马寅初的《新人口论》。马寅初主张提高人口质量，控制人口数量，建议进行人口普查，宣传晚婚晚育和避孕，使群众了解节育的意义和方法，提出"一对夫妇生两三个小孩，最好生两个小孩"。

1964年，周恩来总理在国务院成立了计划生育办公室。当时控制生育的主要目的是解放妇女，如果妇女总在生孩子就很难参加工作，顶不了"半边天"。"文化大革命"开始后，计生工作中断。1971年周总理恢复了计划生育办公室，开展调研。1970年中国的"总和生育率"是5.81。这期间，周总理主持，对计划生育定的基调是："一个不少，两个正好，三个多了。"

这个基调是对马寅初提的"两个最好"的肯定。马寅初还有半句话是"一对夫妇生两三个小孩"，周总理主持将其改为"三个多了"，并加了一句"一个不少"。

70年代末，计划生育的调子收紧："最好一个，最多两个。"

80年代初，计划生育政策推行："一对夫妇只生一个。"

1984年，梁中堂、马瀛通等人口专家就对当时的政策设计提出质疑，并提出新论。梁中堂提出：继续提倡和鼓励一对夫妇生一个孩子，应容许一对夫妇生两个孩子，但间隔要长达8—10年。马瀛通等则主张：容许农村育龄妇女在24岁生育第一胎后，隔4—5年再生一个。此建策被概括为"二孩加间隔"。

这项建策从80年代中期以来，在山西翼城县、河北承德市、甘肃酒泉市、湖北恩施市搞试点。二十多年后，这四个试点地区年均人口增长率与生育率都低于周边地区，性别比也基本正常。刘日看到有关数据，感觉自己早年发现的那个"奇怪现象"得到印证，即"让生两个会生得少，只许生一个，反而会生得多"。

刘日因此写道："假如全国从一开始就实行二胎政策，也许现在人口超不过12亿。"

就在80年代中期，计划生育政策作了调整，对农村夫妇生了一个女孩的可允许再生一个，但第一胎是男孩的就不许再生，此即"一胎半"政策。

然而，农村生了两个女孩的仍想生男孩，这愿望非常强烈。1989年，人口学家谷祖善提出，只有满足农民生育男孩的愿望才能实现家庭养老。他主张：生二女者，可再生第三胎；不准生育第四胎；如生一女、二女而不再生者，予以奖励。这个主张被概括为"生男即止法"。这个概括不尽准确（因生三女，虽无男孩也不准再生），但强调了农村生男孩的渴求。

刘日于2004年提出"奖一放二禁三"，已吸纳了马寅初以来诸多学者的智识，充分认识到了"两个正好"。问题是当今的人口形势已不是20世纪80年代初的情况，已产生一系列人口结构失衡等问题，需要调整，刘日因此强调"奖一放二禁三"是一个整体，缺一不可。

刘日在建议中没有提"间隔生育"，因考虑到允许生二胎，就不必有"间隔生育"的限制。民间一般认为两个孩子间隔两三年是有利于生养的，若限制他们间隔四五年或八到十年再生一个，也给晚生晚育的妇女造成困难，并增加母婴的风险。而且，《世界人权宣言》规定"生育权是妇女的基本人权",1979年联合国《消除对妇女一切形式歧视公约》还规定"男女有相同的权利,自由负责地决定生育子女人数和时间间隔"。刘日认为,不加"间隔"限制,无论从哪方面看都更好。

此后,还有陈友华、胡鞍钢等提出"二胎晚育软着陆"方案,其中的"晚育"也包含着"间隔"。此方案也指向放开二胎,但对"晚育"和"间隔"的要求,均对母婴不利。

2006年3月21日,国家计划生育委员会主任张维庆应邀在中国政府网谈人口问题。张维庆主任说,我国"十一五"期间面临着第四次生育高峰。这生育高峰主要由两部分人组成,一是从20世纪70年代倡行计划生育以来,独生子女将近1亿人,这1亿人到现在,大部分是二十到三十岁了,进入了生育旺盛期;二是80年代中期在农村实行"一胎半"政策后,增加的相当一批人口也进入了生育年龄。所以,生育政策因为面临生育高峰不能调整,必须稳定,这是"十一五"期间坚定不移的态度。

刘日读到此信息,知道计划生育政策在"十一五"期间不可能全面放开生育二胎。为缓解人们的生育愿望与政策的矛盾,刘日于2007年1月21日写出《关于对计划生育政策"微调放二"的建议》,再次上呈中央。

他建议:在"十一五"期间对生育政策做一点"微调",即允许夫妇一方是独生子女的家庭生育二孩。为什么说是"微调"?因为夫妇双方都是独生子女的可生二孩,即"双独放二"政策,到2002年全国除河南省之外都已经实行,所以刘日建议把"放二"扩大到夫妻只需一方是独生子女的家庭,这只是"微调"。

相对于"双独放二",这"微调放二"即"单独放二"。

刘日说,从北京市看,国家已经给予双方都是独生子女的家庭生育二孩的政策,但最近的专项调查结果显示,"双独家庭"要二孩的意愿并不普遍,其中只要一孩的比例为51.2%,想要二孩的比例为35.9%,真正确定要二孩的比例只占26.9%。所以"微调放二",只是开一个小口。

就像老子说的"天下难事必作于易",计划生育被称为"天下第一难的工作",如果大调整不易,开个小口该比较容易。重要的是,只要动起来,就会有实质性改善。

全国人大原副委员长彭珮云、全国政协原副主席王忠禹、中央组织部原部长张全景均先后将刘日建议批转国家计生委。

同年3月9日,国家计生委张维庆主任用毛笔和宣纸给刘日写了一封12页的亲笔信,"十分感谢您对人口计生事业的关心、理解和支持。我们一定会高度重视您提出的建议。"

张维庆同时是全国政协常委、中国人口学会会长,他在信中还告诉刘日,国家正对多种方案进行讨论,"您对生育政策的微调的建议也是我们研究生育政策的方案之一",并希望刘日"继续积极建言献策"。

3 对未来五十年生育形势的前瞻性建策

政策并不是规律,任何政策都有阶段性。

因而任何政策都是需要调整的,问题是怎么调整才更好些。

随着调研的深入,刘日越发感到生育政策关系中国未来人口质量,关系民族可持续发展,关系重大。2009年刘日又写出"政策调整可分五步走"的前瞻性建议。

第一步："微调放二"。

第二步："奖一放二禁三"。

第三步：有条件地放开生三孩。即第二步约走过15年，到2025年左右，中国的生育形势要走到这一步。

第四步：自主生育。再过15年，约到2040年，中国必须恢复到生育自主的自然状态，否则中华民族的人口安全有危机。

第五步：鼓励生育。要把全国的生育率控制下来不容易，但到21世纪中叶，要让我国人口生育率上升到理想水平更难！国家必须根据人口形势，出台鼓励生育的政策，奖励为国家提供健康人力资源的家庭，并向不为国家提供人力资源的丁克家庭（无生育能力的除外）课以"丁克税"等，使人口保持适度规模和科学发展。

如果我们能看到半个世纪后必须鼓励国民多生子女的形势，我们就会对今天务必放开二胎，获得更深的印象。

据《南方周末》2010年10月18日报道，从2011年起，我国以黑龙江、吉林、辽宁、江苏和浙江为试点，已允许夫妻双方只要有一人是独生子女的就可以生第二胎。这项政策将在五年之内扩展到全国范围。

这与刘日建议的"微调放二"（即"单独放二"）相符。

2011年，河北省委办公厅将刘日的"奖一放二禁三"建议上报中央办公厅，中央办公厅重要内刊《观点摘编》予以摘编采用。同年8月8日，中央党校《学习时报》公开发表刘日的《计生政策应试行"奖一放二禁三"》一文，引起广泛反响。

刘日的建议，是否起作用？或者，他的一系列建议究竟是不是重要？这都是另一个问题。他个人的力量无疑是微薄的，唯一颗心依然如青年时代那样热爱祖国，放眼世界，热爱学习，向着美好的社会飞翔……我常为之感动的就是：这个人活着的每一天都是如此，没有人能阻止他。

第6章
为什么汲汲于司法改革

百万访民的存在，直接检验着对待人民的感情问题、立场问题，这是真正的问题。那些非常宝贵、非常有力量的东西，在什么地方丢失了呢？这是一个问题，一个真正的问题。

1　建议少杀慎杀

老子生存在铁耕问世、引起春秋经济社会剧变的乱世。据说他作为周朝管理国家藏书的官员，对那个天子已无力号令诸侯，诸侯也不把天子当回事，世风日下、道德沦丧的社会不再抱任何希望，弃职出关而去，留下五千言。

但从他留下的五千言看，似未完全失望，而是寄希望于后人。他在《道德经》中说："失道而后德，失德而后仁，失仁而后义，失义而后礼。"他描绘了不同质量的社会：合于"道"的社会，当然最好；失去道，就要用德来治国；失去德，就需要仁；仁也失去，就要义来维系；连义也失去，就需要礼。"礼"是什么？是用来规范社会秩序和人们行为的东西。当社会需要用"礼"来管束的时候，就是祸乱蜂起，欺诈丛生了。老子劝人们要回归到不要虚华，谨守质朴的社会。然而社会的发展，即使用"礼"也管束不住，就要用法用刑，连刑法也失效，就要用兵，这就是战乱了。出现战乱的时代是最不好的时代。

这就是发展吗？是必然的吗？

因有老子的哲思和智慧，我们知道——

前进与后退，是个哲学命题。

发展与回归，也是哲学命题。

没有绝对的谁对谁错，需要针对具体事物具体时间而言。

刘日为什么在今天汲汲于司法改革？

今天,"少杀慎杀"一词使用率已经很高。

网民对法学家们说的"少杀慎杀",一片骂声。认为腐败这么严重,杀人者这么猖狂,法学家还叫喊"少杀慎杀",就是为贪官留后路,为杀人犯留后路。

特别是药家鑫杀人一案,药家鑫驾车将一名青年妇女撞倒后,不思救人反而将伤者刺了8刀致死,一群专家在电视上为杀人者辩护,令电视观众目瞪口呆……专家怎么能这么说话?电视怎么可以这么播?这是社会进步、开放、舆论自由、民主?网民的愤怒更达至沸点。在其他大案中,那些声称对罪犯要"少杀慎杀"的专家,也几乎成为网民的"公敌"。如果人们知道,进入新世纪后,最先向中央建议"少杀慎杀"的竟是刘日,人们会怎么看刘日?

河北李真案发后,牵涉了不少人,那些与李真有一点"关系"者避之犹恐不及。从一定意义上说,李真与刘日,在河北是两个相悖而行各执一端的人,互相都知道你是谁。李真终因罪恶深重被判处死刑,刘日却写出"留下李真不杀"的建议,紧急送往有关领导和主管部门。这是出人意料的!但是,恐怕没有人会认为刘日与李真有什么"勾搭"。那刘日为何要作此建议?

刘日并非不知贪官腐败严重,并非不知各类犯罪激增。

孔子曾说:"君子之德风,小人之德草。草上之风必偃。" 说的是官员的德行像风,民风像草,民风会随官风变化。若用今天话说,有一句话相类似:"村看村,户看户,群众看干部。"

自古以来,政府官员就是道德建设的示范群体,是民众学习看齐的目标。当今何止是贪官腐败严重,食品安全问题、商业欺诈,反映的已是民间诚信如同淹到水里去了，世风堪虞。那些丧失良心正义的所谓"精英"对国民危害之烈不下于贪官污吏。所以胡锦涛总书记提出"八荣八耻"，以弘扬好的抑制不好的。

为维护社会的安全，加强法制几乎是和平社会的最后一道防线。在刘日心中，这"加强"并不是如秦朝那样严刑峻法，法制好不好的标志也不在"严"或"宽"，而在公正。

唯有公正，才能得到大多数人支持拥护。

唯有公正，才有社会的公共安全。

可是，如何才有公正？

有两个案子在刘日心里反复出现。

一是前文讲到的——在石家庄大街上看到一辆面包车左边一横幅写道"党在哪里"，右面一横幅写道"法在哪里"……如此开着车在省城大街上"找党，找法"，当然不是找不着法院的门。这件事后来怎样，刘日不知道，但知道这些年涉法上访案件急剧增多，已经成为一个社会问题。

另一个案子就是曾被错误地判为死刑的"李连锁杀人案"，如果不是刘日发现问题，喊出"枪下留人"，并找到证据为其平反，李连锁早就被枪毙了。李连锁案发生在1983年，正是全国开展"严打"和"从重从快"打击刑事犯罪的时期。

刘日认为，民间疾苦最深的莫过于受冤屈，那是肉体和精神的双重苦难，并累及家人，甚至造成上下几代人的痛苦。《无极之路》中曾写过刘日的哥哥被错误地打成"右派"，刘日也曾被打成"反革命"，这些冤屈都成为刘日心中永不磨灭的记忆，使他为官后关心民瘼仿佛是一种与生俱来的东西。

他关心的民瘼，有民间的切肤之痛。他思考的深度和广度，则多有尚未进入大众视野的所在。

你可知，死刑核准权由最高人民法院授权给各省高级法院，有什么利弊吗？你可知，中华人民共和国成立后曾经三十年没有刑法典，直到1979年7月，才颁布了《中华人民共和国刑法》。

1979年的刑法确定了死刑由最高人民法院核准。但是，全国人大常委会在1981年和1983年，通过两次调整，将大部分死刑核准权由最高人民法院下放给各省、自治区、直辖市高级人民法院，目的是为了"从重从快"严厉打击刑事犯罪。

死刑核准程序是鉴于死刑判决的特殊性而设立的特别审判程序，是旨在防止多杀错杀而设置的。但各省高级法院在执行"从重从快"的"严打"中，存在把二审与死刑核准程序合二为一的问题，这无形中把死刑核准程序的重要作用淡化了，甚至是形有实无了。

随着改革开放的深入，各类犯罪激增，"严打"成为常备不懈的工作。1979年的刑法经多次修改增补，到1997年新刑法颁布时，死刑罪名已由原来的28种猛增到68种。在"从重"的严打中，不少法院是"顶格量刑"，可杀可不杀的，多倾向于杀。这就不仅是死刑罪名剧增，被执行死刑的人数亦猛增。

1996年讨论修改刑法时，不少学者提出：最高法院应该乘修法之机收回死刑核准权。但有学者提出，现有死刑案全国这么多，最高法院如果不扩编建楼，复核得过来吗？

此外还有一个难题：经长期下放，死刑核准权已成为地方权力的组成部分，地方高级人民法院不愿放权也是复核权收回的阻碍之一。

这些均表明死刑核准权的收回有一定难度。结果是：1997年9月最高法院再次下发通知，仍授权各高级法院行使其已获得授权的死刑案件核准权。

然而，死刑核准权若不收回，仅仅由于各地法官素质不齐，掌握宽严不一，就会造成死刑犯在法律面前的不平等，也是导致多杀甚至错杀的重要因素。如此持续下去，将是危及社会稳定的重大隐患。因此，刘日认为，目前最要紧的是必须强调坚持"少杀慎杀"原则。

换句话说，坚持一个"原则"，是各种复杂的难题中比较容易被认可的。如果这个"原则"能被重视，则其他问题可根据这个原则再讨论研究，寻求解决。

这正是刘日2003年写给中央的建议。他没有提出具体的改革方案，只是建议要坚持一个原则。

这里是有政治智慧的。

这是非常慎重而缜密的建议。经数月调研，他写出《关于我国死刑的适用仍应坚持"少杀慎杀"原则的建议》，又经十数遍修改才定稿。他在开篇表述了他所以提这个建议是因为看到：

> 目前我国有些地方"重刑主义"有所抬头。在遏制犯罪率上升、社会治安综合治理，在严打"依法从重从快"过程中，有判处死刑过多、草率和量刑趋重的做法。甚至有的人或出于义愤，或为杀人灭口，对某些有立功表现可以判处死缓的罪犯也要求处以死刑立即执行。这一现象应当引起我们的警觉。

他认为："我党'保留死刑，少杀慎杀'的政策至今仍符合我国的实际，也顺应了世界刑法的发展潮流。"

他的建议，看起来是关心可能的蒙冤者的性命，实则远不止如此。他始终关怀着大社会的安全,这是关系所有人的生活的。

他在建议中讲道,古人说"人命关天",那"天"指的是江山社稷。中国皇帝称"天子",这"人命关天"讲的就是关系到"天子"的统治。

他列举隋朝法典《开皇律》颁行后删去死刑条款81条,而盛唐法典《贞观律》与《开皇律》相比,"削烦去蠹,变重为轻者不可胜记"。据《旧唐书·刑法志》载,唐太宗贞观四年(630年)全国共处决死囚29人;唐玄宗开元二十五年(737年),全国共处决死囚58人。他说:"盛世期间统治者均把限制死刑作为他们'仁政'的一项重要措施。"

然后他举了当今一例,某省一个地级市近6年内平均每年执行死刑200例左右。再据调查分析,每执行一个死刑,会有12名左右的死刑者亲友对政府持不满甚至仇恨态度。如此下去,若干年后,对立面就会越来越大,这对于社会安定是很不利的。

刘日肯定地说:"实践中判处死刑发生错误的情况是存在的,这不仅会人为产生冤死的无辜者,而且必然引起其亲友的不满甚至仇恨,造成群众对司法机关的痛恨。法律是用来实现公平的,错杀的不可挽回性恰恰永远地剥夺了对犯罪人的公平。'凡介在可杀可不杀之间的就一定不要杀',可以有效地避免或减少错杀。"

刘日还阐述了"少杀慎杀"有利于反腐败的深入。

他说,"少杀慎杀"可保存一批活证据,有利于司法机关对案件的深入侦查。尤其是政府官员腐败案件,一旦对犯罪人实行死刑立即执行,很可能会杀人灭口,失去查处更大犯罪分子的机会,让那些幕后人物长出一口气,逍遥法外。这使得反腐败案件在不能掌握确切证据和处在复杂社会关系干预的情况下,步履维艰。

还请留意,"凡介在可杀可不杀之间的就一定不要杀",这是毛泽东的话,也是毛泽东一贯的思想。刘日讲的坚持"少杀慎杀"原则,是建立在毛泽东这一思想基础上的。

那么,怎样的可杀,怎样的可不杀呢?

刘日接着写下三条具体的建议。

第一条,也许是最惊世骇俗的——

刘日建议:废除经济犯罪的死刑。

刘日以清正廉明、坚定不移地反腐败著称,大约没有人会认为刘日不痛恨腐败分子,但刘日提出,不论经济犯罪数额多么巨大,都不应该判处死刑。

这一条,恐怕是中国大多数老百姓今天通不过的。老百姓恨贪官污吏,贪官们何止是侵吞国家和人民利益,他们败坏了党风,甚至导致败坏民风,他们是一群要毁掉一个国家的罪大恶极的罪人,老百姓觉得杀他们千回都不解恨,老百姓只觉得贪官这么多,杀得太少。即使在清朝,像和珅那样的大臣,还是皇帝的亲家,犯了贪污罪,嘉庆皇帝仍坚定地将他"赐死"。当今还有比"严重经济犯罪"更危害全党全军全国人民的吗?刘日凭什么主张"废除经济犯罪的死刑"?

我们来看看刘日是怎么说的——

> 我国刑法中的死刑罪名主要集中于危害国家安全罪、危害公共安全罪、侵犯公民人身权利罪和民主权利罪。针对目前腐败案件层出不穷的社会现象,我国又对许多经济案件增设了死刑罪名。这种不加区别地对严重经济犯罪广泛适用死刑的法律规定,是否就一定能达到立法的初衷呢?从理论和

实践中看，并非如此。

经济犯罪和普通刑事犯罪有着根本的区别。经济犯罪是一种社会病，老百姓对之深恶痛绝。但这与"杀人偿命"的刑法理念不同，老百姓痛恨的是产生腐败的不合理的制度，而不单单是一个或几个腐败分子。犯罪不是孤立存在于世间的。对于一种犯罪的谴责，不应仅仅包括犯罪人，还应包括孕育这种犯罪的国家政策失误、制度上的漏洞、法律上的空隙、个人权力的干预、政府行为监督的匮乏等诸多社会环境。只有健全民主法制，真正实现民主治理、依法治理，才是减少腐败、减少经济犯罪的根本途径。我国正处于市场经济的初始，在这一阶段，尤其要科学地把握刑法干预市场经济的"度"，不能对死刑控制经济犯罪的效果寄予过高的期望。

死刑的直接结果是剥夺了罪犯的生命。经济犯罪的直接结果是取得非法利益，破坏合理的市场经济秩序。既然二者作用的价值不对等，就不能用死刑来预防和惩罚经济犯罪。因此，经济犯罪不适用死刑，其最高刑罚应是无期徒刑。

刘日的第二条建议是：积极适用"死缓"制度。

他说，我国刑法规定的罪名中，死刑罪名68个，占罪名总数的六分之一，是世界上规定死刑罪名绝对数量最多的国家。死刑的高适用率已成为一些国家攻讦我国人权问题的口实。解决办法，一是要削减死刑罪名，二是要从执行制度上限制死刑。

他回顾了毛泽东主席在1951年对"死缓"制度给予高度赞扬，并倡导，"凡介在可杀可不杀之间的就一定不要杀"，将"死缓"归入"不杀"的范围。

"死缓"制度是我国独创的。这制度给那些罪该处死但不是必须立即执行的罪犯留下生存的希望,它是减少执行死刑的最有效措施。

刘日的第三条建议是:鼓励犯罪人立功受奖,立大功免死。

"坦白从宽"、"立功受奖",此话几乎人人皆知,怎么还需要提这一条呢?问题是,这些年来,由于种种复杂因素,坦白了并不从宽,有重大立功表现也未从宽,这种情况的存在已经严重动摇瓦解"坦白从宽"、"立功受奖"政策的伟大意义。

刘日认为:鼓励犯罪人立功受奖是我国刑法的一项重要制度,应该最大限度地发挥它的作用。有重大立功表现的死刑罪犯一定不杀,这关系政策的诚信,又维护了法律的权威。刘日写道:

> 一旦犯罪人有检举揭发其他人的犯罪事实,有提供司法机关还不掌握的重要违法犯罪线索等在法律上认可的重大立功表现后,最后还被判处死刑立即执行,会在司法实践中形成这样一种恶劣风气——不要揭发他人、更不能揭发纵容自己违法犯罪的同伙或上级。这恰恰违背了刑法中惩罚与教育相结合的原则,剥夺了犯罪人悔过自新的机会,也弱化了法律的权威。

刘日最后写道:"我认为,在我国的死刑适用中仍应坚持'少杀慎杀'原则,废除经济犯罪的死刑,积极适用'死缓'制度,鼓励犯罪人立功受奖,立大功免死。此举不仅在当前,而且在今后,都会收到很好的效果。"

以上是刘日 2003 年 9 月 25 日完成的(政治与法制)文论,全文

4000 余字。他的建议正确与否,有没有用?如果没用,此举有什么意义吗?

2 不在其位而言其政

孔子说过:"不在其位,不谋其政。"
《孟子》有"位卑而言高,罪也"之说。
这孟子说,是说地位低下而议论朝政是罪过,还是说会被认为是罪过?不管怎样解释,如何能阻止一个人的情思关心国家大事,忧虑国家的祸患呢?

孔孟之说传到后世,就有陆游的诗曰:"位卑未敢忘忧国。"还有范仲淹在《岳阳楼记》中写道:"居庙堂之高则忧其民,处江湖之远则忧其君。"这里讲的就是,身在草泽,也是会为君王的政治担忧的啊!

范仲淹是在 1044 年写下这句话的。欧洲有个人在 1513 年写下类似的话。这个人名叫马基雅维利,是意大利的政治思想家和历史学家。他在 1513 年写了《君王论》,献给佛罗伦萨统治者美第奇家族比埃罗的公子洛伦佐,呼吁他致力于意大利的统一。马基雅维利在献辞中写道:

像我这样一个卑微的人,竟试图讨论与指导君王们的政府,这一层我相信也不能认为是僭越的。因为风景画家如想描绘山岭与高地,他就得置身于卑谷;如想纵览广野平原,那就得高居山岭。同样的道理,要彻底了解人民的性质,必须是一位君王;而欲知君王们的性质,却必须是一个平民。

因此，我谨愿殿下能以我奉献此书的同样精神来接纳这件小小的礼物……

在中国历史上，一个布衣思考国家大事，统治者躬身求贤，君王选贤，并用"策问"征求进言献策，是有悠久传统的。文王访贤，周公求贤若渴，齐桓公礼贤下士……何谓"贤"？

贤，从贝，与财富有关。繁体的"賢"字，左侧的"臣"是眼睛明亮之意；右侧的"又"表示手，是经手之意。贤的本义是眼亮心明、经手理财而且可靠的人，所以引申为有才华并有德行者。然而至迟在3000多年前的周文王时期，选贤已不只是要这人去当财政部长。究竟怎样的人，才是"贤者"？

我想，要借"献"字的含义来理解"贤"。且说"献"，南犬为献。中国帝王是坐北望南的，臣子立于南，面向北。犬在人类看来是最忠诚的，贤臣向帝王说的重要言论，就是"献"。古人造这个"献"字，在今人看来可能有"封建意识"，但造字者没有对群臣不敬的意思。在地球的生物中，如果单论忠诚，没有超过狗的，人所不及。古人造"献"字，赋予其无私的精神，无比的忠诚，是饱含敬意的。献通贤，献者，贤人所言也。

中国"文献"一词，已见于《论语》。孔子讲的文献，文指文件，献就是指贤者说。宋元之际有个叫马瑞临的历史学家写了一部巨著《文献通考》，他对"文献"也作了区分：叙事的称文，论事的称献。理解了臣子向国家正直无私地献言献策，其价值甚至超过财富，就能更充分地领略古代中国选贤究竟要选怎样的人。

那不是一般的道德才华，那是要敢于直谏而且无私到不怕被杀身，那样的极谏要能讲得出关系国家命运的存亡要害。所以，要达至贤人，是很了不起的。

理解了这些，就能更充分地领略公元前178年汉文帝为什么下诏曰："举贤良方正能直言极谏者。"汉文帝并亲自出"策问"题，令被荐举者拿出"对策"。

晁错，就是汉文帝在应试者中发现的人才。在参加对策的100多人中，晁错的《举贤良对策》最佳，成为一代政论名篇。

董仲舒则是汉武帝在应试者中发现的人才。公元前134年，武帝连问三策，董仲舒连答三章。他说皇帝一心求贤，可是郡国却常常无贤可荐。为什么？因为没办好教育。他建议武帝："兴太学，置明师，以养天下之士。"后来，武帝经多年思考后采纳了这个建议，创立西汉太学。古代君王采纳学子、臣子建言献策成就一代伟业，或做成造益万代之好事的并不罕见。

刘日自给药品降价那时开始，就把河北省物价局一次次给药品降价的信息和相关文章，把关于"定额用水"和"阶梯式水价"以及河北试点的文章寄送，范围很广。约略有如下对象：

河北省各市市委书记、人大主任、市长、政协主席，部分副书记、副主任、副市长、副主席，纪委书记，组织部长；各县县委书记、县长，部分副书记、副县长，部分县纪委书记、组织部长，部分乡镇长和副乡镇长。

河北省各厅局长、副厅局长，纪检组长、监察专员，办公室主任，部分处长、副处长，部分科长、副科长。

除了本省，还寄给各省省委书记、人大主任、省长、政协主席、纪委书记、办公厅主任、组织部长，部分省公检法领导。还寄给全国各市委书记，单这市委书记就有500多位。还寄给部分高校校长、教授，部分离退休干部，部分媒体领导、编辑、记者。

我用另一种字体如此罗列，是想让读者看看，光这么罗列一下就一大片，刘日填写信封就要用去多少时间！他在写信封时常常就想，希望这份材料对对方有用……他相信对方一定会看，一次不看，两次不看……持之以恒地寄出去，总有一天对方会看。这样想着，他就相信自己每寄的一封都是有意义的，每寄的一封都不会白寄，不会多余。世上很多事，总得有人去做，要上上下下方方面面很多人去做，要大家齐心协力去做，才可能有所改善。

考虑到这些问题不仅河北有，而是全国普遍存在，他就寄往各省。各省市若受启发也这么做，有了政绩，跟刘日有什么关系？可刘日不是这样想的。他想，他们只要看了肯做，就会对人民大众有好处。即使看了并不做，但只要看了就会受启发、受影响，这对大众也有好处。那就是意义，就是价值。

如果说古代臣子之"献"是献给帝王的，那么刘日之献，更明确的目的是献给人民大众。

这篇关于"少杀慎杀"的建议，他当然知道这不是自己职权范围能做的事，但一定是对国家有好处的事，他寄送的范围有：

中央政治局常委、政治局委员、中央书记处书记。全国人大委员长、副委员长，秘书长、部分副秘书长，各委员会主任、部分委员。国务院总理、副总理、国务委员，秘书长、部分副秘书长，各部部长、部分副部长。全国政协主席、副主席，秘书长、部分副秘书长，部分委员会主任、副主任。中央纪委书记、副书记。监察部部长、副部长。中组部、中宣部领导。中央政法委、最高人民法院、最高人民检察院、公安部、司法部的正职和部分副职领导。各省省委书记、人大主任、省长、政协主席，部分纪委书记，组织部长，省公检法领导。还有部分专家教授，比如他在北大法律系攻读硕士学位时的老师们。

我罗列出这些，还想让您感觉一下，不在其位而思其政，并且如此寄送，这件事是不是也堪称一奇？

我不知道天下还有没有第二个人是这样做的。

我也不知，有没有人会觉得刘日是否神经不正常。

刘日自己没想到，2004年第4期《人权》期刊把他这篇建议公开发表出来，题为《我国死刑适用要坚持"少杀慎杀"原则》，署名就是刘日。

刘日看到杂志吓一跳，他并没有给《人权》投稿，也不清楚谁把他的"建议"给了《人权》。他仔细看这期刊，看到上面写着，这是中国第一份国际性人权杂志，编委会名誉主任是朱穆之，主任是罗豪才。朱穆之曾任中央委员、中央纪律检查委员会委员、中央顾问委员会委员。罗豪才曾任北大副校长、最高人民法院副院长、全国政协副主席。

《人权》是双月刊，8月初首发此文。香港《大公报》和法国电台等媒体紧接着对刘日建议的主要观点做了报道。中国新闻社于8月10日以《专家称可考虑废止经济犯罪死刑》为题再作报道。当日大陆五大门户网站和香港凤凰网均在头条位置作重点报道，引发全国数万人在网上大讨论。

随后，中央党校《理论前沿》把刘日建议发表出来，中国人民大学《复印报刊资料》全文转载，再次将关注的焦点引向"少杀慎杀"。

"少杀慎杀"的建议引起了中央领导的重视，中共中央政治局常委、中央政法委书记罗干要求各地司法机关，若可能不杀的就不杀，若可能少杀的就少杀。河北省委书记白克明、省政法委书记刘金国也对刘日这项建议做了批示。

此后，媒体上有无数关于"少杀慎杀"的文章，中央领导有关于坚持"少杀慎杀"原则的讲话，"少杀慎杀"成为全国政法系统几百万人员在学文件和谈体会中频繁出现的词汇之一。

2004年底，中央下发的司法体制和工作机制改革的初步意见中明确提出："改革目前授权高级人民法院行使部分死刑案件核准权的做法，将死刑案件核准权统一收归最高人民法院。"

刘日看到有关消息，心领神会。原本也在思考此事的刘日，将他正在写的又一个建议，修改好寄给了最高人民法院。

3 再论"少杀"的十八字建策

这份建议的全称是《以"少杀慎杀"为突破口解决死刑核准权收回问题——给最高法院的建议》。

前面说过，1996年修改刑法时，不少学者就提出最高法院应该乘修法之机收回死刑核准权。但有学者提出，在全国现有死刑案这么多的情况下，最高法院如果不扩编建楼，复核得过来吗？

这个问题仍然存在。刘日认为，如何解决这些困难，仍然要"以'少杀慎杀'为突破口，进行源头治理"。

他说的源头，指的是基层，是初始办案的地方。源头治理，指通过最高法院对全国各省高级、中级法院的指导，把"少杀慎杀"的原则真正落实到基层法院工作中，从"源头"上就严格把关，不出现那么多极刑，那么汇总到最高法院需核准的数量就会大为减少，最高法院就忙得过来了。如何进行源头治理？刘日提了六项措施十八个字：

奖立功　减刑名　扩死缓　限死刑　延刑期　慎减刑

这十八个字，令我立刻想起商鞅变法提的"废井田、开阡陌"等，令人不能不认真看看这每三个字中都包含着怎样的内容。

奖立功　就是鼓励犯罪人立大功免死。这个思想，刘日在正定当政法委书记时就有了，那时他一定要亲自去见死刑犯人，去问到底有没有冤枉。如果对方说没有冤枉，刘日就会给对方说立大功可以免死，甚至问死刑犯有没有祖传秘方，有没有国宝级文物，献出来，也可以争取立功免死……所以，刘日所说的立大功，不只是鼓励犯人检举揭发犯罪，更包含着对一个生命的深刻关怀。

减刑名　即大幅度减少适用死刑的刑名数量。他指出，中国是世界上规定死刑罪名绝对数最多的国家。这些死刑罪名的立法有两个特点：其一，死刑罪名十年来大幅度增加，死刑的适用条件也由严格限制转为广泛扩展。其二，死刑高适用率已经成为我国刑法的一大特色。我国刑法罪名总数为413个，其中死刑罪名68个，占全部罪名的六分之一。与世界其他国家比较，无论在绝对数量方面，还是在总罪名数量中的相对比例方面，我国死刑规定都名列前茅。本着"少杀慎杀"原则，我国应大幅度削减刑法中的死刑罪名。

削减到多少合适？刘日提出：应控制在10个以下最严重的罪名，主要是谋杀罪。并再次提出：要尽快取消一切非致命性犯罪的死刑，尤其是非暴力性的经济犯罪的死刑。

扩死缓　即扩大死缓的适用范围。指出这是减少执行死刑的最有效措施。此项，刘日前一个"建议"已讲得很明白，这里不复述。

限死刑　即严格限制执行死刑的人数。中国和世界其他各国每年判决多少死刑案件，很难拿出准确的数据。通过报刊、网络、人权组织"国际特赦"公布的报告等多途径获取的资料，中国每年判决的死刑立即执行案件近万宗，差不多是世界上其他国家死刑案件总和的五倍。又有资料说，2004年25个国家中至少有3797人被处决，其中中国处决了3400人，即每处决10个人，就有9个是中国人。另有人估计，中国实际执行死刑数还要多。因此刘日建议，我们必须严格限制执行死刑的数量。

刘日认为，从国际社会的处决比率推算，目前我国每年处决三五百人即可。至于其他严重的犯罪，可以通过死缓、延长徒刑年限、完善减刑等制度实行终身监禁，同样可以达到刑罚的惩罚目的。2002年，美国只有71例死刑执行案，2003年为65例，2004年为59例。

刘日说："如果我国每年只需核准三五百例死刑的话，最高法院在无需增加法官编制、经费和用房的情况下，我想是可以忙得过来的。"

延刑期 把最长有期徒刑由20年延长到27年。对这一项，刘日详细论述道，我国目前的刑罚体系中，有期徒刑是适用范围最广泛的刑罚。由于我国人口寿命不断延长等原因，有期徒刑本来所具有的剥夺、威慑等功能因最高刑期过短而大打折扣。无期徒刑是仅次于死刑的惩罚。根据有关规定，被判无期徒刑的犯罪分子只要确有悔改或立功表现，可以由无期徒刑减为有期徒刑。除累犯以及杀人、爆炸、抢劫、强奸、绑架等暴力犯罪被判处无期徒刑的罪犯之外，大多数被判处无期徒刑的犯罪分子，都"依法减为有期徒刑"，如果实际执行10年以上，还可以获得假释。对于那些性质严重、危害极大曾被判处"死缓"或"无期"的犯罪分子来说，"最多蹲个一二十年"即可走出高墙。这样的刑期显然达不到震慑和预防犯罪的目的，整个刑罚体系也显失公平。这也是民众反对废除和限制死刑的一个重要原因——刑罚其他手段的震慑作用不理想，就只能寄希望于死刑了。鉴于此，刘日建议在有期徒刑中增设一个"超长期刑"。

他说，有期徒刑的刑期可以分为四类，6个月至3年为短期徒刑，3年以上到10年为中期徒刑，10年以上至20年为长期刑，另增设20年以上至27年为超长期刑。这样，不但可以极大地增强有期徒刑、无期徒刑和死缓的威慑力，而且可为将来全面废除死刑做好准备工作。

他说，对于一个人来说，一生失去27年甚至27年以上的自由，这样的代价将是非常惨重的（事实上，终身监禁并不见得比死刑的痛苦小），既体现了罪罚相当，也杜绝了那些情节极其恶劣的无期徒刑、死缓罪犯再次犯罪的可能。这样，我国刑罚体系将趋于更加公平合理。

慎减刑 即完善减刑、假释等辅助制度建设，审慎减刑。他论述到限制死刑适用应该和司法制度的改革挂钩，在严格限制死刑适用的同时，必须健全和完善减刑、假释、保外就医等司法制度建设。他指出，目前，减刑、假释、保外就医制度被滥用，这是造成民众反对大幅度限制死刑的直接原因。

他说："一项刑罚的废除和限制，之所以遭遇到这么大的民意阻力，不能责怪老百姓知识面窄，缺少同情心，缺乏人道主义精神，而是他们对中国目前司法腐败的不满，以及相关制度建设缺失后，对死刑震慑作用的一种更高期望。"

他说："减刑、假释等制度被滥用，让减刑制度变成了有钱有势人的保护伞，不仅极大侵害了司法公正和法律的权威性，也成了暗箱操作、权钱交易等司法腐败现象蔓延的温床。"

因此，刘日建议：必须在立法上完善限制减刑、假释和保外就医制度本质条件的规定，如规定犯罪人减刑以后实际执行的刑期，判处有期徒刑的，不能少于原判刑期的三分之二；判处无期徒刑的，不能少于 22 年；判处死缓的，不能少于 24 年。立大功的不受此限，可以破格减刑。

他还写道，要建立健全办理减刑、假释和保外就医案件的操作规程，并设立专门的长效监督机制，进一步维护法律的公正实施。

最后，刘日还谈了这种方案能否被民众接受的问题。

他说，民众对一些专家提出的关于废除和限制死刑观点的强烈反对，一直是我国废除和限制死刑适用的主要障碍。为什么中国大多数民众对这一问题会反应如此强烈？主要原因是：

第一，死刑的存在能够满足人们的报应观念。

荷兰籍国际法学说创始人格老秀斯，是古典自然法学派主要代表人之一，他曾经给刑罚下了一个定义：刑罚是"要求惩罚邪恶行为的邪恶欲望"。刘日是在北大法律系上学时读到了格老秀斯的这个理念。随后明白了，要求报复是人类与生俱来的本能。再后，刘日自己看到——

人类满足这种本能的方法，有一个逐渐远离其他动物的文明化历程。这种变化表现在：适用死刑对象越来越限制得严格——年老的不适用、年幼的不适用、怀孕的不适用、非"罪行极其严重"的不适用等等；适用的手段越来越文明——由车裂、凌迟，改为绞刑、枪决、注射处死等等。这一切说明，尽管人类有报复心，但随着人类的进步，满足报复心的方法也会变得更文明。因此，不再以死刑来满足人们的报复心，是文明时代人类理性的标志之一。受害者的生命很重要，所以损害他的犯罪人要受到严厉的惩罚；每个人的生命都很重要，所以国家法律不能为了惩罚犯罪人而像犯罪人曾经做的那样再损害一个生命。这才是符合现代人类文明要求的价值观。

刘日说:"文明的社会需要引导民众崇尚理性。眼下急需的是富有远见的法学家和执法者以无畏的勇气担负起引导文明的重任。"他说从世界各国废除死刑的情况来看,在废除的时候,老百姓赞成的都是不多的。但废除了一二十年,又有人主张恢复死刑,再进行民意测验的时候,绝大多数公民都不赞成恢复死刑。这说明普通民众的法律意识和人权观念是需要引导的,也是可以引导的。

第二,对目前司法减刑被滥用的不满,是造成民众反对废除和限制死刑的直接原因。

刘日认为:随着相关司法制度的完善和反腐败的深入,民众不会再盲目地将需要社会多方共同解决的问题完全寄希望于死刑的适用。

他说:"收回死刑核准权,是最高法院让法律接近人道主义的具有前瞻性的挑战,是捍卫公民生命权和法律权威的要求使然,是回应国际社会刑法发展潮流的积极探索,必将在我国的人权和法制建设史上写下重重的一笔。因此,在最高法院即将收回死刑核准权之际,我奉上此建议供领导们参考。"

4 中国司法开启少杀时代

中国有句古话:种瓜得瓜,种豆得豆。迄今,人们做事也是目的明确的。刘日做这些事,自己能得到什么好处?能给家里带来什么好处吗?双休日,家里来个亲戚,问:"刘日呢?"

刘日的妻子陈淑珍说:"在单位呢!"

"星期天,开会?"

"不开会。"

"那干啥？"

"写东西。"

"写啥？"

"不知道写啥。"陈淑珍没法说，说了人家也很难相信。

无论是琢磨给药品降价、给水提价，还是建议坚持"少杀慎杀"，以及提出"奖立功"等十八字建策……每一次他都要投入调研，都要广读博览、上下求索，每次写出的建议都力求精练而准确，力求可操作性强，因而每次都反复推敲，数易其稿甚至十数易其稿。每一篇建议的完成都是一篇学术论文，一个作品，并总能产生或大或小的实际作用。

他个人能得到什么？或者能给家庭带来什么吗？

我们写作，会在意发表，发表了起码有稿酬。会在意会不会被人剽窃，如果尚未发表，会注意保密，以免泄漏出去被剽窃，那就名和利都会受损失。大学教授、各领域专家写的学术文章，也会在意署名权，在意不被人剽窃。我们这样在意，并非不好，全世界都注重保护知识产权，我们的国家也是这样保护我们的合法权益的。可是刘日，对他呕心沥血写的一切文章，却丝毫没有这个观念。

他不是一年两年如此，已经十余年，写了不少重要的文章和建策（远不止是我介绍出来的这些），分别寄送给他认为应该提供给对方参考的领导者们，他一直是这样做的。

前面说过，有时，他的文章也会突然被公开发表出来，那"突然"是因为连他自己都不清楚是谁把他的文章给了某编辑部。他每一篇亲历调研、呕心沥血写的建议，在他自己看来，都是当时不适合公开发表的，他总在文稿左上端印上"供领导参考 请勿外传"，或"供参考 请指正"，然后自己寄送出去。

他建议的，在他看来都是紧迫之事。一经定稿，就根据对象，向上或向上上下下寄送出去，包括寄送给许多专家学者。他那些精辟的见解、那些很有价值的精准表述，根本没有怕被人"剽窃"的意识。他的愿望是，你们正在领导岗位上，有权做这些事，如果感到有用，那就赶紧用吧用吧！只要对人民有好处，就好！

包括寄送给专家教授的，他也是想，你们有崇高的学术地位，如果觉得这些思考有用，变成你们的话语去讲，比我讲更有分量！只要对人民有好处，就好！越多人用，越好！

2006年至今，媒体上有无数的文章讲"少杀慎杀"，几乎没有一篇提到这跟刘日有什么关系，刘日读之，都是高兴的。如2008年3月11日《新华每日电讯》以《慎杀少杀，死缓首超死刑立即执行》为题报道：最高人民法院在死刑复核工作中严格把关，坚持"慎杀少杀"。记者从最高法院获悉，2007年判处死缓的人数，多年来第一次超过了判处死刑立即执行的人数，进一步体现了慎用死刑的原则。

从此类报道中还可以看到各级法院院长说、副院长说，某某大学专家说，说"少杀慎杀"的巨大意义，说收回死刑核准权的重大意义，等等等等。没有一句提到"刘日说"。刘日觉得这就对了，他们在那个位子上做了很多具体工作，并且就应该这样说，这样去做。这对党和国家有好处，对人民有好处。

有时我想，我国古代的《国语》，是记载周朝王室与八个诸侯国历史的著作，也是中国古典文学著作。它以记言为主，记述了很多臣子士人的言论，即"献"，那些臣子士人是留下姓名的。刘日孜孜不倦地建言献策，融入了国策国法，无名无利仍然孜孜不倦，可以算是奉献得颇彻底吧！

若论种瓜得瓜，他得到什么？

某天，他在报纸上看到一个大标题：《中国司法开启少杀时代》。他心中一暖，有一种别人难以理解的久久的高兴，这种高兴会使他感到自己一人的心中盛不下，想与人共享，于是他给我打来电话。他告诉我，你看看这篇报道，标题就是《中国司法开启少杀时代》。我从网上看了这篇报道，依然看到全文无任何字提到刘日，但刘日确实高兴，非常高兴！

我想，刘日得到什么？这就是他得到的。

他为我国司法的进步而高兴，为国家的进步而高兴！

他还得到了妻子的理解，陈淑珍与亲戚朋友聊天，也会欣慰地说："我们国家现在'死缓'超过'死刑立即执行'的了。"

亲朋觉得奇怪：这跟你们家有什么关系？你有啥可高兴的？

有时，刘日也会得到感谢信，比如2005年6月13日，最高人民法院以"法信函第7966号"给刘日回信，全文如下：

> 刘日同志：您于2005年5月24日所寄关于《以"少杀慎杀"为突破口解决死刑核准权收回问题》的建议信，我院已收悉。对您信中所提的意见和建议，我院将会考虑研究。非常感谢您对我院工作的关心和支持，及对我国司法制度的改革和完善所做的努力！

收到最高法院的回信，刘日也非常高兴。

他告诉妻子："最高法院来信了！"

妻子问："那你高兴啥？"

他说："以后还可以给最高法院建议，好沟通呀！"

确实，刘日对法制革新的建议，并未结束。

5 关于平反冤假错案的建议

这也是刘日考虑很久、十分慎重地写出的建议。

标题全称是《关于"平反冤假错案，维护司法公正，促进社会和谐"的建议》。时间：2007年2月5日初稿，6月26日改定。

他说："党的十一届三中全会后，国家平反了大批冤假错案，大快人心，深得民心。三十年了，在全面构建和谐社会的今天，我认为，国家也应果断地平反一批司法领域存在的冤假错案，以构建冤案当事人与国家之间的和谐为途径，推进全社会正义与和谐的实现。这是一个重大而紧迫的法制课题。"

为什么在当今想写这个建议？

有什么普遍意义吗？

或者存在严重的知错不纠吗？

真的重大而紧迫吗？

他的建议，开篇引用了胡锦涛总书记的讲话："我们所要建立的社会主义和谐社会，应该是民主法治、公平正义、诚信友爱、充满活力、安定有序、人和自然和谐相处的社会。"刘日拥护这样的执政理想和建设目标。

他说，司法不公对社会和谐破坏最烈。

他说，维持社会生活秩序的基本工具是法律，它是实现社会公正的主渠道和载体，也是最后一道防线。这道最后防线若被破坏，社会公正将无从谈起，和谐社会的最高价值目标——公平正义也就不能实现。

他还引用英国哲学家培根在《论司法权》中的一段话:"一次不公正的裁判,其恶果甚至超过十次犯罪。因为犯罪只是冒犯法律——好比污染了水流,而不公正的裁判则破坏了法律——好比污染了水源。"

刘日接着指出:"在所有的冤假错案中,民众反映最强烈的、对法律的公正本性破坏最深的、对社会和谐稳定危害最大的,莫过于被错误裁判的死刑案件。"

随即分析了当前错判死刑案件的深层次原因——

一是事实不清就定案。

这些冤假错案,不是错在法律适用上,而是错在事实认定上,即司法机关在没有确实、充分证据的情况下,便认定了被告人故意杀人的犯罪事实。震惊全国的湖北"佘祥林杀妻案"、云南"陈金昌被错判死刑案"、昆明"警察杜培武被错判死刑案"、湖南"滕兴善被错杀案"、内蒙古"呼格吉勒图被错杀案"等冤案,都属于这种情况。

二是刑讯逼供。

他援引刑法学家陈兴良的话说:"每一起刑事案件背后,基本上都有刑讯逼供的黑影。可以说,尽管刑讯逼供并非百分之百地导致错判,但几乎百分之百的错案,都是刑讯逼供所致。"从被公开的错误裁判的死刑案件看,刑讯逼供无一例外地成为错误裁判的首位原因。

刘日强烈指出:"口供主义的意识在刑事司法人员中依然根深蒂固,这很容易形成案件取证上的误差从而导致错判。"

三是"有罪推定"。

长期以来,我国刑事诉讼偏重于对犯罪的惩罚和打击,"有罪推定"的办案理念已成思维定势,"疑罪从有"、"疑罪从轻"的现象在各地司法部门不同程度地存在着。换言之,就是普遍存在。

佘祥林、孙万刚、陈金昌、杜培武、吴鹤声、滕兴善等人被错判错杀，都是在"疑罪从有"的办案思想指导下产生的恶果。佘祥林杀妻案两次被判决"死刑"，此案本来就证据不足，按"疑罪从无"理念应宣告无罪，但法院仍然认定其故意杀人罪名成立，判处佘有期徒刑15年。"证据不足"在这里并不构成被告人无罪的法定理由，而只是法官酌情轻判的一个情节。

究其深层原因：由于证据不足，一旦"死刑"改判"无罪"，法官将不可避免地面对官方和社会舆论的双重压力。"疑罪从有"正可以缓解外来压力，表明被告人终归是有罪的，从而最大程度地规避或推卸责任。"疑罪不敢从无"的司法潜规则，不仅违背了刑法制度普遍确认和尊重的基本价值，也在实践中增加了错判的死刑案件数量。

四是"从重从快"。

被错判的死刑案件与"严打"政策有关。我国刑法的基本原则是罪刑相适应，而"严打"的宗旨是严厉打击。"严打"期间破获的各类案件一律从重从快处理，体现更多的是人治思想，不仅造成了量刑不均衡、适用法律事实上的不平等，还容易导致冤假错案的发生。呼格吉勒图冤案，从逮捕到枪决只用了60天。在"严打"期间，一些公安机关为追求"战绩"，把一些疑点较多、证据不足的旧案也迅速"破获"了，矛盾重重的证明材料就这样轻易地闯过了法官把守的正义之门。

五是司法受侵。

被错判的死刑案件与行政侵犯司法有关。刘日援引德国法学家沃尔夫甘·许茨在《司法独立——一个过去和现在的问题》一书中说的："行政侵犯司法，特别是侵犯法官的独立"，以及"地方影响对于确立法制和文明性来说，即令不是唯一有害的障碍，也是最有害的障碍之一"。

刘日直言，司法不独立同样是我国司法实践中影响司法公正的一个重要因素。他分析说，在我国现行体制下，司法机关的人事权、财产权受制于当地政府，地方各级司法机关的独立性便难以得到切实保证。相当多的司法不公，如关系案、人情案、地方保护主义、部门主义、执行难，其本身不是法官素质低的原因造成，而是由于党委、政府、媒体等施加的负面影响，使诉讼最终失去正义和理性。

六是纠错太难。

错案是可怕的，但不是最可怕的，最可怕的就是纠错难，甚至知错不纠。为什么会这样？

刘日说：法院内部的错案纠正机制，存在一种不易克服的顽疾，就是"官不悔判"。古代衙门"官不悔判"，老百姓无奈，只好"冤死不告状"。当代，党和政府要求"有错必纠"，但"官不悔判"仍然顽固。

纠错太难的另一大因素是："发回重审"制度存在漏洞。由于一些案件关系复杂，二审法官通常不直接否定原判，而是以"事实不清、证据不足"为由发回重审。于是，发回重审经常成为二审法院推卸责任的制度性工具，甚至成为滋生冤假错案的条件。原审法院由于各种阻力的存在，通常不会轻易承认自己的判决错误，纠错被动拖拉，甚至导致案件循环审判，彻底纠正错判的几率最终被大打折扣。

现实中，一个错判被揭露，常常要等待"真凶落网日，'死者'生还时"才真相大白，而此时无辜者已冤死多年。

综上所述，死刑案件错误裁判的现状，反映出我国死刑案件审判机制尚有严重缺陷。

"在佘祥林、滕兴善、李化伟、李久明、陈世江、陈金昌、孙万刚、杜培武、石东玉、吴鹤声、呼格吉勒图……这一连串名字的背后,是一个个合法公民的生命、一个个被社会制度破坏而支离破碎的家庭、一次次以国家强制力对人权的破坏和对人们法律信仰的愚弄,并由此诞生一个个威胁社会和谐稳定的报复性犯罪隐患。"这是刘日写在建议文本中的话。

刘日说,这些问题的存在都助长了司法不公,以致造成冤假错案。为促进社会和谐,推进法治建设,特建议:在全国开展"平反冤假错案,维护司法公正,促进社会和谐"专项活动。

刘日为什么想如此建议?

理由似乎已写在上面了:为促进社会和谐……

我初次听刘日说起他想提这个建议,却忽然想起古代的"大赦天下",记得少年时看到书中写的这类事迹,获大赦者叩谢"皇恩浩荡"……心想这真是荒唐,怎么可以因皇帝生日而将罪犯免刑释放呢?而今,我隐约看到古代司法中存在的冤狱,会由于"官不悔判"而难以平冤;即使告御状,皇帝令查,也会由于"官官相护"而编织出更加牢固的有罪证据……皇帝也难以弄清个中究竟?但总体上知道冤假错案是存在的,可是没有办法弄清楚,没办法以无罪释放的方式开脱他们,怎么办呢?不知最初出自谁的建议,间隔若干年,直接借皇帝大婚、大寿或皇母大寿的名义大赦囚犯,以缓解这期间由于冤案而积蓄下来的民间怨恨,这对天下是有好处的……如此想来,古代隔一个时期要"大赦天下"一次,似乎不是毫无道理,但那是以非法制的方式做的。

刘日建议在全国开展"平反冤假错案"专项活动,目的不仅是平反冤假错案,更可以通过这一专项活动来加强法制建设,维护司法公正，促进社会和谐。所以他的建设性建议包括：

完善法院系统对冤假错案的自查自纠机制。

开发人大监督功能，建立权威的纠错机制。

在法院，首先要建立纠正冤假错案的奖励制度。

务必对各级法院主动纠正冤假错案的给予奖励。

并完善错案追究制度，对法官在审判过程中徇私枉法、滥施审判权，导致冤假错案的情况，要科学、理性地建立"违法违纪审判责任追究制"。为防止"错案追究追不了，国家赔偿赔不了"的结果发生，不应片面追究种种因判决结果不一致而导致的所谓"错案"责任，例如：对法院系统通过判决改判，即撤销原来有错误的判决而重新判决的，不应追究有关人员的错案责任，以促使法官及时纠错，秉公办案，确保司法权的正确行使。

同等重要的还有：要畅通法院受理申请再审案件的途径。此途径不通畅，就难有再审，也就难有纠错这件事，即使设立奖励制度，也会虚设。

为什么要讲这一条？

因现实中申诉人要申请到进入再审程序，难于上青天！

为什么这么难？

法院主观上就认为已经做出生效裁判的案子基本上是无错的。为了维护法院生效裁判的稳定性，法院往往以节约司法资源为由，严格限制申诉复查案件进入再审程序，致使部分当事人不断向党委、人大、检察机关、信访等部门申诉，以期通过法院之外的力量达到再审。这种做法带来的问题多多——

一方面，法院限制了当事人申请再审的权利。另一方面，当事人在法院系统寻求纠错的渠道被堵塞，只能去寻求外部渠道，这引来外部力量对司法的干预。一些典型案件经社会媒体渲染，法院的公正性遭到社会质疑，最终不利于司法公正。当事人通过百般努力使案件进入审判监督程序后，纠纷最终还是要回到法院来解决，法院的司法资源并未得到有效节约，社会总成本反而变大了，社会效率也降低了。因此，法院应实行申诉再审立案"宽进"方针，解决申诉难问题。

关于开发人大监督功能的重要性，刘日认为，司法监督的目的是控制司法独立的任意扩张，防止司法专横或司法专制主义的出现。刘日阐述，应开发的功能和机制，首要就是：监督纠错机制，即建立重大冤假错案听证制度。在各级人大设立司法错案听证委员会，专门监督冤假错案的平反工作。以下依次还有：

案件选择。

专家初审。

听证程序。

其中每一项都有许多专业性的设计建言，这里不细述。

刘日还特别阐述了做好冤假错案的防范工作很重要，犹如防病比治病更重要。最重要的莫过于建立遏止刑讯逼供的制度。为此刘日提出了很多设想，其中包括，侦查机关必须将犯罪嫌疑人交看守所羁押，所有的审讯活动都只能在看守所进行，在看守所以外形成的所有口供，法院一律不予采信。

我常想，今天的刘日又不是在司法部门工作，更不是司法人员的领导，他的头脑中为什么总产生这许多细致、严密的思考？

这确然是典型的不在其位而思其政，何也？

盖因为民间疾苦会使刘日卧不安眠，盖因为自己还拿着国家的俸禄，虽不在司法部门供职，也不敢忘记民间有冤屈。天下真有刘日这样的人吗？设若不信，请看看古代有没有？

"衙斋卧听萧萧竹，疑是民间疾苦声。"（郑板桥）

"无谋救冤者，禄位安可近。"（元结）

"身为野老已无责，路有流民终动心。"（陆游）

"百姓多寒无可救，一身独暖亦何情。"（白居易）

人们都说郑板桥是书画家，元结、白居易、陆游是诗人，其实他们的社会职业都是官员。陆游在朝议大夫礼部郎中任上，曾因连上奏章谏劝朝廷减轻赋税，反遭弹劾被罢官。白居易七十岁"以刑部尚书致仕"。何谓致仕？古代官员正常退休称"致仕"，致仕年龄通常为七十岁。我总以为，白居易、元结、陆游、郑板桥都是因为他们心有对天下百姓的深切关怀，才有那么动人的诗。刘日的建议亦如古代忠臣的上书，流淌的情思也是诗。

刘日还反复阐述，要推进司法独立和法官的中立地位。

他说我国法官的中立地位尚未真正确立，难以保障司法公正。舆论误导、以权代法、言出法随的现象在一些地方不同程度地存在，甚至严重干扰正常的司法工作，使司法人员违心办案。

他援引马克思的话说："法官除了法律就没有别的上司。"

他说，司法独立，就要求司法人员在办案中只能对案件的事实、证据、程序和适用法律负责，不得屈从长官意志、舆论导向和利益集团，不得充当任何利益集团的代言人。为了实现这一目标，有必要推进法官职业化和主审法官责任制制度。

他说，应提高司法人员的任职条件，让法官不仅履行国家公职人员的职责，而且将法官界定为社会的特殊职位。使其在道德、人格、品质、职业操守和所受教育上都充满职业优越感和自豪感。具备维护社会正义的必要法律武器和执法保障，使其更珍惜自身的社会地位而自觉地抵御司法不公，并通过主审法官责任制强调法官的权责统一，使法官担当社会正义的最终代言人。

他反复阐述，全面系统地确立"无罪推定"、"疑罪从无"的原则多么重要。宪法要明确规定"无罪推定"原则，司法审判要坚持"疑罪从无"理念。对证据不足的疑难案件和指控的犯罪不能成立的案件，作出无罪判决；要完善程序法律，保证涉案当事人在平等、民主的条件下与国家权力进行合理的对抗和争辩，推进司法审判中的人权建设。

他建议：要建立犯罪嫌疑人沉默权规则。

沉默权是"无罪推定"原则派生出来的重要规则之一，也是保证"无罪推定"的基础性条件。通过赋予犯罪嫌疑人面对警方讯问保持沉默的权利，可以使刑事案件的侦破由依赖口供转向依赖物证和其他证据，有助于限制执法者滥用权力。

综上所述，他说——

司法不公是以国家的名义践踏法律。

冤假错案是对法治破坏最烈的不法。

司法腐败是对社会公正最烈的破坏。

冤假错案得不到公正及时解决，是所有社会不公中最可怕的不公，是构建和谐社会的最大障碍。

他还援引马丁·路德·金的话说："任何一个地方的不公正是对一切地方的公正的威胁。"

这句话的含义是，任何一个人蒙冤受难，不要以为跟你没有关系。为冤案当事人呼吁呐喊，捍卫的是每一个公民的权利。只有这样，才能让正义之光普照社会。

6 关于修改我国刑法的建议

2007年9月3日，刘日写出《关于修改我国刑法的建议》。这是一个以大幅度削减死刑罪名为特点的修改刑法方案。

我读之感觉，如同他建议"平反冤假错案"，依然是充满人文关怀的。我想起往日听他说过，他认同我国当代法学家陈兴良的一句话："刑罚是一种不得已而为之的恶。"现在读这建议，我仿佛听到刘日说，面对这种"不得已而为之的恶"，我们能不能做得更人文、更人道一些呢？

为什么要修改刑法？

我看到刘日的思维，与他前面提出坚持"少杀慎杀"的建议是一脉相承的，其最主要的理由是"我国刑法死刑过多"，凝聚其中的依然是对人权的尊重，对生命的关怀。

他说：全球已有120多个国家废除或实际停止适用死刑。我国是世界上规定死刑罪名最多的国家，这与国际社会保障人权的发展趋势及我国签署加入的《公民权利和政治权利国际公约》的道义责任、法定义务明显不符。

他说：党的十五大、十六大都明确提出了"尊重和保障人权"。这为减少和限制死刑的适用创造了有利条件。

他从立法和司法两个方面分别提出建议。

在立法上建议有三：

一是削减死刑罪名。

二是增设超长期刑。

三是提出"活无期"与"死无期"概念，并论述其适用。

削减死刑罪名。他阐述了我国刑法68个死刑罪名中，至少有三分之二可以削减。

他说，有三分之一死刑罪名在司法实践中极少适用或从未用过，这些近乎虚置的死刑罪名可以废除。有三分之一是经济犯罪、财产犯罪与妨害社会管理秩序罪的死刑罪名，可以废除。剩余约三分之一涉及暴力性犯罪、危害国家安全的犯罪等，目前尚需保留死刑，但在立法技术上应加以调整，进一步合并死刑罪名。

此外，还可以"扩大不适用死刑的对象范围"。

他说我国《唐律》规定："九十以上七岁以下，虽有死罪不加刑。"我国现行刑法规定，对于犯罪时不满18周岁的未成年人和审判时怀孕的妇女，不适用死刑。在世界上，《公民权利和政治权利国际公约》《美洲国际人权公约》规定，对审判时怀孕的妇女、犯罪时不满18岁的未成年人、政治犯和被指控犯罪时已满70岁的人不适用死刑。这些规定已被许多国家采纳。我国亦可把被指控犯罪时已满70周岁的老年人列入不适用死刑的对象。

增设超长期刑。此项在前文的"延刑期"中已有表述。

在这个建议中，刘日指出，我国刑罚在有期徒刑、无期徒刑和死刑之间，存在着"生刑过轻"和"死刑过重"的问题，这是刑法结构的严重不合理，也就是不公平。

何谓"生刑过轻"与"死刑过重"？

在司法实践中，一些被判处无期徒刑的严重暴力犯罪分子，一般实际关押15年左右（或12年），被判处死缓的一般关押18年左右就获释了,与被判死刑立即执行的相比,死刑与生刑之间存在很大的空间,给准确量刑造成很大困难,也严重妨碍了刑罚功能的正常发挥。刘日因此建议:增设20年以上至27年的"超长期刑"。如此,一是加重对无期徒刑罪犯的惩罚力度,二是拓展了对严重犯罪量刑的空间,使量刑梯次更加合理,不必动辄"斩立决"。这不仅体现了法律公平、正义的精神实质,也为死刑的减少适用创造了条件。

"活无期"与"死无期"。这是刘日首创的一个概念。

他说,在司法实践中"无期徒刑"实际是有名无实,与死刑差距过大,因此建议把无期徒刑分为两种:可以减刑、假释的"活无期",不可减刑、假释的"死无期"。比如,贪污受贿1000万元以下的判"活无期",1000万元以上的判"死无期"。对判处死缓的只能减为"死无期"。对于"死无期"罪犯,凡构成重大立功的,可以不受此限。这一点,仍然给"死无期"留下希望。

这个建议,刘日还提出了一个"关于废除死刑的时间表"。此外,还对刑法中关于"减刑",关于"假释",关于"巨额财产来源不明罪"等,提出具体的修改建议。他在建议的最后写道:

> 虽然我国废除死刑需要走很长一段路,但是我们应该看到,从古代的严刑苛罚到17世纪以后随着启蒙学家宣扬人权思想的勃兴,死刑开始受到限制。直至现在许多国家废除死刑,整个死刑的演进就是一部从死刑占据刑法体系的中心位置,到死刑在刑法体系中的地位每况愈下,以至于面临着被逐出刑法体系的历史。我国要逐步废除死刑,必须从严格限制死刑适用做起,最高法院已将死刑核准权收回,就是有力的举措。废除死刑不只是立法、司法部门的事情,它是一

项综合工程，它与经济发展、社会各项制度的健全是相辅相成的。应当坚信：死刑的限制直到最终废除，必将作为中华文明发展的重要里程碑而载入我国刑法典之中。

刘日此建议定稿后即寄送党中央、全国人大、国务院、全国政协等。2007年12月29日，全国政协社会和法制委员会办公室来函：

> 刘日同志：郑万通秘书长收到您的《关于修改我国刑法的建议》，并已转到我委办公室，作为我委今后工作的参考，并嘱我办将您的建议转有关部门和委员、专家研究。感谢您对政协工作的支持。祝新年快乐！

2010年初，国务院参事室《国是咨询》第一期登载了刘日《关于修改我国刑法的建议》。中央党校主管主办的《理论动态》于2010年6月20日出刊的第1854期登载了刘日这篇建议。最先公开发表这篇刘日建议的则是河北省人大常委会法制工作委员会主管、河北省立法研究会主办的《立法与执法》，时在2009年第1期。

2010年夏，陆续有媒体报道我国将进行第八次修改刑法。这是指"1997刑法典"颁行以来的第八次修改。《南方周末》报道的标题即《刑法酝酿第八次大修：死刑少了，坐牢久了》。

记者在报道中将本次修改刑法的核心内容概括为："大修着重两点：一是'少杀'，削减死刑罪名，控制死刑适用；二是'长关'，严格控制减刑和假释的适用，解决现实中死缓和无期徒刑实际服刑过短的问题。"

中国之声《央广新闻》报道《刑法酝酿第八次修改 将首次削减

死刑罪名》，文章说："这将是1979年第一部刑法颁布之后，中国立法机关第一次削减死刑的罪名，这也意味着中国在继2007年死刑复核权收归最高人民法院以后，在控制死刑方面又一次实质性的进步。"

呼吁修改刑法的不止是刘日，多年来还有不少专家学者呼吁修改刑法，媒体也报道了许多"专家说"，这是很自然的。但是，没有哪篇报道提到一句"刘日说"，这也是很自然的，因为刘日不在司法领域工作，也没有人说他是法学家。

但这次修改刑法的核心内容就是围绕着"少杀"和"长关"来讨论和争论的。这"少杀"和"长关"，正是刘日建议中最主要的两项建议："削减死刑罪名"和"增设超长期刑"。后者也是为"少杀"而设置。

争论是很激烈的。这很正常，因认识不同，因看法不同，也因为修改刑法这件事本身过于重大，争论的各方都是庄严郑重的。不同意削减死刑罪名的意见多认为，虽然减少死刑是大趋势，但是当下我国犯罪率很高，此时大幅度削减死刑罪名，不合时宜。最后确定的刑法修正案文本，减少了13个死刑罪名，占19.2%。

刘日建议可以减少三分之二的死刑罪名。

看来相差很大。

那么是否最后确定的文本就是更好的呢？

不同的观点，对"怎样更好"的看法是不同的。或许这样说比较客观：修改的定本，是不同意见争论的结果。

刘日认为，减少了13个死刑罪名，就是重大突破，重大胜利！"这次能削减13个，下次就能削减33个或66个……"刘日说。

媒体说，这是自"1997刑法典"颁行以来最大的一次刑法修改，因为首次削减了死刑罪名，动了刑法的根本。

在"长关"方面，刘日建议的最长刑期是27年，本次修改刑法最后确定的最长刑期是25年。

2011年2月25日，十一届全国人大常委会第十九次会议审议通过了刑法修正案（八）。如果说，刘日2007年9月提出的关于修改我国刑法的建议，同2011年2月通过的刑法修正案（八）的主要精神高度一致，大约可以吧。

如果想想，刘日从2003年向中央建议坚持"少杀慎杀"原则，历时八年，这期间他的多次建议经高层"内部参阅"和学术刊物公开发表，在"内部"和学术界产生不能忽视的影响，直至国家刑法典终于在"减刑名，限死刑，延刑期"等方面均作了实质性的修改增订，并必将在未来沿着这个趋势继续修改，这是不是一件不简单的事呢！

我不止一次地想起从前王安石说："世之奇伟瑰怪非常之观，常在于险远，而人之所罕至焉，故非有志者不能至也。"张居正则说："世必有非常之人，然后有非常之事；有非常之事，然后有非常之功。"王安石在宋，张居正在明，都算得上有非常之志，亦属非常之人，而被朝廷用于主持改革，做非常之事，成非常之功。刘日的非常之处，恐怕便是"不在其位而谋其事"，在不显山不露水之间，似牛之俯首，马之伏枥，在严于律己无所索取中成全国家所需、民间所需，这大约是刘日的瑰怪非常之观。

这期间，刘日的履历中也有一些变化。2007年，他被评为教授。他告诉我这个消息时，我听出了他心中的喜悦。他调任河北行政学院党委书记时，我没有感觉到他有什么喜悦。他评上教授，则由衷喜悦。我想，这可以看作是他对学术的热爱吧！

2008年1月，刘日任河北省十届政协委员会常委，4月兼任省政协法制委员会副主任。2010年2月,刘日被聘为国务院参事室特约研究员。他对此也很高兴,从此给中央写调研报告、写建议,也算是"名正言顺"吧!

在刑法修正案(八)正式通过的3个多月前,2010年10月29日(星期五)下午4时许,中共中央办公厅秘书局一位女工作人员给刘日打来电话,大意如下:

> 你寄给中央领导的修改刑法的建议,领导看了,已批转有关部门研究,让打电话感谢你。感谢你对国家法制建设的关心和所作的努力,希望你今后继续给中央写建议。

接到这个电话,刘日心里是很温暖的。

7 为了数不清的上访者回到家乡

2009年5月,刘日写出关于建立"三审一听"息访制的建议,期以终结非正常上访。

"非正常上访"和"涉法上访",都是中国21世纪初被大量使用的词语。所谓"非正常上访",指上访人到非信访接待场所和机关上访的行为。"涉法上访",含义是涉及司法与诉讼的上访,指当事人对刑事执法、行政执法等权力部门在案件或问题处理上不满,认为受到了不法侵害或不公平的待遇,从而引发的上访告状案件,也称"涉法涉诉上访"。还有"越级访"、"群体访",以及"拦访"、"截访"等新词。

友人师学军对我说:"刘日这个建议,比他建议修改《刑法》更重要。"

我不禁追问一句："你是说……非正常上访终结制吗？"

"是的。"他说。

还记得师学军吗？新华社河北分社原副社长，本书前面曾写他采访过北京市委宣传部常务副部长刘述礼，后来写过无极医药市场调查等《国内动态清样》。他于2002年12月18日突然被"双规"，石家庄市裕华区检察院在没有任何证据，也没有办理任何司法程序的情况下，把他戴上手铐抓走，非法关押。一年七个月之后，师学军被以犯有"贪污罪"的名义判处10年有期徒刑——他被指控与他的同事李玉卉共同贪污了16.97万元公款。2009年4月23日，石家庄市中级法院作出无罪判决，师学军、李玉卉获释，这时他们已经坐了六年多的冤狱。

此案被媒体称作"震惊河北的'师李案'"。围绕此案，前前后后二十几个人被抓被关押，其中两人在此过程中非正常死亡。

有没有冤假错案？这就是发生在我身边的活生生的冤假错案。师学军有这些经历，他的看法，我不能不重视。

他在狱中给我写信时这样说过："我国的法律，特别是《刑事诉讼法》，制订得相当好，只是不能得到切实的执行。《盐铁论》中有一句话：'世不患无法，而患无必行之法。'是现在的写照了。"

他现在也说：刘日提出修改《刑法》的意见，是对的，但目前即使不修改，只要司法有公正之心，只要严格执法，大部分冤假错案可以避免。学军的意思是，更重要的问题，不是没有法，也不是没有更好的法，而是执法不公，有法不依。

师学军、李玉卉的错案得以纠正，不是一件容易的事，那是他们自己、他们的亲属，以及有正义感的律师、新闻记者们数年坚持不懈

师学军

王宏甲说：我的好友师学军坐了六年多冤狱后被宣布无罪释放，这件事的前前后后有很多令我吃惊的事。六年多牢狱生活中，师学军从文本到现实潜心学法，对法治、法制和司法已有相当深切的理解。其收获不仅在此，更在意志、信仰、情感、思辨诸方面变出异乎寻常的气象来。这气象，若以豁达与睿智言之，是可以的。

地信访和上访的结果。他对于上访之难有深切了解。因此他说，关于少杀的建议，是好的。在"少杀"和"长关"之间的调整，这是在被判处"死刑"和"生刑"的罪犯之间寻求更公平一些，这也是事关人权，也是好的。但是，比较之下，如何解决百万上访者长年累月长途奔波的上访问题，如何解决上访人存在的冤屈，更加重要。这是每天都在社会上发生的人间苦难，于国于民，都是问题，提出如何解决"非正常上访终结机制"的方案，这个建设性的建议，意义太重大了！

　　学军还对我说，你看看北京安元鼎等保安公司骇人听闻的"黑监狱"事件，这些都不是因为国家没有法律，而是在对国家法律的公然侵犯！

　　我不能不同意师学军的看法。

　　安元鼎事件确实骇人听闻。2010年10月19日，《南方人物周刊》

齐鲁频道报道"黑监狱"

以《安元鼎是对政治和社会挑战》为题，报道北京警方以涉嫌"非法拘禁"和"非法经营"拘捕了安元鼎（全称"北京安元鼎安全防范技术服务有限公司"）的"头领"。报道说，"安元鼎在各地方政府和其他权力机关手上承接拘禁和押送上访人员'业务'。这是一个已经为害多时的群体性和系统性犯罪。"

文章说，"无论从法律的角度，还是政治的角度，安元鼎的'东家'都是应该同时予以惩治的首恶。当然，这不是北京警方所能办到的事，这是整个法律和政治系统的任务。"

文章报道，安元鼎的老板"也曾经在底层社会艰苦奋斗"，这些年在络绎不绝的上访者身上看到商机，迅速拉起了一个有3000保安人员的队伍。公司专职联系业务的"都是酒量很好的年轻女性"，她们给各地驻京办和相关部门打电话，请负责人吃饭，然后签合同。

2010年9月24日，《南方都市报》发表《安元鼎，北京保安公司截访"黑监狱"调查》，说安元鼎业务员的包里有两份文件是谈生意时必须携带的：《委托书》和《特保护送服务合同》。委托书是给"雇主"准备的，谈好就让对方填写。

调查说："安元鼎护送部刚开始只有10多个特保，三四辆车，一

《济南时报》报道"安元鼎"事件

辆大客车已经很旧了……到现在，51座的大巴有3辆，24座的3辆，27座的有4辆，7座的有6辆，别克、奔驰……护送部编制建设也有着军队色彩：下设一个政委、一个大队长、三个中队长，一个中队是两三个班，一个班有七八个人。"

调查文章有个小标题"政府是雇主，访民是财神"，安元鼎公司的收费按拘禁、押送的访民人数算，如稳控费每人200元，强制费每人200元，开车押送按每公里12元算，押送的特保人员另外加钱。

何谓"强制费"？安元鼎人员都要对被"截访"的访民身上的包和物进行"安全检查"，他们会跟访民说，麻烦你们配合工作，把身份证、手机、刀具交给我们保管。碰到不合作的，"安元鼎一般先给雇主打个电话，对方说要强制的话，特保们便动手了"。因为强制访民交出手机、身份证等，要付出体力，这项收费就叫"强制费"，钱当然由"雇主"支付。

《南方都市报》这篇调查讲述了一个"女警张耀春的故事"，她曾是广西合浦县公安局的一名女警，曾负责枪支造册登记存档，发现当地枪支管理之混乱匪夷所思，某些干部为了牟取私利，竟然给社会上的"包工头"、"大老板"配枪，甚至以种种名义违法销售枪支弹药给一些单位和个人。在一次执法大检查行动中，张耀春向"检查团"说出了真相，"检查团"走后，她遭到调离，最后以"考勤不及格"为由被辞退。《南方周末》曾介入报道此事，她所揭露的问题被一一证实、查处，但她的工作却始终没有落实，由此踏上了一次次进京上访的路。从她被"截访"的经历可以看到"雇主"和"保安"配合的一般情况。

她被安元鼎保安人员抓住扭送上车这次，张耀春说，"驻京办官员们目睹了整个过程"，他们还帮忙把她扭送上车，"但他们不是帮凶，而是雇主。"在张耀春眼里，"截获"她的安元鼎人员穿的"这套制服再熟悉不过，制式、颜色与特警制服完全相同，只有一字之差，肩章上写着：'特勤'"。

她被关进一辆白色依维柯，车身有赫然大字"安元鼎护送"。她在这限制人身自由的车里感觉跟"囚车"没啥区别，车子开出京城，开到没有路标的地方……这篇调查写的并不是外国电影里的故事，是发生在北京的现实版，以下我保留该文叙述语境，只是略为删去少许文字。

> 里面是农村了，越走越远，这一带是破烂的工厂、仓库，高高低低的树林，冷寂得可怕。
> 傍晚，"囚车"在一个写有"凯安达储备仓库"的楼房前停下，里面有两层楼，外面有四扇小铁门，红红的。
> 张耀春进去时，里面关了约两百多号人。天冷，墙上挂着空调，很旧了，根本不顶暖。被子又臭又脏，但还是被大家争抢着。这里面男女同住，毫无尊严可言。

这是安元鼎在北京市区以及周边地区设立的众多"关押点"之一，访民们称之"黑监狱"。

……早上，8点不到，张耀春就去排队，她想喝点稀饭，对方回答："没有。"张耀春还没有明白所处的境地，上前顶嘴，引起了一些访民的共同情绪。一个看守一把揪住张耀春拉到办公室，砰地关上门。

聚集在门外的访民们喊来了另一个看守，门被撞开时，张耀春已经被打得面目全非。在众人前，那个看守仍挥舞着电棒，噼里啪啦向张耀春头上抽去，被众人及时拦下。对着这名曾经的女警察，身着保安服的看守愤愤地说："我要拘留你！你回去收拾东西，准备去拘留所吧。"

以上是关于"黑监狱"的客观描述，这篇调查还写了一种心理描述——

高墙大院，封闭的空间，看守身上穿着与警服相差无几的制服，胸前还有编号。大门开启时，是"囚车"押送着访民们进进出出的时候，全副武装的特勤们，冷漠地注视并随时训斥着畏畏缩缩的访民们。

即便张耀春始终提醒自己，他们是非法的，但在被安元鼎关押时期，她仍不由自主地以为自己是在监狱里服刑，而她发现，她的难友们则完全把自己当成触犯刑法在此受刑服役的人。那些身着保安服的看守们，则俨然把自己当成了公权力的一方，手握执法权。

第五天，张耀春和广西常乐的一名访民被同车押送回乡。一路上，仍被限制人身自由。从北京到广西合浦，两个司机轮班开，一共走了两天一夜，到达的时间是晚上11点多，在南北高速公路收费站附近，张耀春曾经的两名同事和一名县信访局工作人员早已等在那里。交接仪式显得快速而有效，安元鼎公司的三名特勤人员和警察们对照了合同之后，一方收钱回京，另一方则将这个"上访者"押回县城。

一个曾经的人民警察，被保安公司关进"黑监狱"，又像犯人一样被押送回家的故事并没有结束。她曾因有勇气向上级汇报"某些干部"的违法行径而被"辞退"，她有法制观念，现在的经历中又增添了保安公司和驻京办官员对她的侵害，这是一个中华人民共和国公民的人身基本权利受到侵害。旧的问题没有解决，又添新的问题……这样的故事，因"黑监狱事件"的介入，而使维稳工作更加复杂。

问题的严重性还在于，安元鼎不是北京唯一拘禁押送访民的公司。2009年11月25日，中国新闻网援引新华社《瞭望》新闻周刊文章指出："一份权威部门的调研报告显示，相关省市在京设立临时劝返场所73处，其中地（市）级设立的分流场所57处，占78%。46处为非经营性场所，例如农民的出租屋等；27处为经营的宾馆、旅店、招待所。"

国家并非没有法律。党中央对涉法上访也深切关怀，高度重视。早在2003年，胡锦涛总书记在七一讲话中说："群众利益无小事。凡是涉及群众的切身利益和实际困难的事情，再小也要竭尽全力去办。"这话温暖人心，在许多领域被一再引用。

2007年中央政法委8号文件《关于集中排查化解涉法涉诉进京非

正常上访案件的工作方案》，在"基本原则"的第一条就写道：

> 对每一起进京非正常上访，都要按照执法为民的要求认真对待，着眼于加强自身的工作，着眼于解决群众的合理诉求和实际困难，达到罢访息诉的目的。坚决纠正重视拦访、截访、强行接回，而不重视加强工作、解决实际问题的倾向，坚决克服怕赔偿，怕得罪人，怕承担责任，怕影响权威而对上访人合理诉求拖着不办，对实际困难漠不关心的官僚主义作风。

以上要求是明确的，但这项工作的难度仍然很大。

2010年1月19日，国务院办公厅发布582家驻京办半年内撤销令。它们包括146家地方政府职能部门驻京办和436家县级政府驻京办。撤销最后期限为6月30日。

撤销驻京办，不管从哪方面看，都是个不小的动作。此后有媒体报道说，大部分驻京办到时间都撤了，但很多原驻京办人员并未离京。撤销驻京办，当然不能减少上访，各地"截访"的需求还在，原先明里暗里已形成的畸形"截访产业链"，仍以市场经济的方式隐蔽交易，或促使一些从事此种经营的保安公司"浮出水面"。各地在京经商的某些公司也开始"协助"担当起原驻京办的一些"业务"。只要上访者的问题还在，源源不绝的"非正常上访"大军就不会消失，这确实是个迫切需要解决的社会难题。

再回到刘日建议。他的此项建议写于2009年5月。

同年11月4日《新华每日电讯》，以及同年第35期《凤凰周刊》，公开发表了刘日建议。此后，有的地方出台了"依法处理非正常上访行为"的《通知》，刘日认为那是非法的，于是他对自己先前的建议增写了相关内容。2010年4月，新华社主管的《瞭望东方周刊》发表刘日的署名文章《如何终结非正常上访》，其中写道：

> 某些地方甚至出台了违法规定，比如2009年11月深圳发布了《关于依法处理非正常上访行为的通知》，明确列出包括在市委市政府办公场所外聚集、滞留等14种非正常信访行为。对于多次非正常上访行为人，除予以行政拘留、追究刑事责任等之外，《通知》规定，符合劳动教养条件的，将予以进行劳动教养。

刘日发表此文，这是公开批评"某些地方甚至出台了违法规定"，指出这类以"依法"为名出台的"规定"，却是违法的。此举对刘日而言，实属罕见。非不得已，不为。

此处何以有"不得已"呢？

此举反映的是，刘日对那些可能受到司法制裁的访民的深切关怀，包括对司法人员的关怀，因为已然是法学专家的刘日，深知那么做是非法的，一旦不幸发生，势必造成将来更多的"涉法上访案件"。

刘日在文章中写道："中国老百姓是最好的老百姓，没有问题和冤屈，他们是不会给政府找麻烦的。纯粹无理取闹的人只是极少数。所以对上访人要慎用'刁民'、'无赖'、'严厉打击'一类的字眼。"

刘日为什么会这么说？

面对"非正常上访"现象，刘日认为，"非正常上访者"，即脱离了正常生活的人民，政府应该帮助他们回到正常的生活。刘日的看法同某些地方政府官员的看法，为什么有这么大的差别，刘日是正确的吗？

8 人民观与人生观

还记得正定县的王不止吗？

或许可以说，王不止给了刘日深刻的教育，让刘日记住，一个中国农民有冤屈，会如何不惜倾家荡产、家破人亡去讨公道！

1983年还远没有出现"涉法上访"这个名词，但王不止的案子正是一个涉法上访案。他不服中级人民法院的裁判，年复一年坚持不懈地上访，把妻子的生活牺牲了，把两个孩子的前途牺牲了，仍然上访不止。他可以牺牲掉一切物质状态的东西，就是不能放弃讨个公道！

1991年拍摄《无极之路》时，我们是在当时的石家庄第四监狱里采访王不止的，他被判刑关到监狱里来了。

这时，有人说："王不止总算不能告状了。"

但是，王不止告诉我："等出狱了再告。"

孔子说过"三军可以夺帅，匹夫不可夺志也"。古代志士亦有"你可以拿走我的尸体，拿不走我的灵魂"的壮烈之举。在王不止这里，岂不是"你可以关押我的身体，但关不住我的灵魂"吗！我们摄制组每个人都对他肃然起敬。他不服法院裁判，但他从未对党和政府失望。

王不止的形象就在《无极之路》电视报告文学片中，他接受我们的电视采访时，手里始终没有停止在狱中的劳动。狱警还告诉我们，他虽然不服法院裁判，但在这里劳动积极，争取减刑早日出去。

二十年过去了，我不知王不止后来的情况。但刘日和我都深深记住了，一个社会的公正与不公正、是与非，会以多么曲折的形式呈现。中国正因为有这样的不惜牺牲一切去追求公道的人民，我们这个民族的公道，即使伤痕累累，也肯定不会死去。

如果一个社会连这种顽强地讨公道的公民都不复存在，这个社会的公道就死了，那这个社会就安宁了吗？否！这个社会就一定会毁于人间的自相残杀。无人能够幸免。

中国社会有这样顽强地讨公道的人民，他们没有失去对政府的信任，他们以自己的痛苦和跋涉，以自己的膏血为政府的公器添油，以点亮公正之灯，照亮人间正义的大道。

国务院新闻办公室发表《2009年中国人权事业的进展》白皮书，其中讲到全年共办理群众信访30.3万件次，接待群众来访105.5万人次。

那么，还有被拦访、截访的访民呢？

不管怎么算，这确实是不小的数字。

其实，应看到的不仅是有百万访民，还应该看到，这个民族内部有巨大的追求公平正义的精神力量存在。这是中国人精神内部一种客观的存在，是中华民族代代相传的一种伟大传统，没有这么顽强的追求公正的精神，我们这个民族恐怕走不到今天。

有人认为，刘日公开发表的文章会鼓动上访，对"维稳"不利。其实，刘日认为，信访工作本身就是促进社会稳定的："它是党联系群众的桥梁，倾听群众呼声、解决群众疾苦的重要途径。它在化解社会矛盾，维护公平正义，促进社会稳定中发挥着重要作用。"

他还认为："群众上访是对党和政府信任的表现，党和政府应该满腔热情地欢迎他们上访。群众上访属于正常秩序，上访多一点也不一定是坏事。在群众较忙或不便上访时，干部应该经常下访，以加强联系，良性互动。"

面对大量存在的涉法上访问题，保安公司显然无权拘禁押送访民，各地"雇主"也无权雇用他们，某些地方出台的"规定"也是不合法的。那么谁有权力出面对此发挥作为呢？

刘日指出：人大对政府和法院、检察院有监督职能。

他说："到政府信访部门上访的，'三级审理'程序走完后上访人仍不服的；到法院、检察院上访的，对法院一、二审判决不服，对申诉案件处理结果仍不服的（三次审理），发挥人大对一府两院的监督职能，人大可牵头进行听证。本着实事求是的原则，有错必纠，无错劝上访人息访。"这就是刘日建议的"三审一听"息访制。

刘日甚至在文章中阐述：中央政法委《涉法涉诉信访案件终结办法》、河北省委政法委《河北省涉法涉诉信访案件终结暂行规定》等，系党委文件，没有法律上的依据；国务院《信访条例》系法规，其法律效力低于三大诉讼法。目前关于"非正常上访"尚无明确法律界定，所以在实践中非正常上访终结常遭遇尴尬，法官不理直气壮，有的上访人不接受，有的机关也不认可。因此建议：尽快制订《中华人民共和国信访法》，从立法上确立非正常上访终结制度，科学界定非正常上访的含义，使非正常上访案件终结有法可依。同时要使上访人知道怎样通过合法程序反映诉求，也要明白非正常上访应承担的法律责任，从而确保信访活动正常有序。

国务院参事室《国是咨询》2010年第2期刊载刘日建议。发表刘日此建议的还有：中央党校《中国党政干部论坛》2010年第2期，2010年4月27日新华社《现代快报》等。转载的网站有：国务院参事室网、新华网、中华思想网、新浪网、腾讯网、网易网、凤凰网、法治论坛、大洋网等。

刘日建议的具体措施，我不细述了。

我开始感觉到这样一个问题：如何解决上访难题，更关键的因素恐怕不在于有没有措施、法规和机制。

很久以来，人们探讨世界观和人生观，未见说"人民观"。我以为"人民观"是存在的。有没有"人民观"，有怎样的"人民观"，对掌握政权和司法权的官员来说，是大不一样的。

2010年7月7日，《南方周末》发表记者曹辛采访国务院信访室原主任马永顺的报道，题为《曾经，我们这样对待群众上访》。

马永顺在"文化大革命"前当过十年的国务院秘书厅信访室主任，他介绍了当年根据毛泽东对信访工作的指示精神，在刘少奇、周恩来以及习仲勋等老一辈革命家直接领导和具体指示下，处理群众上访和人民来信的经历。

马永顺是1959年2月调到信访室工作的，上任后就遇到群众缺粮问题的来信来访。当时一些地方因缺粮有饿死人的现象，群众大量外出逃荒。马老回忆道：

> 1959年6月26日，又收到甘肃静宁县一封反映严重缺粮的人民来信，以及随信寄来的一包当地群众充饥的食物，我拿着给杨放之副秘书长看后向习仲勋同志汇报，仲勋同志当场把食物掰下一块，拿到嘴里尝了一下，说："这哪里是人吃的东西！"他表示要立即汇报给总理。
>
> 第二天一上班，他指定我率领两名干部当晚出发去甘肃，会同当地处理。经过一个月的努力，甘肃省委采取了积极措

施，群众严重缺粮的状况得到了缓解。这个时期，信访室全体人员对周总理、习仲勋副总理这种对群众反映的问题亲自处理，设法解决的态度，十分敬佩。

1961年1月，中共中央召开八届九中全会，毛泽东主席在会上提出恢复实事求是的优良作风，号召全党大兴调查研究之风，一切从实际出发。2月，中央机关信访工作会议在国务院召开，刘少奇为会议做了重要指示。

刘少奇说：人民来信对改进工作不仅有参考价值，而且有重要意义，必须重视。现在看各部委的报告，还不如看群众来信来得实在。少奇还说，对于来信人，任何人不能追查，即使反革命来信，也只有受理单位有权处理。为防止打击报复，有些信件不要向原单位照转，特别是姓名、地址不要告诉下面。

习仲勋针对会上各部门反映的问题作了总结发言。他指出：人民来信来访的实质是党和政府同群众的关系问题，这种关系越密切越好。扣压群众来信、阻止人民来访，是割断群众和党政机关的联系，是封锁中央的错误行为。

马永顺回顾说，当时，中纪委和公安部在会上批评了基层单位扣留人民来信，以及追查、打击迫害写信人的情况，大家都觉得这是骇人听闻的了。邮电部领导迅速提出了纠正措施，规定：凡给中央党政机关及其领导人的信件、电报，一律不准检查、扣留，如有强令检查、扣留的，邮电部门有权拒绝执行，并及时上报领导机关处理。

为加强接待上访工作，1965年中央机关在北京德胜门外设了一个联合接待室，但是地方偏僻，不方便上访人找。周总理指示，接待室要方便来人找，提出可搬到府右街南口、长安街路北原北京市政府旧址。国务院副秘书长童小鹏（兼总理办公室主任）与马永顺一起去现场察看，觉得在这个繁华地段不适合。后来在永定门火车站附近的陶然亭公园对面找到一片空地，觉得这里既方便上访人一下火车就能找到，也便于各机关联系。总理很快同意，并交主管基建的李富春副总理办理，联合接待室很快建起来了。

所谓联合接待室，就是我们今天讲的一站式办公场所。马老回忆说：1962年初"七千人大会"以后，民主空气浓厚，群众来信或到国务院上访的数量猛增。到1965年，我们就想到试办中央各机关联合办公接待来访。

马老说："它最大的好处是大大方便了来访人，来访者到了这里，不需要奔走于各机关，避免了重复上访。当天走不了的，便住在这里，对首都社会秩序也有很大好处。"

这些回忆，在我们今天听来，依然能感受到那个年代奔走着的"为人民服务"的工作状态和精神。政府，并不是不会犯错误，不论中央政府还是地方政府。犯了错误，有能力改正，就是好政府。谁来帮助改正？

人民！只有人民最了解各地政府对人民如何。

所以毛泽东在大会上提出恢复实事求是的优良作风。为什么说要恢复实事求是？因为此前犯了不实事求是的错误。所以周总理那么细致地关心到：人民来访接待室要建在方便上访者来找的地点。所以刘少奇说：现在看各部委的报告，还不如看群众来信来得实在。所以习仲勋说：扣压群众来信、阻止人民来访，是割断群众和党政机关的联系，是封锁中央的错误行为。

在这些往事中可以看到，那片岁月，从党和国家领导人到一般干部，心中是有"人民观"的，这包括对人民的深厚感情，人民立场，以及对人民力量的深刻认识。

"人民，只有人民，才是创造世界历史的动力。"

"群众是真正的英雄，而我们自己则往往是幼稚可笑的，不了解这一点，就不能得到起码的知识。"

毛泽东这些话，曾经深深地印在党政军全体干部和人民群众的心中，成为那个时代很多人的认识，并在很大程度上成为很多人素质的重要组成部分。换句话说，对人民大众的基本感情和看法，即"人民观"。

"接待来访要有善心，要有耐心，要有真心。通过公平公正地解决问题，密切党群干群关系，并获取大量有利于执政的信息。"这是刘日在建议中说的话。

刘日并没有听过刘少奇怎么说、习仲勋怎么说……时光过去了半个世纪，刘日继承下来的就是那对待人民群众的感情，人民立场，那温暖人心的"人民观"。

岁月如流，人事更替。院长、局长、县长……很多职位总是有人继承。如今，很多人继承了那权力，却没有继承下来"为人民服务"的精神，你不觉得吗？

我感觉到，百万上访者的存在，恐怕不是真正的问题。

对待人民的感情问题、立场问题，是真正的问题。

对人民缺乏感情，就会认为，你跑去上访，我警告过你了，叫你不要去了你还去，敢跟我较劲，看我怎么收拾你！行政制裁的办法，法制的办法，以及雇用保安公司的办法都是有的。

如果有权有钱，没有办不到的事，法制有什么用？

在我有限的阅历中，对人民确实深有感情的领导干部远不止是一个刘日，仅在文学领域的领导者和文艺家，前面写到的马烽、陈荒煤、冯牧、秦兆阳、张锲，以及冰心、文怀沙，还有北京市的刘述礼、苏厚汾等等，都是！

也远不止是他们，那里有几代人，在为创造一个新中国而奋斗的一生中，他们确实对人民深有感情，他们的"人民观"已然成为他们的人生观和价值观。

这些非常宝贵，非常有力量的东西，在什么地方丢失了呢？

这是一个问题。一个真正的问题。

第7章
为什么对反腐败依然充满信心

他始终认为,这是做得到的。全党全军全国人民团结起来,真正去反腐败,怎么会治不住腐败呢!我也相信,刘日之说理论上是对的。可是,怎么能使大家都团结起来,同仇敌忾地反腐败呢?

1 如何理解这颗心

本章标题中那个"为什么",是别人问刘日的话。

因为他总是如此充满信心。

有一次,刘日与师学军同乘火车去石家庄,两人在车上谈起有关反腐败的话题。刘日总是说,有办法治住腐败。好像那办法就握在他手里。师学军不禁问他:

"你有什么办法?"

"杀两个人就行了。"

"杀谁?"

"杀两个大贪官。"

"多大?"

"一个省委书记,一个部长。"

说这话时,是20世纪90年代前期,刘日头脑里还没有"经济犯罪不应判死刑"的意识。后来,成克杰、胡长清案发,被判处死刑。成克杰曾任全国人大副委员长,职务比省委书记还高,胡长清是江西省副省长。

这时再问刘日,现在,你怎么说?

刘日仍然说:"有办法治住腐败。"

进入新世纪以来,刘日更注重体制方面的建设性思考。2005年12月6日,他写出《公务员法是我国第一部带有干部人事管理总章程性质的法律》。由此可以看出,刘日关注的反腐败,已不仅是握有大权的高官的问题，而更注意腐败现象对一般公务员的腐蚀。2005年《中华人民共和国公务员法》颁布，刘日认为这是可以用法治推动政治文明、促进干部人事制度改革的重大举措，并在行政学院为把公务员法灌输到本省公务员心中做了许多工作。

这其实也是刘日长期的思考。20年前，我就听刘日一再讲过，最大的腐败并不是哪个人贪污了多么巨大的钱财，而是用人的腐败。后来，他在硕士论文《论卖官鬻爵》里，将古今中外的卖官鬻爵记述得淋漓尽致，他深知买官者付出了成本，必求高回报，如果没有管好选人用人这一关，就会释放出很多腐败官员。

2005年12月6日，他写出《关于完善干部选拔任用制度的建议》初稿，此篇直到2007年6月15日才定稿。撰写此建议，就是期望能有助于从制度上把好选人用人关。

在这篇思考很久的建议中，刘日仍然从坚持原则入文，引述"德才兼备是我党选拔任用干部的基本原则"，并论及这是中华文明的伟大传统。德靠才来发挥，才靠德来统帅，二者不能割裂，不可偏废。

"有德无才办不成事，有才无德办坏事。"正所谓：德才兼备者谓贤人，德胜才者谓好人，才胜德者谓小人，德才兼亡者谓废人。

他建议：要科学地建立"能下"的机制，这非常重要。其中包括领导干部试用期制度，试用不合格者下，以及引咎辞职、责令辞职和弹劾制度等。

他建议：设立"让贤奖"，营造"下"也是贡献的氛围，为"能下"创造宽松环境，使下者心服，上者民服。

他建议：使"民主票决程序化"，科学地建立"能上"的机制。对目前选举中确有拉选票、贿选的问题，他强调一是要坚持民主选举制度不动摇，二是出现什么问题解决什么问题，不能因噎废食、因有虱子而烧掉皮袄。

讲到建立考核体系的问题,他引述了一段孟子的话:"左右皆曰贤,未可也。诸大夫皆曰贤,未可也。国人皆曰贤,然后察之。见贤焉,然后用之。"意思是要从多数人中考察了解一个人,尤其是要认真听取普通群众和服务对象的意见。他在这篇建议中已对任用干部片面强调"年轻化"提出批评。

他详述了长期强调"年轻化"带来的弊端,言辞恳切地写道:"'年轻化'现在已经对我党十分不利,故建议尽快淡化。"

这是一篇系统性的建议,以上我只是蜻蜓点水般引述。

坦率说,我和我的若干朋友,对刘日辛辛苦苦地不断写出的这类建议,虽然觉得是对的,是好的,但也想,类似的文件或者有关文章,难道少吗?刘日说:"少。看起来好像没什么不同,其实不同。"

这使我想起那句著名的"橘生淮南则为橘,生于淮北则为枳。叶徒相似,其实味不同。"刘日常常觉得,"从办公室里长出来的文件"与"从基层实践中长出来的文件"是不同的。

有时,我隐约感觉他像个"堂·吉诃德",并记起爱因斯坦在谈哲学中曾经讲到"堂·吉诃德式的理想",原话如下:

> 哲学是其他一切学科的母亲,它生育并抚养了其他学科。因此人们不应该因为哲学的赤身裸体和贫困而对她进行嘲弄,而是应该希望她那种堂·吉诃德式的理想会有一部分遗传给她的子孙,这样它们就不至于流于庸俗了。

我感觉刘日像个堂·吉诃德,或者说感觉他更像个"文学人物"。有时想,现实生活中有这么一个人,如此顽强地按照他理想的社会去思考，去努力，似乎他生活的周围就剩下他一个人是这么想这么做的了，他依然干劲十足、信心百倍地这么做，而且力求做得完美，这也难得啊！

我们知道，历史上那些"明知不可为而为之"的英雄令后人感佩不已。刘日是吗？他似乎不同，他始终认为，这是做得到的，问题是做不做，肯真正去做，就是可为的。他始终认为，全党全军全国人民团结起来，真正去反腐败，怎么会治不住腐败呢！

我们也相信，刘日之说，理论上是对的。可是，怎么能使全党全军全国人民都团结起来，同仇敌忾地反腐败呢？

就发生在河北的三鹿奶粉事件，还有诸多食品安全事件，还有学术腐败问题，还有从经济界、法学界营垒中揭示出来的腐败问题和出卖中国人民利益的问题，这都不仅仅是官僚腐败问题了。

但是，刘日还是刘日，他依然充满信心，依然孜孜不倦地想办法，忠心耿耿地想办法，试图修漏补缺，试图承继再造……我有时感觉，能在他身上看到女娲，看到精卫……想起小时候听这故事，曾想，女娲补天怎么补呀？炎帝的女儿死后变成一只精卫鸟，每天衔西山石去填东海，怎么可能把大海填平？长大后读到韩愈有诗赞曰："口衔山石细，心望海波平。"忽然就感动了（真有意思，长成大人的时候感动了），因为明白了，我们的祖先创造这个神话，在于告诉我们，人类的高贵就高贵在——即使面对做不到的好事情，仍然孜孜不倦地去做；即使一生都做不到，死后那精神还在飞翔，还要去做！这就是不朽。

那么，我是不是可以这样敬佩活着的刘日呢？

即使刘日的一个个建议，只不过是一颗颗小石子。

2 不应把干部"年轻化"简单化

2008年1月，正当地方领导大换届之际，刘日写出《不应把干部"年轻化"简单化》——这其实只是刘日前面那篇建议中讲到的问题之一。

这次，《南方周末》于1月17日以《对官员"年轻化"出现不同声音》为题，首发刘日观点，立刻引起社会反响。

凤凰新闻电视台时事辩论会随即以《官员"年轻化"弊大于利？》为题进行讨论。接着，发表刘日此文的还有3月27日的《组织人事报》，5月5日的《北京日报》，同年第7期《公民与法治》，第11期《思想政治工作研究》等。许多领导干部找这篇文章来看，不清楚任用领导干部是不是出现了新的信号。

搜狐网、新华报业网、凤凰网、MSN中文网、廉政在线等许多网站转发了刘日文章，网民跟帖无数，不少帖子说"年轻的贪得更狠"。或因此文触动了提拔官员最敏感的那根弦，以致反响不小。

刘日提出："选任干部，首先要看这个人是不是德才兼备，而不是年龄大小。年龄不应是选拔任用干部的主要标准。"他指出一些地方，"年龄是个宝，德才作参考"，流弊甚大。

他说："年龄小只是年轻的一个方面。一个人的年轻，不仅仅指年龄上的年轻，还包括生理、心理、思想、价值观念、精神状态的年轻。"

他说中国历史上，有12岁拜相的甘罗，也有78岁为相的姜子牙；美国历史上，有人19岁当上了市长，有人70岁才当选总统，比如里根；正在中国访问的印度总理辛格76岁了；刚会晤过美国总统的以色列总统西蒙·佩雷斯85岁了，如果他能顺利干到任期结束，离任的时候应该是 91 岁。

他说当代中国提出"年轻化"的邓小平也是个例证，1977 年复出，领导了中国的改革开放，这一年他已 72 岁。

刘日追溯道："1964 年，邓小平同志在全军政治工作会议上，首次提出'年轻化'，他是针对作战部队指挥员年龄偏大的问题提出的。无论对解决军队干部老化问题，还是解决新中国成立以来因干部终身制而带来的地方干部老化问题，'年轻化'的提出，都发挥了重要作用。"

刘日指出：不能把这一权宜之计当作长久之策。

他说近些年来，推进"年轻化"已简单化为"年龄杠杠"，这危害就不止是简单化了。"年龄杠杠"像一把刀，把正直、务实、为民、清廉、才干，这些真正体现领导者素质的硬条件，粗暴地砍掉了。这"年龄杠杠"，不仅在理论上缺乏依据，在实践上也有害无益。

他说："年轻化"是干部用人制度上的一大误区，硬卡"年轻化"弊大于利。

他指出："年轻化"助长了一些干部的短期行为。有的人为了在规定的"年龄杠杠"前得到提升，不惜弄虚作假，搞浮夸，搞政绩工程、形象工程，跑官买官，甚至造谣诬告，雇凶杀人。最近几年，"贪官年轻化"成了一个现象。所谓现象，就不是个别。还有"三十九现象"，就是为了能在 40 岁以前当上副县级领导，不惜铤而走险。

不但如此，"年轻化"这个口号还被有些掌权者利用了，这为某些人的子女、亲友平步青云，提供了堂而皇之的理论根据。

刘日还论述了"年轻化"违反了我国宪法的有关规定。他说：从法律上说，用"年龄杠杠"硬卡，这不仅剥夺了一大批干部在相关岗位上的劳动权，而且剥夺了一大批人才在更高层次上的被选举权，侵犯了相关干部的政治权利。

他说，应该"德才是个宝，年龄作参考"，不能倒过来。他强调："德才兼备，是我们党选拔任用干部的基本原则，也是我们党干部路线的集中体现和核心内容。"

他列举党章第33条规定："党按照德才兼备的原则选拔干部。"公务员法第7条规定："公务员的任用，坚持任人唯贤、德才兼备的原则，注重工作实绩。"因而他理直气壮地说：领导干部的选拔任用应该全面贯彻德才兼备原则。

他还说，"年轻化"的"年龄杠杠"导致了大量处于"成熟期"的人才被闲置和浪费，人才的浪费是最大的浪费。

他说，2010年4月，胡锦涛总书记在宁夏就说过：对那些长期在条件艰苦、工作困难的地方工作的官员要格外关注；对那些不图虚名、踏实干事的官员要多加留意；对那些埋头苦干、注重为长远发展打基础的官员不能亏待。

如果说，早先，刘日更致力于考虑公务员该如何如何，选拔任用官员该如何如何……现在他更致力于直接指出存在的问题、误区和流弊，以期引起大家共同的思考、警惕和纠正。

3 关于如何提高选人用人公信度

由于刘日论官员"年轻化"不能简单化产生广泛影响，此间陆续有记者采访他。2008年3月《中国人事报》记者采访刘日，就胡锦涛总书记在2007年十七大报告中提出"提高选人用人公信度"一说，问刘日有什么看法。

刘日说，总书记这句话是有很强的现实针对性和紧迫性的。

记者再问他，对如何提高"公信度"，有什么想法。

刘日说："关键点在提名这个环节。"

记者问："为什么？"

他说，在目前的体制下，一个干部一旦被主要领导提名，基本意味着被任用。之后的考察、考核等环节，很多时候只是走过场。这种带有"领导意图"的"虚民主"，是对人民群众主体地位的藐视和民主权利的愚弄，严格说是一种违法行为。同时，提名环节也是最容易滋生腐败的环节。

记者：你是说提名权往往控制在主要领导手里。

刘日：是的。而目前对主要领导提名权的监督存在"缺位"和"虚位"现象，致使提名权成为一种绝对的权力。因此规范和把握好提名这个环节，是目前抓住公信度提升的关键点。

他还引述了法国启蒙思想家、法学家孟德斯鸠的一句话："一切有权力的人都容易滥用权力，这是万古不易的经验。"

刘日说，如果对权力规范和监督不力，极易导致用人上的腐败。一方面使权力寻租和权力出租成恶习，另一方面给投机者跑官买官提供了方便。因为投机者只需把几个甚至一个领导干部"搞定"，就能达到升官目的。因此，对"一把手"权力运用的规范和监督，可以有效地从源头上遏制选人用人上的腐败，提高选人用人的公信度。

此外，刘日还把掌握关键性权力的领导者，视为一种经常会受到行贿者侵蚀的"高危职业"者，从防止他们滥用权力和腐败来讲，这种规范和监督是对他们的保护和关爱。

刘日的这些观点，发表于2008年3月7日的《中国人事报》，并发表于4月的《党建》杂志。

至此，刘日对反腐倡廉的建议，总的来说还是比较温和的，重建设，重防范。到2010年，刘日的建议，似乎就更针对官员犯罪的具体情形提出惩治措施。

4 请新提拔干部率先公示财产

这是刘日建议中迄今影响最大的一个建议。

此建议于2009年4月30日定稿后，刘日一如既往地寄送给党中央、全国人大、国务院、全国政协、中央政法委、中纪委、监察部等，并寄送给全国各省（自治区、直辖市）委书记参考。

此建议，国务院参事室《国是咨询》在2009年第3期（总第105期）采用，温家宝总理作了批示。2009年7月20日中央党校《学习时报》首次公开发表，立刻引起强烈反响。国内包括港澳上万家网站纷纷转载、评论、引用；美、法、英、德、新西兰、新加坡、西班牙、捷克、阿联酋等国的媒体也予以转载。由此把中国官员财产公示的讨论再次推向高潮，并有很多县市有了实质性的行动。有人称之，这是2009年中国反腐倡廉制度性建设最有意义的突破。

这篇建议，何以会在国内外产生如此广泛的反响？

但是，仍有非常多的人对此毫无所闻。

他们会说，什么事呀，我怎么一点都没听说。

是的，今日中国有无数短信息传播着各种各样官员腐败的最新消息，连带着讽刺一下、挖苦一下，常是入木三分，且机智而有文采。不管哪个贪官贪贿数额达至多少亿，大家都像听神话，好像也没有痛恨了，反而是读那短信"开心一下"……对于反腐败有积极意义的消息却并不关心，反映的其实就是：不相信。

不相信反腐败有什么用。

甚至不相信那些说法为真。

你说那里有一件事真好。他说：作秀。

总之，没什么东西好了，没什么东西真了，真的就是贪官贪污受贿几个亿，你都别不信，那肯定是真的。

所以，刘日这个建议产生的影响已经在国内外有这么大的动静，仍然有非常非常多的中国人毫无所闻，这是真的。

多年前，我就听刘日讲过："让官员公示财产，这是反腐败最厉害的一招。"

"是吗？"那时，我也不知这一招有什么用，更不知它怎么是"最厉害的一招"。我说，"官员的财产，不也属于个人隐私吗？你让人家公示，不是侵犯人家隐私权吗？"

刘日说："官员掌握着公权力，如果以权谋私，损害的就是公众的利益。他们的家庭财产等信息很可能牵涉到公共利益，所以官员的财产状况就不再属于个人隐私。"

我听得似懂非懂。

刘日又告诉我："在发达国家，维护公共利益不受侵犯和保护官员隐私权之间，各国法律都对官员隐私权做出限制，官员财产的隐私权应当服从公众的知情权，这是国际上早已在法理上和实践上解决了的问题。"

我又问："他隐瞒，不如实报，你怎么知道？"

刘日说："你不知道，有人知道。他的竞争对手知道。'群众的眼睛是雪亮的。'这话没错。只要建立这个制度，他要是利用职权大量敛财，如实报，会暴露；隐瞒不报，会被揭露。所以，这是遏制官员敛财、反腐败最厉害的一招。"

我仍然听得朦朦胧胧,但知道了自己在这方面知识空缺,以致无法判断刘日所说的话题的重量。自此开始注意世界上这方面的情况,然后知道了,瑞典早在1766年就制定了《财产公示规则》,230年前的瑞典公民就有权查阅官员直至首相的财产及纳税清单。英国1883年通过了《净化选举防止腐败法》,这是世界上第一部有关财产申报的法律。美国在1978年颁布了《政府官员行为道德法》,1989年又修订为《道德改革法》,规定故意申报虚假财产信息的官员可被判处最高25万美元的罚款或5年监禁。在二十世纪七八十年代,新加坡、泰国、尼日利亚等国也都实施了官员财产申报制度。

2008年5月7日,梅德韦杰夫在克里姆林宫宣誓就任俄罗斯新一届总统。他在决定让官员申报财产方面也遇到阻力,梅德韦杰夫说:"官员不同意申报就走人。"就在2008年,俄罗斯总统签署的"阳光法案"正式生效。

为什么称之"阳光法案"?

官员财产公示制度,使官员直面群众的监督质疑,包括上任时、卸任时公布财产的对比,对官员行为有很强的约束作用,这就是发动社会力量参与反腐的"阳光法案"。

刘日认为:这是大幅度降低反腐成本的制度设计,是发达国家早已实施多年的公务员管理制度,它的科学性、有效性已被许多国家和地区的实践经验所证明。

在刘日调研的视野里,"目前全世界已有97个国家和地区对'官员财产申报制'立法,而且都取得了较好的效果,是一条公认的成熟经验"。

在我国的情况如何？

刘日告诉我，在他之前，我国早有人提出官员财产公示。

他列举道：早在1987年，当时的全国人大常委会秘书长王汉斌就明确建议建立国家工作人员申报财产制度。1988年，国务院监察部会同法制局，起草了《国家行政工作人员报告财产和收入的规定草案》。1994年，全国人大常委会正式将《财产申报法》列入立法规划。1995年，中办、国办印发了《关于党政机关县（处）级以上领导干部收入申报的规定》。2001年，中纪委、中组部联合发布了《关于省部级现职领导干部报告家庭财产的规定》。这些工作，说明我国在官员财产申报方面有了一些进展。但从中央出台的两项规定看，在效力上，它只是党纪而不是国法。在内容上，只报个人收入，不报家庭财产；只报劳务收入，不报非劳务收入；只向人事部门报告，不向社会公布；可操作性差，人民无法监督。

刘日说：“要求官员财产公示的呼声，已经持续了二十多年。”

据有关专家调查，97%的官员对财产公示持反对意见，而2008年《人民网》做的调查显示，90.1%的人表示赞成。由此，你可看到，这件事要真正实行，阻力来自哪里。

2009年3月"两会"期间，《财经》杂志记者向一位省部级官员提出有关财产公示的问题，被这位官员反问：

"为什么老百姓不公布财产？"

记者听了瞠目结舌，不明白这位高官怎会问出这个问题。

"十几年来，官员财产公示虽经中央有关部门的推动以及全国人大代表、全国政协委员和有识之士联名提议，但由于党内认识不一致，阻力较大，至今未能立法施行。"这是刘日写在建议中的一段话。正是这种情况使刘日一直在思索，这件事可以从哪儿找到一个突破口呢?

2009年4月下旬的一天,河北行政学院组织人事处给刘日送来一份文件,即中组部23号文件。文件指出,省部级和市、县两级党政领导班子和后备干部,将于今年进行集中调整,为进一步治理用人上的不正之风,中央决定加强监督,认真治理多种形式的拉票行为……刘日头脑中一闪:这就是突破口!

为了防止干部"带病后备"、"带病提拔",可建议在这次全国干部集中调整中,让自荐和推荐的"新后备干部"、"新提拔干部"率先公示财产,接受群众的监督和选择。

这里说的"带病",是行政系统常用的术语,指"有腐败问题"。刘日想到这个"突破口",立刻开始写建议。由于长期思之所及,这是刘日写得最快的一个建议。

他文章的第一个小标题就写下:官员财产不透明、群众无从监督是贪贿成风的原因之一。

他不讳言地写道:当前腐败的一个特点是面积广、案件大。据资料显示,全国一年立案80万件,50万人受到党纪、国法处理,而且案件越查越多,越查越大。从已查处的腐败案件看,贪贿数字朝天文数字发展,动辄几百万、几千万甚至上亿。苏州市原副市长姜人杰,贪贿1.08亿元,其中一笔受贿8250万元,创当时全国贪贿总额和单笔受贿额之最。今年2月被判死刑的首都机场原董事长李培英,贪贿1.09亿元,总额超过了姜人杰。很多官员拥有超出其合法收入十倍、几十倍甚至上百倍的财产。之所以产生这么多贪官,贪贿这么多财物,除官员素质等方面的原因外,很重要的一条就是官员财产不透明、不公开,群众无从监督。

如何监督、遏制腐败？

官员财产公示制度就是一把利剑。

当然，这会触动很多官员的既得利益。有些官员的灰色收入、黑色收入一旦曝光，不仅将被没收，还面临牢狱之灾，甚至被送上断头台。所以，我国推行这一制度的最大障碍，主要来自问题官员的抵触和反对。

刘日分析了不赞成的论调主要有四：

一是"个人隐私论"。

二是"害怕露富论"。此论是说财产公开后会遭遇"红眼病"、仇富情结、歹徒琢磨等麻烦。

三是"社会震荡论"。认为在当前我国社会收入差距很大的情况下，将官员的收入（包括灰色、黑色收入）统统公之于众，会引起群众震惊，也势必遭到问题官员的抵制和反对，可能引起社会震荡。

四是"条件不成熟论"。此论在当代中国像个八宝筐，诸多阻碍改革的论调都可用"条件不成熟"往里装。此论就说：金融实名制覆盖不了现金交易，身份信息不够准确，不动产登记制度不完备，境外资产、珠宝、古董等财产因现有技术与配套制度之限不易摸清，信用意识缺失等等，总之条件不成熟，没法搞。

刘日说："老百姓把权力托付给官员，缴纳税金供养他们是通过党和政府'代表'的形式间接实现的，因此不少官员根本不买老百姓的账。他们还没有认识到公开财产是他们对纳税人应尽的义务，也是对纳税人权利的尊重。官员如果不愿意公开财产，那就应该辞职。"

那么，如何能推动官员财产公示呢？

刘日指出：突破口可选在"新后备干部"、"新提拔干部"身上。

因为他们将要"担当重任",所以,请他们率先公示财产,让他们接受新的有利于清廉的官场文化和规则最为合理。这样选出来的干部在群众中也会有较高的公信度。

选择这个突破口好处有三个:

一是绝大多数干部目前不用公开财产,干部队伍会比较稳定,并可大大减少推动官员财产公示的阻力。

二是对想当后备干部、想被提拔的干部来说,率先公示财产,接受群众监督,是理所当然的,他们能够接受。

三是对人民群众翘首已久的官员财产公示制度,毕竟迈出了实质性的一步。

刘日还分析,对这件事,官员的大多数有抵触情绪,人民群众的绝大多数则坚决拥护。在有抵触情绪的官员中,多数人的财产不一定有问题,但他们很不情愿被人监督。少数问题官员害怕非法财产被曝光,真正抵触和反对的,是这部分人。

刘日写道:"我们党是代表最广大人民群众的根本利益的,不是代表少数问题官员的,所以不能因为问题官员的抵触和反对而踟蹰不前。正如不能因为犯罪嫌疑人的反对而不对他们进行审判一样。"

刘日最后写道:"官员财产公示,势在必行!公示比不公示好,早公示比晚公示强!"他甚至列出推行官员财产公示制度的时间表。

1.2009年在全国党政领导班子后备干部集中调整中,先请"新后备干部"、"新提拔干部"率先公示家庭财产。

2.2009年调研、起草《公务员财产申报法》,广泛征求意见,做好2010年3月提交全国人民代表大会审议的准备。

3.2010年3月全国人民代表大会正式讨论通过《公务员财产申报法》,"十二五"初(2011年1月1日起)在全国实行。

这篇建议自中央党校《学习时报》公开发表后，引起强烈反响，引发网上热烈讨论。有人称之"是个充满政治智慧的好主意"，也有讥讽的、反对的。以下先说反对意见。

2009年11月4日，邵道生先生的署名文章见于新浪网，他认为刘日此文出了个"馊主意"，文章标题就是《新官率先公开财产的主意有点馊》。

邵道生是中国社会科学院社会学研究所研究员，最高人民检察院专家咨询委员会委员，中共中央纪律检查委员会特约研究员。他在文章中不仅批评刘日的主意"有点馊"，还系统地概括出四个"有点"，文章说："这个主意有点馊，有点歪，有点势利，有点本末倒置。"接着分别论述——

"说其有点馊，就是因为这个主意是在刻意回避矛盾，想给不愿意公开财产的'权势层'一个台阶，让他们能无限期地拖下去。

"说其有点歪、不公正，就是因为这个主意压根儿就违背了'在法律面前人人平等'这一条。为什么新官、老官不能一起来？

"说其有点软、势利，就是因为这个主意有拣软柿子捏的嫌疑。明眼人一看便知道，这个主意之所以在新和老上做文章，主要是新官因为其新而不敢讨价还价，好啃；而老官因为其根基深，反抗力度大，难啃，于是就找一堆唬人的理由，放置一边，以后再说。这种实用主义色彩也未免太浓了一点，拣软柿子捏的势利做法未免也强了一点。

"说其有点假、本末倒置，就是因为这个主意忘掉了反腐败实质就是秋后算账。如今的贪腐大案，几十万的巨额不明财产是常例，几百万几千万亦是屡见不鲜，而这个官员财产申报制度就是用来对付这个巨额财产不明的。对巨额不明财产来说,谁的可能性最大,当然是老官而不是新官。

"所以,很没有必要来一个什么新官率先公开财产的'过渡措施',来贻笑大方。"(以上引用包括标点,原文照录。)

平面媒体的讨论也激烈,如2009年7月24日《检察日报》发表盛翔的《"让新官先公示财产"有辱公众智商》一文,文中就直接写道:"从新官开始的官员财产公示,在一开始就是一种取悦公众的形式主义,公众一定会拒绝愚蠢的鼓掌。"

也有人说,"把财产公示的范围仅限在新官,无疑是隔靴搔痒。"还有人说:"为什么不叫大官公示财产,岂能搞一党两制。"有关"专拣软柿子捏"的说法,远不止邵道生先生一人提出,或许算得上是个颇有代表性的说法。

我问刘日,你对'软柿子说'怎么看?

刘日说,这可不是软柿子啊!你看,这次集中调整的领导干部,并不包括刚参加工作不久的低级别公务员,而是副省长提省长,副部长提部长,市长提副省长,副县长提县长,或作上一级别的后备干部,这些人都是强中之强,是最有实力的。

刘日还说,其实,每次新提拔上来的领导干部,都是竞争力最强的,他们都是硬柿子里面最硬的,如果说我是专拣硬柿子捏,那算是说对了。

我问刘日:"你真觉得这办法对反腐倡廉很有效吗?"

"是。"他说,"你看,新后备、新提拔干部,都有自荐、推荐一说。如果没有公示财产这个制度,清廉的官员多半是竞争不过有问题官员的,因为他没有大钱来送。为什么这些年,老百姓和干部们都眼睁睁地看着越是贪的官越提拔得快!有了公示财产制度,你要想上,就要公示财产。有问题官员，他没公示财产的时候，可能没人揭发他，一公示，有人一看不对，问题就来了。隐瞒，一经揭发，查实，那不仅是没收财产，还将被撤职，连原来的官职都没有了。他是否去竞争提拔，就要考虑。清廉的干部则可以理直气壮地公示财产，参加竞争。"

"所以，有遏制贪官再升支持清廉官员的好处。"

"对。反腐倡廉，重在起用、重用清正廉洁的干部。坚持这么做下去，改变好官和贪官的比例，让好官多起来，就有希望。"

至此，您是否感觉到了刘日的良苦用心？

在很多人对腐败都麻木了的日子里，对反腐败不抱希望的日子里，刘日却像一个永远守在值班室里的人，一直在想方设法地遏制腐败，支持清廉，永不放弃，永不失望……而且，做这些事，几乎都是不在其位而谋其事，能有实质性作用吗？

5 制度与人心

我们再听一下赞同者的声音——

2009年7月23日，搜狐网上有篇文章题为《一个无法被拒绝的建议》，文中说："谁是刘日，我不知道，但他这主意好！"

好在哪里？作者说："在多年来的财产申报呼吁中，决策者们总是能找到一些借口使这项建议束之高阁。而刘日的建议容不得你搪塞拖延，让你找不到任何理由拒绝他的建议。"

文章还说，"无论果子有多么好吃，如果你找不到下口的地方，你永远也尝不到果子的香甜。刘日告诉你品尝果子的下口处。容不得你说这果子没法吃了。"

2009年7月24日，乔中彬在中国法院网论述了让"两新"干部公示财产"具有法理依据"。他说：

> 法的契约论是法律思想产生的基础理论之一，是法律思想大厦中的重要组成部分。早在古希腊就已存在。柏拉图在《理想国》中论述的国家正义观中就首次提出了法律来源于社会契约的思想。可以说，法的契约论是整个法律大厦的基石。正如英国法学家梅因在《古代法》中所指出的，"所有进步社会的运动，迄今为止，是一个从身份到契约的运动"。作为自由合意的产物，契约关系所反映的生存方式和生活态度是：社会关系的双方是理性的，须承认并尊重对方的独立人格。以个人独立为基础，以个人自治为内容，以个人利益为目的；平等的讨论和自由的选择，是社会交往最基本的形式；对他人的支配，须以双方一致同意的条件为前提；每个人都须独立地对自己的判断和行为负责，人须自助，然后社会助之；契约关系必然表现为法律关系，在一个需要相互协作的社会，能够把无数独立而平等的个人维系在一起的只能是法律。这样，契约便成为社会关系产生的基础、连结的纽带、根本的内容和实现的方式。
>
> 当然，笔者不想在这里回顾很多法的契约论的知识，只是说，让"两新干部"公布家庭财产据有契约的味道。这就是说，想当"两新"干部，这就是"要约"；而公布家庭财产，这就是"承诺"，属于充分的自由合意，完全是意思自治。想"当"就公布，不想"当"就不公布，并非强加于"两新"干部。如果非要认为公布家庭财产就算是侵犯了隐私权不可

的话，那就应当放弃当"两新"干部，岂不悠哉自在？因此，像这样既符合人民的愿望，又在法理之中的建议若能早日实行，岂不快哉乐哉！

2009年12月29日，中共辽源市委党校网发表董北锋《我对"新官率先公示财产"的思考》。文章说，批评刘日的绝大多数是主张全面构建官员财产公示制度者，他们与刘日，其实"属于同一种政治观点"。分歧在于：是一步到位的"全面构建"，还是以"新官率先"为突破口。由此认为这是"两种实施方案之争"。

有个自称LY的作者在搜狐网上写了一篇文章，我不清楚这位LY是否读过董北峰的文章，可以确知的是，LY显然不认为这是两种实施方案之争，甚至不认为二者属于同一个战壕。

LY撰文说："有人（包括一些影响很大的学者）不同意刘日的观点，认为财产公示应该所有领导干部马上都搞。我觉得这些人虽然名气更大，但不如刘日有政治智慧。如果王汉斌提出这个问题的当年，我党就有这样的智慧，今天不公示财产的领导干部恐怕没有了，中国政治早已是另一番景象了。"

我也不知此文作者是谁，但感觉此人此论不一般。此文题为《齐之以刑还是道之以德》。这题意出自孔子说的"道之以政，齐之以刑，民免而无耻；道之以德，齐之以礼，有耻且格"。意思是说，用政令治理，用刑法整肃，百姓只求能免于刑罚，却无廉耻之心；用道德引导，用礼制教化，百姓不仅会知耻，且有归服之心。这位隐身的LY说，"全部实行财产公示和后备干部率先公示，两种策略之间的差别，不是坚决彻底和妥协退让之间的差别，而是齐之以刑和道之以德之间的差别，是乱国与治国之间的差别。"

LY 何以把上述二者说成是"乱国与治国之间的差别"？

有这么严重吗？

试想，拿着一个眼下无法实施的方略，论说其如何最好，然则百言百当，一事无成，结果只能任积弊日深，必致国乱。刘日的贡献就在于找到了一个突破口，可望由此突破，影响全局。这不是乱与治的区别是什么？这是一句非高士不能言的话语啊！

LY 何以要讲"齐之以刑还是道之以德"的区别呢？

LY 说："让后备干部公示财产，实际上是给干部们自己选择的空间，你是选择荣耀还是耻辱，这本质上是激发干部们的道德自主性。而等真正廉洁、想干事业的干部脱颖而出，落在没有公示财产的干部身上的舆论压力就会越来越大（在目前 97% 官员反对的情况下，真正的舆论压力是不存在的：公众的压力是虚的，而且所有官员分担；等真有相当一部分自己群体内的人做到财产公示的时候，压力才会变得真实：别人做得到，为什么你做不到？莫非你有问题？）不出几年的时间，大多数领导干部都已经是财产公示的干部了。而且你会惊喜地发现，领导干部的道德水平上了一个大台阶。"

腾讯、新浪等大型网站曾分别对此做过"民意调查"，各网站的调查均显示，大多数民意对"两新干部率先公示财产"持赞同态度。其中腾讯网的调查情况如下：

1. 正方：官员应该主动公开自己的财产状况，否则就应该辞职。70477 票，占 95%。

2. 反方：官员财产不是必需主动公开，没有公开也无需辞职，他们也有隐私权。4055 票，占 5%。

中新网2010年3月1日报道,中共中央组织部部长李源潮日前表示,探索建立拟提拔干部廉政报告制度是防止干部带病提拔、带病上岗,促进干部廉洁从政的创新举措。各级组织部门要与纪检机关协同配合,研究制定有关办法和措施,在试点的基础上,总结经验逐步推行。

中共中央《2010—2020年深化干部人事制度改革规划纲要》提出:"要探索建立拟提拔干部廉政报告制度。"并写道,"2012年前进行试点,条件成熟后逐步推行。"

到2010年5月12日,全国实行"新提拔干部"率先公示财产的有10地,分别是浙江省平湖市、重庆市江北区、湖南省浏阳市、湖南省衡阳市、黑龙江省明水县、宁夏银川市、重庆市开县、河北省石家庄市、浙江省岱山县、江西省黎川县。

到2010年10月12日,实行"新提拔干部"率先公示财产的已有31地,涉及12个省(市),7个地级市。其中浙江省最多,有11地。

有人说,这是一场大的博弈,也是2009年全国最大的一个新闻事件,理由是引起了国内外媒体和人们持续的关注和热烈讨论,并对二十多年来难以突破的官员财产公示有了实质性推动。我能理解,刘日有许多事能推得动,做得起来,因深得"天下难事必作于易"之妙。其实,这个"易"所推动的却是一个比请官员公示财产大得多的事。

改革开放三十多年来,中国经济已经取得举世瞩目的成就,这就更加迫切地要求上层建筑要有与经济基础相适应的变革和建设,否则,就会反过来使经济基础产生深刻的危机。让官员公示财产是反腐败的重要制度建设,迟迟不能得到突破性进展,就使整个改革开放事业遭遇极其严峻的挑战。刘日建议中选择的这个突破口,终于出现了我们现在看到的这番情景,这就是刘日的贡献。

前面,乔中彬论述让"两新"干部公示财产"具有法理依据",LY 论述"齐之以刑还是道之以德",都是难得的好文章。前者有利于约束目标群体的行为,后者还有利于官员的精神建设。无论是反腐败,还是一个国家的政治队伍建设,最重要最根本的并不在于打击什么,而是建设什么。换句话说,迫切需要请新提拔官员、后备官员率先公示财产。在这里,"率先"的重大意义,并非他们"更容易"就范,而是确实需要他们率先垂范。需要伴随着这个制度性建设,建设一支新的廉洁奉公的官员队伍,我国的改革开放事业才有希望,才有朝气蓬勃的气象。因为我们这个人口众多的民族,需要有一大批真正优秀的先锋队,才会在各行各业、各个领域带领全体人民实现我们民族的伟大复兴。因此,在今天这个党风政风乃至社会风气均遭遇严重挑战的历史关头,在我国改革遇到严重挑战的历史关头,更重要的不是去历数改革出现多少积弊,干部队伍中出现多少腐败,而是确实需要有一大批真正优秀的新提拔官员和后备官员,勇于担当,勇敢地踊跃地光荣地成为支持这个制度性建设的模范。在这个请两新官员率先公示财产的建议中,其实有一条通过公平正义的制度性建设达至造化人心的通途。这就是刘日建议中选择这个突破口的大意义。

6 对巨额财产来源不明罪的修改建议

刘日提出请"两新干部"率先公示财产,并不意味着他不重视反腐败。2010 年 7 月 6 日,刘日写出《关于对刑法第 395 条第 1 款"修正案"的修改建议》。这个建议,与刘日建议请新提拔干部公示财产是相联系的,此建议直接对"巨额财产来源不明罪"从法律上去阐述。也许，一些腐败的官员们将越来越把刘日视为他们的敌人了。

这件事情最近的基本情况是：2009年2月28日全国人大常委会会议通过的刑法修正案（七）规定："国家工作人员的财产、支出明显超过合法收入，差额巨大的，可以责令该国家工作人员说明来源，不能说明来源的，差额部分以非法所得论，处五年以下有期徒刑或者拘役；差额特别巨大的，处五年以上十年以下有期徒刑。财产的差额部分予以追缴。"

刘日认为，这样修改存在很大缺陷，应该再修改。

刘日阐述说，巨额财产来源不明罪设立的初衷，主要目的是为了打击职务犯罪，惩治腐败。现在对巨额财产来源不明罪的最高法定刑期只有10年，财产被没收而已，法定刑过低，这将会导致其惩罚经济犯罪的功能大打折扣。

在公布的腐败案件中，"巨额财产来源不明"已经成为一个非常引人注目的名词，而且"巨额"有越来越巨之势。在已经查处的贪腐案件中，说不清财产来源的数额特别巨大。例如：

贵州省交通厅原厅长卢万里受贿2559万元，另有价值2651万元的财产不能说明合法来源。湖南省郴州市原市委书记李大伦涉嫌受贿1434万元，另有不明来源的巨款1765万元。郴州市原市委副书记、市纪委书记曾锦春个人及家庭的财产折合人民币6009.45万元，其中有折合人民币960.75万元的巨额财产不能说明合法来源。河北省抚宁县国土局原局长苏志安受贿400万元，另有1248.62万元和3.92万美元不能说明合法来源。

凡是"不想说明的"财产都可以放进这个奇大无比的"筐"里，重罪可以变轻罪，死罪可以变成10年刑期，成为贪官规避法律、减轻罪责的挡箭牌。该罪法定刑的设置明显与当前的反腐败形势不符，不利于将廉政建设推向深入。

刘日接着阐述了如此设置的法定刑,不能体现罪责刑相适应原则,无法实现判决公正。他指出,巨额财产来源不明罪对社会的危害程度主要表现在犯罪数额上,其法定刑的设置也应该重点体现罪与罚的量的适应关系。现在没有充分体现犯罪数额大小对量刑的影响,反而使最高一级的犯罪受到最低一级的刑罚。

为什么这么说?

与贪污贿赂罪相比,巨额财产来源不明罪隐瞒了财产来源,包庇其他犯罪者,其危害程度甚至要大于贪污贿赂犯罪。但是,现在按相关法规,涉嫌巨额财产来源不明罪,数额在30万元以上的才予立案,而刑法对贪污罪的处罚规定是:"个人贪污数额在十万元以上的,处十年以上有期徒刑或者无期徒刑,可以并处没收财产;情节特别严重的,处死刑,并处没收财产。"在实际中,查处的巨额财产来源不明的动辄几百万、几千万元。以巨额财产来源不明800万元为例,依贪污罪处罚标准,够得上判处无期徒刑甚至死刑,而依巨额财产来源不明罪处罚,最多只能判处10年有期徒刑,两相比较,罪刑不均衡显而易见。

刘日还指出,巨额财产来源不明罪法定刑过低导致的反激励效应,与我国刑法的基本精神相悖。

他说,贪污受贿10万元以上的,最低法定刑为有期徒刑10年。巨额财产来源不明的数额无论多大,仅能适用10年以下有期徒刑。这使得巨额财产来源不明罪在一些案件中不仅没有起到遏制和打击职务犯罪的作用,而且在司法实践中造成了坦白犯罪事实的,按照贪污贿赂罪类处罚得重;沉默抗拒不交代犯罪事实并无法查清的,按照巨额财产来源不明罪反而量刑轻。客观上鼓励了抗拒,奖励了"不说明者"，巨额财产来源不明罪的规定与刑法总则关于自首制度的基本精神，严重背离。

例如，广西苍梧县原县委书记李彬受贿 26 万元被判处有期徒刑 8 年，而来源不明巨额财产 108 万元，仅被判处有期徒刑 1 年。来源不明的巨额财产数额是受贿数额的 4 倍多，但该罪的量刑仅为受贿罪的八分之一。安徽省阜阳市原市长肖作新，因贪污受贿 120 万元被判处无期徒刑，其 1600 多万元的巨额来源不明的财产被判处 5 年徒刑，数罪并罚，合并执行无期徒刑。黑龙江省牡丹江市公安局原局长韩健受贿 98 万余元，一审被判处无期徒刑，因有 2150 万余元的巨额财产不能说明其合法来源，另有 435 万余元的不明款项所生孳息，被判处 5 年徒刑，数罪并罚，被判处无期徒刑。肖作新、韩健因缄口得以保命，如果实招则可能被判处死刑。由此可见，巨额财产来源不明罪的规定与刑法的基本精神背道而驰。

接着，刘日列举了世界上有些国家和地区对巨额财产来源不明罪是按贪污罪处罚的。如新加坡《反贪污法案》第 4 条规定，在公务员不能说明其财产合法来源时，一律视为贪污所得。印度《1988 年防止贪污法》第 13 条规定，公务员对其超过合法收入的财产，不能作出令人满意解释的，按贪污罪论处。

我国香港 1971 年《防止贿赂条例》第 10 条规定的"官方雇员拥有来历不明财产罪"……一经公诉程序定罪，可被判罚款 100 万港元及监禁 10 年，并责成其向政府退回无法解释的财产。香港的规定没有按照贪污罪处罚，但其规定中的处罚高于贪污贿赂罪，以此来遏制官员大肆敛财。

鉴于上述情况，刘日建议：将刑法第 395 条第 1 款"修正案"修改为："国家工作人员的财产或者支出明显超过合法收入，差额巨的，应当责令说明来源。本人不能说明其来源的，以非法所得论，予以追缴。非法所得财产折半后比照贪污贿赂罪量刑。"

修改理由如下：

1. 为什么把原文"可以责令说明来源"中的"可以"改为"应当"？因为"可以"表示许可，"应当"即应该，表示理所当然。对国家工作人员涉嫌巨额财产来源不明罪，司法机关理所应当责令其说明来源，从而使司法机关由"可以"自由选择是否责令其说明来源，变成一种职责和义务，以防止选择性执法生成腐败。

2. 为什么将非法所得财产折半后比照贪污贿赂罪量刑？之所以这样设计是因为：（1）该罪中的巨额来源不明财产，很大程度上是国家工作人员利用职务之便贪污受贿所得。这是个基本判断。（2）不排除巨额来源不明财产中有一部分是灰色收入，虽不合法，但尚不构成犯罪。（3）因该罪具有推定的性质，犯罪嫌疑人不说明，司法机关又不易取证，如果把不能说明来源的巨额财产全部按贪污贿赂罪量刑，处罚过重，可能会部分冤枉犯罪嫌疑人，从而冒错罚甚至错判的风险，有悖于法的公正精神。（4）本着"宁纵勿枉"的原则，非法所得财产折半后比照贪污贿赂罪量刑，其刑罚比"修正案"规定的最高刑期10年要重，但比新加坡、印度等国轻，比较适中、稳妥。

最后，刘日写下：以上是对这个复杂问题简便易行的处理办法。

7 关于反腐败重奖和保护举报人的建议

这是刘日2011年7月4日写出的建议。

此前三天，胡锦涛总书记在庆祝中共建党90周年大会上的讲话中说："坚决惩治和有效预防腐败，关系人心向背和党的生死存亡。"

并说,"如果腐败得不到有效惩治,党就会丧失人民的信任和支持。"

刘日此项建议也是他思之已久的,与他的前几项建议是一个系统工程。刘日当然不是不知腐败迄今已有多么严重,他在建议的第一段话中就写道:"腐败泛滥,我党危险。不下猛药,积重难返。"

他说:"人民群众的眼睛是雪亮的。反腐败若能吸引广大人民群众积极参与,定能大获成功。而重奖举报人则是调动广大人民群众反腐败积极性的一个法宝。"

他介绍了国外对于举报人的奖励制度,比如美国法律规定,整个罚款的1/4用于奖励举报人。他说我国可以借鉴,将腐败分子犯罪追缴额的20%奖励给举报人作为合法收入,并严格保密。这会吸引广大群众积极参与,使腐败分子没有藏身之地。因此建议解放思想,大胆重奖举报人。

他阐述了重奖举报人与我国最高人民检察院曾有的举报工作规定精神相符。最高人民检察院《人民检察院举报工作规定》第57条规定:"举报线索经查证属实,被举报人构成犯罪的,应当给予举报人一定的精神及物质奖励。"

怎么奖呢?

第58条规定:"应当在举报所涉事实追缴赃款的百分之十以内发给奖金。每案奖金数额一般不超过十万元。举报人有重大贡献的,经省级人民检察院批准,可以在十万元以上给予奖励,数额不超过二十万元。有特别重大贡献的,经最高人民检察院批准,不受上述数额的限制。"

也就是说,按最高人民检察院的规定,对有特别重大贡献的举报人,经最高人民检察院批准,奖金可以超过20万元,不封顶。这说明重奖举报人符合最高人民检察院有关规定的精神。

他进一步论述了重奖举报人的合理性。

他说有人认为，把犯罪追缴额的 20% 奖励给举报人太多。

是不是太多，不妨做个比较。

刘日把它与彩票中奖作比较。

奖金比较。2009 年 10 月 8 日，河南省安阳市一位彩民花 176 元钱，获得奖金 3.599 亿元（当时是中国第一巨奖）。而以贪贿数额巨大的中石化原董事长陈同海案为例，陈犯罪数额 1.9573 亿元，案发后，陈退缴了全部赃款。假设有人举报了此案，按犯罪追缴额的 20% 奖励，举报人可得 3914.6 万元，相当于安阳彩民所得的 10.88%。与彩票中奖相比，将犯罪追缴额的 20% 奖励给举报人就不算多了。

风险比较。哪个风险大？显然是举报贪污受贿犯罪风险大。举报人向腐败分子挑战，是冒着很大风险的。因为他所面对的可能不是一个人，而是一个利益集团，并有一般犯罪团伙所不具有的权力、资源优势。如果保密工作做得不好，举报人及其亲属就有可能受到各种伤害，甚至付出生命。而投资彩票，充其量就是损失几十元、几百元、几千元的问题，没有其他风险。

性质比较。举报贪贿腐败是为了维护公平正义，为了国家和集体利益，是时代良心的彰显，是爱国主义的行动。而投资彩票，在某种意义上说是一种带有赌博性质的行为。

彩票能奖这么多，举报腐败为什么不能重奖呢？

重奖举报人不仅是对他们的鼓励和高风险补偿，也可激发广大人民群众与腐败作斗争的积极性。

他还论证了重奖举报人利国。

国家治理腐败，暂且不说在政治上获益无限，单从经济损失的挽回上说，国家得到的好处也是大头。

仍以陈同海案为例。陈犯罪追缴额1.9573亿元，按20%奖励举报人，国家还得80%，可挽回经济损失1.5658亿元。假如此案揭发不出来，国家经济损失1.9573亿元，一分钱也挽不回来。如果我们真正把反腐败提高到"关系人心向背和党的生死存亡"的高度去认识，奖励举报人20%就可以接受了。

由于举报人确实存在风险，甚至是生命危险，刘日还建议要尽快制订《举报人保护法》。

他指出，这并不是从零开始，我国《宪法》第41条就有如下规定："对于公民的申诉、控告或者检举，有关国家机关必须查清事实，负责处理。任何人不得压制和打击报复。"

但现实中落实得并不理想。据最高人民检察院统计，从上世纪90年代开始，全国每年发生的对证人、举报人报复，致残、致死案件由不足500件上升到现在的1200多件。

改革开放30年评出的10个反腐名人中，有9个遭到报复。

此外，各类变相打击报复举报人的行为，因其手段"合法"，行为隐蔽，难以界定，一直处于法律救济的边缘死角。

我国有关举报人权利保障条款散见于《刑法》《刑事诉讼法》《人民检察院刑事诉讼规则》《公安机关办理刑事案件程序规定》等有关法律和司法解释之中，内容分散简单，原则笼统，可操作性差，不能满足对举报人保护的需要。

主要问题表现在：权利义务不明确，保护程序缺失，保护范围和罪名适用主体狭窄，预防性保护内容空洞，刑罚较轻。如我国刑法对于报复陷害举报人的行为，量刑过轻，只处2—7年有期徒刑，不足以震慑违法者。而美国对该罪处罚的最高刑是死刑。

此外，我国法律没有对恐吓举报人的行为进行界定。而恐吓举报人和证人的行为，在很多国家都是严重的刑事犯罪。

我国至今没有一部专门的举报人保护法。

而保护公民举报权是国家的责任。

国家不能不负这个责任。

保护举报人的合法权益和人身安全，不是发个行政文件就能做到的事。因此，刘日建议尽快对举报人立法保护。他提出应明确以下几个方面：

第一，明确举报人的权利义务及受理机关的职责义务。健全泄密、失职责任追究制度。

第二，泄漏举报信息应规定为刑事犯罪。香港法律规定，泄露举报人身份或者报复举报人，属于刑事重罪案件。出于保护举报人的考虑，香港廉政公署实行"单线联系制度"，只有负责调查该宗案件的调查员才会获准查看投诉内容，其他廉署职员无权查看该宗案件任何机密档案。从1974年香港廉政公署成立至今，没有一名举报人因为信息外泄而遭报复。借鉴香港经验，建议将泄漏举报信息的行为规定为刑事犯罪，严格追究泄密责任。

第三，保护举报人是一个世界性的话题。联合国和很多国家都把对举报人的保护，纳入到证人保护体系内。我国需要完善举报人保护机制。

目前我国对举报人保护的原则是："向谁举报，谁就负责保护。"人民检察院、行政监察机关、党的纪检部门等应强化对举报人的保密责任，这至少包括以下五点：

1. 受理举报线索之时，就应当对举报风险等级进行评估，及时启动对举报人的保护程序，明确保护方式和保护期限等。

2. 当举报人发出人身安全需要保护的求助时，公安机关应当立即出警处置。检察机关可根据举报人的申请,监督公安机关对举报人提供的紧急保护。

3. 对匿名、实名举报一视同仁,提倡利用科技手段进行网上密码举报。

4. 借鉴国外经验,举报人身份由检察院掌控,举报信息只作为侦查线索,不作为证据移送法院,也不进行当庭质证。

5. 因对举报风险等级评估失误,或因推诿、失职保护不力造成举报人伤亡的,要严肃追究受理举报机关及责任人的责任,受理举报机关应承担相应的赔偿责任。

第四,严厉打击报复陷害者。包括以下五点:

1. 扩大报复陷害罪的主体范围,将国有公司、企业、事业单位,以及人民团体中从事公务的人员,也纳入报复陷害罪的主体范围。

2. 把"报复陷害的对象"从举报者本人拓宽为举报者的近亲属及与之关系密切的第三人。

3. 在保护内容上设置举报人经济补偿制度,举报人因举报而遭到财产损失的,有要求国家予以补偿的权利。

4. 降低对报复陷害罪的立案标准,把对举报人严重的恐吓、威胁行为纳入打击范围。

5. 对打击报复举报人情节严重,致人伤残、死亡、精神失常的,最高刑从现在的7年提高到无期徒刑。

刘日的关于反腐败重奖和保护举报人的建议,国务院参事室《国是咨询》2011年第7期予以刊登。国务院参事室主任陈进玉批示后上报国务院,国务委员、国务院秘书长马凯作了批示(批到国务院法制办、监察部)。刊登刘日这篇建议的还有:中央党校《理论动态》

第 1899 期，国家发改委《改革内参》2011 年第 36 期，《河北检察》2011 年第 10 期。

作为朋友，我总是最早读到刘日这些建议的人之一，接受教育和洗礼。当然，早先读之都不免想，这个人不在其位而思其事、言其事、谋略其事，也实在是宽广得出奇，后来渐渐觉得，他就是干这件事的，似乎是上帝派他来干这件事的。

毛泽东在文章中就讲到过"上帝"，是这么说的："我们一定要坚持下去，一定要不断地工作，我们也会感动上帝的。这个上帝不是别人，就是全中国的人民大众。"

这句话写在《愚公移山》里，该文是毛泽东在中国共产党第七次全国代表大会上所作的闭幕词，这是在当时和今天都令人难以想象的——《愚公移山》，中共七大的闭幕词？全文含标点只有1660余字，可思议乎？

8 关于规范高管年薪和实现共同富裕的建议

2011 年 7 月 19 日，这是刘日写出关于反腐败重奖和保护举报人那个建议后的第 15 天，刘日又对规范我国"国企高管"的年薪提出建议，此建议的后半句是"实现共同富裕"。起初，我以为前半句是实质，后半句是"口号式"，读完，细想，才知不然，后半句也非常实际，且分量更重。

先说前半句。我国国企高管的年薪，有多高？

已高到很多人听了不敢相信。

高到很多人得知那是真的之后，心中便生出一个疙瘩来，不理解这样的事怎么会出现在中国共产党领导的社会主义制度下，不认识这个社会、这个制度了。

国企高管的年薪有多高？刘日试举几例：

中海油董事长1204.7万元

中国银行信贷风险总监1101.9万元

紫金矿业董事长762.74万元

华远地产董事长758.17万元

中集集团总裁684.64万元

华发股份董事长663万元

格力电器董事长年收入4000万元

格力电器总裁年收入3988万元

此处表述的"年收入"，包括年薪和个人所占股份的收入。

刘日在文章中还写道，发达国家高管的工资，一般是本企业10%的最低收入职工平均工资的1.6—3倍，高的是5—6倍。他还援引了学者刘植荣调研文章中列举的发达国家高管工资最低者的数据：挪威国企老总工资仅比徒工工资高1倍，瑞典国企老总的工资仅比门卫工资高1.35倍（见刘植荣《看瑞典和挪威的工资分配》）。

"而我国国企高管工资是最低工资的98倍。"刘日写在文中的这句话，也引自刘植荣文章（《国家应尽快出台工资法》）。

我曾问刘日，这"98倍"怎么算出来的？

刘日说，刘植荣没有说明这98倍是怎么算出来的。刘日算了一下，他说，2009年全国总工会的一项调研显示，约17.3%的职工每月只拿1000元左右薪酬。若按一个职工每月挣1000元，1年挣1.2万元计算，中海油董事长年薪1204.7万元，这就是1000倍。

当年吴仪副总理曾说自己的年薪是12万元，还包括保姆费。那么，中海油董事长年薪是国务院副总理年薪的100倍。

刘日以上列举的我国一些国企高管年薪的数据，并非秘密，均已见诸媒体。这些数据，以及刘日文章中引用的其他数据，在不同学者的研究中可能因计算方法的不同而有差异。再者，国企与国企之间的情况也不同，比如资源性垄断企业与主要是通过研发产品开发市场的电器企业，就有很大不同。任何一种数据，我们都可以质疑。但我国一些高管的工资高得离谱是没有疑问的。

按国际惯例，国家任何部门的公务员都无权给自己定工资、涨工资，必须经过国会等国家机构批准。美国总统权力再大，也没有给自己定工资、涨工资的权力。我国国家领导人也没有权力自己给自己涨工资。但多年来我国国企高管却是自己给自己定工资、涨工资，他们的天价年薪，既不符合按劳分配原则，也没有法律上的依据。

如果毛泽东知道了，他会不会说：这是压在我国职工头上的一座大山！

社会主义中国的分配制度，怎么会出现这一幕呢？

仅仅是"高管"自己给自己定工资就能定成这样吗？

我对中国企业的关注，至迟在写出《无极之路》后就聚精会神地投入踏访调研了。那时，我们熟悉的称法还是"国营企业"。为什么称"国营企业"？共和国诞生之初，为发展工业使贫弱的祖国强盛，全国农民勒紧裤腰带，"价格剪刀差"将大量财富转移到工业上，这样的企业就称"国营企业"。其含义是"全民所有，国家经营"，即这财富是全民所有的，国家代表全民经营。所以，"国营企业"这个概念是对的。

随着改革开放的推进，"国营企业"被改为"国有企业"，虽然只有一字之改，但是，"全民所有"没有了，这样的国字号企业跟农民没关系了，跟城市居民也没关系了。一句话，跟民没有关系了，是"国有"的了。这一字之改，把原本全国人民在艰苦奋斗、低报酬高奉献的社会主义建设时期，共同创造积累起来的属于"全民所有"的财富，掠夺了。

你不同意这个说法吗？那么请你撰文批评！

这一字之改，谁的功劳？

一些经济学家是有功劳的。

"高管"这个名词，也是经济学家的文明词汇，按老百姓的世俗说法就是"企业老总"。

即便"国营"变"国有"，那也是国家所有啊！"高管"们的工资凭什么可以高出员工工资如此之巨？

这是什么主义，什么制度？

刘日在建议中推荐说，学者刘植荣对世界183个国家和地区工资制度的研究成果，对于我们完善工资制度、制订工资法有重要参考价值。从中我们知道，世界上绝大多数国家建立了"可比性工资制度"。也就是说，各行业、各职业的工资标准要有可比性。按照国际惯例，工资对比有三个参照系：一是人均GDP，二是法定最低工资，三是全国人均工资。

刘日引用了刘植荣《世界工资研究报告与借鉴》等文章中的若干数据，如：美、英、法、日、加拿大、瑞典、挪威、新加坡等八个资本主义国家，企业高管年薪平均约为本国人均GDP的2.1倍，是最低工资的5.5倍，是全国平均工资的2.2倍。其员工最低工资，约是人均GDP的58%（我国是25%），是社会平均工资的50%（我国是21%）。

刘日写道：我国是一个工资管理混乱、行业收入差距很大的国家，原因是我国没有一部工资法。我国有近八亿劳动者，偌大的劳动力市场，仅靠一些部门的规章和意见，显然是管不好的。刘日因此建议要尽快制订《中华人民共和国工资法》。

其中，特别重要的是：要建立"可比性工资制度"。

这就首先要健全最低工资制，因为合理的最低工资标准，是可比性工资制度的基础，它决定着全国从业人员的平均工资和各个职别的工资标准。

按国际通行的标准，最低工资不应低于人均 GDP 的 58%，是社会平均工资的 50%。不能再低了，再低就会在社会中造成人对人的歧视，社会就会缺少祥和，就会不安定。

如果没有全国"可比性工资制度"，就无法缩小一个国家的贫富差距，就很难维护社会稳定，很难维护一个社会的公平正义。

我国的现实状况是：现行法定最低工资标准过低，这是我国劳动者收入过低的重要原因。这在一定程度上，已反映制定最低工资标准的话语权，是向掌握财富和权力的领导层倾斜，而不是向底层劳动者倾斜的。

刘日认为应采取"小步快跑"的方法，大幅度提高最低工资标准，尤其要大幅度提高农民工收入。努力把我国最低工资标准调整到世界平均水平，即人均 GDP 的 58%。

所以，制订工资法的原则是：对私营企业员工规定必需的最低工资，对国企公职人员限制最高工资。

前者的目的是防止私企给员工的工资过低。

后者的目的首先就是约束高管自己给自己定过高的工资。

通过限制过低与过高，使工资差距不要过大。

刘日还指出，同工同酬的原则，在国际上也是基本的公平原则，也是我国仍然应该坚持的原则。此原则应平等地适用于公职人员、国企职工与私企职工。即便是正在管制中的犯罪分子也应当同工同酬。我国刑法第 39 条规定："对于被判处管制的犯罪分子，在劳动中应当同工同酬。"

刘日建议，要建立国企高管（公职人员）阳光工资制度。国企高管的年薪、奖金应向全体职工公开，接受群众监督。职工工资增长应与国民经济增长同步，国企高管年薪增幅不应高于职工平均工资的增幅。国企最高领导层的工资，应经国资委同意报人大批准。

至此，你可感到，刘日这个建议，更广阔的关注点其实是他建议的后半句，"实现共同富裕"。也就是胡锦涛总书记在庆祝中国共产党成立 90 周年大会上的讲话中说的："加大收入分配调节力度，坚定不移走共同富裕道路。"

中国有近八亿劳动者，健全合理的法定最低工资制度，涉及最大多数人民利益。指出国企高管的天价年薪问题，只是指出这种不合理现状的最典型的部分。

刘日关心大多数平民的生存利益，不是口头关心，而是通过对国内国外历史和现实状况的调研，去恭谦地学习和汲取诸多爱国学者的研究成就，去一笔笔地计算贫富差距和减少贫富差距的办法，然后一次次锲而不舍地提出建议，目的就是坚定地维护走共同富裕的道路，而这是共产党的奋斗目标。

你可以不同意刘日的见解，你也可以反对刘日。

而我不能不说，刘日是这样的一个人。

要理解刘日，也的确不是很容易。

比如，怎么看待一个人的能力？你难道不承认人的能力有大小吗？有的人能力很强，他有能力获得很高的工资，你难道要限制他吗？那还有什么积极性可言？那不是要回到改革开放前吗？哪里有什么"共同富裕"？那不是要回到"共同贫穷"吗？

那么，在人的能力和公民权利之间，怎么看？

二者之间是矛盾的吗？有冲突吗？

什么是市场法则？什么是丛林法则？

有没有官场法则？

中国的分配制度，今天主要是根据什么法则？比如国企高管的天价年薪，根据哪种法则，属于哪种法则？

如果限制了国企高管的年薪，是限制了他的能力吗？

我曾经在法国、意大利、德国、奥地利等我们称之的资本主义国家，用心地访问过该国人群的收入差距，知道很富的人和很穷的人，都是有的。就人口而言，二者都占社会的少数，所谓"两头尖中间大"，这"中间大"指大多数人。这大多数人的收入差距不大。

应该说，这些国家都是重视人的能力和创造力的，他们又是如何做到大多数人的收入差距不大呢？

无论是外国人和在外国的中国人，都告诉我：税收，在其中起了很大作用。换句话说，国家的管理系统及其作为，起了很大的调节作用。最简单的说法，对高收入者征收不同等级的高税，对低收入者收低税或免税，对没有收入者救济之。

这是不是对更有能力者和有资本者的剥夺呢？

事实上，高收入者，其收入中必然含有更多的对社会和自然资源的占有，而每一种社会和自然资源都是人人生而有一份的。能力大者更多地使用了这些资源，能力小者就使用得少。而资源是有价值的，政府有责任把能力大者——通过使用了更多的资源——所得到的收益，通过征税和再分配方式，转移到能力小的人们身上。如此才有社会的公平。大多数人收入差距不大，才是那个社会比警察更重要的维护社会稳定的因素，也是一个国家保障社会稳定的低成本投入。

在我国国情下，国企高管的工资应当高到多少为宜？

刘日提出了一个"双控理论"。

一控是与本企业职工工资比较，高管最高工资不能超过本企业10%的最低收入职工平均工资的8倍。前面说过，发达国家高管工资一般是1.6—3倍，高的是5—6倍。我国高管工资若高到8倍，不低了。如果要提高高管工资，就首先要提高企业最低收入职工的工资。

另一控是国企高管年薪目前应以30万元封顶为宜。这是与全国劳动者的工资对比，高管工资不应超过我国劳动者年均收入的20倍。我国劳动者的年均收入若按1.5万元（实际不到）计算，乘以20倍就是30万元。

为什么要封顶？基于"对私企员工规定必需的最低工资，对国企公职人员限制最高工资"的原则，便务必对国企高管最高工资封顶。但刘日同时认为应设"特别奖金"，此奖金不仅适用于高管，也适用于所有职工。其建议如下：

"对有特殊贡献的职工和国企高管，可另设特别奖金。职工的特别奖金数量，在征求广大职工意见的基础上，由国企领导班子研究确定；国企高管的特别奖金数量，在征求广大职工意见的基础上，由国企领导班子研究后报国资委批准，数额较大的应再报人大批准。"

改革开放走到今天，今日的"国企"与从前的"国营企业"已大不相同。通过改革重组，剩下的国企多数是国家垄断企业，其优势从整体上说，主要不是通过市场化的努力获得令人羡慕的高效益，而是通过行政权力、通过资源性垄断经营获利。当然，高管开发产品和市场的能力，对企业的管理和建设能力，对于国企的盛衰仍具有举足轻重的作用。国企高管奉命管理国家重要企业，身肩重任和光荣使命。但目前高管的天价年薪淹没了其职责的光荣，而成为国民的众矢之的。无论是共产党员还是人民大众都不认为国企高管的天价年薪是合理的。因为目前高管的天价年薪，那"过高"的部分，其实是把国有财富搬迁到高管私人腰包的行为，其危害之甚还在于它的"公然"性，是对国家财富的公然侵吞，是国有体制内存在的一种畸形的"私人侵吞行为"。

按刘日的说法，"各级人大应加强对国企高管（公职人员）收入的调查和监督，以使他们的收入更加合理。"并说，"凡是没有经过人民代表大会批准的国企高管的工资，都是非法的。"

我与我的好友宫魁斌、师学军各自阅读刘日这个建议，我们通过电话探讨，发现彼此都有以下共同的看法：我国高管年薪该拿多少合适，我们并不认为刘日建议的参考数量就是最合适的，这是一项可由专业人员去研究去论证的工作。就我国所有高管的天价年薪加起来，其总和对我们一个国家而言，也不是不能承受，问题的严重性在于——

所有国企高管无一例外都是共产党员，这种不合理不合法的侵公肥私行为公然存在，对社会人心的伤害，对中国共产党领导下的社会主义制度的伤害，是深刻的。

其次，这种事令人惊骇的并不是国企高管的年薪，而是：国企高管都是政府任命的，政府有权也有责任规范其工薪——不像对私企老板，不便干预其工资，可是国企高管自己给自己定天价年薪竟然如此存在多年，没有人管，这是令人惊骇的。

再次，国有大型企业掌控着国家重要资源，这样做本身并不错，很多发达国家也是这样做的。但我国国企高管年薪像现在这样，便成为有些不怀好意的人要解体国企的口实，成为攻击中国政府及其社会制度的口实。国企高管天价年薪，其实是我国管理体制上一个明显的漏洞。

刘日此建议，如同他的其他建议一样，仍然是在试图修漏补缺。所以我们感觉，刘日一直是这样一个试图"补天"的人。

刘日写出这个建议的时间是2011年7月19日。9月17日，大洋彼岸，美国发生了"占领华尔街抗议运动"。到10月16日，这个"抗议运动"已波及82个国家和地区的951座城市。刘日于9月21日给有关领导又写了一封信，其中写道：

> 这些年来由于分配不公，我国的工资差距可以说是世界上最大的了，这样下去国家的安全与稳定会出大事，不仅会影响到改革的成败，也会影响到人心的向背。我国各地因分配不公引发的群体性事件时有发生。我党务必对分配不公引起高度重视，不能再放任贫富差距继续扩大下去了。
>
> 2011年9月17日起，美国纽约爆发一场名为"占领华尔街"的民众抗议运动。起因于财富分配不公、贪污腐败、利益集团化等等。
>
> 解决分配不公，从哪儿入手？城乡差别、地区差别、行业差别，一时都较难操作，只有规范国企高管年薪最易于操作。对国企高管的天价年薪，工农反对，公务员反对，老干

部反对,军人反对,本企业内部的员工也反对。他们拿高薪,既没有法律依据,也没有群众基础。所以,选此为解决分配不公难题的突破口,必会对全局发生积极影响。迈出这一步,让人民看到国家解决分配不公问题的行动,可增强人民信心。

请留意,在这件事上,刘日再次选择"规范国企高管年薪"为突破口,来解决分配不公这个社会大难题,指出这是较容易做到的。这是刘日面对纷繁复杂的难题,常常采取的一个基本思路。从前,建议坚持"少杀慎杀"原则,面对需要解决的诸多司法积弊乃至修改刑法,这就是一个较容易被付诸行动的突破口;把修改计划生育政策凝练为"奖一放二禁三"六字,易理解易操作;建议"请两新干部率先公示财产"……等等,都是选择从"易"处入手。这里有值得我们高度重视的政治智慧。

从渊源看,这活生生就是中国伟大的哲学家老子的"天下难事必做于易,天下大事必做于细"。老子在这里说的是"必",这"必"便包含着必然如此、必须如此,是对规律的认识。违背它,没有不失败的。毛泽东的军事思想中,寻找敌人的薄弱环节,集中优势兵力,先打分散孤立之敌等等,都是"难事必做于易"的典范。

毛泽东的智慧从哪里来,老子的智慧又从哪里来?就这个"难事必做于易"的"易",本是中国最古老的经典之一,也是人类最早叩问哲学之门的巨著《易》的名称。易,充满着变化,十分考量你驾驭万事万物的智慧。你想要多,反而得到少。你想要有,反而得到无。你想全面实施,反而一事无成。反之,从易处入手,细处入手,却可以从无到有,节节推进。所谓千里始足下,高山起微尘,就是这样的诗意描绘。

以此看，要解决大的难题，务必寻找比较容易做的事为突破口，这不仅应该成为我们的一种基本工作方法，还应该成为我们的一个基本思想原则。它植根于悠久的中国文化沃土，我们应有这样的中国文化自觉和文化自信。

2011年8月17日，河北省省长陈全国在刘日《关于规范高管年薪和实现共同富裕的建议》上批示："刘日同志的建议很重要，请赵勇、杰辉同志阅研。"常务副省长赵勇、副省长张杰辉也分别作了批示。

2011年8月1日，新疆维吾尔自治区党委书记张春贤办公室给刘日写了一封来信，信文说："张书记在工作非常繁忙的情况下认真看了您的来信，并批转自治区有关领导阅。遵嘱回信转达张春贤书记的问候，并向您表示感谢。祝您身体健康，工作顺利，阖家幸福！"

此后，刘日的关于规范国企高管年薪的建议，于2011年10月16日被新华社《国内动态清样》采用。2011年11月4日，国务院总理温家宝作了重要批示。接着，《人民日报》于11、12月共7次发表文章进行讨论。

见报的首篇文章是：2011年11月11日，《人民日报》发表《央企高管薪酬不能自己说了算》。在这篇报道的末尾，还配发了一段〔链接〕，其文如下：

> 广东新广国际集团，一家曾经坐拥40亿元资产、主业"劳务输出、外企服务"居全国第三的国有企业，却在短短几年间陷入亏损22亿元的困境。集团董事长、总经理吴日晶亦因涉嫌受贿2790万元、挪用公款4680余万美元，于今年10月被送上法庭。广东省检察院办案人员透露，新广国际集团

董事会仅3到4人，吴日晶长期独占董事长、党委书记、总经理三大要职，"仅凭一句话、一个批示，就能随意调动数亿资金。"

有人曾提出"高薪养廉"。看看这几个国企高管，有高薪，还受贿数千万元。中石化原董事长陈同海也是高管，他贪贿1.9573亿元。到底要多高的薪酬，才能养住他们的"廉"！从世界范围看，像丹麦、芬兰、新西兰、瑞典、冰岛、荷兰、瑞士、加拿大、挪威等被认为廉洁的国家，都没有实行高薪制。刘日很感慨：在我国，"高薪养廉"的主意到底是怎么出来的呢！

印度的甘地曾说："对一个空肚子的人来说，食品就是上帝。"甘地还说，"凡是积聚财富或囤积财富超出自身合法需要的行为，都是盗窃行为。"

毛泽东则说："贪污和浪费，是极大的犯罪。"在我看来，毛泽东把"浪费"说成是"犯罪"，并不是指没有节约，而是看到有人因穷困而生存艰难乃至死亡，有人却占有大量超出其所需的资源并极尽奢侈地挥霍，这就是犯罪。

刘日在建议中还这样写道："企业是创造社会财富的，企业家是决定企业竞争力的核心要素。企业应由懂经营、会管理、善开拓、能创新的真正企业家和职业经理人管理。对不胜任的'官员企业领导'应及早予以调整。"

在一般人想来，企业高管是有高级管理才能的人。我国情况却有特殊。因为国企高管职位已成"肥缺"，成了有关部门安排干部的好去处。"仕途走不通了，去拿几年钱吧！"这成为一种潜规则。所以，最要紧的还不是高管拿了多少年薪。刘日概括为："拿高薪，误大事。

这是最要命的！"

刘日这篇关于规范国企高管年薪的建议，还刊登于国务院参事室《国是咨询》总第125期，国家发改委《改革内参》2011年第40期，中央党校《理论动态》第1910期，河北省委党校《河北省情研究》2011年第6期。

9 关于解决我国分配不公问题的建议

2010年3月18日，刘日写出《关于解决我国分配不公问题的建议》（时间早于上述两个建议）。无论古今，给国家建言献策，"万言书"就不算少了，刘日这个建议有"两万言"，不仅厚重，而且沉重。细读之，前半部至少可称是一个相当真实而忠诚的国情报告。随后的建议，或能催生出阅读者更英明的思路。

我将其建言开篇第一段实录如下：

> 改革开放以来，我国经济高速增长，人民生活水平普遍提高。但近年来居民收入差距持续扩大，分配不公问题日趋严重，引起了广大群众的普遍不满和社会各界的广泛关注。为解决这一问题，建设和谐社会，党中央和国务院出台了一系列改善收入分配的政策措施，并取得了一定成效，如取消农业税、增加农产品价格补贴、建立最低工资制度、提高养老金水平、建立覆盖城乡居民的社会保障体系等。但主要依靠对低收入阶层转移支付的收入再分配机制，并不能从根本上解决收入差距扩大的问题。部分人群收入不合理、不合法的过快增长才是问题的主要方面。造成这部分人群收入非正

常快速增长的主要原因是分配不公。尽快解决分配不公，不仅对穷人有利，对富人也有利，是党和国家的当务之急。以下通过列举诸类分配不公的现象，分析形成分配不公的原因，提出解决分配不公问题的建议。

请留意，按刘日上述最后两行文字的提示，本篇建议主要包括三大部分：一是分配不公的现象，二是分配不公的原因，三是解决分配不公问题的建议。

我先简述第一部分。

刘日采用了基尼系数来判断分配平等程度，认为这个国际通用的方法具有一定的科学性和可比性。按基尼系数判断分配平等程度的指标，一般认为，基尼系数若低于 0.2 表示收入过分平均，0.2—0.3 表示比较平均，0.3—0.4 以下表示相对合理，0.4 为警戒线，0.5 为危机线，0.6 为动乱线。

我国基尼系数从 2000 年开始，突破了 0.4 的国际警戒线。2004 年为 0.47，2006 年升至 0.496。据中国人民大学和香港科技大学的联合调查，2007 年中国内地的基尼系数已经高达 0.53 或 0.54 左右。我国基尼系数呈危险的攀升态势。

根据世界银行《世界发展报告 2006》提供的 127 个国家近年来收入分配不平等状况测量指标，基尼系数低于我国的国家有 94 个，高于我国的国家有 29 个，其中 27 个是拉丁美洲和非洲国家，另两个是亚洲的马来西亚和菲律宾。

按基尼系数由低到高的顺序，我国与几个拉美和非洲国家并列第 95 位，成为少数收入分配高度不平等的国家之一。

如果用收入最高的 10% 居民家庭的平均收入，与收入最低的

10%居民家庭平均收入之间的倍数作为衡量收入差距的指标，根据国家发改委《促进形成合理的居民收入分配机制》的调查显示，2007年我国大约是23倍。这个比例远远高于所有发达国家和大多数发展中国家，也高于我国更早时期（1988年为7.3倍，1995年不到14倍）。

刘日在建议文章中还写道："根据王小鲁研究员的研究，2006年，城镇最高与最低收入10%家庭间的人均收入差距约31倍。城乡合计，全国最高与最低收入10%家庭间的人均收入差距约55倍。中国实际收入差距要远大于统计数字。"王小鲁研究员是中国改革基金会国民经济研究所副所长。

分配不公产生的现象，其实随处可见。真正的问题是：是否视而未见。比如城乡间收入差距不断拉大，这是分配不公造成的，还是说"谁叫你们农村人落后，能力差，只能如此"？

改革开放初期，城乡发展都较快，差距不大。1998年后国家把大量资金投放在城市建设上，差距逐年扩大。城乡收入比：1998年为2.51倍，2003年为3.23倍，2008年扩大到3.31倍。

我国2.26亿农民工，进城务工经商，把劳动创造都投在城市，农村甚至比从前更萧条。进城务工农民工月均收入966元，一半以上的农民工月收入在800元以下，其中500元以下的占19.67%，500～800元的占33.66%，只有一成农民工的月收入超过1500元。由于国家统计局计算城镇居民收入时采用的可支配收入这一统计口径，不包括城镇职工所享有的公费医疗、教育补贴、养老待遇等项收入，所以，城乡收入的实际差距还要大。

地区间收入差距，不仅是东西部差距大，2008年农村人均纯收入最高的上海11400元和最低的江西2723元之比是4.19倍。

行业间收入差距十分突出。

1978年行业的平均工资最高和最低比是1.8倍，2000年跃升至2.63倍，2002年为2.99倍，2005年是4.88倍。据人力资源和社会保障部统计，目前，电力、电信、金融、保险、烟草等行业职工的平均工资是其他行业职工平均工资的2—3倍，如果再加上工资外收入和职工福利待遇上的差异，实际收入差距可能在5—10倍之间。

在世界上，2006—2007年最高和最低行业工资差距，日本、英国、法国约为1.6—2倍，德国、加拿大、美国、韩国在2.3—3倍之间。我国恐怕是行业、职业之间工资差距最大的国家。

据中国青年报《2008年银行员工薪酬排行 浦发人均45万排第一》的报道，在14家上市银行中，浦发银行、民生银行和中信银行的人均薪酬最高，各为45.62万元、39.82万元和34.61万元；人均薪酬最低的工商银行、交通银行和建设银行分别为13.04万元、14.79万元和15.36万元。

据新华网《百家券商去年人均薪酬29万元》一文报道，2008年国内100家券商人均薪酬约29万元。我国高工资行业与低工资行业的工资差超过了40倍。而国际上公认的行业间收入差距的合理水平在3倍左右，超过3倍则应加以调控。

企业内部的收入差距悬殊。

据北京调查，有30%的在岗工人工资在平均工资的50%以下。五矿营口中板有限公司一名合同工月工资不足800元，一年一万不到，而该企业的总经理年薪150万元。企业领导人的工资高于一般工人几十倍甚至上百倍，还有车补，逢年过节还要"分红"。2009年全国总工会的一项调研显示，17.3%的职工每月只拿1000元左右薪酬。

在这个建议中刘日谈到企业高管年薪，他引中国网2008年4月14日、新浪网2007年4月27日，以及大旗网2008年3月21日的报道，分述如下：

税后，招商银行行长446.18万元，浦发银行董事长158.5万元，华夏银行行长103.89万元。税前，深圳发展银行董事长2285万元，民生银行两位高管年薪均在1000—2000万元之间，中信银行行长648.6万元，中国银行董事会秘书561.87万元，华夏银行监事会主席234.71万元，建设银行行长177.4万元，工商银行行长125万元。神华集团两位副总裁均为304万元，西南证券总裁197.47万元。宁波银行一副行长616万元，2009年该行年薪超过百万的高管达10人。2007年，中国平安保险常务副总经理的年薪4813万元，董事长的年薪高达6616万元。

企业与机关事业单位的退休人员收入差距大。

到2006年底，全国机关事业单位人员退休金平均高出企业两倍多，随着津贴改革的到位，差距还将进一步扩大。国有企业的总工程师、总经济师、总会计师等，退休后拿到的养老金还没有机关事业单位退休的清洁工高。

例如，有一对夫妻，丈夫退休前是某公司的总工程师、经理，职称是高级工程师，工龄近40年，他退休后的月收入是1008元。其妻原为农村妇女，后受惠于落实知识分子政策，随丈夫进城，在环卫局做环卫职工，后又转正并提前退休，工龄12年，她退休的收入是每月1300元左右。

2006年公务员工资调整后，机关具有高级职称的退休职工工资是企业高中级职称退休人员的4—6倍多。差距还表现在死后不同价。依照2008年丧葬抚恤标准，企业补发2个月平均工资；而机关和事业单位则补发20个月工资再加600元补助费。

"新贵家族"迅速暴富，此问题非常突出。

据有关报道，2005年，山西一煤矿矿主以3700万元的价格买下北京最贵的别墅。随后，一次性购买20辆"悍马"越野车，为本家族15岁以上成员各配一辆。有的富豪乘坐的私家汽车，价值2400余万元。2009年中国奢侈品消费已超过美国，成为世界第二大消费国。美国《纽约时报》2006年2月26日转载联合国的数据说："据联合国统计，（中国）大陆有18%的人口每天生活费支出不足一美元。"刘日据此计算出绝对数为2.35亿贫困人口。以上数据即使大打折扣，贫富差距也是一目了然，十分惊人的。

此问题，远不止是刘日关注，已有很多学者关注，表述或引用的有关数据各不相同，或有很大差异。但有一点认识基本一致，即我国已成为贫富悬殊很严重的国家，从前已然消灭的两极分化问题灭而复炽，严重考验着社会人心的忍受力，使党内外很多有良知的灵魂深为忧虑。

以上是刘日建议中三大部分中的第一部分。

现在简述第二部分：造成分配不公问题的原因。

刘日指出的主要原因有三：

一是初次分配过于不公。

二是垄断行业收入过高。

三是违法收入过多。

这三个"过"，构成了过分的分配不公。

治病要找到病因。打仗要明确具体战役的目标。把一个看起来遍布全国的分配不公问题透析出三大原因，相当于分解出应当去攻克的三大战役，这就使一个隐藏在社会内部的复杂的问题清晰起来。

刘日所说的"初次分配不公",较细致地列举了许多数据,我细读之,以为可以分作两个方面,其中之一是:在多种分配方式并存的分配制度下,技术、管理,特别是资本所得不断提高,财政收入大幅增长,而劳动收入所占比重不断降低。

再说一遍:

资本、技术、管理所得不断升高。

政府财政收入也大幅增长。

留给劳动者的收入则不断降低。

请看国家统计局2009年《中国统计年鉴》的数据:二十年来,我国劳动工资收入占GDP的比重几乎是逐年走低,1978年15.61%,1991年15.26%,1996年12.76%,2000年10.74%,2005年10.8%,2008年11.21%。

新华社发布的一幅根据劳动和社会保障部材料绘制的图表显示,我国工资占GDP的比例,1989年是16%,2003年则下降到12%。按经济学家萧灼基的估计,20世纪80年代初是15%,到2005年已经下降到12%。

郎咸平教授说,我国2009年工资水平占GDP的8%,是全世界最低的工资收入。每小时的工资收入:德国全球第一,30.6美元;美国第二,22美元;泰国是2美元;中国是0.8美元,世界最后一名。

二十多年来,我国经济一直高速增长,但劳动者工资增速却远远落后于GDP的增速。我国工资只有美国的5%、日本的4.17%。在制造业,中国劳动力价格比印度还低10%。

再看外国劳动、资本的收入占GDP的比例——

美国工资约占58.31%,资本要素约占16.6%。英国工资约占55.27%,资本要素约占21.9%。在发达的资本主义国家,国民收入的大头分配给了劳动者而不是资本，这是我国没有做到的。就连经济比较落后的国家，工资占GDP的比例也比我国高，如南美洲占38%，东南亚包括菲律宾、泰国占28%，中东大概占25%，非洲占20%以下。

在发达的资本主义国家，科技、管理和资本的要素都不比我国差，但国民收入的大头分配给了劳动者，而不是资本。

为什么？这是值得我们深加研究的。

我们的制度上写着"社会主义"，我们是主张以按劳分配为主体的，但这个主体地位虚置了。我国劳动工资收入占GDP的比重过低，不仅制约了居民消费，也影响了扩大内需。

"初次分配不公"另一个方面的问题，出在税收上。

在个人所得税收入中，高收入者的贡献率并不高，中低收入的工薪阶层反而成了纳税主体。刘日认为这涉及国家税收管理制度上的缺陷。它包括："分类所得税课税模式有缺陷"和"税率设计不合理"。这是出在税收上的问题之一。

为什么不设计得更科学一些？

此外，据税务机关资料显示，在北京市常住的外国人口中，主动申报纳税的占80%，而应缴个人所得税的我国公民，主动申报纳税率为10%。主要靠隐性收入的高收入阶层漏税率很高，年收入12万以上的纳税人，实缴只占应缴的12%。民营企业主为逃税，工资拿得很低，把各种费用计算到公司成本，同时把个人收入隐藏在公司利润中。我国个人所得税只占税收总额的6.25%，而美国和欧洲，个人所得税所占总税收的比例都超过50%，是税收的主体。

财政部官员表示，目前65%的个人所得税来自工薪阶层，这与大多数国家的所得税税源结构有很大差别。在新加坡，占人口总数20%

的富人缴纳了93%的个人所得税，个税基本取自于富人。西方国家的个人所得税也主要取自于富人。如美国个人所得税的纳税主体是那些年收入10万美元以上的群体，这些人缴纳的税款占全部个人所得税总额的60%以上。

出在税收上的另一个问题是：该征的税费没征或没征到位。

为什么矿老板能迅速暴富？这与矿产资源产权制度缺失有直接关系。据中国社会科学院学部委员张卓元的文章，"我国15万个矿山企业中，仅有2万个矿山企业是要付费取得矿山开采权的，其余绝大部分是通过行政授予无偿占有的。"

为什么能够"通过行政授予无偿占有"？

那里是真正的"无偿占有"吗？

矿老板同"行政授权"者之间有怎样的关系？

是苍天知道，还是矿井知道？

张卓元还指出，"我国矿产资源补偿费平均率为1.18%，外国一般为2%—8%。我国石油、天然气的费率为1%，远远低于美国的12.5%和澳大利亚的10%。2005年以来，国家多次调高了矿产资源税率，如对河南、安徽、山东等八省区煤炭资源税额每吨上调2—4元，但这个幅度仍然太低，只占其价格的1%左右。"资源价格成本构成不完全，是矿产行业取得暴利的主要原因。

刘日所说造成分配不公的第二大原因是垄断行业收入过高。

"目前，我国垄断性行业与竞争性行业之间的收入差距，已发展到畸形的程度。"刘日说。

他援引了王小鲁的研究数据：2005年电力、电信、石油、金融、保险、水电气供应、烟草等行业共有职工833万人，不到全国职工人数的8%，但工资和工资外收入总额估算达1.07万亿元，相当于当年全国职工工资总额的55%，高出全国职工平均工资水平的部分约9200亿元。以此计算，电力等垄断性行业职工平均工资是其他行业职工平均工资的21倍多。

"我国垄断行业的高收入主要不是来自这个行业人力资本的平均水平，也不是来自他们的努力，而是来自于垄断。"此语出自中央党校报告《国企一般员工收入分配不公突出》。

垄断行业占有国家重要资源，享有国家特许经营权，一方面垄断市场定价，以不容消费者置喙的方式，挟持价格政策，攫取超额利润；另一方面垄断利润分配。按说垄断行业的垄断利润和特许经营所得本应通过利润、税收上缴国家，但是目前没有做到。

为什么没有做到？

我们能够以一句"由于目前市场和分配机制不健全"来解释这个分配不公的存在吗？

如电力部门以不容消费者插嘴发言的方式收费，然后转化为本垄断行业的高工资高福利，造成的不仅是分配不公，而且包含着对消费者与国家资源的掠夺。

我国垄断性国企上缴国家的利润，最高是盈利的10%。而国际上，一般是盈利的33%—67%，欧洲国家是50%。

中国行业之间工资的巨大差距，主要是由垄断因素造成。拿超高工资者，对全国劳动者亦有掠夺性侵占。这是人们普遍不能接受的。但人们又能怎么样呢？这里就有政府管理应该去做的工作，放着这么明显的分配不公问题，没有去作为，应该是失职吧！

再看行政性垄断行业的内部，收入差距也很大。

资料显示，石油、电信等垄断企业内部的收入差距已经接近5

倍，个别企业最高收入者与最低收入者的差距接近100倍。这还仅仅是根据税务部门的统计数据得来的，其中尚未包括巨大的隐性收入。由于所谓的"隐性收入"通常和基层员工无关，企业内部的收入差距更加明显。这反映出，人的精神在公平上一旦失衡，不公平就会体现在一切角落，无孔不入。

刘日所说分配不公的第三大原因是：违纪违法收入过多。

此项也可分为"将公共资金间接转化为个人收入"和"直接贪污受贿的收入"两项。

前者至少表现在以下四个方面：

一是国有固定资产投资大量转化为私人所得。据王小鲁《灰色收入与居民收入差距》一文介绍，每年我国都要进行数额甚巨的国有固定资产投资，如2006年国有和国有控股企业投资就达4.5万亿元。通过对项目的层层转包、营私舞弊、偷工减料，一部分人中饱私囊，迅速获得巨额非法收入。据有些项目的情况，施工单位实际用于工程的投资还不到工程拨款的三分之一。许多已知的"豆腐渣"工程，大桥、大楼垮塌事件是上述"恶劣转化"造成的超短命工程。

二是将财政拨款据为己有。2006年6月4日《京华时报》报道，每年中央转移支付有超过一半没有纳入地方的财政预算，脱离了人大的监督，有的还脱离了政府的监督。据王小鲁文章，2005年估计全国约有5600亿元没有列入地方财政预算，其中有一部分通过直接或间接的方式归入个人腰包。

三是社保基金。这方面的管理漏洞也非常大，2006年查出的上海市非法挪用社保基金数十亿元案件就是明证。

四是土地收益的转化。在土地征用和转让过程中，地方政府得到了丰厚的收益。如2005年扣除征地和开发成本，地方政府在土地征用开发过程中至少获得收益2080亿元。这些本该用来补偿失地农民和用于社会长远发展的土地收益，在多数情况下则作为地方政府的额外收入花掉了，严重缺乏监督，其中一部分为某些群体个人所得。以上见于王小鲁的另一篇文章。

关于"直接贪污受贿的收入"，刘日指称，主要表现在"行政权力腐败"和"金融腐败"两个方面。

行政权力腐败。在市场经济中，房地产业、矿山资源业、金融证券业以及能源产业等领域，官商勾结、权力寻租成为一种普遍现象。有些地方官员入股煤矿、铁矿等，如山西省运城市原公安局长段波涉贿2449万元，干股分得2000万元。

工程建设领域竟将"行贿款列入建筑成本"。为获得工程，将工程造价的5%—10%列入"公关费"预算用于行贿，已成为公开的秘密。部分项目甚至1/3工程款用于行贿。四川省乐山东能集团董事长王德军，通过向政府官员行贿，以138万元的超低价买得价值8330万元的两座煤矿，还以4000万元买得价值4.6亿元的国有资产。海军原副司令员王守业，曾任解放军总后勤部基建营房部部长，索贿受贿1.6亿元。

"中国金融第一案"石雪，贪污2.6亿元，挪用公款1.2亿元，伪造凭证诈骗14亿元，非法集资24亿元。上海市普陀区长征镇原镇长王妙兴，贪污受贿1.08亿元。还有前面提过的苏州市原副市长姜人杰、首都机场集团公司原董事长李培英等人贪污受贿都过亿。

2006年前后，湖南省郴州市官场发生地震。市委书记李大伦被判死缓、市长周政坤被判无期、市委副书记兼纪委书记曾锦春被判死刑、副市长雷渊利被判20年、宣传部长樊甲生被判19年、组织部长刘清江被判18年,全因腐败"落马"。有人调侃说:这真是个"团结的班子"。

2004年9月10日《人民日报》海外版报道:"自中国改革开放以来,大约有4000名腐败官员或其他人员逃往国外,带走了约500多亿美元的资金。"按当时的汇率,等于带走了4000多亿人民币,平均每个贪官卷走一个亿,而且能够逃脱。

金融腐败。据王小鲁文章,全国正规金融机构的贷款,在正常利息之外的额外付费已经成为一项潜规则。借贷人要在每笔贷款的正常利息之外付出的额外费用和为了维持与金融机构的"良好借贷关系"而付出的"维持"费用,合计占到9%。2006年全国金融机构发放贷款22万亿元,刨掉一半算是大企业的,剩下的11万亿乘以9%,大概是1万亿元。据估算,仅2006年,额外付费给全国金融机构及其相关人员带来的违法收入可能高达1万亿元。

综上,在国民收入分配体系中存在着巨大漏洞和制度缺陷。制度不健全、管理粗放导致的腐败是收入分配不公的主要原因。刘日认为,必须加快公共管理体制改革,建立健全政府管理制度,从体制上消除腐败滋生的根源。

刘日接着写下建议的第三部分:解决分配不公问题的建议。

这个部分,无疑凝聚着刘日精心思考的心血,无疑很有参考价值。但我斟酌后还是选择:不介绍也罢。

作为朋友,我曾经称赞刘日:"你的一些办法可能还真有点用。"他总是认真地说,"这不算什么。"

我说，什么意思？

他说，只要有心去做，这些办法，谁都想得出来。

我于是感觉到他说的"不算什么"，不是谦虚。很多问题，那缺陷就暴露在那儿，谁看不见？只是留在那儿，才有个"方便"，什么叫"后门"！他说，有的不作为，是有意不作为；有的是屁股在那岗位上，心思不在工作上。如果心思在工作上，比我想的更好的办法都会有的。所谓"非不能也，实不为也。"

于是我想，虽然，有长期基层工作经验的刘日，有很强的解决问题的能力，但这不是最重要的，最重要的是刘日有一颗为人民工作的心。大约是当今存在的"在其位而不谋其事"的官场现象，促使刘日"不在其位而谋其事"罢。我们也不能满足于刘日一人的所思所想，更重要的是，许许多多在其位者当谋其事啊！思之于此，刘日所想所思的方法，不介绍也罢。

但我想介绍一下他此篇建议的最后两段文字，其中之一是刘日建议应该实现的"缩小收入差距十年目标"，他写道：

> 行业收入差距缩小到2倍之内。城乡收入差距缩小到2.5倍之内。地区收入差距缩小到3倍之内。国有企业内部差距缩小到4—8倍之内。企业退休人员养老金原则上可参照当地上年在职职工平均工资水平发放。最低工资标准（2010年）每月不低于1200元，每年应有上涨。垄断性国企上缴国家的利润由盈利的5%—10%提高到15%—30%。基尼系数降到0.36—0.24。

从这段文字可见，刘日并不认为要绝对公平，公平是相对的。有一些分配不公也是正常的，但是不能过分地分配不公。中国共产党执政的意义，就在于要尽可能通过"看得见的手"，使全体人民能各得其所，不要贫富悬殊、两极分化。

我不知道有人会不会觉得刘日拟写的"缩小差距目标"是一种"理想化"的东西，如果说这是"理想化"，那这个理想似乎也有点令人悲伤。在我看来，刘日只是特别期望穷困者的日子能好一些，尤其农村人民的生存必需，城市贫民的生存必需，不能太穷困！太穷困了，是整个人类的尊严受到侵害，整个社会的安全都有危机。所以务必保证合理合法的最低工资标准，这涉及人数广大的底层劳动者的生存质量。务必使基尼系数降到安全线内，惟其如此，才有一个社会多数人可以接受的比较公平。就这点"理想"，刘日也不认为明天开个大会就能解决，而是我们大家要经过"十年"努力去争取实现。所以，刘日最后写道：

> 各地要从公平正义、成果共享、团结稳定和巩固党的执政地位的高度，来认识缩小收入差距的重要意义。各级领导要以解决分配不公为己任，将这项工作列入重要议事日程，在经济社会科学发展的同时，千方百计把收入差距缩小到适度范围之内。各级组织人事部门要将缩小收入差距的业绩作为硬指标对领导班子和领导干部进行考核，达不到一定要求的，党政领导班子不得评为先进，党政主要领导干部不得提拔重用。

刘日这篇两万言的建议至此结束。

在本书将写完之时，2011 年 12 月，欣闻中央召开的经济工作会议，强调要加快收入分配改革，增加中低收入者的收入，扩大中等收入人群比重。其中讲到，要在初次分配中提高低收入者的收入标准，提高最低工资标准，建立工资协调机制，提高社会公共服务水平，乃至加快农民工的市民化等，正在提上"议事日程"。

第8章 邱满囤名誉权案

他们怎么会觉得五位专家败诉，就代表着科学和科学家败诉呢？就像邱满囤败诉，并不代表八亿农民败诉呀！

1 邱满囤进京讨说法

邱满囤今年该是 78 岁了（2011 年）。

应该有一部传记来记述邱满囤的，但现在我仍然只能从简。

现在想来，邱满囤 1992 年同五位专家打那场官司，竟引起了 200 多名政协委员、科技界专家群起捍卫"科学和科学家的尊严"，这件事大约比那场官司本身更不寻常。

而邱满囤认为，他也是为了捍卫专家的尊严和自己的名誉才诉诸公堂。因邱氏诱鼠剂已于 1989 年通过了河北省科学技术成果鉴定，又于 1991 年通过商业部鉴定，先后参加这两次鉴定的共有 19 位专家。忽然，另有 5 位专家联名发表文章说邱氏诱鼠剂"没有引诱力"，那么，为邱氏诱鼠剂做过鉴定的专家们算什么呢？

1992 年，五专家联名发表的文章题为《呼吁新闻媒介要科学宣传灭鼠》（以下简称《呼》文），文中还说，他们收集到十一个邱氏鼠药样品，均含有国家禁用的灭鼠药氟乙酰胺。

邱氏鼠药是靠了"诱鼠剂"才声名远播的，如果邱氏诱鼠剂真的没有引诱力，那邱满囤岂不是骗子吗，再加上使用国家禁药，那邱满囤算啥！

邱满囤有没有"名誉"问题？其实，农民是很重视名誉的，他即使穷困潦倒仍能够活下去，因为穷不是坏名誉，要是名誉坏了，受乡里指脊梁骨，就可能活不下去。邱满囤认为自己是冤枉的，他说邱氏鼠药还在生产，还在销售，究竟有没有引诱力，有没有使用国家禁止的毒药，现在科学这么发达，是可以检验出来的。于是进京寻求法律保护自己的名誉。

邱满囤名誉权案，案情本身并不复杂，但经过一审、二审，历时两年半。说到底，关键性的问题仍然主要是两个：

一、邱氏诱鼠剂有没有引诱力。

二、邱氏鼠药有没有使用违禁药品氟乙酰胺。

1992年8月，北京市海淀区人民法院受理此案。

五专家在《呼》文明确表述："1990年7月，中华预防医学会媒介生物控制学会在北京召开了灭鼠技术研讨会，我们是这次会议的主持者和参加者。会议期间，'邱氏诱鼠剂'试验结果表明，所谓的'神奇引诱剂'对鼠没有引诱力，经20小时观察，老鼠一口也没吃'邱氏诱鼠剂'。"

邱满囤说，事实完全不是那样。"他们说老鼠一口也没吃'邱氏诱鼠剂'，那不是我的诱鼠剂。我那天根本就没在场。我是第二天下午四点钟到的，第三天上午叫我现场表演灭鼠，也就是现场实验，李铁映来了，要亲自看。"就在这次现场实验，李铁映亲眼看到了邱满囤大白天诱杀了24只老鼠。

这次会上，李铁映还说："能让老鼠出来，死在洞外，很了不起！"李铁映还特别强调："专家的工作要做到实验室与现场相结合，要和土专家交朋友。"开这次会议，李铁映正是期望创造一个条件，让科研院所的专家和土专家交流，互相学习，促进灭鼠工作。本次会议和李铁映上述讲话，均有1990年7月《北京灭鼠技术研讨会会议纪要》为证。法院取到了这个《纪要》。

再说法院调查邱氏鼠药是否含氟乙酰胺。

五专家向法院提供了对十一个邱氏鼠药样品所作的均含有氟乙酰胺的定性分析报告。1992年6月22日第一次法庭调查时，五专家中唯一的女专家，代表同仁陈述这十一个样品"是从集市上买的十种，另一种是邱氏提供给有关专家的"。

法院指出，在司法上，采样有严格的认证程序，必须证明样品确实来源于邱氏鼠药厂，才是合法有效证据。况且市场上已有很多假冒的"邱氏鼠药"。五专家未能提供这十一个样品确实来源于邱氏鼠药厂的可靠证据。

诉讼期间，五专家举证提出，绥芬河工商局查封并扣押的20吨河北邱氏鼠药厂1991年10月生产的邱氏鼠药，以及在北京南小街邱氏鼠药厂驻京办事处存放的鼠药，均含氟乙酰胺。

在绥芬河这批鼠药，是绥芬河爱卫会向邱氏鼠药厂购买销往苏联的，突遇苏联解体，鼠药无法成交，滞留绥芬河。又逢"邱氏鼠药"在打官司，绥芬河爱卫会投诉到"打假办"，称这批鼠药含国家禁用药，当地工商局随即将这批鼠药封存。

这批鼠药是五专家发表《呼》文之前生产的，能肯定来自邱氏鼠药厂，且有20吨之巨，查验这批邱氏鼠药是否含氟乙酰胺，肯定有意义。

据海淀法院向上级汇报此案审理过程的一份《情况简报》称："在绥芬河取样时，本院邀请当地法院、工商局、爱卫会等同志共同到现场取样签封。"取样回来，法院将签封的样品送到与本案无利害关系的北京农业大学核磁共振实验室进行定性分析，结果为：均不含氟乙酰胺及其化合物。

1993年5月14日，海淀法院在河北省涿州市郊组织邱满囤现场诱杀老鼠的实验,将原、被告双方都通知到现场,这是原、被告和法院人员共同在场的一次认证实验,目的之一是共同观察邱氏诱鼠剂究竟有没有引诱力。

这次涿州实验,有个真实的曲折情节颇具戏剧性。

有人称之"几乎致使老邱走麦城"。

实验要选点,要保证这个场所有老鼠,否则在一个无鼠的地方放诱鼠剂,肯定是徒劳的。这是常识。法院头天选了涿州市郊一个养鸭场作为取证现场,这里的鸭子常受老鼠攻击,肯定有鼠。这个点确定后,养鸭场场长找邱满囤,说自己家里老鼠猖狂,向老邱要了一包灭鼠药。次日一早法院到养殖场,才知道场长昨晚在这里撒过药了,今晨清理出很多耗子。

场长为啥这么干?目前在创"卫生城",场长怕从这里弄出太多耗子,媒体一曝光,来的又都是爱卫会专家,场长怕惹麻烦,就先下了手。

法院一听急了。人都通知到涿州来了,正在路上呢!仓促之中,只好临时改点,来到涿州火车站南,繁忙的107国道东侧一段近百米的路坡上。此处究竟有没有老鼠,法院没有把握。问邱满囤,老邱心里还在想,自己昨天咋就没想到那场长向他要鼠药是干这事呢!事到这时,邱满囤说就在这个路坡吧。邱满囤性格中一直有一种敢于迎接挑战的东西。他觉得他不怕,就是这里诱杀不到老鼠,能判我的诱鼠剂没有引诱力?

这天,我也去了现场。这个曲折情节是河北日报社主任记者冯凌告诉我的,冯凌大约是对有关邱满囤的资料收集最多、跟踪采访最深入者。

这是个没有树荫的路段,107国道上车来车往,五月的阳光下,有人脱下衣裳撑在头上遮阳。这次现场实验，历时约3小时诱杀老鼠4只。

当第一只老鼠中毒后还在挣扎时，邱满囤用夹子把它夹住，一专家喊道：这不能算，这是他用夹子夹出来的。

老邱把夹子扔到专家脚下："你夹一只给我看看。"

还有一只老鼠正好死在法院划定的界线圈外（法院划定了一个范围，让围观者在界外观看，警察把守着，否则会过分干扰界内诱杀老鼠），有专家对这只死耗子的合法性提出异议，说它死在界线外边，不能算。此语一出，引得围观者笑出声来。有人说，界线外的老鼠都引来了，不是更说明有引诱力吗？

这些细节，都曾经被记者报道出来。当地农民不清楚来这么多人在此干啥，有个农妇说了一句颇"经典"的话，被记者听见，登在《质量万里行》杂志上，那话是："敢情是灭鼠的跟灭鼠的争'状元'来了。"

其实，那只死在界线外的老鼠应是吃了布在界内的药，中毒后爬到界线外边去的。那天，在界线边缘内外捡到的死鼠，也可能有从界线外被诱进来吃药的，所幸是这天布药范围较大，否则也可能一无所获啊！

不管怎么说，在这五月的阳光下，在几百人围观中，大白天诱杀了4只老鼠，这是证据确凿的。

这4只死鼠，由北京市公证处两名人员公证后，并由原告与被告共同签封，送公安部二所检验，测试结果为：老鼠死因系该鼠药毒杀，鼠药中含氟乙酰胺类。

法院询问这个"类"是什么意思？鉴定人说："只测到极微量的氟乙酸，不能肯定是氟乙酰胺，故只定为氟乙酰胺类。"

接着，该所提供的测试质谱图，经中科院院士赵玉芬教授确认，未发现有氟乙酰胺的化学成分。

原、被告对上述两个鉴定结论都提出异议。法院再次委托北京华夏物证鉴定中心，对绥芬河、邱氏鼠药厂、邱氏鼠药厂北京办事处和涿州灭鼠现场四地取证的封存样品，同时进行司法技术鉴定。华夏物证鉴定中心对上述四地物证，采用了气质联用技术、远红外光谱、氟19核磁共振三种方法进行定性分析测试，结果证实：均不含氟乙酰胺及其化合物。

1993年12月29日，此案一审公开宣判。

判决书指出："公民公开撰写文章，有针对性地评价某种事物和具体人物，应客观、真实。法律禁止侵害公民、法人名誉的行为，保护公民、法人的名誉权不受侵犯。"

判决书认定：《呼》文"部分内容失实，评价是不客观的，误导读者产生了'邱氏诱鼠剂'没有引诱力，邱满囤使用了违禁药品，以及表演者就是邱满囤的印象，实际上对邱满囤个人名誉、人格造成了不良影响，使其社会信誉和人格尊严在一定程度上受到贬损"。

简言之：一审判决，邱满囤胜诉。

一审结束后，全国数百家媒体报道了判决结果。最高人民法院主办的《人民法院报》以《邱满囤进京讨说法》为题，对案件发生、发展和审理的全过程所作的综述，在我看来，不仅具有司法的科学性和权威性，也深有大局观和人文观。尤其是该报道的结语，同李铁映关于"专家的工作要做到实验室与现场相结合，要和土专家交朋友"的说法是一致的。该文结语如下：

从某种意义上讲，人类正为鼠害所包围。有志于灭鼠事业，为人类造福，不论是"土"专家，还是"洋"专家，理应受到社会承认和尊重。为了灭鼠这个共同的目标摒弃前嫌，联手灭鼠，才会把中国的灭鼠事业推向辉煌。

十八年过去了，这段话，我看还是对的。

2 法院有冤向谁诉

　　一审判决后，1994年1月5日的《中国青年报》报道："1993年12月30日上午，在中国预防医学科学院召开了一个特殊的会议，五位被告所在单位领导第一次为鼠药案坐到了一起，他们对判决结果感到震惊！一些学部委员表示，要联合起来公开呼吁，科学不容玷污！下午卫生部部长陈敏章就一审判决结果，专门听取有关人员汇报。"

　　五专家接着在1993年12月31日和1994年1月11日，两次召集了部分新闻单位记者及科技界人士等共约百余人参加的"邱氏鼠药案座谈会"。在1月11日的会上（以下简称"1·11"会），会议主持人说，五位专家败诉后，有很多人"来电话要了解真相"，我们无法一一答复，"所以我们准备了许多材料，今天这个会也可以叫集体采访会"。

　　会议提供的材料有《科学家不再沉默》《我们再次呼吁》等，此后若干媒体相继报道了从会议现场和材料上得来的种种信息。文章中"科学不容玷污"、"愚昧战胜了科学"等话语非常引人注目，其中还突出强调：五位专家撰写《呼》文是"职务行为"。

　　在一审法庭调查阶段，五专家就在答辩中称撰写《呼》文是职务行为，不是个人行为。当时给公众的印象是，如果五专家能确认邱氏鼠药含氟乙酰胺，且无诱鼠力，是不必辩称"职务行为"的。如果不能证明或证据不足，那么，界定为"职务行为"，则有利于避免对个人追究法律责任。

一审败诉后，五专家更坚称他们撰写《呼》文是职务行为，不是个人行为。在"1·11"会上，会议的第一项议程就是请五专家所在单位和学会表示对五专家撰写《呼》文的态度。发言者均表示认同五专家撰写《呼》文是"职务行为"，并表示支持。从这"第一项议程"可见，一审败诉后，五专家把坚称"职务行为"视为第一重要。

从后来的局势发展看，五专家坚称"职务行为"，这一点大约是最有利于引起科技界专家同情和支持的。媒体报道的若干"科技界人士说"，也多是从这一点发出愤慨之声——

"这场官司不是科学家个人的事，关系到国家要不要科学。"

"关系到科学家是否有权宣传科学、维护科学尊严的问题。"

"今后谁还愿意为了国家和公众的利益发表意见。"

"愚昧战胜了科学，这是令人不能容忍的。"

此后有200多名科技专家、政协委员群起捍卫"科学和科学家的尊严"，这立刻成为世人关注的焦点，成为政界、司法界、科学界和社会各界都不能忽视的一个现象。

1995年2月27日《工人日报》第三版发表了一篇《科学不败》的长文，其中写道："对邱氏鼠药名誉侵权案最为关注的莫过于科技界。最先挺身而出的是医学专家、卫生部部长陈敏章。"此话说的是陈敏章部长最先支持五专家，这是事实。

今天看来——若以这场官司最终的输赢论——或许还可以这样

说，五专家在1992年11月联名给卫生部陈敏章部长写信，"恳请拨冗阅处"，可能是五专家最成功的一步。

当时，一审法院围绕本案关键性的两个问题调查，应该是符合原、被告双方主旨的。譬如，从专家角度考虑，如能确认邱氏鼠药含氟乙酰胺、邱氏诱鼠剂无引诱力，那就证明专家所说正确。可是随着调查的深入，法院未能找到同专家观点一致的证据。调查的进展就显得对五专家不利了。五专家随即寻求行政支持。

五专家给部长的信，另有三个附件，《呼吁新闻媒介要科学宣传灭鼠》《邱氏鼠药案情简介》，还有一篇《河北经济日报》的文章《"土专家"的发明和"洋权威"的发难》。

陈敏章部长阅读后，批示道：

> 这确实是一个十分严重值得思考的问题，是支持真正的科学和科学家还是支持违反科学的人和事，科学是客观的不能造假的，宣传舆论究竟是支持弘扬科学家坚持真理向人们负责的精神，还是攻击、诋毁他们，这里根本谈不上"土"和"洋"的问题，而是"科学"和"不科学"的斗争。建议此信转李铁映阅知，健康报应给科学家提供阐明真实情况的机会。

随后，卫生部主管的《健康报》从1993年1月17日开始，在《热点透视》专栏，隔天一次连发三篇文章，标题分别是《鼠药，岂能叫卖》《新瓶旧酒，骗术百态》《呼唤科学灭鼠》。此时，世人不知《健康报》为什么突然以如此态势，把抨击矛头对准邱满囤。但五专家知道，行政的力量立刻显现出来了。

1993年2月23日，《中国青年报》发表题为《科学不容玷污》的整版文章，披露了卫生部长陈敏章收到五专家来信后所作的批示的内容，人们这才知道，《健康报》等媒体为什么相继以捍卫科学为题发表文章。一个原本并不复杂的名誉权案，在这些文章的叙述中变成了"科学"与"不科学"的斗争。而且，科学家代表科学、曾经叫卖鼠药的代表不科学的逻辑，已出现在叙述语境中。

再看上述《科学不败》文章中引用陈敏章部长的批示，其中关键的一句话变成了："这里根本谈不上'土'与'洋'的问题，而是科学与伪科学之争。"

请对照：陈敏章部长批示中的关键词是"'科学'和'不科学'的斗争"，在引用中变成了"'科学'与'伪科学'之争"。在"不科学"与"伪科学"之间，虽然只有一字之改，却大不同。当我们说某农民或某事"不科学"，并没有指责其人格或道义有什么问题，甚至还可能包含着对"不科学"之人和事的关心。以我理解，陈部长说的"'科学'和'不科学'的斗争"，是论事不论人的。他对专家这样说，应是包含着要专家们帮助那些"不科学之事"的本意。

然而，部长的话被改成"'科学'与'伪科学'之争"，大约也不能算是《工人日报》这位记者的发明。在1994年"1·11"会上，五专家对记者们的说法就是"科学会战胜伪科学"。次日，五专家向北京市中级人民法院递交了《上诉状》，其中更明确地写道："我们不相信在中华大地乃至世界上伪科学会战胜科学，伪装会战胜真理，违法会战胜合法，犯罪会有功！"

此后，"伪科学"就像沾上了邱满囤，以致邱满囤、邱氏鼠药变成了"伪科学"的代名词。

从1994年"1·11"会的第二天开始,若干报纸陆续发表了有关捍卫"科学和科学家尊严"的文章。

1月22日的《中国青年报》发表《如何判定科学的是非／部分全国政协委员关注"邱氏鼠药案"》一文,文章说某政协委员把"邱氏鼠药案"的话题带到了政协新春茶话会上,发言结束的时候,几家新闻单位的记者来抢讲稿,几十位在座的政协委员争相与之握手致意。

文章报道,该委员对邱氏鼠药是否含氟乙酰胺的问题,吁请科技界和新闻界关心:法院采用的测定结果,是不具备国家授权的农药鉴定资格的单位鉴定的,而具有法律效力的国家授权机构提供的检测报告,法院却不采纳。

此说来自五专家,在五专家递交给二审法院的《上诉状》中讲得更明白:"根据国家经济委员会的规定和授权,只有北京、沈阳的'国家农药质量检测中心'才有对农药产品的鉴定权和仲裁权,显然'华夏物证鉴定中心'没有这项权力,而一审法院只采'华夏'这证,显然是违法的!"

像这样信誓旦旦的说法,经多家媒体一再公开发表出来,是很难不令人相信的。

《中国青年报》这篇文章报道出两个信息:一是具有科学家身份的某政协委员在政协新春茶话会上的发言,在更多政协委员中产生影响;二是科技专家们发言的锋芒已经主要不是针对邱满囤,而是针对法院。

1994年3月22日,《中国减灾报》头版发表《中国科学院六位院士呼吁／还科学以尊严》,显赫的大标题占两栏。

呼吁中再次讲道:"法院判决中却选用非法定单位的鉴定结论为

依据，判定'邱氏鼠药'中无氟乙酰胺，如此判定令我们不解和不安。"此呼吁的锋芒，同样是对准海淀法院。

所谓"还科学以尊严"，已不是对邱满囤说，是对法院说。

就在同一张报纸，头版头条发表的是《230位全国政协委员共同提案／严禁非法生产、销售和使用剧毒灭鼠药物》，更显赫的大标题也占两栏。

文章报道：出席全国政协八届二次会议的朱光亚等230位全国政协委员，日前提出共同提案《严禁非法生产、销售和使用剧毒灭鼠药物》。文章报道了该提案的具体内容，其中有如下文字：

> 近几年来，少数人仍不顾国家法令和人民的生产生活安全，继续非法生产含氟乙酰胺类剧毒药物的灭鼠药以牟取暴利。其中危害最大的是河北省无极县邱氏鼠药厂生产的"邱氏鼠药"，该鼠药从未取得国家生产的合法手续，长期来非法生产并在全国各地推销，已造成多起人畜中毒的严重后果。例如1986年5月河北省黄骅县35人二次中毒事件，1990年国防科工委68人中毒事件，1991年河北省38军78人中毒事件等均系邱氏鼠药造成的恶果。
>
> 邱氏鼠药被多次检定均含有国家严禁使用的剧毒药物氟乙酰胺。例如1992年邱氏鼠药厂发往绥芬河准备向俄罗斯出口的20吨鼠药，1992年被查封的非法的邱氏鼠药厂驻京销售点的鼠药，以及1993年5月14日北京市海淀区法院在河北省涿州市由邱满囤亲自表演的灭鼠现场的取样（鼠药及鼠尸），经国家权威机构检定，均含有禁用的剧毒药物——氟乙酰胺。

一个爱国爱科学事业的人，只要读到这篇文字里列举的事例和有关数字，并且相信，都会产生愤慨。200多位政协委员时值出席全国政协八届二次会议，读到这份提案的原稿，集体参加提案，我以为他们是出于爱国、出于正义。

我读到上述事例以及直指这些均系邱氏鼠药厂生产的邱氏鼠药造成的恶果那一片文字时，心中不禁有一种难以言喻的惋惜，我甚至说不清使用"惋惜"一词是否合适。

请再细看一下，这是个关于灭鼠的专业性很强的提案，起草人只能是该领域的专家。提案中大篇幅列举邱氏鼠药造成人畜中毒等情况，与五位专家的说法是一样的。这"说法一样"并不是问题。问题是：列举的情况，准确吗？

譬如，提案中说邱氏鼠药"长期来非法生产并在全国各地推销，已造成多起人畜中毒的严重后果。例如1986年5月河北省黄骅县35人二次中毒事件……"1986年，邱满囤还在陕西省大荔县东七乡观音渡村生活，不在河北，此时也还没有邱氏鼠药厂。邱满囤是1987年夏天，才被刘日请回来的，随后带着他的陕西妻子和妻子的女儿回归无极故乡。

如今电视上有一种"解密"节目，通过某个历史文件让你看看当时的情况。这里，我也请你看一份相关的历史文件。

这是1990年6月16日（第1516期）新华社《国内动态清样》，题为《"灭鼠大王"邱满囤的发明成果遭剽窃／冒牌"邱氏鼠药"充斥市场亟待整顿》。内文写道：

新华社石家庄讯 河北省无极县农民"灭鼠大王"邱满囤，经过30年的潜心研究和实验，1981年研制成功了能在大白天诱鼠出洞的"邱氏诱鼠剂",诱鼠效果神奇,引起国内外各界人士的关注。但也被国内一些利欲熏心的人所利用,有的企图侵吞他的发明成果,有的想利用假冒邱氏鼠药发财。目前全国已有一千多家生产假冒的"邱氏鼠药",严重损坏了"邱氏诱鼠剂"的声誉。

文章最后说,河北省政府组织省、地、县有关部门负责同志召开协调会议,会议提出建议:请国家工商管理局清理整顿邱氏鼠药市场,取缔非法经营和假冒产品等。

这篇新华社"动态清样"写于《呼》文发表前两年。邱氏鼠药遭千家假冒,已经处境尴尬。五专家都是指导全国灭鼠工作的专家,而且五专家中的"一号专家"还曾经是邱氏鼠药厂的顾问,对市场上假冒邱氏鼠药的情况不会毫无所知。邱满囤深感委屈的是:"他们不是呼吁打击假冒伪劣,来打我这个真的。"

提案中所说"邱氏鼠药被多次检定"均含氟乙酰胺……不知投入此案调查审理的法官们看了该怎么想。事实上,这些"检定",有的是五专家曾举证,但海淀法院未予采纳;有的是法院委托相关机构检定,结论为不含氟乙酰胺。

法律也是一门科学,这一点应该不会有疑义。在法庭调查阶段,法官已说明,司法采样取证有严格的规定,司法鉴定该由什么机构来做,也有司法上的要求。但现在,未被海淀法院采用的五专家的举证和说法,变成了200多位政协委员的说法。法官们该怎么看?

在1994年"1·11"会上,五专家还提供了一份《海淀区人民法院审理"邱氏鼠药"案之实情》的材料,其中直接提出:"此案在北京市海淀区人民法院审理得实在蹊跷，可说是当前司法部门枉法裁判的一个值得剖析的典型，请予密切关注。"

有位政协委员密切关注了，并在当天的会上发表慷慨激昂的发言，1月22日的《消费时报》发表了这位委员的发言，原文如下：

> 这种是非再分明不过的案子，却以科学家的败诉而结局，实在令人费解和惊愕。作为全国政协委员，我准备联合几个人搞一个提案，用实际行动来支持遭到不公待遇的科学家。假如法院在审理这个案子的过程中有不正常的倾向……则是更严重的公害。这只是个假设，所以这个提案的题目是《关于呈请中央纪检部门核查海淀区人民法院对邱氏鼠药案的审理和判决所表现的异常倾向行为是否涉嫌不正之风的提案》。

根据现场录音，在"1·11"会上这位委员是这样说的："现在我说这个话，我还没有根据，我们搞科学研究的历来如此，没有根据的东西我们可以说它是一个假设……"这个"假设"，便由记者公开报道出来。该文标题有两栏，非常醒目：

"灭鼠大王"胜诉引起风波，政协委员称
海淀法院是否涉嫌不正之风

这是公开质疑海淀法院涉嫌"不正之风"。

不仅受到公开质疑。一份100多名政协委员"要求最高人民检察院检察'邱氏鼠药'案中的法律问题"的提案，很快转到北京市检察机关。

五专家在递交给中级法院的《上诉状》中写道："五上诉人认为，本案并不复杂，而在长达一年半的讼累中，竟至五位科学家于败诉之地,这是令人费解的。"这语气,不只是说一审法院怎么可以置五位科学家于败诉之地,也是说给二审听的:难道你们也可以这样吗?

当今不少人说,法官厉害。
现在法官遇到了更厉害的。

前面讲到的那篇《科学不败》报道还写着:"海淀区人民法院地处中国的科学城,本应更加尊重科学,依靠科学,恰恰相反,该院在邱氏鼠药案的审理中,实在是太蹊跷。"

记者还报道:北京市某政协委员在1994年市政协八届会上说:"海淀区人民法院对邱氏鼠药一案的一审判决,是无视国家法律的明文规定而作出的枉法裁判。国家赋予人民法院以很大的权力,但这种权力也不是可以由司法审判人员任意滥用的。司法审判人员本身也要接受国家法律的监督和制裁。"文章接着写道:"为此有人建议,建立错案追究制度,制约司法人员的渎职、枉法行为。"

这都是公开发表的文章,无不义正词严,海淀法院的一审判决,在这里已被指斥为——枉法裁判。

海淀法院感到蒙冤。法官也有名誉问题。海淀法院已不仅仅是受到公开质疑,法院感到自己的名誉受到公然的贬损和侵犯。可是,法院有冤向谁诉?

海淀法院能去跟谁打官司吗?法院尚且难以保护自己的名誉,又怎能保护邱满囤的名誉?

3 谁来为法官辩护

1994年12月26日，此案的二审，在北京市中级人民法院公开审理。这次，五专家在《上诉状》中请求"依法追究邱满囤的刑事责任"。

审判长当场驳回："本庭受理的是民事案件，此请求与本案无关。"

本次庭审质对，"华夏"是否具有检验资格成为大家关注的焦点之一。由于五专家坚称"华夏"不具有法定检验资格，此说经多家报纸传播，已成为海淀法院办案"实在蹊跷"的一大疑点。

如《科学不败》文中举出的第一个疑点就是："法院在采证时，对具有法律资格，国家指定的检测中心提供的证据置之不理，却偏偏相信农业大学一个系和一个社会办的物证鉴定机构——北京华夏物证鉴定中心的检测报告……"

中科院六院士呼吁《还科学以尊严》，也在呼吁的第一点里写着"法院判决中却选用非法定单位的鉴定结论为依据……"北京某政协委员怒批一审"无视国家法律的明文规定"，指的也是一审竟然采用不具有法定鉴定权的"华夏"之证。

可见，众院士与政协委员震惊和愤怒的重要因素之一，也建立在法院竟然采用"非法定单位"的鉴定这个基础上。

全世界的媒体都热衷于报道"真相"。在上述报道中，一审法院以不具有法定鉴定权的"华夏"检定为依据，就属于媒体"揭露出的真相"，且竞相传播，似乎不由你不信。

我不禁想起《韩非子》中有一则"庞恭说虎"的寓言，讲庞恭对魏王说：要是有人说街市出现老虎，大王您相信吗？魏王说不信。庞恭又问：要是有两人跑来说，市上有虎，您信吗？魏王说：我会怀疑。庞恭再问：要是有三人来说，您信不信？魏王说：我会相信。庞恭于是说：大王，街市无虎是明白的事，可是有三人说，好像真有虎了……这则寓言后来引申为成语"三人成虎"，在今天小学六年级课本里就有，它的含义，我国少年就懂。然而寓言与成语的魅力，就在于我们即使少时就懂，但我们在成年乃至老年时仍可能掉进"三人成虎"的寓言里。

现在何止有三个媒体说海淀法院采用了不具有法定检验资格的"华夏"之证呢！

在这个当代寓言中，法院于一审判决书里已明明白白地写着"具有法定鉴定资格的北京华夏物证鉴定中心"，并在庭审期间说明"华夏"所具备的法定鉴定资格……然而，海淀法院并未想到，在司法系统属于常识的事，在判决书中也写明白了的，在五专家的另一种说法及传播中，会变出想象不到的情况——不少科学家、政协委员那么容易就相信了"华夏"不具有法定鉴定资格。

一审已结束。在二审法庭，五专家的对手，似乎更明确为"一审法院"，而不是邱满囤。可是，这个曾判五专家败诉的"对手"并未在场。有谁能为海淀法院辩护吗？

关于"华夏"有没有鉴定资格，可回放一下五专家的《上诉状》中是怎么说的：

> 根据国家经济委员会的规定和授权，只有北京、沈阳的"国家农药质量检测中心"才有对农药产品的鉴定权和仲裁权，显然"华夏物证鉴定中心"没有这项权力，而一审法院

只采"华夏"这证，显然是违法的！

请注意：上述讲的是"只有北京、沈阳的'国家农药质量检测中心'才有对农药产品的鉴定权"。

再听听邱满囤这一方怎么说。邱的《答辩状》写道：

> 该案的司法鉴定是"邱氏鼠药"是否含氟乙酰胺成分的一种测试，而不是农药产品质量是否全面符合国家标准的农药鉴定，行政执法的农药质量鉴定和司法鉴定是不同的，一个是依照行业管理的规定，一个是依照全国人大颁布的《中华人民共和国民事诉讼法》，因此不能拿行业管理的规定否定司法鉴定，一审法院委托经司法部批准成立的专为国家执法机关提供科学技术鉴定的北京华夏物证鉴定中心化验，是完全符合民事诉讼规定的委托法定鉴定单位的要求的。

你看，邱满囤的《答辩状》，是不是更像在为一审法官辩护？涉案当事人为法官辩护，你见过这样的情况吗？

五专家的说法与一审法院的定案依据，不同点在于：
五专家讲的法定鉴定权是"对农药产品的鉴定权"。
法院并不是要鉴定某一农药是否符合国家规定的标准，而是要鉴定某一物证是否含剧毒药氟乙酰胺。换言之，法院不是要做某一农药的鉴定，而是要做某一物证的司法鉴定。
"华夏物证鉴定中心"究竟是什么机构？它是否如《科学不败》那篇报道所说的"一个社会办的物证鉴定机构"？

你可以上网搜索"华夏物证鉴定中心",马上就能读到:

> 华夏物证鉴定中心是经中华人民共和国司法部批准的国家级专业司法鉴定机构,承接法院、检察机关、公安机关、国家安全机关、律师、企事业单位和社会团体的委托,为经济合同、民事纠纷、诉讼与非诉讼等案件中的取证材料提供司法技术鉴定。

现在,你自己可以判断,法院委托华夏物证鉴定中心为诉讼案件中的取证材料提供司法技术鉴定,是合法还是违法。

二审法院没有接受五专家关于"华夏"不具有法定鉴定权的意见。五专家继续就鉴定技术操作程序,以及氟乙酰胺的不稳定性等方面质疑"华夏"的鉴定。

这涉及技术问题了。旁听席上,人们都关注着审判长,不知审判长对这些技术问题将如何回答。

新华社河北分社《信息大观报》1995年1月3日发表了一篇《在法律和科学之间》,对这一情节是这样记述的:

> 二审审判长解释,法庭曾邀集各方专家讨论氟乙酰胺及其化合物鉴定问题,专家们的观点和五位专家的不同。二审法庭为了弄清案情,曾到上海请教了我国氟类研究方面的最高权威。记者感到,法官们在氟乙酰胺问题上所执的态度相当客观严肃,并运用最高最新的科技手段充实判案的依据。

至此,给人们的印象是,本次庭审,虽然二审法官相当谨慎,但关键处严守着，态度明朗，且在复查调研方面下了工夫。虽然，也有媒体报道某著名物理学家说："法院有权力鉴定某些事情是否违法，但没有权力鉴定科学是非。"然而，我们似乎不应忘记，不仅法律本身是一门科学，我国司法系统也有自己独特的科研技术体系，以及运用我国科技能力的职能。

《在法律和科学之间》报道说：这次庭审最动人的场面出现在审判长主持的调解过程。审判长说，我国是一个近千万平方公里的泱泱农业大国，鼠防工作须臾不能松懈。诉讼双方都是拥有几十年鼠防工作的专家，对鼠防事业做出了突出的贡献。如果双方能从大局出发，从鼠防事业出发，有什么样的难题不能解决呢？希望双方都能从对方能够接受的条件出发，化解矛盾，摒弃前嫌，团结起来，则事业幸，国家幸！请双方慎思。

审判长叫杨柳青。审判员田建军、顾云也挚意劝解。

顾云强调说：自审判制度改革以来，审判长这样激动地表达调解的态度，是罕见的。

但这再三的劝解，"被五位专家单方坚决拒绝"。

多年后回顾这次庭审，我感觉这次庭审的主要目的，法官正是期望能达成双方和解。200多位政协委员支持五位专家，二审法官还能怎么裁判？如五专家在《上诉状》中说一审"竟置五位科学家于败诉之地"！二审呢？

五专家的《上诉状》，还以更明确的话语肯定"'邱氏诱鼠剂'没有引诱力"。其中写道："在河北涿州的诱鼠表演中，在法院划定的范围内，三个小时也没有诱出一只老鼠，这又一次证实了'邱氏诱鼠剂'根本不具有诱鼠力！"

涿州现场诱鼠实验，3小时诱杀4只老鼠，有原、被告双方及其律师签字的现场勘验笔录。这笔录，二审法院也明白无误地看到的。五专家就这么说了，二审法官能如之奈何？

改革开放以来，如何保障我国司法依法独立办案，一直是司法领域为之努力的追求。海淀法院在审理"邱氏鼠药名誉权案"中就结结实实地面对着一场考验。

海淀法院在涿州组织原、被告双方，共同观察邱满囤现场灭鼠实验，发生在陈敏章部长批示之后。此举表明，海淀法院决心要坚持以事实为依据。如果离开了事实，谈什么司法公正呢？

海淀法院坚持依法独立办案，一审判决五专家败诉，结果就被公开指斥为枉法裁判。200多位政协委员联名提案中明确指斥邱氏鼠药含氟乙酰胺并历数邱氏鼠药的危害，已经比《呼》文讲得更严重……此案已到法律不可及的程度，二审法院还能排除干扰，独立依法判案吗？

本案至此，作为上诉人的五专家已经不是在跟邱满囤打官司，就连五专家本身也只是个符号了，这场官司从此前说的"科学"与"伪科学"之争，又仿佛变成了"科学"与"法律"的交战。

我感觉二审法官努力于促使双方达成和解，已考虑到：这对大局有利，也是有利于维护法律尊严的唯一办法。当然，还有利于保护农民发明家邱满囤。如能达成和解，是最好的结局。

但是，二审法官的努力失败了。

1995年春节刚过，法院通知2月22日开庭宣判。

宣判这天，我陪邱满囤去了。

之前，我们对邱满囤说过，要准备接受败诉，因为法院已经很难判五专家败诉。要服从大局，不管怎么判，都要先接受下来。邱满囤同意了。

邱满囤一辈子蹲惯了，几乎不会坐座位，他吃饭是蹲着吃的，看电影也蹲在座位上。这天开庭，邱满囤还没来得及脱鞋蹲在位子上就宣布起立了，然后就念判决书。

判决书对本案最关键的两个问题是这样写的：

> 关于邱氏鼠药是否含氟乙酰胺的确认问题，鉴于邱氏鼠药属于经销全国的产品，形状成分较不稳定，对该产品的鉴定又不是特定物的原物鉴定，而是多处取样的种类物的抽样鉴定，且涉及生产、销售等诸多环节，故以由国家行业管理的主管部门调查、确认和处理为宜，本案不予认定和处理。《呼》文称邱氏诱鼠剂对鼠没有引诱力，是专指1990年北京灭鼠技术研讨会上对邱氏诱鼠剂试验的情况，即使有以偏概全之嫌，亦应属学术专业上的争鸣范畴，而不存在侵权问题。

就是说，法院对邱氏鼠药是否含氟乙酰胺，没有认定；对邱氏诱鼠剂是否有诱鼠力，还写了一句《呼》文"有以偏概全之嫌"，这表明二审法院对邱氏诱鼠剂有没有引诱力，是有认识的。这两点，已是二审法院所能够坚持的最大的公正了。

判决书最后认定：综上所述，五专家撰写和公开署名文章，并未侵害邱满囤的名誉权，原判不当，应予纠正。

简言之，邱满囤败诉。本判决为终审判决。

判决结束后，邱满囤走出法院，记者围上来。

邱满囤扔下三句话："今天是老鼠的生日。今后冤死不告状。我杀的是老鼠，没有杀人。"

有人问邱满囤，为什么说"今后冤死不告状"？

邱满囤说，告也没用。

问他，为啥没用？

他说，我看法院做不了主，法院也受气！

此时有人给邱满囤递过一句话来，说是审判长说，虽然判你败诉，但你还得给我们法院灭鼠。

此后，那篇《科学不败》长文就发表在判决后的第五天，2月27日，文章写得洋洋洒洒。我曾想，如有机会相聚，煮酒话当年，真想请这位记者朋友，自己再欣赏一遍：

> 科学是神圣的，她不容践踏。遗憾的是，在我们这个科学还不发达的国度里，似乎任何一个文盲、科盲都可以把科学踩在脚下。大字不识一斗的江湖骗子玩弄些小魔术，就号称推翻了被人类社会实践所反复证明的基本科学规律；利欲熏心的钻营者，拿着在内行人眼里一文不值的"成果"，四处吹嘘是世界重大发明。对此现象，中国科协主席朱光亚说："出现伪科技并不奇怪，中国有，外国也有，今天揭穿了，将来还会冒出来。发人深省的是，这种在专家眼里不屑一顾的'成果'，为什么竟能在社会上喧闹一时，被戴上种种桂冠，得到种种支持？而科技专家的正确看法，却不能得到充分表达和传播的机会，甚至被贬低为'保守'和压制新生力量？"

更令人不可理解的是，法律竟然也漠视科学。

邱满囤的律师叫冯增书，他以一张嘴，庭辩对方五律师，在一审和二审，都给大家留下深刻印象。他也留下了一句不无困惑的话："他们怎么会觉得五位专家败诉，就代表着科学和科学家败诉呢？就像邱满囤败诉，并不代表八亿农民败诉呀！"

《信息大观报》记者冉小林，在《在法律和科学之间》一文中写过这样一段话：

不论从哪个角度讲，熟悉此案肌理的莫过于审理此案的两拨法官们。因为他们均为此进行了长达近一年的艰辛奔走、劳神案牍的调查取证，仅一审法院的案卷有厚厚的十三册之多。所以，我们似乎没有任何理由没有根据地臆猜和贬损他们的职业良知，以及法律的尊严。以记者之见，"邱氏鼠药案"纯粹是把简单的案情复杂化了，这当然有故意的策动，也有无意的盲从，但是，法官们却要披繁推冗，使纷杂的案情走向简明，趋近本质。这谁有过理解呢？

法律和科学并不是敌对的双方，而恰恰是，科学方法和科学最新研究成果将为法律不断提供最佳的审理手段，反之，法律也责无旁贷地将保护真正的科学健康进步。法律本身也是一门科学，她是人文科学的精华之一。为什么我们要使其变成水火不容的怒对呢？

法律和科学都不容玷污！

4 半两氟乙酰胺

1995年4月12日，《人民日报》报道，国务院办公厅批准了化工部等五部委的报告，宣布邱氏鼠药为禁药。其中有"邱满囤承认用过氟乙酰胺，对其家中存放的氟乙酰胺要收缴"的字句。

河北日报社主任记者冯凌与河北《警视窗》记者张保平专程去无极核实调查。了解到，1994年12月26日，曾有化工部、农业部、国家技术监督局、工商局、爱卫会五部委组成的工作组，一行九人，根据国务院的一个批复，前来邱氏鼠药厂调查。河北省对应的厅局办委也派员随同调查，石家庄地区领导班子也有专人负责配合。本次调查，对邱氏鼠药厂的库存物资，以及自1990年建厂到1994年9月底的进货账共计62本进行检查，均未发现氟乙酰胺的踪迹。

但是，在调查组向邱满囤了解情况时，邱满囤为了进一步说明厂子里确实没有用过氟乙酰胺，他说过："早先流浪时，我用过氟乙酰胺。"还说过，"我家里要饭的包里现在还有呢！"

冯凌说，难怪人家说你"承认"。

老邱说，我说的是早先用过，那时候国家还没禁用！

又问老邱，你家真有氟乙酰胺？

老邱说有啊！

又问有人来收缴吗？

老邱说没人来。

又问你家氟乙酰胺还在吗？

老邱说在。

冯凌说，拿出来看看。

冯凌后来在一篇文章中形容他看到的情形："邱满囤从他那个上个世纪60年代流行的人造革提兜中拿出一个发黄的破报纸包，打开后，里面有半两左右白色粉末。"

张保平马上用照相机拍下了这包"罪证"。

冯凌又问，你还用这东西闹老鼠吗？

老邱说，这破兜十多年没动过了。

那你还留着它干啥？

事后老邱跟我复述这件事，他说科学家的实验室里还放着病毒呢！我不是土专家，我是发明家，我留半两氟乙酰胺做实验不行吗？

再说冯凌、张保平访问邱满囤那天，他们把报纸念给他听，你听，"邱满囤承认用过氟乙酰胺，对其家中存放的氟乙酰胺要收缴"，我们还以为你把氟乙酰胺库存在家里，不放在厂子里。

老邱说，我哪知道我说的话在人家的报告中变成这样。

冯凌说，老邱，你也别生气了。你看，厂子里虽然没查出使用过氟乙酰胺，但人家说是你自己承认使用过，也没有说时间。没说错吧？

老邱说，没有。

冯凌又说，人家说你家中存放禁药，也没说多少。说错了吗？

老邱说，没有。

事后老邱跟我说：我可知道了，你们有知识的人，厉害！

5　人权与科学

邱氏鼠药厂的历史，就这样结束了。

邱满囤的省政协委员、无极县政协副主席的"桂冠"也没了。

邱满囤重新沦落江湖。

有人问他，你用了禁药，怎么还敢去告人家呢？

邱满囤说，谁说我用了禁药？

对方说，报纸说的。

邱满囤没法解释，就说，我要是用了禁药，去告，现在科学这么发达，法院一查就查出来了，我不是引火烧身吗？我傻啊！

邱满囤往常号称自己是"麻袋肚皮——装不住气"，但是，他状告五专家这回，是生气了。他说，他们（专家）如果真的认为邱氏诱鼠剂没有引诱力，我邱满囤不会生气——人家不知道嘛，你生啥气？可是，他们明知我的诱鼠剂有引诱力，硬说没有，那就太欺负人了！

邱满囤说的"他们明知"，指的就是1990年北京灭鼠技术研讨会那次，他们亲眼看到邱满囤当场诱杀了24只老鼠，还有李铁映亲眼看到，还有参加这个全国灭鼠技术研讨会的很多专家都看到了。大白天，洞外有很多人的脚步声、说话声，老鼠是不会出洞来的，他们不知道吗？我大白天诱杀了24只大老鼠，这不是我的诱鼠剂引诱出来的，谁叫老鼠出来的？他们有这本事吗，能大白天叫老鼠出来给我看看？邱满囤说："这么明白的事，他们都敢睁着眼睛说瞎话，这不是太欺负人吗？"

我看到《呼》文时，最令我吃惊的也是《呼》文说1990年7月灭鼠技术研讨会上"邱氏诱鼠剂"没有引诱力那段话。因邱满囤当着李铁映的面诱杀老鼠24只，我也在场。我目睹了全过程。

那天，7月19日上午9点整，李铁映果真来了，一下车，面带微笑。陪同前来的有全国爱卫会副主任张义芳。接下来的事，邱满囤自己只记得"跟李铁映握手"。中央电视台一位摄像走过去把邱满囤耳朵上夹着的香烟拿掉，邱后来说"我一点儿都不知道"。接着是邱打开那个铝饭盒，撮出麦粒就用手掌托着，又用三个指头直接布药——在限定范围，从一根水泥柱布到另一根水泥柱，李铁映始终跟在邱满囤身后观看。接着是邱的徒弟布药，李铁映就站住了。邱满囤注意到

李铁映与邱满囤握手

1990年7月19日上午,时任中央政治局委员、国务委员兼国家教委主任的李铁映同志,在北京召开全国灭鼠技术研讨会期间专门观看了邱满囤现场灭鼠,并在这次会议上提出:"专家的工作要做到实验室和现场相结合,要和土专家交朋友。"

李铁映同志看邱满囤布邱氏鼠药

这个细节,心里很暖和,觉得是中央首长对自己这个农民发明家的格外关怀。邱的徒弟刚布完药,有几个声音几乎同时从邱这边响起:看,看,有吃的了!

后来是回到会场。后来李铁映讲话,邱满囤记得最牢的是:"专家的工作要做到实验室和现场相结合,要和土专家交朋友。"还有:"灭鼠工作要走向世界,争取在中国召开国际灭鼠会议。"

再后来,李铁映与邱满囤并肩走出会场,与大家一起再去看现场。结果,邱满囤布药的场地,有死鼠24只。

以上,是我亲眼所见,也是几位专家亲眼所见。他们怎能公然说邱氏诱鼠剂没有引诱力呢?他们的《呼》文不怕李铁映看到吗?不怕当时在场的其他灭鼠专家看到吗?他们真的一点儿都不怕那么多在场的人会怎么看他们吗?

这是此案第一个令我吃惊的情节。

整个中国，除了"邱氏诱鼠剂"，还没有别的引诱剂能在大白天众目睽睽之下诱鼠出洞，不是吗？全世界，也尚未听说有达到这种神奇引诱力的诱鼠剂，不是吗？为什么要诋毁这个中国农民的发明创造呢？我看不懂了。

邱满囤不识字，但不等于愚昧。

况且，不论愚昧还是聪明，一个农民和科学家一样，都有自己做人的尊严和名誉。在这一点上，邱满囤同五专家是一样的。邱满囤状告五专家，是因为有证据能证明他们明知邱氏诱鼠剂有诱鼠力，却故意发表文章说没有诱鼠力；他们也明知市场上有很多假冒的邱氏鼠药，却把从市场上收集来的鼠药说是邱氏鼠药厂生产的……邱满囤还知道他们是我国灭鼠界的大专家，说话写文章是有影响力的。他们那么联名一说，他邱满囤就成骗子成罪人了。所以他状告他们故意侵害他的名誉权。这个认识，邱满囤告状之初和败诉之后，都从未改变。邱满囤告状，要讨的是公道，是法律所保护的人的权利。可是，有学问的人，却把这个维权案转换成科学与伪科学的斗争。

再说一遍，邱满囤要讨的是公道，是人权。

有学问的人，却把它转换成科学与伪科学之争。

邱满囤和他的诱鼠剂被说成"伪科学"，受到更大的伤害！

若论科学，邱满囤的几十年研究，算不算科学？

邱氏诱鼠剂是伪科学吗？

有时我想，邱满囤同老鼠，仿佛有一种天生的缘分，那是从一个穷孩子鼠口夺粮开始的。他三岁时娘去世了，他寄居到姥姥家，此后再也没见过父亲。少时饥饿，邱满囤常去逮田鼠，发现鼠洞藏粮，有时一洞能得好几斤，便拿回来贴补家庭。那个时期，他逮住田鼠常放生，目的是让田鼠去为他盗粮，他则随时可以来掏洞取粮。1960年饥饿时期，秋收之后，青年邱满囤拿根棍子走在地里，后面跟一群乡亲，邱满囤指点着，乡亲们就按他的指点，掏挖鼠洞，鼠口要粮。

迄今，邱满囤还说：我们放在仓库的粮食会发霉，可我从没发现鼠洞里的粮有发霉的，老鼠是怎么保管粮食的，值得研究，我到现在都没有研究出来。

你听老邱这话，有没有意思？

邱满囤还对我说过：你相信乌龟会捉老鼠吗？

我问：那怎么捉呀？

邱满囤告诉我，他青年时不仅养过老鼠，也养过乌龟，乌龟趴在墙角纹丝不动，老鼠走到乌龟的嘴边歇在那儿，乌龟一口就把老鼠咬住不松口，那不是乌龟捉老鼠吗？

邱满囤还曾经"训狗找金子"，他好不容易借了个金戒指埋到地下，让狗去找。当狗总能找到时，邱满囤就带着狗到从前地主的老宅子去找金子。结果找到的不是铜就是铁，从未找到金子。

邱满囤还说：蚂蚁的功劳大着呢！

我问，怎么说到了蚂蚁？

老邱说："我发现老鼠爱吃的，蚂蚁也爱吃。蚂蚁吃的东西，老鼠也来吃……"于是，在老邱的讲述中，我知道了，老鼠不容易观察，蚂蚁容易观察，老邱开始长时间观察蚂蚁搬家搬些啥，并用各种食物和食物配伍引诱蚂蚁，观察蚂蚁。其情形有点类似科学家用白鼠做实验，可以作为人体适应性的参考。老邱再拿对蚂蚁特别有引诱力的各种食物配伍去引诱老鼠，经无数次试验观察，终于锁定了产生诱鼠奇效的若干配伍……假如不是观察蚂蚁缩短了老邱研究老鼠习性的历程，也许老邱这一生中还得不到那些神奇的配伍呢！所以老邱说："蚂蚁功劳大了！"

万年前，我们的祖先发明了陶器，将野生稻驯化为水稻；大约稍后，将狗尾巴草驯化为粟；再后，将一种野生昆虫驯化为蚕宝宝……那时还没有文字，恐怕不比今天不识字的邱满囤更有知识，然而我们祖先那么伟大的发明创造不是科学吗？制陶、发明农业，是伟大的科学，伟大的创造！

现代科学，更是在实证科学的基础上发展起来的，试验、观察、分析、归纳，在这基础上进行创造性的排列组合，发明某种我们称之为药的东西，并在实践中能观察到是有效的——邱氏诱鼠剂就是这样诞生的——就是这个非常贫穷的中国农民，用流浪的岁月，在艰辛而漫长的试验中诞生的，这不是科学是什么？

它不是从国外引进的，它是地地道道土生土长的中国科学，是确确实实中国农民的发明创造。邱满囤状告五位灭鼠权威专家诋毁他的诱鼠剂，仅仅是邱满囤个人的事情吗？那是原创的中国发明，是原创的农民的创造！

就在1994年政协新春茶话会上，有人热议邱满囤时，全国政协主席李瑞环还说过一句：要尊重劳动人民的首创精神。

6 那么多人帮助了一个骗子？

但是，邱满囤确实不识字，更没有用文字、数据写出来的科学文论，要给邱满囤的诱鼠剂做科技成果鉴定，确实是个难题，他需要有关专家的帮助。

1987年夏天，刘日把邱满囤请回来后，曾让县科委分别以县委、县政府的名义，向国家爱卫会、卫生部，河北省爱卫会、省卫生厅、省科委，石家庄地区爱卫会、地区科委等部门发出几十封信函，请求帮助为邱氏诱鼠剂做技术鉴定。

河北省爱卫会和省科委首先重视了。面对邱满囤不识字这个特殊情况，他们首先帮助邱满囤建起一个"河北省科委课题组"，对邱满囤提供的诱鼠剂进行诱鼠实验，建立各种数据。此后，组织河北省爱卫会、科学院、鼠防所、消杀灭中心、防疫站、医学院、科技情报所的专家，还邀请北京军区军事医学科学研究所从事消杀灭研究的专家，组成鉴定委员会，对邱氏诱鼠剂进行鉴定。参加者都是教授、副教授，研究员、副研究员，主任医师、副主任医师。因这一系列帮助，才有了1989年4月对邱氏诱鼠剂做出的省级科学技术成果鉴定，鉴定证书编号为"冀科鉴字404号"。该鉴定书写道：

> 经1988年1月和1989年3月两次在不同村庄利用"邱氏诱鼠剂"掺加毒鼠磷、敌溴灵和敌鼠钠盐三种不同杀鼠剂，用双盲法在实验室和现场进行实验，结果表明：加"邱氏诱鼠剂"的毒饵比不加"邱氏诱鼠剂"的毒饵三日盗食量高两倍多，投药后1.5小时高5.89倍。实验证明"邱氏诱鼠剂"具有明显的诱鼠作用，显著提高了杀鼠剂的适口性。

这个鉴定委员会有12位专家。专家们还把邱氏诱鼠剂的特性和效果，放在国内外同类研究的现状上去考察，这样写道：

> 目前国内外文献对毒饵添加引诱剂的研究报道尚属少见，为此鉴定委员会认为："邱氏诱鼠剂"引诱褐家鼠、小

家鼠的效果优于现有常用诱鼠剂，为国内首创。

鉴定书里为什么特别讲到褐家鼠和小家鼠？

褐家鼠和小家鼠，都是在广大农村和城镇最主要的害鼠，凡有人居的地方都有它们存在。小家鼠的体积不到褐家鼠的一半大，生态适应性很强，在很小的缝隙里即能栖居，在衣被、家具、杂物中也可营巢繁殖，是传播鼠疫和其他某些自然疫源性传染病的媒介。小家鼠用很少的食物即可维持生命，而且，不仅是身体小食量小，其摄食行为是间歇性的，每次取食量很少，对毒药的耐药力还很强，因而毒杀小家鼠的难度很大。

我是在认识了邱满囤后，才日益看到——已经成功地适应了与人类伴生的鼠类，是个很大的世界，我们所知甚微。我们通常所说的"消灭老鼠"，这概念恐怕要重新考虑。据有关书籍载，我国现有鼠类180多种，有害的只有褐家鼠、小家鼠等10余种。人类说消灭老鼠，一是不可能，二是不应该。因大部分鼠类是其天敌的主要食物，如果灭绝就会破坏生态平衡。我们的祖先创造十二生肖，将老鼠列入其中，作为"属相"与其他动物分属于我们一代代子孙，必是认识到了鼠类也是人类的朋友。似乎担心子孙歧视鼠类，祖先还在十二生肖中将鼠排行第一，称之为"老"，按中国文化的意思，这是尊称。

历史走到今天，怎样才叫"科学灭鼠"？大约应该是把鼠类的种群控制在一定密度之下，防止其危害人类的健康和生活。褐家鼠和小家鼠都是繁殖力很强的鼠，专家称之"优势鼠种"，是指它们在生存竞争中比其他鼠种更有优势。因这优势，才繁殖出浩大鼠群，成为在人类生产和生活区最主要的鼠害。河北省科委组织的专家鉴定委员会特别指出邱氏诱鼠剂对引诱褐家鼠、小家鼠具有的优势，并称之"国内首创"。这鉴定让我看到：无论邱氏诱鼠剂，还是这个专家鉴定，都多么宝贵。

这宝贵包括：从河北省爱卫会和省科委帮助邱满囤建起一个"河北省科委课题组"，由省鼠防所与石家庄地区的专业科技人员对邱满囤的科研成果投入实实在在的研究性帮助，他们在对比实验中得到并写出的数据，邱满囤连看都看不懂，但没有人能否定，那显示的数据，是邱满囤与老鼠相处的生涯中琢磨出来的诱鼠奇效，然后有这个鉴定委员会的鉴定……请想象一下，这不是为一个拥有高学历的科研人员的科技成果做鉴定，这是一大批科技人员和专家学者，对一个不识字的农民发明家投入令人心为之暖的帮助。这样的帮助，正如当时全国爱卫会主任李铁映所说："专家的工作要做到实验室与现场相结合，要和土专家交朋友。"一个农民的发明及其成果鉴定过程，这样的帮助，这样的携手，难道不是中国当代科技史上的佳话吗？

我深以为，这是中国科技史上的光荣啊！

为什么要扑灭它呢？

1990年2月26日上午，国务委员、国家爱卫会主任李铁映在对爱国卫生工作的指示中讲了四项工作。一是要抓好434个城市的评比检查。二是农村主要抓改水工作。接着讲第三项工作，李铁映是这样讲的：

三、灭鼠工作可作为城市卫生检查的一项内容。河北省无极县邱满囤灭鼠有经验，要组织邱满囤及灭鼠专家都到北京来表演，开现场会，请有关省市来参加，让广大人民群众、各单位、军队都知道，电台、电视台要宣传报道，有条件的，需要量大的省要建立一个鼠药生产厂，避免长途运输。

灭蚊、灭蝇、灭臭虫、灭蟑螂，今后由各省市自治区组织开展。

就在这个2月底，河北省政府在传达了李铁映的上述讲话后，岳岐峰省长批示，由河北省、石家庄市共同投资200万元，在无极县建一个鼠药厂。

请留意，邱氏鼠药厂不是邱满囤的，该厂的全称是"河北邱氏鼠药厂"，1990年3月15日建厂。他一个卖耗子药的并没有资金建鼠药厂，他只是被任命为河北邱氏鼠药厂厂长，而不是"私营老板"。

1991年12月30日，邱氏诱鼠剂又通过了中华人民共和国商业部的科学技术成果鉴定。本次鉴定，再次明确肯定邱氏诱鼠剂对褐家鼠和小家鼠的诱鼠效果"是目前国内最好的"，并写道：

邱氏诱鼠剂与国家允许使用的杀鼠剂配合使用，有遮盖和中和杀毒剂异味的作用，可对鼠快速招诱毒杀，最适用于高密度的现场。

由于邱氏诱鼠剂可明显提高目前使用的杀毒剂效果，推广后有显著的社会效果和经济效益。此项研究为国内首创，达到了国际先进水平。

由于诱鼠剂靠气味诱鼠，而气味会挥发，邱氏鼠药却没有写明有效期，这是个重要缺欠，因此本次鉴定还写下："要进一步研究提高诱鼠剂的有效期和改进剂型。"

可以这样说，这个昔日浪迹天涯灭耗子的诱鼠剂研究家，从被刘日请回故乡，到省科委和商业部为之组织科技成果鉴定；从李铁映指示要邀请邱满囤进京参加研讨会，到省地两级政府拨款建"河北邱氏鼠药厂"……每前进一步，都凝聚着党和政府对邱满囤的关怀和对他的科技发明的爱护！

1990年12月29日晚7时41分，中央电视台在《神州风采》播出邱满囤诱灭老鼠的节目，首次出现邱氏鼠药放在树杈上老鼠上树吃药、放在柜顶老鼠爬上柜顶吃药的镜头，这景象令全国亿万观众惊叹！

在这前后几年，新华社、中国新闻社、中央人民广播电台以及《人民日报》《经济日报》《光明日报》《解放军报》《工人日报》《农民日报》《科技日报》《中国青年报》《健康报》《北京日报》……全国几乎没有一家大报没报道过"邱氏诱鼠剂"的神奇引诱力。有数百名记者，目睹邱满囤在大白天诱鼠出洞杀灭老鼠。这些报道均以不同的语言，表达了对这位中国农民发明的神奇诱鼠剂共同的惊奇、敬佩和自豪。

自从刘日把邱满囤请回故乡，上上下下那么多人帮助过邱满囤，那么多媒体那么多记者热情洋溢地报道过邱满囤，那么多人都帮助了、宣传了一个骗子？

不是的。数百名记者亲眼所见，报道的是事实。他们报道邱氏诱鼠剂具有"神奇引诱力"，至今看来，仍然是正确的。

但是，有五位专家一口咬定邱氏诱鼠剂根本没有引诱力。他们在《呼》文中还写道，邱氏诱鼠剂"真的像有的电视屏幕放映的那样叫鼠上树吗？诸如此类缺乏科学常识的问题，我们不做过多解释"。但是,《呼》文随后还是写下:"表演者本人已公开承认引诱剂引老鼠上树的电视镜头,是虚假的。"

中央电视台和北京电视台分别播出的"邱氏鼠药引鼠上树"的镜头,说的就是邱满囤事迹。《呼》文讲的"表演者"只能是邱满囤。邱满囤说:"我从来没说过那是假的。我根本不可能说那是假的。"像这样强加给邱满囤的话,令邱满囤感到活生生地受侮辱,非常愤怒!

《呼》文发表后,也有报纸"揭秘"说,专家讲那是利用电视特技造假的,还有的说是很多人把老鼠围在当中,把老鼠赶上树。就这个"诱鼠上树"的镜头,究竟是真还是假?

这组镜头是河北省电视台主任记者李希才拍摄的。他看到《呼》文,谈起当时的拍摄,总是激动地说:"绝对没有假!"

李希才回顾说,拍摄地点在河北衡水火车站,有人让老邱把药放到树杈上试试,别总放在地下。起初老邱也觉得可能性不大。当时地下也布了药,围观的人有上百人吧。老鼠出来吃地下的药了,我扛着摄像机正拍地下老鼠吃药的镜头,忽听东北角有人喊:"老鼠上树了!"

李希才立刻跑到东北角,一看果然,有两只老鼠正在上树,他立刻把镜头对准上树的老鼠。天呐,老鼠到了树杈,真的把包药的纸咬开,在众目睽睽之下,吃起药来。

老鼠上柜顶的镜头,也是李希才拍的。

那是在屋子里,老鼠沿着墙壁和橱柜之间的缝隙爬上去吃药。李希才今已年近70。他说:"老鼠咬开纸包,目中无人地吃药,那是仓皇逃跑吗?老鼠不是演员,它能听你导演吗?"

河北日报社记者冯凌曾这样记述:"这些不可思议的镜头,对人们认识老邱，认识邱氏诱鼠剂起到了用语言无法达到的效果，也凝聚了一个老新闻工作者的敬业精神和辛勤汗水。"

我想，这组镜头的拍摄者李希才是应该被记录下来的。

五专家撰文的标题即《呼吁新闻媒介要科学宣传灭鼠》，在第一自然段就写道："新闻媒介广泛宣传报道'灭鼠大王'、'神奇邱氏引诱剂'、'轰动效应'造成了一些混乱和误解。"

可是，从中央电视台、新华社到《人民日报》等许多新闻媒介报道邱氏诱鼠剂有神奇诱鼠力，是客观的真实报道，并没有错呀！那么，谁在科学地宣传灭鼠，谁在造成"混乱和误解"呢？

有位作家曾把海淀法院判五专家败诉，类比为欧洲中世纪"宗教裁判所迫害错判著名科学家伽利略一案的历史再现"。

在我看来，某种相似的情节，却有点像当年的宗教裁判所强迫哥白尼说"地球是不会转的"，哥白尼回到住所，喃喃地说："让我说地球不会转，可是地球还是在转呀……"当今此案，尽管五位科学家坚持说"邱氏诱鼠剂根本没有诱鼠力"，可是，邱氏诱鼠剂还是有诱鼠力呀！

第9章 一个平民的人生价值

要认识邱满囤,离不开他的青年时代。掏粪工人时传祥受到国家主席接见,刘少奇得知时传祥不识字,还特意送给他一支钢笔……这件事感动并激励了邱满囤一生。不识字的邱满囤也想让自己的人生有点价值,他因此为防控鼠害坚持不懈地探索了一生。

1 科学与良知

前文讲过五专家令我吃惊的第一个情节。现在说第二个。

此案，一审判决书曾写过一句"五被告无视'邱氏诱鼠剂'已于1989年4月和1991年12月分别通过了省、部级科技成果鉴定"。二审中，五专家索性完全否定上述两次科技成果鉴定，声称"其结论是不可信的"。他们在《上诉状》中写道："原审法院根本不应以此作为'邱氏诱鼠剂'具有诱鼠力的法律依据！"

这便是令我吃惊的第二个情节。为什么吃惊？

我这一代人，大都从小就崇敬科学家。我少年时订的第一本杂志是《我们爱科学》。2004年我站在意大利比萨斜塔前，还清晰地记得少年时读过的那个"自由落体实验"。故事说伽利略的实验推翻了此前亚里士多德认为两个同质物体重的会先到达地面的观点。关于这个实验，虽然还有不同的说法，但我在少年时就牢牢记住了：在科学上，肯定一个事物，需要做科学实验；否定一个事物，也需要做科学实验。这既是科学的态度，也是科学探索、求证的方法。

基于此，令我吃惊的便是：先后有十九位专家，通过实验，为邱氏诱鼠剂做过科技成果鉴定，即使五专家比这十九位专家水平高，那也要取确实可靠的素材做出可靠的实验，才能否定那十九位专家的结论呀！可是，未见五专家这样做，邱满囤也从未向五专家提供过可供他们实验的诱鼠剂，五专家凭什么一口咬定"邱氏诱鼠剂根本没有诱鼠力"？

第三个令我吃惊的情节是：五专家中唯一的女专家在法庭上一口咬定，"邱氏诱鼠剂就是氟乙酰胺的改名"。这是连她的四位同仁都不敢这样说的，可是她坚持这样说。

这让我惊讶地感到，当代有知识的人也是会指鹿为马的。

进而想到，指鹿为马的赵高其实是秦朝的大知识分子。史称赵高善篆，这篆指秦篆，是秦统一后推行"书同文"的字体。赵高作《爰历篇》，"爰"有改易、更换之意，表达秦篆乃由大篆省略改变而来。史称赵高为书法大家，那不是一般地说某人字写得漂亮就叫"书法家"，赵高是秦代为新的简易文字"立法"的人物之一，那是"书法家"的本义。赵高还精通法律，以至秦始皇让他教皇子胡亥判案断狱。

这位女专家是《呼》文的执笔者。邱满囤无论平日还是在法庭上，都反复说过："邱氏诱鼠剂本身无毒，与毒鼠药配合才成邱氏鼠药。我邱满囤不会制造毒药，毒药是从国家有关生产厂家买来的。"很多媒体也这样介绍过。

我无法相信这位灭鼠界女专家不知邱氏诱鼠剂不是氟乙酰胺，可她一口咬定二者是一个东西。为什么呢？难道她认为如此咬定，就能把邱氏诱鼠剂否定得更彻底？

陈敏章部长说得不错，"科学是客观的不能造假的"。按我笨拙的理解，研究某事物，看到是A就说是A，看到是B就说是B，这是科学的态度。无视客观事实，指A为B，便是造假了。如果把鹿说成是马，这恐怕已超出了是否科学的范畴。

国家早于1984年下文禁止生产、销售和使用氟乙酰胺，从源头上"禁止生产"是首要举措，而禁止生产和管住氟乙酰胺是国家有关行政管理部门的职责。200多名政协委员于1994年共同提案严禁生产和使用剧毒灭鼠药物，此剧毒药即氟乙酰胺，此时距国家禁止生产氟乙酰胺已有10年。邱满囤没有生产氟乙酰胺的能力，这不是秘密。河北省建"河北邱氏鼠药厂"自然是希望长期生产鼠药的，需要购买的毒鼠药不是少量，只要从源头上堵死生产氟乙酰胺，邱氏鼠药厂去哪里购买这种毒药呢？

邱氏诱鼠剂的特征是"诱鼠"，配上哪种毒药都能诱杀老鼠。它是我国鼠防事业很珍贵的一项发明。为什么非要把邱氏鼠药厂连同邱氏诱鼠剂一起灭了呢？

这是令我吃惊的第四个情节。

前已说过，邱氏鼠药厂不是邱满囤私人的厂，是河北省和石家庄市共同投资200万元建的"河北邱氏鼠药厂"。该厂终于"倒闭"，全部员工下岗回家，这是值得庆贺的事情吗？

第五个令我惊讶的情节是：五专家和不少科学家都众口一词地声称撰写《呼》文是职务行为，不是个人行为。

何以惊讶？

其一，我是个专业作家，有时也会奉命写作，如果我的文章侵犯了他人权益，可以声称我这是职务行为，不是个人行为吗？如果我这么说，不用别人指责我，连我自己都会觉得自己懦弱而且可耻。

其二，中国作家通过坚持不懈的努力，终于在"文化大革命"结束后争取到"文责自负"。就是说，如果我写得不对，或所写文章触犯国法，法律可以制裁我，但不能不让我写作。此种追求，不是一个作家如此，而是中国作家整体都认取：文责自负。可是，五专家及其所在单位的领导们，还有不少支持者几乎异口同声：这是职务行为，不是个人行为。这是怎么回事？

让我们再看一眼当时媒体报道的著名科学家说：

"这场官司不是科学家个人的事，关系到国家要不要科学。"

"关系到科学家是否有权宣传科学、维护科学尊严的问题。"

"今后谁还愿意为了国家和公众的利益发表意见。"

假如某个作家因文章而被告上法庭并遭败诉，难道其他作家就不愿意写作了？没有作家会群起而说：那是职务行为，那不是个人行为。

第六个令我吃惊的情节是：为什么那么多政协委员、科技专家那么容易就完全相信五专家？还有一批记者，也那么容易就听信了五专家说？

1994年1月24日，海淀法院在一份《情况简报》中写了这样一段话：

> ……几家报纸的个别记者在对此案的宣传报道中，不是正确地宣传人民法院在办案中应遵循的以事实为根据，以法律为准绳，公民在适用法律面前一律平等的基本原则，而是错误地进行——五专家是科学家，科学家就等于科学，科学家败诉就是科学受到了玷污等荒谬的极不科学的舆论宣传。

这话大约也表达了海淀法院的惊讶。法院讲的是"个别记者"，当然不只是"个别"。把科学家等同于科学，科学家败诉等于科学受到玷污，这样的观念是渗透在上述报道中的。我仔细阅读，这观念对科学有无限热爱，视科学为神圣，所以说"不容玷污"，"科学不败"……然而，此观念与历史上有人认为，对神职人员的不敬即是亵渎上帝，谁敢反对党委书记就等于反党，有何差别？

《科学不败》一文报道某科学家说："法院不是裁定科学是非的机构。"另有"14位科学院院士建议：为维护科学尊严，确保执法公正，应建立科技陪审团制度"。

这令我想，哲学应该是够深奥的学问。古希腊哲学家苏格拉底因向青年传播智慧，被认为不敬雅典人公认的神而遭逮捕。审讯苏格拉底是有陪审团的，陪审团人数多达500人。苏格拉底坦诚地向陪审团阐述人类是可以有智慧的。他的辩诉曾说服了陪审团很多成员，但最后在500名陪审团员的投票中以微小的票数之差，被判定有罪，处以死刑。今天，如果有哲学家遇到诉讼问题，是不是要呼吁建立哲学陪审团制度？否则，即使有很多非哲学领域的人员组成陪审团，是不是也不能确保执法公正？

文学与历史也是专业性颇强的学问。在文学家、历史学家看来是瑰宝的作品，在其他一些人看来，可能是大逆不道的。金圣叹所评"六才子书"中的《西厢》与《水浒》，就曾被列为禁书，《史记》也曾被称为"谤书"。清初，苏州吴县新任县令任维初以严刑催交赋税，杖毙一人，并盗卖官米，中饱私囊。当地文人与百姓聚集文庙前去对孔子哭诉，官府下令抓人。此案史称"哭庙案"。金圣叹受牵连被割去头颅，罪名就是他起草揭贴，供民众"哭庙"。可以说，历史上因文获罪的远比因科技获罪的多得多。今天，并非没有从事文学或历史工作的人士被告上法庭，为什么没听说有人呼吁成立文学陪审团制度，或史学、哲学陪审团制度呢？

就在邱满囤败诉的日子里，我从一本书中看到有位科学家这样写道：

> 这个爱好文化的时代怎么可能腐败堕落到如此地步呢？我现在越来越把厚道和博爱置于一切之上……我们所有那些被人大肆吹捧的技术进步——我们唯一的文明好像是一个病态心理的罪犯手中的一把利斧。

这位科学家叫爱因斯坦。上面那段话，是第一次世界大战期间爱因斯坦写在一封信里的。写信的日子是1917年12月6日，爱因斯坦从柏林给住在苏黎世的亨利希·粲格尔写的信。爱因斯坦并非一时冲动才这么说。1931年10月19日，爱因斯坦在卡普特给波士顿报纸《犹太辩护人》写了一封信，这家报纸当时正在庆贺大法官布兰代斯的70寿辰，爱因斯坦信中写道："人类真正的进步的取得，依赖于发明创造的并不多，更多的是依赖于像布兰代斯这样的人的良知良能。"

1937年9月，爱因斯坦再次写下："我们切莫忘记，仅凭知识和技巧并不能给人类的生活带来幸福和尊严。人类完全有理由把高尚的道德标准和价值观的宣道士置于客观真理的发现者之上。在我看来，释迦牟尼、摩西和耶稣对人类所作的贡献远远超过那些聪明才智之士所取得的一切成就。"

二十年前，我听恩师文怀沙先生说过："一个地主用土地去欺负人是可耻的，一个资本家用金钱去欺负人是可耻的，一个知识分子用知识去欺负人也是可耻的！"先生还说，"一万年以后也要站在白毛女一边，不能站在黄世仁一边。"先生这些话，至今听来，仍然振聋发聩。

正是这些见闻和经历，让我看到，一切科学技术以及人所拥有的知识和才能，都如同一个"器"，具有工具的特征，能用来做好事，也能用来作恶。因而在工具之上,在人的才华和能力之上,需要有驾驭能力,制止能力跋扈的东西,这种东西即人的道德精神,人的良心。

产生于头脑的科学技术是客观的,不是神圣的。

我再说一遍:产生于头脑的科学技术是客观的,不是神圣的。产生于心灵的对正义的追求,对公道的捍卫,以及慈悲、怜悯、爱惜、关怀,这些崇善的心灵与信仰,是神圣的。人如果丢失了善的心灵,就会丧失良知,则拥有科学技术,拥有金钱和权力,都会对他人做出可怕的事情来。

人类迷信金钱和权力,由来已久。20世纪最大的迷信,是科学迷信。这是值得警惕的。这是我在20年前认识到的,那时邱氏鼠药名誉权案尚未发生。

2 尊严难丢

邱满囤败诉后,媒体上谁都可以拿他说事,邱满囤和邱氏诱鼠剂都变成了"伪科学"的代名词,邱满囤差不多像个"过街老鼠"。要名誉权的邱满囤,活生生是名誉扫地了。但邱满囤仍然是很有自尊的,在家乡常说的一句话是:"离我远点,我是屁股绑炸弹——危险人物。"

邱满囤隔些日子就给我打来一个电话,总是问:"宏甲,什么时候给我平反啊?"

我知道,我们曾劝他要顾全大局,不管法院怎么判,都先接受下来再说。邱满囤也相信,真的就是真的,假的就是假的。他相信必有一天,会像"文化大革命"结束后平反冤假错案那样,给他平反。他在电话上也说过:"难道白猫能变成黑猫,母老鼠能长出蛋蛋来?"

但是,他一次次地来电话,一次次地问:"什么时候给我平反啊!"我听出了焦急,听出了担心……可是,谁还能给他"平反"呢?我不知该怎么说才好了。

我没别的办法,只想能打消他期望平反的念头。我对他说,老邱,你想想,有这么一个大天秤,一边蹲着你邱满囤,另一边坐着200多位政协委员和科学家,你邱满囤输了,那是输吗?你很了不起啊!

我还对他说,老邱,你想想:一审你胜诉,被评为1994年中国十大科技新闻,列第二条;二审你败诉,被评为1995年中国十大科技新闻,列榜首。你是胜也新闻,败也新闻,过去一百年,全中国除了你老邱,没有第二个人能连续两年登上中国十大科技新闻龙虎榜,谁有你这样的光荣啊,你多么了不起啊!

但是,邱满囤有人们难以理解的痛苦。

"我没有一天不琢磨老鼠。"邱满囤电话上说。

他来电话问何时能给他平反,常常是在电视上看到哪儿鼠害严重的时候。或者,别人从报上看到有关消息也会告诉他。

一年过去,两年过去,五年过去……2000年,中央电视台从三江源发回报道,说当地有2400万亩草场受鼠害,有鼠2亿只,70%的草场退化。而且,令人担忧的是没有一种行之有效的灭鼠药……邱满囤得知后向人打听:"三江源归谁管?"

有人出主意:你问问中央电视台吧!

他又托人打听,没有回音。

2001年有人告诉老邱，上年第一期《读者》登了一篇《恶之花：世纪中国巨骗"梦幻组合"》的文章，把邱满囤同李登辉、李洪志等列为20世纪的中国"巨骗"，编成一支"恶之花"足球队，主教练是袁世凯。

老邱托人找来这本《读者》，让人念给他听。对方从头念下来，快念到老邱了，就对他说，老邱你听着，到你了：

"在中场这个位置上，'邱氏诱捕法'的发明人邱满囤以及'世纪婴儿'童话的编造者陈军等人也表现出一些过人的才华，只是他们或者由于位置重复，或者由于经验不足，而只能暂时坐在替补席上，他们虽然是骗术中的新秀，但反映出'骗'这一丑恶现象对人们的影响……"

这回邱满囤还知道了，《读者》是"二道发表"，是从《山西青年》转载来的，而《读者》每期发行几百万册，影响大了。

这件事，冯凌写过文章，说邱满囤先是请河北《警视窗》记者张保平与上述两杂志社联系，要求他们承认错误。不料《读者》杂志社让邱满囤"拿出证明自己不是骗子的证据"。这下老邱火了。他鼠药厂没了，可以不要鼠药厂。他也可以不要那县政协副主席的"桂冠"。但是，做人的尊严不能不要！他曾说过"冤死不告状"，这回还是把《山西青年》和《读者》告上了法庭。

一审判邱满囤胜诉。《山西青年》当场认错，随后在本杂志登道歉声明，并向邱满囤赔偿5000元精神损失费。但《读者》不服，向中级人民法院提起上诉。这场官司，又到了二审。

《读者》上诉的理由仍然是："当年邱满囤诉五位科学家侵权案终审败诉，邱氏鼠药厂被勒令停产，其恶劣影响及诈骗世人的真实一面已被揭穿，当时及其后的新闻媒体对此做过大量的报道。'邱氏鼠药'

造成的不良影响至今还铭记在世人心中。"

《读者》收集了当年报刊上的不少文章,以及一些科学家、政协委员的言论,用来证明他们公开说邱满囤和邱氏诱鼠剂是"伪科学"的不少,其中还有"大字不识一斗的江湖骗子"、"骗术百态"的字句。《读者》觉得自己冤得慌,《读者》远不是第一个否定邱满囤的,即使时隔五年的现在,也只是转载,怎么那么多人都义正词严地公开说得,我们就说不得?

法庭让《读者》仔细看看,邱氏鼠药名誉权案,无论一审和终审,都没有认定邱氏鼠药厂使用过氟乙酰胺,也没有认定邱氏诱鼠剂没有引诱力。虽然有专家和媒体文章对邱满囤的批评,但北京市中级人民法院认为那是"学术专业上的争鸣"。至今没有任何官方文件把邱满囤称为"骗子",也没有报纸直接指名道姓地称邱满囤为骗子,更何况是"巨骗"。二审只能维持原判,保护公民邱满囤的名誉不受侵犯。

《读者》败诉了,但至今没有支付法庭判定的赔偿费。《读者》当然不是没有钱,大约仍然感到冤得慌。邱满囤也不催,他说:"我不是为了钱,我是要做人的尊严。"

他还说他心里是感谢《山西青年》和《读者》的,要不是他们说我是"中国巨骗",我还没有办法让法院给我正名。我是不得已才告他们,我很抱歉。我感谢他们!

邱满囤把这场官司告诉我后,我对他说,你的内心感谢是对的。我还告诉他,《读者》是我很尊敬的一个刊物,长期以来转载了很多品质高的中外好文章,对中国读者的贡献是很大的。

此案胜诉,邱满囤是高兴的。现在,至少没人敢任意在媒体上说他是骗子了,也没人敢随随便便拿他当"伪科学"典型了。他不是

"过街老鼠"，他是灭老鼠的。他觉得他又可以大显身手了。

邱满囤此案终审胜诉已是2002年8月10日。

同年，《光明日报》报道，四川省石渠县草场遭到鼠群猖狂掠夺，鼠害面积达到2146.95万亩，占全县面积的三分之二还多！老鼠不仅啃食牧草，还因群鼠挖洞掘土，凡有鼠洞的草地都覆盖有3厘米左右的浮沙，导致寸草难生，大风吹来黄沙蔽日。俄多玛乡歇武山一带的草皮层完全被破坏，蒙格村600多藏民不得不离乡择地生息。由于草地资源被破坏，一些珍贵的动植物也濒临灭绝，据有关部门测算，全县境内有鼠15亿只！

邱满囤向人打听石渠县在什么地方，得知它在四川甘孜西北部，与青海接壤，距离成都有1000多公里，平均海拔4250米，比拉萨还高600多米。那里生活着18个原始游牧部落，叫太阳部落，都是藏族牧民。那里年平均气温在零下7℃，最冷的时候零下45℃。邱满囤托人给石渠县政府联系，说自己愿意去帮助灭鼠。可是，仍然没有回音。

三峡水库清底招标灭鼠，邱满囤请缨，也因种种原因只好作罢……邱满囤又陷入了痛苦。现在可以看出，邱满囤的快乐或痛苦，核心的因素并不在于官司的胜败，而是能不能去为灭鼠做贡献！他年轻时，国家号召灭鼠，他潜心琢磨灭鼠，妻离子亡，他坚持不懈，心中是有大志的。灭鼠事业，就是他的天！

今日邱满囤毕竟不是几十年前养耗子琢磨老鼠的邱满囤了，他确信自己身怀灭鼠绝技，没想到几年前五专家胜诉的影响那么大，他切实体会到"英雄无用武之地"的痛苦了。

当然，找他灭鼠的仍常有。

冯凌说，省里一家大报社的地下电缆被老鼠咬断了影响到出报，用了多种办法都不灵，把老邱请去灭鼠一次，地上地下都安静了。某上市公司把厂区灭鼠包给老邱，老邱一年去一次，厂区和库房也都安静了。

老邱自己说："灭鼠一次，保你一年。"

你看，这像不像吆喝卖耗子药的？

有人说，真的，老邱给你灭鼠一次，就把你那儿的老鼠消灭光了。老邱纠正说，不对，没有消灭光。对方说，没灭光，怎么一只耗子都不见了呢？老邱说，跑啦！

这是他长期灭鼠得到的经验。老邱说老鼠聪明呐，有没吃到药的，发现伙伴出事了，知道这儿不安全了，就全部逃走了。不是消灭光，是跑光的。一般要转过一个春夏秋冬，这地方才可能再出现老鼠。现在再听老邱说"灭一次，保一年"，你看是不是也并非不靠谱。

但是，这些在邱满囤看来都是小打小闹。他心中的消除鼠害是个大事业。20年前他跟我说过，专家讲，人与鼠的比例是1∶3。那么我国有10亿人口时就有30亿只老鼠。现在他惦记着有关部门预测四川石渠一个县就有15亿只老鼠，这也是专家说的。他说他现在不知道中国到底有多少老鼠了。别人问他，那谁知道呢？他说："鬼才知道。"

也还时常有人来拜他为师。

一次，有个人拿来十万元向邱满囤拜师学艺。此人来自河北安国，安国以"药都"驰名，老邱也对来人刮目相看，但对他说："师傅都没饭吃了，你徒弟学了有什么用！"

对方还是要学。

邱满囤说:"我虽然缺钱,但我不能害你。你把钱拿去作别的用吧!"这个故事就结束了。

还一次,老邱外出,在武汉看到一个卖鼠药的铺子里有一张邱满囤同一个女孩合影的大照片,照片上的女孩就是眼前卖鼠药的女孩。邱满囤上去问:"这老头是谁呀?"

女孩说:"我爷爷。"

邱满囤说:"你看看我是谁?"

女孩一看,立刻从铺子里出来,跪地就叫:"爷爷!"

邱满囤心头一热,叫那女孩起来,又指照片问:"这东西怎么来的?"女孩说,"照相馆买来的。他们给我照个相就成。"邱满囤又问,"花多少钱?"女孩说,"不贵,20块钱。"

女孩又说:"爷爷,我请您吃饭!"

邱满囤说:"不了。闺女,卖吧,卖吧!"

邱满囤对那女孩挥挥手,走了。走出一段,还自言自语道:"真的封了,假的还在卖,这是什么世道……"

3 孤独的邱满囤与非洲鹦鹉

邱满囤的日子又接近"贫穷潦倒"了。但凡有人请他灭鼠,问他价钱,他仍然是那句话:"看着给吧,一块钱不嫌少,一万元不嫌多。"

老邱把老伴张水莲和孩子们都送回了水莲的陕西老家。临行前,老邱清出三抽屉名片,对老伴说:"莲,带着这东西。等我不在了,你用上它,一张向他们要五块钱,够你用一阵子的。"

共产党员张水莲说:"你让我用这东西去要饭?我才不要!"

老邱说:"那这东西还有啥用。"

水莲说:"你留着吧。等你不在了,让孩子们当钱给你烧了。"

老邱摸着那白花花的名片:"这里面可有不少是当经理、当老板的,还有大领导。"

送走了老伴和孩子们。邱满囤现在又是一个人过日子,陪伴他的还有两只非洲鹦鹉,那是北京动物园送给老邱的礼物。

那还是1992年,几乎是在五专家刚刚写出《呼》文的同时,邱满囤应邀到北京动物园灭鼠。动物园灭鼠是大难题。有句话说"投鼠忌器",动物园的动物不是"器",是活生生的珍稀动物。在动物园下灭鼠药,动物也可能被毒死。特别在禽岛上灭鼠更难。别看那一只鸟,价值可能数万元。若不灭鼠,鼠害已威胁到珍禽异鸟的安全。下药吗,怎能只让老鼠吃,禽鸟不吃?

京城园林局来人邀请邱满囤,也把难题告诉了老邱。并告诉他,不是没有请过别的灭鼠大专家,但没人敢保证不毒害到动物,因而没人敢下手。问邱满囤有把握吗?

邱氏诱鼠剂的功能就是对老鼠有特殊的引诱力,老邱说,如果我也说没有办法,那就让老鼠在动物园猖狂?老邱答应了。当然,老邱也谨慎。他说光靠我不行,要你们配合。

"怎么配合?"

"我布药的时候,你们得有一帮人进园子赶鸟,不让鸟有机会吃到药,给我好好看守着。"

对方笑了:"这么热闹,老鼠能来吃药吗?"

老邱说:"来,它必须来。"

灭鼠之日,就按老邱说的办,一群员工进园子轰赶鸟,使其不能接近老邱布的药。是日，在几百人围观，几十人轰赶珍禽的嘈杂声中，一小时诱杀了 21 只老鼠——全部死在洞外，接着捡走死鼠，打扫残余鼠药，并按老邱指点，把所有鼠洞全部堵死。

邀请方问："灭了这些，岛上还有老鼠吗？"

老邱说："有也全跑光了。"

对方问："你怎么知道？"

老邱说："老鼠厉害哪！这些来不及报信都死在外边了。要是有剩下的，它准认定这里不安全了，准跑光。你放心。"

这次动物园灭鼠，园林局的领导们也来亲自观阵。灭鼠结束，动物园园长问起老邱的灭鼠费用时，老邱不要。园长说不要不行，这都什么年代了，不能让你干义务劳动。老邱说，"你非要给，就给我一对鸟吧！"

园长当即答应。邱满囤就指着园里的一对鸟："就要这一对。"园长一看，是一对非洲鹦鹉。从非洲进口一只就要 3000 元，这老邱一要要两只。老邱说，我看到你有富余的。园长说，你真厉害，这是我们自己繁育的。

这次动物园灭鼠，《人民日报》《北京日报》《北京晚报》都做了报道，对邱氏鼠药有没有引诱力是又一个有力的证明。所以，1992 年的邱满囤对五专家说他的诱鼠剂没有引诱力，并不放在心上……可是，事情的发展远远超出了邱满囤所能想象。当然，老邱也没想到，这一对祖籍非洲的鹦鹉，现在成为老邱逆境中陪伴老邱的朋友。

这是一对红嘴鹦鹉。我们见到人家养鹦鹉，通常养一只。即使贵如皇宫，也常是只养一只。文学或影视作品写到它，常用来表达王妃犹如关在笼子里的孤独。邱满囤干吗要养两只鹦鹉？"两个黄鹂鸣翠柳"，那是在谈情说爱吧！只有一个，就没法谈爱情了。邱满囤已是孤身一人，红嘴鹦鹉却是一对。老邱欣赏着它们相亲相爱，并决心要教会这一对非洲情侣说中国话。

邱满囤对动物的爱好是异乎寻常的。

他曾经告诉我，他在大连看到几千只海鸟每只嘴里衔一片树叶准备起飞……他一看天空，这天晴空万里，风平浪静。老邱心想，这海鸟真会选日子啊！海鸟们打算去哪里，要渡海？要去某个很远的岛屿？为什么都衔一片树叶，是不是飞累了，可以把树叶放在海面上，便站那树叶上歇歇脚？

老邱说，他不敢肯定是不是，但他觉得是。

老邱说，他一直琢磨群鸟们去干什么，那不是迁徙的季节，它们去干什么？是不是去旅游？太神秘了。

老邱说，他感动了，真的感动了。几千只海鸟啊，做同一件事，谁组织的？一定有鸟头儿组织。谁选定的日子，怎么通知的？几千只鸟啊，那里面一定有鸟将军、鸟司令。太了不起了！

"你想过吧，'鼠目寸光'指的是人。"

有一回，邱满囤忽然笑着对我这样说。他说"鼠目"可不只"寸光"，耗子聪明得很呐！他说老鼠会旅游，你相信吗？老鼠也会成为火车、轮船、飞机上的乘客，你相信吗？

你知道吧，邱满囤说，铁路边都有很多鼠洞。冬季，老鼠就迁居到铁路沿线。为啥？铁路沿线有乘客扔下来的食物。火车停在站上，老鼠还会成群结队爬上火车，然后都走到餐车和餐车附近的车厢底下，就站那铁架上，"一长排，旅游去啦！"

"你看到了？"我问。

"看到了。"

我说这可是长途迁徙了。邱满囤明白了我说的"迁徙"大约与"搬家"意味相投，他坚定地说，"不是搬家，是旅游。过几天，还坐火车回来。"

"怎么知道？"我表示怀疑。

"知道。"邱满囤说，"北方鼠小，南方鼠大。差别老多。它不服水土，就是去玩几天，还回来，那不是旅游是啥？"

从老鼠旅游推及那次看到的海鸟远行，他猜想海鸟们也是去旅游。

"有没有去了回不来的？"我问。

老邱说，有啊！非洲的老鼠钻进轮船的货箱里，来到中国，就很难回去了。美国的老鼠钻进货箱，坐飞机来中国，也没法回去了。老邱还知道我国新疆本来是没有褐家鼠的，西北的干旱区隔离了褐家鼠，没有褐家鼠愿意走过那么长的干旱区。但是，从兰州到新疆的铁路通车后，从北京出发的列车可直达乌鲁木齐，褐家鼠坐火车去到新疆，有回来的，有回不来的。

我根据老邱说的，查了有关资料，果然看到资料说，20世纪70年代以前，新疆地区是没有褐家鼠的。从东部地区乘火车到新疆乌鲁木齐的褐家鼠，还沿铁路向南扩散到库尔勒，沿公路扩散到吐鲁番，并继续沿着公路向南疆扩散。在这个"交通全球化"的时代，"鼠类全球化"已是不可避免的。

早年，老邱下榻广州某大宾馆。有人与他谈论起老鼠。老邱说你这里就有老鼠。对方不信。老邱说鼠就藏在那假山里。那是这豪华宾馆高楼层上的假山。对方说老邱信口开河。于是打赌。

怎么知道有鼠还是没鼠？对方说，拿高压水枪往假山那些小洞洞冲水，有鼠必出，不见鼠就是没鼠。老邱说，你冲冲看。于是拿来高压水枪冲，结果无动静。

老邱问，你还打赌吗？

对方说，打呀，不许反悔。

老邱说，拿几瓶开水来。

于是服务员拿来十多瓶开水。老邱说往里灌。服务员才灌了三瓶，就听有人惊叫："老鼠！……"只见老鼠成串逃出。

众人鼓掌。问为什么？老邱说，老鼠打洞的本领是在田野里学会的。田野里有雨水，雨大了就会水淹鼠洞，所以老鼠打洞有防水功能。老鼠卧室的门口很小，你用水冲，水没到，凉气先到，老鼠立刻用屁股往门口一堵，就像个塞子塞紧了。老鼠打洞，通往卧室那路一定是斜的，高压水枪冲水，拐个弯就没冲劲了。老鼠屁股坐那里，凉凉的，可舒服啦！水拐个弯，从别的洞口出来了。用开水往里灌，烫屁股呀，它坐不住了。这不是？

这是趣闻。这不是我看到的，是听到的。如果不是听到，我没有能力虚构出这些情节与细节。

还一回，有专家问老邱："你知道世界上的老鼠有几种吗？"

邱满囤说："按你们说有几千种，按我说就两种。"

"哪两种？"

"公的和母的。"

对方笑了。邱满囤又说："男人有胡子，女人没有。一看就知道是男是女。老鼠每只都有胡须，一边都是13根，共26根，公母一样。从你面前跑过去，你能一眼就认出公母来吗？"

邱满囤当然能一眼就认出公母，不仅如此，老邱琢磨老鼠特别研究公母有何不同，这是"邱氏研究"的重要特征。他说，男人女人，爱吃什么也有不同呢！女人，平时爱吃什么和怀孕时爱吃什么也有不同呢！邱满囤几十年都在琢磨公鼠与母鼠分别最喜欢吃什么。正是这样一个人，他是当今世界上唯一被报道能用他的诱鼠剂诱公来公，诱母来母的人。这一点，也是有的专家认为最荒谬最不讲科学的。现场实验，被诱杀的一群母鼠中也可能混进一两只公的。人家问：怎么解释？邱满囤说：那家伙有毛病，人不是也有那毛病吗？变态，是吧？

为什么邱满囤要鹦鹉就要雌雄一对？研究任何动物，如果不从两性去考察他们的区别，你就不能说了解这种动物。邱满囤其至可以辨认出公苍蝇和母苍蝇、公蚊子和母蚊子……2004年度的诺贝尔生理学奖颁发给了美国科学家理查德·阿克塞尔和琳达·巴克，以表彰他们在研究人类嗅觉方面所作的贡献。我不知道可不可以这样说：邱满囤也许是当今世界上唯一基本不识字的生物学家，研究老鼠嗅觉、苍蝇嗅觉、蟑螂嗅觉、棉铃虫嗅觉的气味学家……可他确实无法把他的研究写成论文。

4 活出中国农民的气概

就在2004年8月，邱满囤走在街上，遇见一姑娘从一大楼里跑出来问他："您是邱满囤先生吧？"

邱满囤看对方不像坏人，就说我是。

姑娘说我们刘总找您有事。老邱问，刘总是谁？

"这大楼就是他的。"姑娘随手一指她刚从那儿跑出来的这座大楼。这是无极县城中心最高的一座楼房，就叫"无极大厦"，算得上是无极县的标志性建筑。女孩告诉老邱，我们刘总的企业多数在石家庄，所以请老邱留下联系电话。

"你们老总叫啥名？"

"刘斌。"

"哪儿人？"

"无极人。"

老邱隐约感觉，可能遇到一条好汉了。

隔日，刘斌回无极，把邱满囤请到无极大厦二楼的"海鲜城"吃"便餐"，没别人，就他俩，好交谈。我无法再现出他们这次都交谈了些什么，但约略知道，刘斌是无极县七汲镇七汲村人，生于1971年，读书读到高中二年级就弃学去东北学做木材生意。

他做的第一笔生意是"以物换物"，他离家时带去的"物"，就是从当时的无极医药市场买来的APC去痛片。到东北林区，他先用500片去痛片跟旅馆的老板娘换来皮袄、靴子，给自己穿上。随后与一个医疗点谈交易，推销出去一万多片去痛片，这就是他赚得第一笔钱。你由此也可以看到，去痛片，那是多么简单多么便宜的药，如今城里谁还用它？但那边远的林区，光去痛片就能推销出一万多片，你可以想见，那里该是怎样的缺医少药。

但刘斌去东北不是要卖药，他只是穷，初去东北是把去痛片当钱币带去的。把那一万多片去痛片换成钱，他就开始学做木材生意了。长春、图们、牡丹江，在东北林场他逐渐踩出一条大路，却是靠诚信起家。这是他屡遇一些不守信用的商贩之骗，反其道而行得到的果实。他曾经买了一万把带有材积表的盒尺，每个与他交往的客户他都送一把。他让客户自己丈量测算木方，还告诉他们木材交易中存在的一些陷阱和识别方法。他的诚信使他逐渐赢得大量客户。他坚信，越是在当今这个商业陷阱到处防不胜防的年头，越是坚守诚信，就越能把生意做大。

十几年间，他经营过木材、药材、地产，如今是石家庄一个集建材、商贸、餐饮、地产、媒介为一体的集团公司的年轻老总。2002年响应无极县政府召唤返乡投资，"入主无极大厦"，使无极大街耸立起令人有点振奋的亮点。

据刘斌说，十年前他在东北跑木材生意，走到哪儿，但凡说起自己是无极人，谁都知道无极，知道刘日，知道灭鼠大王邱满囤！"那真是感到作为无极人的骄傲！"可是，回到石家庄，刘日销声匿迹了。回无极，邱满囤也不见踪影。忽一日，非常想见见这位家乡最大的名人，便盼咐员工打听……现在，他与邱满囤坐在一起聊天，满心想对邱满囤有点什么帮助……他甚至觉得是报答，不是帮助。因为他从前就感到，自己当年在东北做生意的成功中，就有刘日、邱满囤的荣誉和名声为自己增添信誉度。多年来他走到哪儿都以"正正当当做人，文文明明经商"作为自己的人生信条，这里也是有从刘日、邱满囤身上得到的家乡荣誉感给予他鼓励的。

现在，他确实想对邱满囤有点什么帮助，可邱满囤三句不离灭鼠……刘斌感觉到了依然极有自尊的邱满囤，心有被困乡里壮志难酬的痛苦，他真切地目睹了所谓"燕赵多慷慨悲歌之士"！那么，能不能帮助邱满囤——就在灭鼠方面——实现他继续大显身手的宏愿呢？

二人谈着谈着，老邱谈出一个主意，他说现在再也没人敢跟他老邱合作生产鼠药了，那五个专家的愿望是实现了，现在全国的鼠药厂都用他们推荐的毒鼠药，他们是顾问……但是，我可以不用任何毒药，就用诱鼠剂和粘胶剂合作，搞粘鼠板，把鼠诱来粘住！谁还能说我邱满囤用剧毒药吗？

不用毒药，活生生粘住老鼠，这是环保灭鼠。刘斌涉足餐饮业后，他的"绿色意识"就很强。搞建材也非常需要环保意识，刘斌把自己企业的流行色定为绿色。搞"绿色灭鼠"，且是帮助邱满囤开辟一个"绿色灭鼠"的新天地，这个设想让刘斌为之激动了！

说干就干，二人合作，很快就搞出了粘鼠板。刘斌拿到石家庄华北食品城一个饭店的后墙根旁试验。据《河北日报》记者冯凌记述，从下午2点开始，3小时内，8个粘鼠板粘住了7只大老鼠。刘斌又分送给十多个朋友试，都捷报频传。有个卖肉食的连锁店，夜里布了10张板，粘住8只鼠。"粘鼠板就摆在成堆的官方鼠药旁边，而鼠药一点未动……"冯凌写道。

于是，刘斌决定成立"河北邱氏粘鼠板厂"。

没想到，去申请办厂办执照时却被一再劝阻：

"别叫'邱氏'了。"

"你起个别的名不行吗，别惹麻烦了！"

刘斌说我不怕。可人家还是劝阻他。刘斌这才感到了不是自己怕，是有个一官半职甚至沾点"吃国家饭"的人就那么"自觉"地避着"邱氏"，怕惹麻烦。刘斌感到了邱满囤说的"离我远点，我是屁股绑炸弹——危险人物"，不是乱说的。邱满囤是谁，是我们家乡的英雄好汉，现在，也不是哪个人要跟他邱满囤过不去，是某种无形的力量构成了对英雄好汉的封杀，这也是世态炎凉，是悲歌吧！

"我这个厂必须叫响'邱氏'，不叫'邱氏'，就没有办的意义。"刘斌说。

"我这个厂，还得叫上'河北邱氏'！"刘斌坚持。

在刘斌心里，叫"邱氏"不光是最大的广告，叫"邱氏"就是图翻身！助邱满囤翻身，也让无极人心里亮堂一下。就为注册下这个

"邱氏"，刘斌以回乡投资办实业的大企业家身份跑了半个多月，找科长、找局长、找县长，终于使"河北无极邱氏粘鼠板厂"得以堂堂正正地挂牌。

刘斌甚至一口气注册下"邱满囤"商标，还有"邱氏"、"邱王"等商标，不光要生产粘鼠板，还要生产粘蝇纸……

"邱满囤重出江湖。"消息不胫而走。

2004年10月10日，《河北青年报》首发《"老鼠精"邱满囤出洞》，洋洋洒洒一整版。这天的报纸增印，零售量大增。报社的读者热线一直爆满，报刊亭来要求追加报纸的，读者来询问到哪儿买粘鼠板的。尽管青年报有所预料，但邱满囤已冷寂十年，一篇文章就引起这动静，还是有些出乎预料。《河北青年报》随即连续四期拿出大块版面追踪报道。

《河北科技报》报道的标题是《实业家投资百万元生产邱氏粘鼠板》，河北日报社主办的《书刊报》发表《邱满囤灭鼠变新招》……刘斌感到，还需要有一个邱氏粘鼠板演示现场会来扩大影响。

2004年11月2日，这个现场会在石家庄红旗大街某高校食堂举行。我没看到这次现场实验，只能援引冯凌的记述，他在报告文学《今生与鼠共舞》中描述得很生动。

冯凌说，为了不影响学生用餐，必须等到午后一点才能正式行动。前面这段时间，就安排老邱和新闻单位会面。邱满囤这天穿西装，红衬衣花领带，精神抖擞。是啊，久违的心情，久违的场面，当讲到邱氏诱鼠剂没毒，他将诱鼠剂包装撕开，抓了一大把放到嘴里嚼，由于抓得太多，咽着都费尽了，引得大家笑起来。省电视台老记者李希才也来了（就是曾经拍摄老鼠上树那位记者），李希才也抓了一把诱鼠剂品尝起来，一同品尝的还有报社记者王玉朝等，都说"味道不错"。多数报社来的是"娃娃"记者，见这场面都很兴奋。场面热闹，有的记者跑到走廊里去打电话，让报社预留版面。

冯凌说，因是第一次公开演示粘鼠，老邱心里并不踏实，他打电话让现场提前布板，好让老鼠有个"认识"的过程。谁知刚刚6分钟，电话传过来："老鼠跳上了粘鼠板！"会议时间只好改动，提前去现场。

冯凌继续写道："大家去了一看，粘鼠板摆了一地，老鼠吱吱乱叫，已经粘住了7只。而食堂的大师傅还在来回走动收拾餐具，少数学生还在用餐。又过来一个小时，共粘住14只大耗子，其中一只母耗子在挣扎时竟然分娩，在板上产下两只小耗子。"

邱满囤拿起一块粘鼠板举得高高的，打趣道："谁说我的诱鼠剂是氟乙酰胺改名，咱不用毒药，照样把耗子诱出来。看，这不是？"大家鼓掌。冯凌说，看来老邱在高兴时也没忘了十年前那场官司。

现场会后，河北媒体就做了热烈报道。河北电视台在《今日资讯》两次播发新闻。《河北日报》先后3次见稿，其中11月16日的"新闻纵深人物特刊"以《邱满囤这十年》为题，发表本报记者樊江涛的长篇通讯。《燕赵都市报》则在11月14日，以整版篇幅发表本报记者胡印斌、李会嫔的《"邱老鼠"出洞》。《燕赵晚报》《河北法制报》《河北工人报》《大众阅读报》《大千世界》等，均对这一事件从多视角报道，形成一个共同的声音即：灭鼠大王邱满囤重出江湖，活出中国农民的气概！

听听，是不是很振奋人心。

这期间，邱满囤给我多次打电话，告诉我有关情况。我不禁想起邱满囤曾一次又一次问我："什么时候给我平反啊？"现在，我强烈地

2006年5月20日晚9点52分，央视《乡约》栏目播出《鼠王传奇》 邱满囤身穿中山装，脚穿布鞋出现在荧屏。中央电视台以专访的形式，向全国观众专题报道邱满囤，是很慎重的。

感到，没有谁能为他平反，依然是他自己过硬的科学技术、他发明的邱氏诱鼠剂，为他正名，为他平反。

5 邱满囤再上央视荧屏

2006年5月20日晚9点52分，央视《乡约》栏目播出《鼠王传奇》。邱满囤身穿中山装，脚穿布鞋出现在荧屏。中央电视台以专访的形式，向全国观众专题报道邱满囤，是很慎重的。

这次报道，从邱满囤"上过两个半月的小学"，讲到他"今年七十有三"；讲到他同"五位高级农艺师"的官司，邱满囤败诉；讲到一篇《恶之花：世纪中国巨骗"梦幻组合"》的文章把邱满囤列为"中国巨骗"，邱满囤再次打官司，胜诉。

还特别报道了邱满囤灭鼠的三次大战役。

第一次是1989年12月上旬赴广西南宁灭鼠，这在《无极之路》中写过。第二次是1989年12月20日到安徽亳州指导灭鼠，用药10吨，灭鼠率达91.4%。第三次是2005年11月，因青海湖农场鼠患，前往灭鼠200多万只。

从中央台报道的这三次灭鼠战役中可见，前两次都发生在1989年，第三次则在十多年后。如果没有刘斌助邱满囤再次出山，如果没有河北省诸多媒体对邱满囤用粘鼠板灭鼠的大量报道，恐怕邱满囤仍会像前几年期望去"三江源"灭鼠、去四川石渠高原草场灭鼠那样，无人理会而不得前行。

如果没有这一次又一次多么过硬的灭鼠实绩，多么强烈而有力地证明邱氏诱鼠剂确实是一项值得国人骄傲的发明，恐怕也难有中央电视台再一次对邱满囤充满肯定的热情专访和报道。

央视拍的这个《鼠王传奇》此后几年多次重播。

2008年6月30日晚9点17分，中央电视台在《三农人物》栏目又一次播出《鼠王传奇——邱满囤》，这是个新拍的电视片。中央台刚刚拍过专访邱满囤的节目，又拍一个，这是不多见的。

片子的开场白说：河北省无极县有这样一个农民，是专门和老鼠过招的，所以人们送他一个响亮的头衔：农民灭鼠大王。

"灭鼠大王"的称谓，是这样被中央电视台一遍又一遍响响亮亮地讲出来。

邱满囤出场，他说："我不知道啥叫科学。从灭鼠上头，我只知道叫老鼠一刻钟它就出来了。"

央视该节目主持人屈哲说：这位嘴上说不知科学，却能让老鼠15分钟之内出来的老人就是邱满囤。老人今年已经75岁高龄了，在河北省无极县，他可是个响当当的人物。据说他的本事就是大白天能引诱老鼠出来，而且更绝的是，叫公老鼠出来，母老鼠就不出来。这听起来可是够神的吧！可是不管怎么说，耳听为虚，眼见为实，咱们今天就见识见识这位灭鼠大王的真本事。

你瞧，中央电视台又讲到了邱满囤诱鼠可诱公来公，诱母来母的事。接着，推出农村画面，邱满囤在布鼠药，叠出字幕：
2007年3月10日
河北省无极县
老邱表演引鼠出洞

屏幕上有很多人守候着，话语叽叽喳喳的，字幕：
我们开始等
第一只老鼠出现了

电视里有大人的喧声，孩子惊奇的叫声。
继续出字幕：
10分钟后，又有几只老鼠出现了
一会儿工夫，逮住4只老鼠

现场是河北省无极县陈村，这是邱满囤生长于斯的家乡。电视里继续给采访到的每位村民都用字幕打出姓名，似乎是告诉大家，本片的每一句话都言之有据。这些基层老百姓说的或许也不一定很"科学"，但那是他们真实的看法，真实的愿望，真实的情感！他们绝不是没有文化的人，他们的话语中有浓浓郁郁的中国乡村文化，这些文化可能比"专家"从书本上学来的知识更有生命力！

村民王文说："他这个治鼠药特别厉害。有一种引诱剂，治公不治母，治母不治公。叫治什么治什么，真是特别神奇。"

邱满囤说："到现在来说吧，还不敢说百分之百，但还没失误过嘞。白天一刻钟就叫它乖乖出来，我叫'女'的出来，它'男'的都不出来，这不是夸张。"

主持人说：据专家统计，每只老鼠一年消耗粮食九公斤，我国的老鼠数量达到了50亿只，每年因此损失的粮食就有数百亿公斤，这个损失真是够惊人的。老鼠还传染疾病，咬坏东西，老百姓对它恨之入骨，称它为四害之首。

夜晚的画面，又出现字幕——
地址：无极县　某养猪场
时间：2008年4月11日深夜

养猪场场长高贵民说："老鼠相当多，相当厉害，晚上十分钟不来，这道上就满了。饲料损失很大。"画面上出现成群的老鼠，猪惊恐地把头伸到栏杆上，想逃出来的模样。

主持人说：不仅如此，高场长家的小仓库也被老鼠祸害得不轻。家里存的粮食、饲料什么的，损失还真不小呢。针对这种情况，高场长请来了灭鼠高人邱满囤，看他这次有什么高招。

大白天，邱满囤在高场长家的小仓库布药。
有一个声音问："一般这个麦粒放在洞口的什么位置？"
邱满囤回答："最好放在洞里，放在洞里安全。"

接着出现外国的影视资料。
一个布满了捕鼠器的厅，那捕鼠器看起来像中国人说的"捕鼠夹"。厅里也许有几百个"捕鼠夹"，横七竖八地铺放在地，鼠夹与鼠夹之间的距离，通过一只老鼠略有空余。每只鼠夹上都放着老鼠爱吃的食物，也就是诱饵。这几乎就是捕捉老鼠的天罗地网。假如有老鼠出现，它能逃脱这天罗地网吗？在厅里靠窗的地上还坐着两个外国人，等着看老鼠怎么就擒。

　　一只老鼠从厅内的鼠洞出现，竟然从这不规则地摆放的鼠夹的空隙地之间，穿梭般飞快跑过，丝毫也没有触动任何一个鼠夹。老鼠接着从一根绳子攀爬到高处，把高处平台的一个苹果弄丢下来。那苹果落在厅中地面的某个鼠夹上，鼠夹的机关被触动立刻弹跳起来。落下的鼠夹碰到另一个鼠夹，把那鼠夹引发……于是像多米诺骨牌那样，整个厅几百个鼠夹都被引发，以致跳起来的鼠夹把两个候在窗下的人也砸翻了，老鼠却安然无恙。

　　主持人的画外音说：看见了吧，人家外国的老鼠可不傻，难道中国的老鼠就傻吗？就能被邱满囤抓住吗？

　　画面又回到无极县某养猪场高场长家的小仓库，有人在捡死鼠，声音："一个、两个、三个、四个……"

　　另一个声音："20，整整20只啊！要是晚上呢？"

　　邱满囤说："要是晚上，200只也多。"

　　主持人说：你甭说，还真是长见识了，这邱满囤灭鼠真是有两下子。别看他平日里少言寡语的，但是，每次灭完老鼠，邱满囤总要对乡亲们唠叨上几句他总结的灭鼠要点，什么"鼠药放到鼠洞里，家禽小鸟吃不到；老鼠尸体早清理，深埋地下防传染；室内使用粘鼠板，没有污染又安全"，等等。看来人家邱满囤还真是个热心肠。不过说到这儿，您一定想知道，这老邱灭鼠，怎么就这么厉害呢？他小时候又是一个什么样的人呢？

　　接着，电视上出现一位满头白发的老大娘，打出字幕：

邱满囤的姐姐邱荣改。

二十多年前，我曾经去她家采访过她，往事清晰如昨……那是个冬天，我们从无极县城出发，邱满囤的女儿邱虹为我引路。解冻的村路一片泥泞，车辙碾出的深坑里积着白雪融化后的污水。吉普车开不进去了，只好下车。村庄还在看不见的地方。邱虹问我："还去吗？"我听出她是担心我不去了。我想，不能让这位16岁的姑娘失望。我们都脱了鞋袜，踩着冰凉的泥泞继续往村里走……那时我见到的邱满囤的姐姐，还满头黑发。现在，她在电视说她弟弟小时候"净弄老鼠，就是不做活"。

接着是几位老年人讲述青少年时期的邱满囤，所说的往事在《无极之路》中都写过。这中间穿插着今日邱满囤的讲述，有不少内容颇像科教片，只是以邱满囤的语言风格呈现给我们，尤其生动。邱满囤又要讲到公老鼠和母老鼠了，他从性别甚至两性关系去研究老鼠，实在已经年深日久了。

电视上，邱满囤在说鼠洞："这洞跟洞不一样，这直洞绝对有粮食，斜洞绝对没粮食。斜洞是母老鼠住的，它都不存粮食。它为什么搞直洞啊？搬运方便啊。它里头，什么粮仓啊、厕所啊、卧室啊都齐备得很。"

邱满囤说公老鼠和母老鼠，常常把它们说成"男"或"女"，这并不是为了说得有趣。他从少年时挖鼠洞到青年时养老鼠，无数遍观察，使他发现了老鼠是有家庭的。老鼠跑出来的时候，满地都是，回洞的时候却不会跑错家门。他说"母老鼠"还没生孩子的时候其实还不是母老鼠，但有性别的不同。他说不知道它们"男女之间"是怎么恋爱的，但肯定它们自己会配对。建立了家庭，公鼠一般不会跑到别的老鼠家里去跟另一只异性老鼠相好。但也有例外。公老鼠跟公老鼠打架了。为啥？一只流氓公鼠跑到别家来欺负别鼠的老婆，这只母鼠会反抗，会呼救，它的老公听见了会赶来保护妻子，两只公鼠就打起来了。这是邱满囤从前告诉我的。他说老鼠夫妻是有分工的，并共同抚养子女。

你听，老邱在电视上说："母老鼠呢，靠'男人'吃饭。'男人'呢，它搬一宿（粮）以后啊，头天明掇掇掇饱餐一顿，给老婆送去吃的。这个仓鼠啊，是一夫一妻贞节烈女，但是不在一个洞里住。地里的仓鼠，一个家庭四个洞，有粮食的洞是公老鼠住的。三个直洞一个斜洞……"

邱满囤挖过无数的鼠洞，他在这里说的"三个直洞一个斜洞"，是见过无数遍的老鼠一家住的"单元房建筑"，共有四间房。他说的老鼠夫妻"不在一个洞里住"，是指不在一个房间里住，但是住在一个家庭的一套单元房里。在老鼠家庭的分工里，出来觅食主要是公鼠的任务。人们家里的衣服被褥被咬破了，则主要是母鼠怀孕时干的，它要为生产孩子做一个更温暖的窝。由于母鼠通常不出来觅食，要捕杀毒杀母鼠都更不容易。公鼠一旦"遇难"，母鼠怀着孩子搬迁了，这是鼠类繁衍生息能力很强的原因之一。为了更有效地防控鼠害，邱满囤不得不去特别琢磨母老鼠喜爱什么味道，同时也就注意琢磨公老鼠喜爱什么味道。

我们再看看五专家在《呼》文中曾经这样写道："'邱氏引诱剂'真的能引鼠出洞，招公来公，要母来母吗？真的像有的电视屏幕反映的那样叫鼠上树吗？诸如此类缺乏科学常识的问题，我们不做过多解释……"或许，这五位权威专家尚未注意到邱满囤已然研究了几十年的领域。

我们听听邱满囤在电视上怎么说。他说:"厕所里的苍蝇特别多,香油房里的苍蝇不多。"这说明啥?说明是某种气味把苍蝇引来。邱满囤说自己受到启发才有了他的发明。

他说:"我发明了一种味道。"

你听,这是邱满囤在电视上说的,他说他发明的是"一种味道"。邱氏诱鼠剂实际上只是邱满囤此项发明的载体,此项发明的本质属性是"一种味道",一种老鼠特别喜爱,喜爱到忘乎所以,以致不顾一切地奔扑而来的味道。邱满囤所说的"一种味道",还是一种泛称,这味道其实不止一种,针对公鼠和母鼠,还有其他不同的情况,邱满囤说他发明了九种配方,这是"九种味道"。

在这个片子里,主持人还说:"提起老鼠,人们还会想到两个字——鼠疫。"随即在黑屏上打出字幕:

公元6世纪,首次鼠疫大流行,持续五六十年,每天死亡万人,死者近一亿人。公元14世纪第二次大流行,持续近三百年,欧洲每周死亡八千多人。1894年第三次大流行,波及亚欧美非六十多个国家,死亡千万人以上。

接着又对邱满囤在广西南宁、安徽亳州、青海湖三次灭鼠战役分别打出字幕。央视拍这个节目如此观照历史,足见对邱满囤的重视和尊敬。

主持人接着说:灭了一辈子老鼠的邱满囤,依然过着清贫的日子,但2008年5月29号在无极县抗震救灾晚会上,他还是捐出来500元钱。

有一个声音问邱满囤:"邱老,你今天晚上捐款的时候,为什么不让写你的名字呢?"

邱满囤说:"我觉得害臊啊,因为这钱捐得太少了。"

随即陆续推出字幕:

邱满囤前后为四川地震灾区捐款达 3000 元钱

邱满囤有一个未了心愿

去灾区灭鼠

地震后,老鼠跑出来到处乱窜。大灾后容易有大疫,这是邱满囤从电视上听到的。

于是,这个节目中编进了邱满囤当时说的:"我愿意上那儿灭鼠,做出一点贡献,我有力出力啊!别的没有,我只会灭鼠。党和政府需要我,我就挺身而出,不要老命去灭鼠,不叫活着的人传染鼠疫病,我就是这样想。"

主持人说:邱满囤注定是一个不会营生的人。在老邱的栖身之地,我们怎么看怎么像是临时暂住。被子摊着,门缝走风,好好的房子住得没有了烟火气。对于外界的种种评价,老邱并不在意,他在意的是村里人的看法,大家伙一句"好人"让他无比受用。那么在这里,也让我们由衷地说一声:"好人邱满囤,一生平安!"

"我觉得最大的幸福是苦。"这话是邱满囤在电视上说的。

你听,这句话,不是科学,却是哲学,是智慧。

6 邱满囤的伟大梦想

我原本只想把邱满囤与五专家打官司的事做个简略交代,然后告诉大家"邱满囤重出江湖"就罢了。我的朋友师学军却说，不行，你不能写得太简略，这个案子是有认识价值的。

他说，当邱氏鼠药厂没了，媒体上谁都可以把邱满囤当"伪科学"的典型，邱满囤再次穷困不得不把妻子送回她的陕西娘家……可以说，邱满囤当年为捍卫名誉权所付出的代价已经够大了，但邱满囤承担的这些代价还是最小的。

我问，这话何意。

他说，老邱败诉后，我们报社的记者去采访海淀法院的审判长，问他有何感想？他一句话都不说。不管记者怎么问，他都不说。就在这沉默中，我们的法律承受着怎样的损失？

学军继续说，那不是他一个人，1992年，海淀法院在坚持依法独立审案，不受行政干扰方面是做出了努力的，但是，失败了。北京市中级人民法院也经过艰辛的努力，最后不得不判邱满囤败诉。尽管如此，在关键的两大问题上，仍然尽最大可能坚持了实事求是。

学军说，这个案子在全国影响这么大，法官们都明白是怎么回事。日后各地法院遇到行政干预，会采取什么方式？我国法律为此付出的代价，何其大！法官难以依法独立审案，老百姓在诉讼中将承担的损失，何其大！

我理解并同意了学军的说法。我说，中国科学界为此付出的代价，承担的损失，也何其大！

你想，五专家一审败诉，其他科技专家群起疾呼"科学不容玷污"的报道，以及五专家二审胜诉的报道，均入选两个年度的中国科技十大新闻，这是中国科技史上抹不去的两件事。而这两件事，都在事实上蔑视了一个中国农民真正的科技发明，这在今人和后人看来，都肯定不是中国科技界的光荣。所幸是农民邱满囤发明的邱氏诱鼠剂，是真正值得世人为之喝彩的科技成果，也算不丢国人面子。

还有，那些曾经慷慨激昂地把五专家的话变成媒体的话，猛烈谴责邱氏诱鼠剂为"伪科学"的记者朋友，也是为此承受了损失的。还有一些著名科学家和有关部门的领导者，没有为此蒙受损失？即便五专家自己，没有为此付出沉重代价？即便五专家联名撰写的《呼》文1997年被中国科协评为优秀建议一等奖，他们会告诉自己的后人，爷爷奶奶当年做了这件很光荣的事吗？

文章千古事，得失寸心知。

也有人问我："你为什么不把五位专家的姓名写出来？"

我说，当年无极县13名科局级领导干部状告刘日，我坚持没有写出任何人的姓名，这次我同样不想写。

"你是怕什么吗？"

我说我不是怕什么，他们的大名，媒体报道过无数遍，并不是秘密。谁想知道，上网输入"邱满囤名誉权案"，一搜索，立刻就能看到他们的大名。

"那你干吗不写出来呢？"

我说，我与魁斌、学军等朋友都有一个共同的看法，邱满囤名誉权案已过去多年，关于邱氏诱鼠剂究竟有没有诱鼠力，早有河北省诸多媒体以及中央电视台一次再一次为之正名。今天回顾往事，也不是要为邱满囤鸣冤。邱满囤已无冤。你已看到，邱满囤的名言是："我觉得最大的幸福是苦。"那么，邱满囤此生追求的幸福，也没有人能夺得走了。

"五专家"只是一个符号，谁叫什么名字已不重要。重要的是，包括我自己在内，我们这些读书人，读书有了知识，可不能以为不识几个字的劳动人民没有文化，也不能轻易以为他们不科学，搞不出发

1959年10月26日,国家主席刘少奇在人民大会堂接见时传祥 刘少奇主席紧紧握住时传祥那双掏粪的手,说:"你掏大粪是人民的勤务员,我当主席也是人民的勤务员,这只是革命的分工不同,都是革命事业中不可缺少的一部分。"刘少奇得知时传祥不识字,还特意送给他一支钢笔,鼓励他学文化。

明创造。这是应当经常警告自己的。我们仍然应该记住毛泽东的这句话:"高贵者最愚蠢,卑贱者最聪明。"

  邱满囤至今记得时传祥,那是激励了邱满囤一生的楷模。时传祥14岁从山东逃荒到北京宣武门外一家私人粪厂当"粪花子"。共和国诞生后,他是北京崇文区清洁队一位"宁肯一人脏,换来万户香"的掏粪工人。1959年10月26日,国家主席刘少奇在人民大会堂接见时传祥,紧紧握住他那双掏粪的手,说:"你掏大粪是人民的勤务员,我当主席也是人民的勤务员,这只是革命的分工不同,都是革命事业中不可缺少的一部分。"刘少奇得知时传祥不识字,还特意送给他一支钢笔,鼓励他学文化。1959年10月29日,《人民日报》刊登了刘少奇与时传祥的合影,对全国最普通的劳动者都是巨大鼓舞。邱满囤就是那时候知道时传祥的,并成为激励着不识字的邱满囤去研究老鼠的巨大动力!

那时，担任北京市副市长的万里，也曾经背起粪桶，跟时传祥学背粪。那可不是闹着玩的。在人类的政治史，身为一国首都的副市长去学背粪，哪怕只是表示对掏粪工人的尊敬，也十分了不起。1966年国庆前夕，毛泽东主席特意邀请时传祥到中南海小住。国庆节，时传祥又被请上天安门城楼参加国庆观礼。周恩来总理在国庆招待宴会上给时传祥敬酒。那是社会普遍尊重劳动人民的时代，是最普通的劳动者身为工人农民，基本上不觉得自卑的时代。多年过去，这故事也像一个遥远的传奇了。当这样的故事远去，就容易出现看不起，甚至欺负农民发明家邱满囤的事迹。

然而，有一个人的姓名我必须写出来。

他叫索宏刚。

他是海淀法院担任邱满囤名誉权案一审的审判长。

邱满囤名誉权案进入二审后，我和宫魁斌曾一同访问过海淀法院，得知海淀法院自受理此案后对这个案子就非常重视。经慎重研究，法院确定由民庭副庭长索宏刚担任此案的审判长。

索宏刚的严谨以及他丰富的办案经验，在同行中是著名的。他曾经创下一年结案204件无一错案的北京市最高纪录。索宏刚接此案，深知法院领导们对他的信任，同行对他的关注，他一开始就把办案重心放在证据上。从接受此案到首次开庭的前一天，他对原告和被告询问取证20余次。对苏联解体后滞留中国绥芬河的邱氏鼠药，他两次冒严寒赴东北边境去亲自采样取证，为的都是尽一切努力要把证据搞准搞扎实。他还阅读了许多关于防控鼠害的书籍和资料，甚至亲手做多种诱鼠试验。他做出一审判决之前，卫生部主管的《健康报》接连发表的文章已把抨击矛头对准邱满囤，卫生部部长陈敏章的批示则在

《中国青年报》见报，行政干预已经出现。索宏刚怎么判这个案？

这关系到法官是否能坚持以事实为依据，依法独立判案！

他知道同行们的眼睛都盯着他！

他坚持要用事实说话，用证据说话。"离开了事实，离开了证据，我们还能干什么！"他说。如果坚持实事求是地依法独立判案，最终遭到失败，那也认了。索宏刚握有充分的证据，其意志亦如其名巍峨刚强。他义无反顾地做出的判决，大家都知道了。

但是，他失败了。

但是，在我们眼里，在他许多同行的眼里，他虽败犹荣。

他在一审中取得的证据，依然是铁证如山，二审法院未能撼动。二审法院以同样实事求是的精神接受了下来——你已看到，二审法院对邱氏鼠药是否含氟乙酰胺，邱氏诱鼠剂是否有引诱力这两大关键问题，没有做出任何与一审判决相悖的结论。

所以，我要把索宏刚的姓名写下来。

我和我的朋友们都愿意借此向索宏刚致敬！

中国司法需要这样刚正的法官。

我还该写下，还有很多知识界人士是尊重普通劳动者的。

为什么邱满囤会说"我觉得最大的幸福是苦"？

因为他最大的幸福，都是在苦日子中得到的。

以下的故事，援引自冯凌的《今生与鼠共舞》。冯凌写道："邱满囤败诉后，即便是《人民日报》刊登了五部委的处理决定后，他仍收到大量的信件。如果过去的来信多是索配方、要鼠药、拉广告的话，现在却是一些素不相识的人关心鼓励、支持安慰的信居多，其中不乏科技界的专家。"

冯凌说，一封东北来信尤其令邱满囤感动，里面还夹着一张剪报。信很短，写在那张报纸的空白处，但签名很长，写满整整一张十六开的稿纸。信中说：

> 我们都是具有高级职称的科学工作者，对你的境遇非常同情。任何一项发明的确认都是经过一个漫长的过程的。为此，许多科学家付出生命的代价。寄上一张剪报，谈的是飞机的发明。我们将这封材料也寄到最高法院和新华社及北京中级法院。

随信寄来的剪报，是从1994年10月25日的《光明日报》上剪下来的。剪报上文章的标题是《飞机发明史的启示》。

文章写道：飞机刚诞生时，许多国家都视为怪物，甚至明令禁止生产，特别遭到一批著名科学家的否定。如法国测量了月地距离的勒让得，德国著名发明家西门子和物理权威赫姆霍兹，美国天文学家纽康等都从各个角度发表了制造一种比空气重的机械根本不可能离开地面的言论，有的还是经过大量的科学数据计算出来的。以至美国国会在莱特兄弟飞机试飞成功的当年，还通过了一项禁止军队资助建造飞机的法案，专利局也宣布不受理飞机发明的申请。但今天人类已经飞向银河系，甚至更远。

冯凌的文章还写了这样两件事，其一如下：

2004年8月，民政部在河北平山召开一个全国会议，有位素不相识的大连代表专程到无极县看望邱满囤。看到老邱的境况，回去后给他寄来了3000元钱，弄得老邱几晚上睡不着觉。直到重新出山后，老邱千里迢迢专程去大连，给人家带去了10张邱氏粘鼠板。

另一件事：一次邱满囤在北京三环外一个小饭店吃完饭，结账时服务员不收费。老邱一愣，不知遇上啥了。服务员笑着解释："您一进门，我们老板就认出您来了，说您是灭鼠大王，告诉我们您吃饭免单。"

冯凌还写了一句，邱满囤常自责："人民没有忘记我，是我工作没做好。"

不要以为这是一句玩笑话。虽然，邱满囤这一生，没有在爱卫会任过职，也没拿过政府一分钱工资，但他是个一生以防治鼠害为职志的人。

邱满囤还有个伟大的梦想，梦想去联合国大厦灭鼠！

在他官司败诉后最落魄的日子里，有人对他说，不是说有外国人想买你的诱鼠剂专利吗，现在国家不认你的诱鼠剂，你可以出国去发展呀，说不准入了外国籍呢！

邱满囤冒出一句："中国的火葬场比外国的好。"

也有人说他，落到这步田地，把诱鼠剂方子卖给老外是唯一的翻身办法。老邱不干，还是诱鼠剂不过硬吧！

邱满囤火了："你懂个屁！赶明儿联合国请我灭鼠，我代表谁去啊！"

7　董小路重返江湖

还记得董小路吗？

他曾被判了17年刑，因"扒技高超"被称为"河北第一偷"。在刘日任无极县委书记期间，刑满获释回到无极家乡的董小路，经教育改造和试用，最终被刘日用为无极县城关派出所警察。

这个小偷与警察的故事"统一"在一个人身上，或因董小路也期望自己的人生能有价值。他并不是天生的小偷。他怎么会变成小偷？他刑满获释后，识别小偷的能力竟被重视，被用到正道上，他渐渐就走上了正道。

　　董小路少年当小偷是拜过师傅的。他告诉我，他师傅临终前，让人把他叫到床前，对他说："小路啊，你现在走上正道了，好啊！你记住，今后对你的小弟兄，别太狠了。"

　　董小路知道师傅是吩咐他，抓住小偷，别打。小路对师傅说："师傅放心，当警察不能打人，政府也是这样教育我们的。"

　　刘日调离无极一段时间后，我听说董小路被通缉，他逃走了。我向无极人打听，得知董小路确实被通缉，据说是因为董小路殴打犯罪嫌疑人。董小路确实逃走了……我不禁想起少年时看《白毛女》的电影，记得有句话说："旧社会把人变成鬼，新社会把鬼变成人。"现在董小路的故事则让我想："刘日在无极，把董小路从小偷变成警察；刘日走后，董小路又从警察变成了逃犯。"

　　关于董小路，我不知他的下落……

8　贺刘日退休

　　多年前我读到柳宗元《贺进士王参元失火书》，就想有一天能祝贺刘日退休。

　　柳宗元写给王参元的贺信说，得悉你遭火灾，家里什么积蓄都没有了。听到这一消息，起初大惊，后则大为高兴，因此本来想慰问你的却改为向你道喜了！

　　为什么？柳宗元说，像你这样博有才学的人，在仕进上却不能高出一般的士人，实在没有别的原因，而是京城中有不少人说你家里有不少财富，于是以清廉求名的人对此就有所顾虑，不敢称道你的长处，只怕说出称赞你的话来，有人会以为必是得了你的厚礼。

柳宗元接着说自己从贞观十五年就读到王参元的文章，放在心里大约有六七年，从来没有向人谈起过。这是我柳宗元考虑一己的得失而有负于公道，不止是对不起你。等到我做了御史尚书郎，自以为有幸在皇帝身边做近臣，有机会说话推荐你了。可是，当我向同辈谈起你时，仍有相视而暗笑我的。我实在是痛恨自己的品德修养还不足以使人亮察，世俗的猜疑也加于我的身上。

现在好了！柳宗元说，幸亏你的家财被天火烧得精光，众人的顾虑也一举化为灰尘。如此，你本身的才能就能显露出来不至于受到污损，这真是火神送给你的大礼！我十年之久对你的认知，还不及一晚上的火给你带来的好名誉。从此大家称赞你，使藏在心里的话能张得开嘴，主张提拔你的也用不着顾虑重重了。这就是我最终大喜而向你祝贺的原因。

柳宗元的祝贺与我的祝贺略有不同。柳宗元祝贺王参元是贺他日后为官——欲提拔他的人将不会有顾虑了。我祝贺刘日，是贺他因年龄到了，马上就要退休了。当你读到这本书的时候，他已退休。这就好了！《无极之路》出版二十多年来，我未敢再写刘日事迹，只恐有人总以为刘日所作所为就是为了升官。我也真是体会到如柳宗元所说：痛恨自己的品德修养还不足以使人亮察。

其实，我和我的朋友们，还有很多很多人，也都希望刘日升官。我的好友宫魁斌还跟我谈过，说我们共同写个推荐信，向中央推荐刘日为国家首席大法官吧！这样说好像是在"编电视剧"了，但魁斌不是说玩笑话。他说，今天官用钱买不足为奇了，千古都有光明正大的推荐，我们可不是干一件坏事。

宏甲说，如此推荐，有可能吗？

魁斌说，概率是零。

可他仍然认为，刘日有三点堪当此任：

一、有全心全意为人民服务之心，绝不会贪赃枉法。古人说，强盗可以变成圣人，圣人不会变成强盗，千古不易。刘日不会贪腐，已然是他信守"慎独"所修养的人格铸定，是一种烈烈的壮士情怀，士可杀而不可贪腐。这是刘日的信念。

二、始终追求公正。何以说"追求公正"？只恐虽万分努力，亦难免万一有误，不敢把话说满，以随时警惕着万一失误，立刻纠正。

三、毕业于北京大学法律专业，有过司法办案的实践经验，有相应的调查研究能力，是德才兼备并集大局意识、政策意识、法治意识于一身的难得人才。

你看，这已经非常肯定他了。我们还认为，如果国家用他为首席大法官，他将在不长的时间内，在反腐和促进法治公正方面，在有益于社会安定方面，做出贡献。在他心里，法治不唯是惩治罪犯，更在于用法律去保护人民利益。他会使法律成为让人民感到温暖的国之大器。

但是，我没有如宫魁斌所说的那样做。我想起了英国首相丘吉尔曾渴望当一个自由作家，他说他当首相时只能为英国人的利益考虑，他退休后却可以坐在葡萄架下，喝着咖啡考虑全人类的问题。我以为刘日若无具体职务，不仅可以考虑和建议修改刑法，还可以在多方面为国家建言献策，这是个更大的思想的世界。

我还想起《大禹谟》中舜帝赞扬禹的两句话："汝惟不矜，天下莫与汝争能。汝惟不伐，天下莫与汝争功。"矜，是一个人手持矛的象形。舜帝这话的意思是,你不自恃,天下没有人与你争能;你不自夸,天下没有人与你争功。也许有人会说,你看,禹不矜不伐的贤能,被舜认识了,以致对禹委以大任。如果无人认识你的贤能,你就空有抱负了。

然而我在《道德经》第二十二章中也读到老子说:"不自伐,故有功;不自矜,故长。夫唯不争,故天下莫能与之争。古人所谓曲则全者,岂虚言哉!诚全而归之。"在这里,我看到,老子显然是继承了《大禹谟》中的"舜帝说",连古人所谓"委屈可以求全"那句话也是继承来的,老子加以肯定的话语是:这哪里是空话呢,这是实实在在可以得到的好处啊!老子不仅继承了《尚书》中的这一智慧,而且躬行之。君不见老子弃职归乡,全而归之吗!

所以我一直想等刘日退休了就祝贺他。退休后就复归于平民。一个平民,自有平民的人生乐趣和价值,无疑是值得庆贺的。

但是,我还是发现自己没有柳宗元贺王参元失火那么潇洒。不知有多少回,我回想起二十多年前与魁斌去说服刘日同意我们出版《无极之路》,袁厚春与我一起去向河北省委书记邢崇智和省纪委书记白石汇报并请审阅……我还记得,在无极,有人还对我说:你见过我们河北挑担卖卷子(一种面食)的吗?选个最漂亮的,用筷子插着,沿街叫卖,把一担卷子都卖完了,那个最漂亮的,风吹日晒灰尘落,又冷又硬还脏,卖卷子的人自己都不吃,就把它从筷子上拔下来扔了……这是我写在第三版后记中的话。

我在第三版后记中还写下,像爱因斯坦这样的科学家,成名后也曾对世风发出感叹:"昨天被奉为偶像,今天遭人痛恨唾弃,明天被人遗忘,再过一天又被封为圣徒","我宁愿呆在未被分析的黑暗之中"……如今还有这样一句话:你要想把谁搞臭搞倒,你就写他两篇表扬稿。

那时，不同意我们写出刘日的不只是刘日。他身边一些一向支持他工作的同志也不同意。我们不得不一一请他们读。我们最怕的是县直机关党委书记贾崇惠，他有多年党务工作经验，尤为谨慎。我们还害怕他用读文件的眼光来看文学……4天后，贾崇惠退回来最后一本稿子，没说话，先握住了我的手，然后说："我掉泪了……"一个又一个同志站到了我们这边，最后就剩下刘日自己。

我们动员了刘日十天，整整十天，在第十天夜晚——

我再也忍不住了，站起来说："你自己看看，这里面不只是写你，还写了那么多无极人。这些，是你和无极人民共同创造的。你有什么权力说，你同意，我们就写，你不同意，我们就不能写？"

"宏甲不要激动。"宫魁斌说，"刘书记，我们这么看吧，这显然不是为了表扬你。这是文学作品，不具有政府部门行文表彰一个人的权威性。发表出来，任何人都可以随意评说，我们也该有点勇气经受世人各种各样的议论。"

我们还说了许多话，我最后说的是："如果这一切，真的是你一生做人的追求，那么现在，就是叫你牺牲，你也要去了。"

刘日最后说出："如果你们这么说的话，那么，好吧，我也豁出去了！"他的声音不大，说完才站了起来。我永远记得那个夜晚。当刘日说完了这句话，屋子里所有的人都沉默了。

就在这个夜晚，宫魁斌为《无极之路》写序，写下那句"送壮士登程般的感怀"……这些都不是我今天写的，二十年前就印在书中。但是没有想到，这"送壮士登程"，日后竟会让我们一再感受到那句

"燕赵自古多慷慨悲歌之士"！

　　二十多年来，我和魁斌等朋友们一直默默地关注着刘日的劳动，我们深知他确实充满为人民服务之心，一生都保持着一个学生发奋学习的状态，一心一意地要为党和人民的事业，为祖国做出贡献。1990年他才41岁，是河北省当时最年轻的县委书记之一，他深感县一级直接面对几十万人民的生活状况正是工作的前线，他曾渴望并请求能在无极县多干几年以真正改变一个内地穷县的面貌；他被提拔到地区和省里工作后还曾要求让他再去河北任何一个贫困县担任领导职务，可是均未能获准。他被安排到河北省农业开发办任"第五把手"……那时陆续有人建议刘日辞职去大公司搞经济，不只一个大公司请刘日去任总裁或副总裁，说完全可以让他堂堂正正地富起来。我至今记得刘日说："我们坝上，还有一家五六口盖一床破棉絮的。"他仿佛天生就与人民大众有密不可分的关系，仿佛生而就愿意为基层贫困者服务，其深刻的关怀甚至及于狱中的囚徒。这都不是虚言，有他曾经的实践为证。《无极之路》在河北省原第四监狱不知被多少批囚徒读成了最破的一本书，读成散页再装订起来继续读。县乡人民的生活仿佛就是他的心灵之乡，二十年来他同他所关心的县乡人民就仿佛牛郎织女被一条天河隔开。他一身清廉，一身正气，对党和国家极其忠诚，未能去直接为更多的人民群众服务，心中是有痛苦的，但从未消沉，从未停止过学习，也从未忘记文怀沙先生当年到无极县去教导他："屈原对人民对祖国的爱，是只讲一往情深，不讲等价交换的……"人民在他心中真的犹如他一往情深的恋人，不能直接去爱她仍会想方设法地去为她做点什么……这便造就了刘日不能自抑地"不在其位而思其政言其政"。二十年间数不清的日夜细心调研，春蚕吐丝般写出诸多建议，分寄给身在其位的领导者们"供参考"，不求官不求名不求利，只期望能供你们"为人民服务"或有所好处……在中国历史上，连孔子都说"不在其位，不谋其政"，《孟子》还有"位卑而言高，罪也"之说，像刘日这样不在其位而又如此勤勉曲折地去实现理想情志的，千古罕见。

但我和宫魁斌、师学军等朋友们知道，刘日心中是有痛苦的。假如说没有痛苦，那是不真实的。我因之独自反省，不知多少次想过，我写《无极之路》是害苦了刘日。二十年来，我们不敢贸然再写关于刘日的任何文字。现在写这部《永不失望》，刘日仍不同意。好在写这部书我不必采访刘日，前半部是我自己亲身经历的事，后半部"刘日建议"是他多年来把一篇篇建议给我看，我于是得以积累。他的夫人得知我写这本书，还特别写信期望我别写，请求让他们平静地安度退休后的日子。坦率地说，这部书，假如没有宫魁斌的特别理解和支持，我自己仍然独木难支。

我所以这么做是深感有一种责任——我想，如果文学和历史是有用的东西，我还是有责任记下刘日。不因为他此生做了什么，因为他是在新中国读书长大的那一代人中——在理想、胸怀、情感、智慧等方面——有代表性的一个人，最显著的标志就是他始终有一颗"为人民服务"之心。

1991年我在京读研究生毕业返回故乡前夕，曾去河北无极向那里的"乡亲"告别，我在那次写的后记中最后写下：再见了，冀中平原！再见了，河北无极！再见了，刘日！

这次，我想写下：刘日，对不起，我害苦了你，我不是故意的。我知道你离开无极后再也没有回去过，我其实独自再去过。我知道你读过的书，你下乡的草帽，都还在你住过的小屋里。我看到你服务过的无极乡村依然贫穷。我的内心其实哭泣过……我很抱歉，请你原谅！

9 依然关心家乡新农业

刘日最近的一个建议是《关于加强我省现代生态农业建设的建议》。他在建议中阐述，世界农业发展的历史，已经历了传统农业和化学农业两个历史阶段，新的阶段将是现代生态农业（或叫有机农业）阶段。

他写道：现代生态农业生产的食品（即有机食品），不再使用化肥、农药、生长调节剂、饲料添加剂、除草剂、抗生素、化学防腐剂等非自然物质；禁止使用基因工程技术以及该技术的产物和衍生物，禁止使用辐射技术等。现代生态农业遵循自然规律和生态学原理，应用现代科学技术，采用经检测、评估认证的环保型生产资料（肥、药等）和综合农业技术措施，既保证了生产食品的产量、营养品质、安全品质，又保护了生态环境，有利于人体健康和农业的可持续发展。现代生态农业是对传统农业和化学农业的继承、扬弃和发展，是现代农业、食品产业发展的新阶段。

他说，河北省石家庄市地处环京津环渤海"世界第七大城市群"的枢纽位置，如能带头发展现代生态农业，把发展现代都市农业与发展现代生态农业以及有机食品业紧密结合起来，既有得天独厚的区位优势和基础条件，又有广阔的发展前景。

他指出：问题是，从目前采集的有关资料看，河北省一些地方在项目设计和开发建设上存在着一个共同的缺陷，即无论现代农业观光园还是现代农业示范园，仍然把"无公害"菜、果、花卉作为建设方向目标。

为什么要指出这个问题？因为目前我国食品安全标准级别从低

到高分别为：无公害食品→绿色食品→有机食品。"无公害食品"安全标准级别最低。"有机食品"安全标准最高，但不是高不可攀，因为它已在我国发展多年，目前大规模开发生产有机食品的条件已经成熟。其主要标志是，生产有机食品的主要有机生产资料——生物有机肥、生物农药，已商品化的品种越来越多。积极应用目前市场上已商品化的生物肥料、生物农药等，进行组装配套应用，就可以开发生产出符合国家环保总局有机食品中心认证标准的有机食品。

他写道：在我省已起步的"都市农业"开发建设项目中，应高起点、高标准地把"安全、优质、高产、高效生态农业"和"有机食品产业"作为主要方向目标之一，并把"都市农业"开发建设与"现代生态农业"以及"有机食品业"开发建设紧密结合起来，进行规划、设计、实施。这样既可使"现代农业观光园"更加名符其实，提高"观光园"环境、食品、观赏品的档次和安全质量标准，更好地吸引顾客和聚集人气，又可以把"现代生态农业及有机食品业"的内容融入"现代农业示范园"，使"都市农业—现代农业示范园"在全省发展现代生态农业及有机食品产业上起示范带动作用。如此，既可达成都市农业预定建设目标，又可促进带动我省现代农业产业体系和现代生态农业、有机食品产业的发展，实现双赢、双丰收。

这是个针对河北省新农业发展前途提出的建议，实际上对整个中国的新农业发展均有启示意义。因而，刘日这个建议，不仅河北省农业领导小组组长、省纪委书记臧胜业作了批示，原常务副省长赵勇（本书出版时，任河北省委副书记——编者）作了批示，省委常委、石家庄市委书记孙瑞彬作了批示，原石家庄市市长艾文礼（本书出版时任河北省委常委、省委宣传部部长——编者），副市长张树志作了批示，省农业厅长赵国岭作了批示，国务院参事室《国是咨询》也于

2011年第6期予以刊登。

　　刘日退休前夕，荣获"北京大学优秀校友"称号。他于2011年11月13日，赴重庆出席在重庆召开的北京大学第八次校友工作研讨会。在会上，北京大学校长给他颁发了"北京大学优秀校友"荣誉证书。

　　刘日很高兴，很看重北京大学给予他的这个优秀校友荣誉。

　　今后的刘日，作为北京大学的优秀校友也罢，作为一介平民也罢，还会投入多少调研，写出多少建议，我不知道。只愿他平民自有平民的开心，平民的自由、尊严和幸福。

第10章
再论人民观

这其实是中国文化悠久的传统，否则，中华文明怎么可能成为世界上唯一不曾中断地持续发展到今天的伟大文明？这是我们应该继承下来的东西，是我们民族的光荣。

一

在中国古代社会,"人民观"也是存在的。

《尚书》是中国现存最古老的书。首篇为《尧典》。尧是五帝之一,他最为世人传诵的是不以帝王之位为私有,不传子而传贤。原文开篇写道:"昔在帝尧,聪明文思,光宅天下。将逊于位,让于虞舜。作尧典。"这"昔在帝尧"表明此篇是尧以后的史官追记的,也反映尧以后的人们念念不忘。

赞颂尧的第一个词即"聪明"。这里,"聪明"的含义不是今人赞扬某人头脑灵、机敏有智的意思。"聪"指听得广远,能融会众人的声音。"明"指看得高远,洞察细微,能像日月那样照见亮处和暗处的事。这是对领袖气质的赞誉。"文思"日后被展衍为"文化"、"思想"等重要词汇,在此用以赞誉才德。综合起来说,《尧典》开篇如诗歌般咏唱道:

　　从前尧称帝的时候
　　能广听众人的声音
　　洞察细微,目光远大
　　他的才智道德
　　如日月光辉弥满天下
　　他将帝位禅让给了舜
　　史官据此作《尧典》

《尧典》接着写下的经典名句也多如四言诗句式，间有三言、六七言等，不拘一格，抑扬顿挫。如"克明俊德，以亲九族。九族既睦，平章百姓。百姓昭明，协和万邦。黎民于变时雍。"

　　这是说，尧能发扬才智美德，使九族亲密和睦，还能公平地善待其他百姓人家。"百姓昭明"的"昭"字，本义是昏暗中出现一抹亮光，即晨曦。它从"日"从"召"的结构，即召唤日光，引导光明之意。在我读来，这里是讲百姓氏族从昏暗的日子里看到了曙光，进而，尧还协调万邦的和睦关系。这"万邦"泛指一切氏族。

　　"黎民"二字我们已司空见惯。它在《尧典》里就出现了。"黎"从"黍"，黍是远古先民驯化出的一穗聚有很多颗粒的小黄米。黎民指众多人民。"黎民于变时雍"，是说天下众多人民也随着变得友好和睦了。你看，在《尧典》里，领袖与人民的关系已讲得如此智慧而生动。

　　尧的时代，已是部落大联盟达至国家形态形成的时期。当代考古在山西襄汾县陶寺乡发掘出的"陶寺都城遗址"可与古史说的"尧都平阳"相印证。《尧典》讲的平章百姓，协和万邦，正是这一部落大联盟时期的重大国事。尧时期还出现了一个非常重要的人物——皋陶，他辅佐了尧舜禹三代帝王。《尚书》前四章，依次是《尧典》《舜典》《大禹谟》《皋陶谟》，可见皋陶的重要地位。

　　《春秋》称"尧得皋陶，聘为大理，舜时为士师"，后世史家解释说，这是讲皋陶被任命为司法大臣。我读《大禹谟》，也见舜帝赞扬皋陶司法的功劳。皋陶却回答说："帝德罔愆，临下以简，御众以宽；罚弗及嗣，赏延于世。宥过无大，刑故无小；罪疑惟轻，功疑惟重；与其杀不辜，宁失不经；好生之德，洽于民心，兹用不犯于有司。"

这是说，最重要的并非我司法的功劳，而是舜帝您的德行没有失误，对下级行政简约，对民众宽容大度；惩罚不牵连子孙，奖赏施及后代。对过失犯罪，即使罪大也会宽宥；对故意犯罪，虽罪小也要惩罚。遇罪行轻重难定，从轻发落；遇功劳大小难定，从重奖赏；宁可错放罪人，也不错杀无辜。这种珍惜生命的品德，合于民心，这是人民遵循法制的原因。

　　我读《尚书》，每每惊叹于这是4000多年前的人说的吗？即使20世纪80年代以来的几次"严打"，"疑罪"不仅不"从无"，而是"从重从快"；疑罪"从有"，这些在非"严打"时期的日常司法中也屡见不鲜。《尚书》中"罪疑惟轻"出自皋陶之口，这简单吗？

　　请注意，这里的"罪疑"不是现在讲的"疑罪"。"疑罪"是讲不能确定有没有罪。"罪疑"是指已经确定有罪，但在量刑上难以把握轻重，怎么办呢？皋陶说：罪疑惟轻。这"惟"字讲的是"只有"、"只能"，就是说，遇到罪行轻重难定，只能从轻，必须从轻！这里面是有对人民的情感的。以人民为亲人，就好比对待自己的兄弟或孩子，就会考虑，万一冤枉了他呢？为避免冤枉他，那就从轻吧！如果对人民没感情，就可能取相反的态度。

　　我常常不得不把《尚书》等上古文献原文照录出来，就因为不如此只怕人们以为今日之释读是虚构或替古人美化。

　　再如"与其杀不辜，宁失不经"，这"宁失不经"不仅包含着宁可错放有罪之人的意思，更直接的意思是——宁可自己犯了不按法典办案的大错，也绝不错杀无辜。比较之下，我们今天有的司法部门面对已知的错判错杀也迟迟不予纠正，岂不是天壤之别！所以，当今法学家尊称皋陶为中国司法鼻祖，一点都不为过。然而即使如此，也不足以彰显与弘扬皋陶的思想和贡献。

就在上述"皋陶说"中，他讲的是：这是由于舜帝您的德行没有失误，所以人民才遵循法制。面对舜帝对他的赞扬，他并非自谦，他深知如果帝王失德，即使有法制，法制也会废弛，那就没有天下安宁人民和睦了。

今天我们讲"依法治国"、"以德治国"，《尚书》中这段"皋陶政治观"则是开先河的，而且讲的是"以德治国"和"依法治国"的统一，并视德治比法治更重要。前者为国民之灵魂，后者是方法。

因史称皋陶为"大理"，为"士师"，后世多以"理官"和"士师"为司法官，所设"大理寺"掌审刑断狱也源出于此。另有史书追记黄帝时期就有"李官"。这大约反映当时尚无"公堂"，多在黎民聚居处的李树下听讼。上古"李"与"理"音谐且意相通。当"李官"变成"理官"，反映官员不在李树下办公，到屋里办公了。"理"字从"王"，理官本义为帝王身边的大臣。具体到皋陶，他辅佐帝王，其作为不仅在于司法，更在于辅政。

我读《皋陶谟》，见开篇即皋陶对大禹说：诚实地遵循和履行德，就会英明而使大臣们和衷共济。

大禹说：对啊！可是怎么才能做到呢？

皋陶说：要谨慎地从修养自身做起，且要持之以恒。还要教导自己的九族亲戚们敦厚诚朴，才会有民间贤明的人来勤勉地辅佐。如此由近而可至久远，在于从自身做起啊！（原文作：慎厥身，修思永。惇叙九族，庶明励翼，迩可远，在兹。）

大禹听了这番话不禁拜谢道：说得好！

皋陶说：还要知人，还要安民。

在这段对话中，皋陶对大禹推心置腹地讲述了最高执政者的四项要务：修身律己，教育亲属，知人善任和使民安居乐业。

上古史籍多以对话形式写成，重点是"记言"，记言的特点多是记述思想。所谓"谟"，意为谋略。在这篇《皋陶谟》中，皋陶还讲出执政九德。大禹问：何谓九德？皋陶说：

宽而栗，柔而立，愿而恭，乱而敬，扰而毅，直而温，简而廉，刚而塞，强而义。彰厥有常，吉哉！

皋陶说的这九德，是充满哲思和智慧的，每字所凝聚的意蕴，千古以来都很耐人寻思，我不敢说能解其妙，只能勉强释读领略意会，我以为这九德的含义约略是说：

宽容而又严肃谨慎，温和并有主见，真诚坦率而又恭谦，有才华并恪尽职守，兼听而又果断坚毅，正直而又随和，简朴而廉明，刚正而踏实，坚强勇敢而又符合道义。这九德彰显于日常行政，就有吉祥啊！

皋陶接着说，能做到三德，就可以做卿大夫；能做到六德，就可以做诸侯；如果能把九德普遍施行于政治，使有德才的人担任职务，那么官员都是才德出众的人了。众大夫互相学习效仿，百官各尽职守，并顺应自然，很多功业都可以建成。

皋陶没讲能做到九德就可以做帝王，但这九德，是对国家最高领导集团执政的最高要求。《皋陶谟》的最后一句话是："予未有知，思曰赞赞襄哉！"意思是：我没有什么智慧，只是想辅佐帝王治理好国家吧！

我曾经专程去山西拜访了"陶寺都城遗址"，拜谒尧帝、舜帝陵庙，还去洪洞县甘亭镇士师村拜访了皋陶庙，看到在士师村原皋陶祠遗址上新建起我国首家司法博物馆——华夏司法博物馆。我拜访士师村时总想，《春秋》称皋陶为"士师"，是誉称皋陶为官员的老师吧！其实皋陶何止是官员之师，从《大禹谟》《皋陶谟》看，皋陶还堪称帝王的老师。在中国有史以来的大臣中，皋陶是第一个有姓名的大思想家、大政治家，且是中国司法之父。他讲的修身律己，教导亲属和知人善任，都是为了安民。他讲执政所需要的德才，乃至讲司法要有珍惜生命之道德，都是为了"洽于民心"。民心是衡量政治是否昌明的标尺。在中国现存最古老的文献中，人民观确实已经存在，并且非常智慧，有烛照千秋的光辉了，所以，孔子把皋陶同尧舜禹并称为"上古四圣"。

皋陶的思想是影响了孔子的。你看，孔子的"修身齐家治国平天下"，与皋陶论修身、管好九族亲属，方能知人善任治国安民的思想，不是一脉相承吗。

《尚书》中的《五子歌》，大约是中国最早的诗歌。《五子歌》首句就咏道："民可近，不可下。民惟邦本，本固邦宁。"这是说，人民可亲近而不可轻视。只有人民才是国家的根本，根本固才有国家的安宁。这是很明确的民本思想了。这民本思想是以亡政失国的血的代价换来的。

这背景是：大禹去世后，大禹的儿子启掌国政，启把帝位传给儿子太康，太康因失德而失国，太康的五个弟弟和母亲逃到洛河边，悲伤地追述先帝大禹的教诲，这便是《五子歌》的来历。司马迁在《史记·夏本纪》中也记有此事。

孟子说的"民为贵，社稷次之，君为轻"，是千古传颂的民本思想。孟子这思想是可以上溯到《五子歌》中的民本思想的。

《尚书·盘庚》中盘庚帝对大臣的训话，也充满了要贵族大臣们关心民瘼，"恭承民命"的教导。如他讲的"朕不肩好货，敢恭生生"那段话，意思是我不会任用贪财的人，而会恭请能帮助黎民谋生者来肩负重任。能躬身为民众谋安居乐业的，我将重用。今天我把我反对什么赞成什么都告诉你们了,你们不要没听见。听着,不要总是聚敛财富,要为民谋生以建立功勋。要把德政广施于民,要永远与民并肩同心。《盘庚》最后一句话的原文是:"式敷民德,永肩一心。"

《盘庚》记载的是盘庚迁殷的事迹。迁殷的原因,通常的说法是迫于常闹水灾而迁都。我读《盘庚》,见大多数贵族都不愿搬迁,有的贵族还煽动平民起来反对,闹得很厉害。可见,即使有水灾,但商首都并没有到不能居住的地步。再读盘庚对贵族臣僚的训话,可见商朝的贵族臣僚们已经腐败堕落得危机四伏。"若火之燎于原",还能扑灭吗?这是盘庚说的话。我因之以为,盘庚迁殷的主要原因不在自然因素,而在政治因素。盘庚几乎是"独断专行"地迫使贵族官僚们迁都,他带领贵族和臣民渡过黄河,迁徙到殷,就在长途跋涉和重建新首都的艰苦过程中,通过必然的淘汰和纳新,锻炼改造了官僚队伍。盘庚迁殷发生在商朝中期,衰落的商朝经过迁都,整顿政治,得以中兴,又历时250多年。最后到商纣帝时期,商朝的祖先也曾有的"人民观"被遗忘殆尽,代之以"天命观",殷商终于被周朝所取代。

有句话说"殷鉴不远",距离商最近的是周。周如何汲取殷灭亡之鉴?周公认为,殷失天下,是因为失德,民与之离心离德,于是"天降丧于殷",所以靠"天命"统治天下是靠不住的。周取代殷,是因为与民同心同德。这就把"民心"抬到比"天命"还高。至此,尧舜禹时代的人民观被西周王朝的统治者继承下来。

此后中国社会经历了从青铜时代向铁器时代的转型,生产力进步引发经济社会的剧烈动荡和嬗变。这是个讲财富,讲实力,讲权谋,礼崩乐坏,道德沦丧,贫富差距极大,战车隆隆,烽火烛天,生灵涂炭的时代。这是孔子游说列国建议施行仁政而没有一国采纳的时代,这是老子弃职归隐乡间的时代。看起来这社会是弱肉强食,上古文明如同在战火中付诸一炬灰飞烟灭，人民如草芥，再没有哪个政权会认为人民有什么重要了……可是，身穿布衣的孔子，还是把尧舜禹乃至周公时期以"民本"、"民心"为重的思想继承下来了！孟子等又把先师孔子的思想继承下来了！以至千古以来，"上报社稷，下安黎民"成为中国古代不少官员从政的主流理想。这正是文化的力量。

二

延至清末，梁启超对"民"的看法迄今值得我们深加关注。

1900年2月10日，梁启超在流亡中发表的《少年中国说》，足以标志一个新的梁启超诞生。此前他曾自号"哀时客"，反映梁启超痛苦而矛盾的心情。戊戌变法的最高领导人是光绪皇帝，他不会反对光绪帝，可他却是清廷通缉的逃犯。在经过两年苦苦求索后，他的灵魂才终于从血火中爬出来，以《少年中国说》向过去的时代告别，向老去的大清朝廷告别，以激情澎湃、气势磅礴的语言，声声呼唤一个朝气蓬勃的"少年中国"诞生。

他在《少年中国说》中首次把朝廷与祖国区别出来。他说，我黄帝子孙聚族而居，立于此地球之上数千年，所谓唐虞夏商周秦汉，直至唐宋元明清，都是朝代名而不是国名。"朝也者，一家之私产也。国也者，人民之公产也。"区分出"朝"与"国"，梁启超才能解决困扰他已久的问题——无法爱腐败的朝廷，但可以爱国，因为国是四万万人民之国；眼看腐朽的朝廷不可救药，但中国是充满生机的，因为我们有众多少年！

区分出朝廷乃嬴姓刘姓爱新觉罗姓的一家之天下，国乃人民之公产，梁启超就与古代近代忠君的臣子不同了，也与戊戌变法时的康有为、梁启超不同了。他在 1900 年 2 月，20 世纪的黎明时分，訇然一声脱颖而出，几乎是独步走进了现代。

他写道：如果举国之少年果真成为朝气蓬勃的少年，则中国未来之进步不可估量！假使举国之少年也变成朽败的人，则中国的灭亡就翘足可待了。所以今天之责任不在他人，而全在我少年。由于看到中国的将来在少年身上，再迈一步，他就看到——中国之将来，更在人数最广大的民众身上！

无论思想认识还是去积极作为，梁启超都在经历着重大转折——从致力于说服清政府变法维新，转向唤起民众，不仅仅是唤起，而是致力于开民智，他创造了一个新词曰"新民"，意在致力于造就新民。

1902 年 2 月 8 日，梁启超任主编的《新民丛报》在日本横滨创刊，他就从创刊号开始，陆续发表《新民说》。梁启超特别指出：新民，不是那些"心醉西风者流"，不是"蔑弃吾数千年之道德、学术、风俗，以求伍于他人"者，也不是那些"墨守故纸者流"。那是什么呢？他说"新"的含义有二：一是"淬砺其所本有而新之"，二是"采补其所本无而新之"。

这里的关键词是"本有"和"本无"。

就是说，一要继承我民族原本有的精华加以创新，二要采补我民族原本缺乏而西方有的东西来崭新之。并认为二者相辅相成，缺一不可。此时张之洞论"中学为本、西学为用"正影响很大。梁启超进一步指出，中国之"本"中，原本没有的，也可以从西方采来塑造中国新民。这是"中本西用"学说中没有的思想，至今都值得我们特别重视！

梁启超的《新民说》前后连载 11 万言，传到国内屡为清廷查禁，却又不断为国内读书人翻印传播。梁启超阐述拯救中国的伟大力量，不在朝廷，也不在西方的利器中，就在新的人民身上，这是中国20世纪的黎明中最具革命意义的思想。

陈独秀受《少年中国说》和《新民说》的影响而创办《新青年》。钱玄同去动员当时正在钞录古碑的周树人出来写写唤醒民众的文章，周树人是这样说的："假如一间铁屋子，是绝无窗户而万难破毁的，里面有许多熟睡的人们，不久都要闷死了，然而是从昏睡入死灭，并不感到就死的悲哀。现在你大嚷起来，惊起了较为清醒的几个人，使这不幸的少数者来受无可挽救的临终的苦楚，你倒以为对得起他们么？"钱玄同说："然而几个人既然起来，你不能说决没有毁坏这铁屋的希望。"周树人被说动，自此开始"呐喊"，于是有了中国现代文学史上第一篇白话文小说《狂人日记》，并首次使用笔名"鲁迅"。鲁迅将他的第一个小说集命名为《呐喊》，这《呐喊》从内容到书名，都是受梁启超唤起民众、造就新民之影响才有的果实。

在20世纪的早晨，没有受过梁启超"新民说"影响的中国知识分子和进步人士几乎是没有的，包括孙中山和毛泽东。

孙中山先生于1894年在美国檀香山成立"兴中会"，宗旨是"驱除鞑虏，恢复中华，创立合众政府"。这里的"合众政府"，显露出受"美利坚合众国"国名影响的痕迹。孙中山1905年在日本东京成立"中国同盟会"，以"驱除鞑虏，恢复中华，创立民国，平均地权"十六字为政治纲领。在这里，孙中山先前提出的"创立合众政府"变成了"创立民国"，但"驱除鞑虏"仍是排满的。这从《孙中山选集》中的许多文章可以看得很明白。如孙中山1903年12月《敬告同乡书》中写道"如冰山之难恃，满汉之不容，二百六十年亡国之可耻，四万万汉族之可兴，则宜大倡革命"等等。梁启超指出并批评了孙中山"驱除鞑虏，恢复中华"的狭隘的民族主义。梁启超不仅批评孙中山的"驱除鞑虏",并在1896年发表的《变法通议》中批评过清政府"深闭固拒"的民族防范政策。那时,鉴于中国甲午战败,民族危机空前严重,而清朝满族权贵依然坚持防范汉人的狭隘观念,反对变法,梁启超阐述了满汉如"孪体之人,利害相共"的道理,为避免鹬蚌相争渔人得利的危险,力陈"惟其相合,故能并存"。

梁启超所说的民,是包括满族人民的。孙中山的"驱除鞑虏说"促使梁启超去深入研究民族问题。1901年,梁启超发表《中国史叙论》一文,首次提出了"中国民族"的概念,其意义是在以往所称汉族、满族、蒙族等族的概念上创造出一个统称的"中国民族"概念。1902年梁启超在《论中国学术思想变迁之大势》中首创"中华民族"一词。1903年梁启超在《政治学大家伯伦知理之学说》一文中说:"吾中国言民族者,当于小民族主义之外,更提倡大民族主义。小民族主义者何?汉族对于国内他族是也。大民族主义者何?合国内本部属部之诸族以对于国外之诸族是也。"之后又明确写道,"合汉合满合蒙合回合苗合藏,组成一大民族。"1905年又在《历史上中国民族之观察》中论述"现今之中华民族自始本非一族,实由多民族混合而成",这是道出中华民族乃多元融为一体的先声。在梁启超的中华民族观中,摒弃了华夏民族长期以来对"蛮夷"的歧视观念,将中华境内当时约占全人类四分之一的人口视为不可分割的一体,这对中华民族实在是一个永久的贡献。

由于当时很多青年能够认识到的大意义,"中华民族"一词在留日中国学生所办的报刊中很快被广泛使用,其含义更在知识界乃至广大国民中产生巨大影响。最终,孙中山也接受了梁启超的"中华民族观"。1912年中华民国成立,提出的是:"汉满蒙回藏五族共和。"

三

毛泽东1910年到湘乡东山高等小学堂读书后，读到梁启超写的《新民说》，被深深吸引。1914年毛泽东入湖南省立第一师范学校读书，他的国文老师袁仲谦还批评毛泽东着意模仿梁启超的文风。不仅如此，由于梁启超号任公，毛泽东还给自己取了个笔名叫"学任"。多年后，毛泽东在陕北同美国记者斯诺谈起他的老师袁仲谦，曾这样说："学校里有一个国文教员，学生给他取了个袁大胡子的绰号，他嘲笑我的作文，说是新闻记者的手笔。他看不起我视为楷模的梁启超，认为半通不通，我只得改文风，钻研韩愈的文章。"1915年，师范学生掀起学潮，校长欲开除毛泽东等人，袁仲谦等到校长面前力言："毛泽东等皆杰出人才，挽天下于危亡者，必斯人也。"至此，梁启超对毛泽东的影响已见端倪。1918年4月，毛泽东在师范学校毕业前夕，与蔡和森等创建的一个革命团体就叫"新民学会"。

梁启超的《新民说》阐述救中国的伟大力量在于唤起民众，造就新民，此说事实上成为毛泽东为之奋斗一生的伟大志向和事业。到20世纪90年代，我依然听到陈荒煤、冯牧、马烽、秦兆阳等前辈作家和评论家把塑造"社会主义新人"作为文艺作品的崇高任务。这塑造"新人"，源出毛泽东《在延安文艺座谈会上的讲话》，再朝前溯，就可以追溯到梁启超的《新民说》。

毛泽东的《湖南农民运动考察报告》，把被世界潮流视为最落后的人群看作是拯救中国最大的力量，以及毛泽东的农村包围城市的思想，都基于看到农民是中国人民的大多数。毛泽东的《星星之火，可以燎原》，以及唤起民众，发动群众，壮大群众，武装人民，也都基于深刻认识到人民的伟大力量。

1934年，中央红军第五次反围剿失败，被迫长征之前，毛泽东依然充满信心地写下："真正的铜墙铁壁是什么？是群众，是千百万真心实意地拥护革命的群众。这是真正的铜墙铁壁，什么力量也打不破的，完全打不破的。反革命打不破我们，我们却要打破反革命。在革命政府的周围团结起千百万群众来，发展我们的革命战争，我们就能消灭一切反革命，我们就能夺取全中国。"

1936年，是中央红军刚完成长征到达陕北的第二年。这年2月，毛泽东写下《沁园春·雪》，诗中写道："惜秦皇汉武，略输文采；唐宗宋祖，稍逊风骚。一代天骄，成吉思汗，只识弯弓射大雕。俱往矣，数风流人物，还看今朝。"在中央红军非常困难的时期，毛泽东以如此气魄如此咏道，我想，正因为毛泽东心中有人民！这是秦皇汉武，唐宗宋祖，成吉思汗都不能相比的。

1938年，毛泽东在抗日战争中写下："战争伟力之最深厚的根源，存在于民众之中。日本敢于欺负我们，主要的原因在于中国民众的无组织状态。克服了这一缺点，就把日本侵略者置于我们数万万站起来的人民之前，使它像一匹野牛冲入火阵，我们一声唤，也要把它吓一大跳，这头野牛就非烧死不可。"

在中国，从炎黄尧舜禹以来，没有哪个最高领导者达到毛泽东这样胸有人民，在世界上也没有先例。毛泽东已然是"人民观"的集大成者，并有辉煌的创造发展。

19世纪末，西方海权论者说："谁控制住海洋，谁就统治了世界。"20世纪初，西方地缘政治论者又说："谁统治东欧，谁就控制了心脏地区；谁统治心脏地区，谁就控制了世界岛；谁统治世界岛，谁就控制了世界。"再后，西方空权论者又说："今天的战略公式应该是：谁控制飞机，谁就控制了基地；谁控制基地，谁就统治了空间；

谁统治空间，谁就控制了世界。"

毛泽东则说："人民，只有人民，才是创造世界历史的动力。"

毛泽东还说："群众是真正的英雄，而我们自己则往往是幼稚可笑的，不了解这一点，就不能得到起码的知识。"

毛泽东并不是不重视科学技术所创造的武器，1938年他在《论持久战》中说："武器是战争的重要因素，但不是决定的因素，决定的因素是人不是物。力量对比不但是军力和经济力的对比，而且是人力和人心的对比。军力和经济力是要人去掌握的。"

当原子弹问世，又有人说："谁拥有了核武器，谁就控制了世界。"毛泽东则说，原子弹是纸老虎！

毛泽东1946年对美国记者安娜·路易斯·斯特朗是这样说的："原子弹是美国反动派用来吓人的一只纸老虎，看样子可怕，实际上并不可怕。当然，原子弹是一种大规模屠杀的武器，但是决定战争胜败的是人民，而不是一两件新式武器。"

毛泽东对去延安的青年知识分子说，要向工农兵学习，向人民学习。文艺要发挥唤起人民、鼓舞人民、激励人民的作用。

一切依靠人民，一切为了人民，是毛泽东思想的核心。

"为人民服务"，成为中国共产党的宗旨。

毛泽东说："全心全意为人民服务，一刻也不脱离群众；一切从人民的利益出发，而不是从个人或小集团的利益出发；向人民负责和向党的领导机关负责的一致性；这些就是我们的出发点。"

毛泽东说："我们的责任，是向人民负责。每句话，每个行动，每项政策，都要适合人民的利益，如果有了错误，定要改正，这就叫向人民负责。"

毛泽东的这些话语，后来在人们讽刺"公仆"时被引用，乃至以嘲笑的方式引用，被认为是做不到的，是空话，再后也无人引用，被遗忘了……我想，我们今天应该还能分辨出：并非毛泽东说得不好，而是很多"公仆"变质。

毛泽东和老一辈革命家，从他们的青年时代开始，在清帝退位、军阀混战，日寇侵凌，民族危机日益深重的年代，致力于唤起人民，组织人民，自救自强；在延安时期，组织不识字的官兵识字，改造学习，改造文风，尤其是在争取民族独立解放的战争年代培养官兵为人民服务的精神，确实缔造了一支前无古人的人民军队。解放区政府称人民政府，新中国诞生时称人民共和国。毛泽东在天安门城楼宣布：中国人民站起来了！虽然，站起来的90%是文盲，但新中国把小学教育扩展到农村，还在广大城乡办夜校，办扫盲班……怎么来评价那个时代的果实呢？新中国把对劳动和劳动人民的尊重，把人们之间平等的观念，传播到城镇和一切穷乡僻壤。最重要的不仅是有雷锋这样的普通一兵，有"人民的好医生"李月华这样的医生，有焦裕禄、孔繁森这样的县地委书记，而是半个世纪前"一盘散沙"般的国人变成数亿精神焕发的人民，各级领导干部乃至各行各业具有为人民服务精神的人们，实在不是少数！这是多么不容易的，这是一个民族迅速更新自己，发愤图强的奇迹！而刘日，只是那个时代哺育的，至今仍保存着那个时代灿烂阳光的一个"活标本"。

四

胡锦涛总书记《在庆祝中国共产党成立90周年大会上的讲话》中说，"全党必须清醒地看到，在世情、国情、党情发生深刻变化的新形势下"，我们"面临许多前所未有的新情况新问题新挑战"。接着讲了四个"危险",一个"更加",两个"更为",即"精神懈怠的危险,能力不足的危险,脱离群众的危险,消极腐败的危险,更加尖锐地摆在全党面前,落实党要管党、从严治党的任务比以往任何时候都更为繁重、更为紧迫。"

今日更严峻的问题,已不仅是官员脱离群众,消极腐败的危险,而是颓败的官风如此地影响到世风、及于民风,非止党有危险,社会和民族也有危机了。严重的贫富差距何时能再获相对缩小,能通过什么方式缩小。其中超大的贫富差距,并非劳动造成,并非合法产生,若长期存在,将在事实上构成对人间公平的持续挑战,是对社会安定的严峻考验。

为什么腐败屡禁不止。我们常见说,腐败者蜕化变质,晚节不保。这样的官员是有的。现如今更多的并非蜕化变质,而是通过种种手段行贿得官之时就已劣迹斑斑甚或就是腐败分子。

与新中国一起长大的那一代人,即使今已退休,大多数人心中还是有"人民"的,因为那里有他们无法忘却的青春记忆,并在"世情、国情、党情发生深刻变化"的今天,越发感到那记忆里虽然有非常的艰苦,甚至有眼泪和悲伤,但那艰苦中是有温暖的阳光的。再看今日之青少年,心中或有歌星、影星、富豪,或各种成功者,心中有"人民"的,有多少呢?

不知道你会不会反问我:心中有没有"人民"有什么关系?

中国春秋时的诸侯国已有县、郡之制。自秦统一,郡县制推行到全国,此后无论如何改朝换代,县官这个位子都是存在的。若今日接任县委书记、县长的官员,接任了这个权位,却没有继承下"为人民服务"的精神,那会发生什么?

莫以为古代社会没有"人民观"。所谓"知书达礼",那"书"的本义指《尚书》，你已看到《尚书》里就有深刻的"人民观"了。这其实是中国文化悠久的传统，否则，中华文明怎么可能成为世界上唯一不曾中断地持续发展到今天的伟大文明。这是我们应该继承下来的东西，是我们民族的光荣。

尽管造成今日危机的原因不少，可有一条不能忽略——自恢复高考以来，数不清的家庭中，孩子从小就被灌输："你是为你自己读书。你要是不好好读书，就上不了重点学校；上不了重点学校，就考不上大学；考不上大学，你这一辈子就完了！"看起来这似乎也没什么大错，大家不都是这样吗？愈演愈烈的应试教育似乎也一直在证明，如果你不为自己努力读书，差一分都不行！然而一个孩子洁白的心灵被输入什么，被如何塑造，实在是一件不能轻忽的事情。改革开放30多年了，当初7岁的孩子今天40多岁了。在当今任用领导干部"年轻化"的政策中，这是县委书记、厅局级官员的年龄了。

虽然今天的公务员考试也有关于为人民服务的内容，但这主要是作为"知识"为应考者所知。在他们成长的岁月，为自己的将来而读书拼搏，是伴随着成长渗透灵魂的东西。党和国家要求他们要"为人民服务"，那是一种外在的教导，谁都知道必须这么说，文件也得这么写，可心里却不是那么回事。内心为自己，口头为人民，就构成了表里不一，构成了虚假。所谓诚信丧失，所谓假话假货频出，你觉得这话夸张吗？当网络上有人骂出"爱国贼"，你能想象是怎样的年岁怎样的人能发明出这样的词汇。

最可怕的不是腐败本身，而是那些身为官员的人，灵魂里有深刻的自私，这就难以控制从身躯里长出来的私欲。心无人民利益而有自私，却握有掌"公器"的权力，就会忍不住去拿那不该归为己有的东西，那就叫贪污受贿。权很大而欲无穷，贪污受贿能达数千万元甚至数亿元,在今天已不鲜见。最令人痛心的,正是那自私乃至极端自私意识的养成。自私的养成犹如造好了一个盛装私欲的巨池深渊,人浸泡在那私欲的深渊中便没有了安宁,没有正大光明,没有阳光灿烂,这样的人生即使得到了很大的权力,也是可怕的。

春秋时铁耕问世引起经济社会巨变,史称"富者田连阡陌,贫者无立锥之地",这是那个时代的难题。当今反腐败的艰巨,不在于贪官有旺盛的私欲,而是那些贪官疯狂的灵魂中没有人民的立锥之地。倘若不能从教育之初就注重培育一个孩子关心他人,不自私,相反却进行自私教育,且以学校的应试教育去巩固发展其为自己拼搏的自私心理,岂不可怕!

一个领导者,不论职务高低,心里有没有人民,实在不是一件小事。这决定着该领导者办公务是从人民利益出发还是从自己或小集团的利益出发,这是大不一样的。有没有"为人民服务"之心,就是一个分水岭。

一个国家,各行各业都需要拥有"为人民服务"之精神和才干的人来担任各级领导职务,此种人才非短期培训可成,是需要自幼从精神和学习生活中哺育培养而逐渐长成的。如果缺少,这不仅是当今反腐败的难题,也是一个民族生存的难题。

一个社会并不是只有领导者。我国当代出台了许多新法律或新修改的法律,争取参与制定或修订者很踊跃,多是法学专家,有资深的有比较年轻的。讨论时争论很大。那争论最核心的部分,并不是"技术层面"的不同意见。法律保护谁的利益,为谁争利益,自古以来就是制定法律的根本性目标。如果心中有人民,就会为人民争利益。心中没有人民大众,就会从自己的利益出发成为少数利益集团和权贵的代言人,为财团、为占有巨额财富者争利益。如果心无大众,不为人民谋利益的专家学者占到多数，所制定、所修改的法律就会向保护利益集团和权贵倾斜，势必扩大贫富差距，而法律总是以国家的名义颁行，成为执法的依据。如果法律中出现并非保护大多数人利益的条款，不是朝着维护公平的方向作为，而是相反，却以"人民法院"的名义施之于人民，不可怕吗？为避免这样，人民就需要拥有为人民服务之心的专家学者和执政者、执法者。

一个社会也不是只有领导者和专家学者，更多的是人民大众。当前，我国党和政府高度重视食品安全问题，而造成食品不安全的是一些生产者，其中不少是个体经营者。一个普通人的心灵是非常自私，还是心里有他人的安全、大众的安全，这同样是一个分水岭，是大不相同的。

这些年媒体评选"感动中国的十大人物"，让我们看到总有人令我们感动不已。我们也相信大多数人是好的，否则这社会还怎么运转。但今日极端的自私行为也一再超越人们的想象。

药家鑫开车把人撞倒并非故意，但撞倒之后，只恐倒在血泊中的人活着会找他麻烦，索性把人杀掉！他杀掉那个年轻女子时未必如以往蓄意去杀人者那样凶恶，他临时动意杀掉她，只是为了对自己有利。彼时彼刻，统治着他灵魂的东西就是要对自己有利。自己是重要的，别人是不重要的，自己不能受一点损失。药家鑫是西安音乐学院的大学生，已经读到"大三"，他当然不是没有知识。这个索性杀人灭口的临时动意基于利己，这极端的利己意识却是伴随着药家鑫读书拼搏，在他头脑中逐渐长成，已表现得如此"自然"，成为他不需犹豫就可以立刻采取行动的选择。

虽然这是个极端的例子，但不是不能据此追思社会存在的危险因素。可以肯定，对一个7岁的孩子谆谆教导"读书是为了你自己"，到孩子18岁参加高考总拼搏,这十多年足以把一个孩子的心灵塑造成型。这十多年拼搏,日出日落,是如此一圈又一圈地刻写在他们成长的年轮上,每一圈记忆似乎都可以证明这"为自己"是"真理"!可是,这样的利己教育,对孩子有利吗?成功的利己教育,会令孩子连父母也抛弃,会使父母在晚年深刻地感到孩子对自己冷若冰霜。自私教育的后果,非止日后会清晰地体现出来,而是一开始就对孩子一生中原本应有的辽阔世界在心灵里筑起壁垒。成功的自私教育,会使孩子最终走到极端孤立的险地,或犹如一生都囚禁在这个自私的堡垒中,对孩子对家庭对他人或早或晚都会有看得见的深刻伤害。

迄今仍存而且愈演愈烈的应试教育,也是自私教育。事实上,家长们也是迫于这种应试教育模式,让孩子去为了自己的未来拼搏。这是一种家庭与学校互相产生负面影响的恶性循环,最不幸的是孩子。如果再不改变这种影响面很大——以应试教育为特征——的自私教育,毁坏一个民族,未有比这更烈的了!

回首百年前梁启超作《少年中国说》,坚定地认为拯救中国的力量在少年身上。而今,我们仍然需要十分重视对孩子的教育培养。爷爷奶奶们,为了一个更好的社会——你们戴着红领巾的时代就憧憬过的更好的社会,请停止对孙子孙女们进行自私教育,请把你们自己心中仍存的"人民观"化作温暖的故事,把你们自己青年时代学雷锋、做好事,爱祖国、爱人民,以助人为乐的往事,化作一个时代的童话,送给自己的子孙后代,生生不息地传下去。不论日后还会发生什么,都坚定不移地这么做。

这就是我们永不失望的理由。

我还想写下,"少年"一词,在中国古代其实是我们今天所称的"青年"的含义,如"自古英雄出少年","少年心事当拏云"。梁启超作《少年中国说》,所称的"少年"也是此意。1902年,南洋公学青年学生就组织了"少年中国之革命军"。后有李大钊发起"少年中国学会","以创造少年中国为宗旨"。南京、上海、成都,乃至在巴黎的中国留学生中,也纷纷成立了"少年中国学会"分会,相继创办《少年中国》《少年世界》《少年社会》等期刊,读者及于全国。"青年"一词是清末民国初之际才有的新名词,1915年陈独秀创办《青年》杂志,后改《新青年》,使"青年"一称迅速传开而取代"少年"的含义。这种取代伴随着一种超越,即用"青年"一称与传统文化中的"少年"区别,更加激动人心。而毛泽东1925年秋写下的《沁园春·长沙》仍咏道:"恰同学少年,风华正茂……"我回顾这些,是想对青年们说,梁启超、陈独秀、李大钊、毛泽东……有多少中国青年,在山河破碎、国难深重的20世纪早期,在他们的青年时代焕发出那么朝气蓬勃的灿烂光华,才有一个新中国喷薄而出。百年前的青年先驱,依然是永远是中国一代代青年的榜样。不论今日中国存在多少问题,多大的问题,青年都没有理由失望。我们的民族,依然需要永远需要朝气蓬勃的青年、铁肩担道义的青年。

我们都羡慕你们,因为你们年轻!

2011年12月31日写毕 深夜 北京